Coupable séduction

L'inconnue de Thunder Lake

SUSAN MALLERY

Coupable séduction

*éditions*Harlequin

Titre original : THE SHEIK'S ARRANGED MARRIAGE

Traduction française de ALICE MARCHAND

HARLEQUIN®
est une marque déposée par le Groupe Harlequin

PASSIONS®
est une marque déposée par Harlequin S.A.

Photos de couverture
Rideau : © ROYALTY FREE / PHOTODISC
Ombres : © JUSTIN PUMFREY / GETTY IMAGES
Paysage : © PHOTO LIBRARY / JUPITER IMAGES

© 2000, Susan W. Macias. © 2007, Harlequin S.A.

83/85 boulevard Vincent-Auriol 75646 PARIS CEDEX 13.
Service Lectrices — Tél. : 01 45 82 47 47

ISBN 978-2-2802-0601-3 — ISSN 1950-2761

- 1 -

Enfin de retour ! Cette fois, c'était sûr, plus jamais elle ne s'en irait.

Après quatre ans d'université et deux ans dans une institution pour jeunes filles de bonne famille, en Suisse, Heidi McKinley avait finalement obtenu l'autorisation de retrouver le seul endroit au monde où elle se sentait chez elle : El Bahar. Pays de mystère et de beauté, où le passé et le présent se fondaient dans une parfaite harmonie. Elle avait envie de danser dans la rue principale du souk et d'y acheter des dattes, des grenades, des vêtements et toutes les merveilles qu'on y trouvait. Elle avait envie de tremper ses pieds dans la mer et de sentir la chaleur du sable. Elle avait envie de respirer les parfums des magnifiques jardins qui entouraient le palais.

Dans un éclat de rire, Heidi courut vers la porte-fenêtre et l'ouvrit. La suite de trois pièces qu'elle occupait donnait sur un grand balcon. Aussitôt, elle se sentit écrasée par la chaleur de l'après-midi. On était en juin, le mois le plus chaud de l'année. Elle mettrait une ou deux semaines à s'habituer à la température, mais même l'impression de se dessécher comme une momie n'altérait en rien sa bonne humeur. Elle était enfin de retour !

— J'espérais que tu deviendrais raisonnable en grandissant, mais je vois que c'était un vain espoir.

Au son de cette voix familière, Heidi se retourna, et sourit en voyant Givon Khan, roi d'El Bahar.

Le vieux monarque, qui était comme un grand-père pour elle, lui ouvrit les bras.

— Viens donc me dire bonjour.

Heidi se précipita vers lui. Elle pressa la joue contre la veste qu'il portait et huma les odeurs familières de son enfance. Santal, orange et quelque chose d'indéfinissable, quelque chose qu'on ne trouvait qu'à El Bahar.

— Je suis de retour, murmura-t-elle avec bonheur. J'ai obtenu mon diplôme et j'ai même passé deux ans dans cette stupide institution pour jeunes filles, comme promis. Puis-je commencer mon travail ici, maintenant ?

Le roi Givon l'entraîna à l'intérieur et ferma les portes-fenêtres.

— Je refuse de parler de quoi que ce soit dehors par cette chaleur. Nous avons l'air conditionné, c'est pour une bonne raison !

— Je sais, mais j'adore la chaleur.

Givon mesurait près d'un mètre quatre-vingts et avait les traits burinés d'un homme qui a passé la plus grande partie de sa vie au soleil. Heidi avait l'impression que son regard de sage pouvait voir jusqu'au tréfonds de son âme, comme son grand-père avait coutume de le faire. Elle avait passé sa vie à essayer de contenter ces deux hommes. Maintenant que son grand-père n'était plus là, il ne restait que Givon, et elle aurait déplacé des montagnes pour lui.

C'était un souverain réputé pour sa sagesse et sa patience. D'après les histoires qu'elle avait entendues, il savait se montrer cruel quand c'était nécessaire, mais c'était un aspect de sa personnalité qu'elle n'avait jamais observé.

— Pourquoi parler travail ? demanda-t-il en lui soulevant le menton. Tu viens d'arriver !

— Oh, mais je veux travailler ! C'est mon rêve depuis que je suis toute petite. Vous me l'aviez promis !

— C'est vrai, admit-il. Je me demande bien ce qui m'a pris ce jour-là…

Heidi soupira. Inutile de tenter de le fléchir par des cajoleries. De toute façon, elle ne maîtrisait guère les armes typiquement féminines. Elle était capable de traduire les textes anciens d'El Bahar avec une rigueur qui impressionnait les érudits, mais jouer les coquettes… Non, ce n'était pas son genre. Elle n'en voyait ni l'intérêt ni le moyen. Pour elle, à part le roi et son grand-père, les hommes ne représentaient que des tracas.

— Tu es une jeune femme ravissante, reprit le roi, trop ravissante pour passer ta vie enfermée dans la pénombre des salles d'étude. Es-tu sûre de ton choix ?

Elle ferma les yeux un instant.

— Je vous en prie, Altesse, ne recommencez pas votre tirade sur le mariage. Je ne veux pas me marier. Vous m'aviez dit que si je travaillais dur à l'école, si j'acceptais d'aller dans cette horrible institution pour jeunes filles, je pourrais obtenir un poste au palais, comme traductrice des textes anciens. Vous ne pouvez pas revenir sur votre promesse.

Le roi Givon la toisa alors avec autorité, mais elle ne revint pas sur ce qu'elle avait dit. Les sourcils froncés, il semblait prêt à lui crier dessus, mais Heidi ne reculerait pas. Son grand-père lui avait appris à se montrer digne de ses ancêtres. Les McKinley étaient des gens fiers.

— Petite impertinente, dit finalement le roi avec un soupir.

Il lui effleura la joue.

— Très bien. Tu peux travailler sur tes précieux textes.

— Vous ne le regretterez pas. Il y en a tant à traduire ! Nous devons vite archiver les documents, avant que les papiers s'abîment complètement. Le temps et la chaleur ont attaqué les fibres. Je veux les photographier et tout stocker sur la base de données d'un ordinateur. Si nous...

Il leva une main pour l'arrêter.

— Epargne-moi les détails techniques. C'est un projet ambitieux et je suis sûr que tu le mèneras à bien. En attendant, il y a autre chose dont je veux te parler.

Givon se dirigea vers le canapé disposé face aux fenêtres et s'assit. Il tapota un coussin à côté de lui pour inviter la jeune femme à le rejoindre, et elle vint s'installer près de lui.

En la regardant dans les yeux, il lui prit la main.

— Quel âge as-tu ?

Drôle de question ! Heidi n'imagina pas un seul instant de ne pas répondre. Givon était le roi, après tout.

— Vingt-cinq ans.

Il hocha la tête.

— Tant que ça... Et tu n'es pas mariée.

Heidi se mit à rire.

— Oh ! non, votre Altesse, pas moi ! Ce n'est pas mon genre. Je suis trop indépendante pour être heureuse en ménage. Et surtout, je refuse de laisser quelqu'un prendre les décisions à ma place, sous prétexte que c'est un homme. C'est ridicule.

Elle se tut, retira doucement sa main et s'éclaircit la gorge, mal à l'aise. Elle avait gaffé. Le roi était un homme et n'approuverait certainement pas ses vues sur l'égalité des sexes. Certes, il avait fait entrer son pays dans le nouveau millénaire, mais par bien des côtés, il incarnait l'essence même d'El Bahar, ce qui signifiait qu'une part de son univers était toujours ancrée dans le passé.

— Je ne voulais pas vous manquer de respect, Altesse, ajouta-t-elle précipitamment. Vous n'êtes pas comme les autres hommes et…

Il leva la main pour l'interrompre.

— Je comprends. Tu as reçu une éducation occidentale et tu as des idées différentes sur bien des points. Ton grand-père t'a laissée très libre dans tes décisions. Ta conception du mariage ne me surprend pas.

Heidi suivit son regard et resta hypnotisée par la vue fabuleuse qui s'étendait jusqu'à l'horizon. Le bleu profond de la mer d'Arabie s'étalait devant elle. « C'est le plus beau panorama du monde, pensa-t-elle rêveusement. Tellement parfait, tellement divin, tellement… »

— Et les enfants ? demanda le roi.

Heidi cligna des yeux.

— Les enfants ?

— Comment feras-tu pour en avoir si tu ne te maries pas ?

« Il y a des dizaines de manières de s'y prendre… », songea Heidi, mais elle savait bien que ce n'était pas ce que le roi attendait comme réponse. Pourrait-elle assumer la situation de mère célibataire ? Elle réfléchit en se frottant la lèvre. Peut-être… Peut-être pas. Il fallait pour cela une force de caractère qu'elle n'était pas certaine de posséder. Et elle voulait vraiment avoir des enfants. C'était le seul avantage du mariage, à première vue.

— Je ne sais pas, avoua-t-elle. Je n'y ai pas pensé. Pourquoi me posez-vous cette question ?

— J'ai un problème. Et toi seule peux m'aider à le résoudre.

Il se tut un instant. Manifestement, il s'agissait d'un sujet délicat. Heidi eut le temps de repenser à tout ce qu'elle devait au roi. Il avait toujours été pour son grand-père et elle un ami fidèle. Enfant, elle avait passé toutes ses vacances à El Bahar. Et à la mort de son grand-père, six ans plus tôt, c'était lui qui avait pris en charge toutes les formalités, qui lui avait offert une épaule pour pleurer et qui l'avait aidée à se préparer pour l'université. Il avait un royaume à gouverner, mais il l'avait tout de même accompagnée à New York pour constituer son trousseau. Ensuite, il avait veillé personnellement à ce qu'elle soit bien installée dans sa chambre sur le campus. Il était le seul à se rappeler la date de son anniversaire, à présent, et il veillait toujours à ce qu'elle se sente chez elle à El Bahar.

— Je ferai tout ce que je pourrai, lui assura-t-elle.

Elle le pensait vraiment.

Le roi sourit.

— Bien. J'espérais que tu dirais cela. Vois-tu, je voudrais que tu épouses mon fils Jamal.

— Qu'est-ce qui ne va pas ? demanda Jamal Khan en s'appuyant contre le dossier en cuir de son fauteuil de bureau.

Son frère aîné, Malik, s'étendit sur le canapé placé à l'autre extrémité de la pièce, posa les pieds sur l'accoudoir et regarda le plafond d'un air sombre.

— Oh, ne m'en parle pas !

Jamal jeta un coup d'œil à l'horloge. La bourse de New York allait ouvrir et il voulait voir le cours de ses actions. Le marché avait été un peu capricieux ces derniers jours.

12

Cadet de trois frères, il était responsable des finances personnelles de la famille Khan et s'acquittait très bien de sa tâche ; en trois ans, leur fortune avait triplé. Une partie de ce succès était due au marché mondial, mais une autre revenait à ses talents d'investisseur.

— J'ai du travail, fit-il remarquer à son frère.

Malik lui jeta un regard noir. Il était l'aîné, le prince héritier. Si quelqu'un était plus occupé que Jamal, c'était bien lui. Pourtant, il aimait venir taquiner son cadet de temps en temps.

— Elle est de retour, dit-il sans lâcher le plafond des yeux.

— Qui ça ?

— Heidi la Harpie. C'est grand-mère qui m'a annoncé la mauvaise nouvelle. On va donc la voir au dîner. Bon sang ! J'espère que je ne vais pas encore être obligé de m'asseoir à côté d'elle ! Elle a une façon de regarder les hommes… comme s'ils étaient aussi appétissants que des lombrics.

Jamal s'esclaffa.

— Des lombrics ? Elle a dit ça ?

— Elle n'a pas besoin de le dire. Elle te regarde d'un air pincé, avec une moue dégoûtée. Et elle est d'une politesse… Mmm, glaçante !

Il frissonna.

Jamal n'en revenait pas. Cette attitude n'était pas le genre de Malik.

— Tu as peur d'une *femme* ?

Malik se redressa et le fusilla encore du regard.

— Je n'ai pas peur d'elle. Je ne l'aime pas. Ce n'est pas la même chose.

— Elle te donne l'impression de ne pas être à la hauteur, c'est ça ?

— Tais-toi, petit frère. Ne dis pas n'importe quoi.

Jamal n'arrivait pas à croire que l'impérieux prince Malik puisse être intimidé à ce point par une femme. Il ne se souvenait guère de Heidi McKinley. Depuis sa plus tendre enfance, elle avait toujours fait partie du paysage, par périodes ; son grand-père était un ami du roi.

— Ce n'est qu'une gamine. Si père s'intéresse à elle, c'est juste parce qu'il n'a pas eu de fille.

— Tu ne sais pas de quoi tu parles ! Tu n'étais pas là lors de ses dernières visites. Ce n'est plus une gamine. Elle a vingt ans passés. Chaque fois qu'elle vient, grand-mère la fait asseoir à côté de moi. Comme si j'allais en tomber amoureux, tout d'un coup, et vouloir l'épouser !

— Tu crois que c'est ça ? s'exclama Jamal. Ils essaient de manigancer un mariage ?

Malik ne répondit pas, mais son expression en disait long.

— J'espère bien que non, reprit Jamal. Surtout si elle est aussi horrible que tu le dis.

— Elle est pire encore. Une vierge aux grands airs qui sait tout sur tout. Elle a étudié l'histoire d'El Bahar et, quand elle en parle, on ne peut plus l'arrêter. Son but dans l'existence, c'est de traduire des textes. Incroyable, non ?

Incroyable, en effet.

— Elle est laide ?

Malik hésita.

— Je ne sais pas.

— Tu dois bien le savoir. Tu l'as vue.

— Oui, mais ce n'est pas si simple. Elle porte des vêtements…

— La plupart des femmes portent des vêtements. C'est tragique, mais c'est ainsi.

Jamal n'avait jamais vu son frère aussi décontenancé — et par une femme, par-dessus le marché !

— Tu m'as mal compris, répliqua Malik. Ses vêtements à elle sont particuliers. Je pourrais dire qu'elle s'habille comme une nonne, mais ce serait une insulte pour le sens esthétique des bonnes sœurs. Elle est caractérielle, et elle porte des cols montants et des lunettes. Avec les cheveux tirés en chignon. Heidi McKinley est une vieille fille revêche que je ne veux plus jamais avoir à côté de moi, conclut-il en levant les mains.

Hilare, Jamal s'enfonça dans son fauteuil.

— Il faut que je voie cette femme terrifiante qui a réussi à intimider le prince héritier !

Malik se leva et fouilla dans ses poches.

— De nous trois, c'est toi qui as le plus de succès auprès des femmes. Pourtant, même toi tu n'arriveras pas à la séduire. Je te parie cinquante dollars que tu ne parviendras même pas à lui arracher un sourire pendant le dîner.

Jamal se leva à son tour et posa les mains sur son bureau.

— J'ai une meilleure idée. Tu me prêtes ta nouvelle Ferrari pendant une semaine.

— Tu rêves, ricana Malik.

Jamal ignora sa réplique.

— Ta nouvelle Ferrari pendant une semaine, répéta-t-il, si je l'embrasse ce soir.

Malik haussa les sourcils.

— Et si tu échoues, répondit-il, ton nouvel étalon devra saillir six de mes juments. Une pour chaque jour de la semaine, avec repos le dimanche, bien entendu.

Jamal réfléchit. La mystérieuse Heidi devait être vraiment terrible, si son frère était prêt à jouer sa Ferrari. Mais cela ne l'inquiétait pas. Il n'avait jamais rencontré de femme capable de résister à son charme. Son étalon et lui n'avaient rien à craindre.

— Pari tenu, dit-il.

— Sur la bouche, précisa Malik en serrant la main que son frère lui tendait.

— Fais-moi confiance, je suis un professionnel, assura Jamal avec un grand sourire.

— Que… que je l'épouse ? bredouilla Heidi, convaincue d'avoir mal entendu. Vous voulez que j'épouse…

Elle ne put terminer.

« Ce n'est pas possible, je rêve », se dit-elle en se relevant. La pièce qu'elle avait trouvée si agréable tout à l'heure semblait maintenant tourner autour d'elle. Un mariage ! Elle n'avait jamais envisagé de se marier. Ce n'était pas son genre. Elle ne s'intéressait pas aux hommes et, à vrai dire, eux non plus ne semblaient guère la trouver attirante.

— Cela te surprend tellement ? demanda Givon. Tu as largement passé vingt ans et tu es une fille raisonnable.

« Vieille et raisonnable. Deux excellentes raisons de se marier ! » pensa-t-elle, en s'efforçant de voir le comique de la situation. Elle voulait se raccrocher à tout ce qu'elle pouvait pour ne pas éclater.

— Oui, je suis surprise, réussit-elle enfin à articuler. Je n'aurais jamais pensé…

— Alors penses-y, maintenant. Vous avez beaucoup en commun, Jamal et toi. Certes, il a quelques années de plus, mais c'est mieux pour un mari. Vous adorez tous les deux

El Bahar. Jamal est passionné d'histoire et vous aimez l'un et l'autre l'équitation.

— Je ne suis pas montée sur un cheval depuis mes douze ans…, murmura-t-elle.

Un argument de poids ! songea-t-elle avec ironie. D'ici quelques années, elle pourrait dire : « Bien sûr, nous aurions pu nous marier, mais je ne montais pas à cheval. »

— Dans ce cas, tu vas t'y remettre, ce n'est pas difficile.

Heidi se dirigea à grands pas vers le mur opposé, décoré d'une mosaïque représentant le jardin d'Eden. Les minuscules carreaux composaient une image admirable de la tentation d'Eve par le serpent ; d'un rouge éclatant, la pomme semblait éclairée de l'intérieur. Heidi était-elle pareillement mise à l'épreuve ?

— Jamal a besoin de toi, continua le roi, d'une voix basse et persuasive. Sa vie est vide. Cela fait six ans que sa femme est morte et qu'il vit seul.

Heidi ne savait que répondre. Jamal avait peut-être besoin de quelqu'un auprès de lui, mais elle doutait que ce soit d'elle. Quant à sa solitude, c'était une plaisanterie.

— Votre Altesse, Jamal a fréquenté toutes les femmes présentables qu'on trouve entre ici et le pôle Nord. C'est un grand séducteur.

Et sa préférence allait aux belles blondes avec une forte poitrine. Non, en réalité, il n'était pas difficile sur la couleur des cheveux. Il les aimait toutes. Avec une prédilection pour les célébrités les plus sexy. Les journaux à scandales ne sortaient pas un numéro sans citer son nom. Heidi n'avait pas le moindre goût pour ce genre de publications, mais quand elle était chez le coiffeur, elle n'avait rien d'autre à lire.

— C'est ce que je t'ai dit, poursuivit Givon en ignorant sa remarque, sa vie est vide. Il ne fréquente que des écervelées.

Certes, il les trouve séduisantes, mais est-ce qu'il les amène ici ? Est-ce qu'il en a épousé une ?

Il répondit à sa propre question en secouant la tête.

— Non, elles ne sont rien pour lui. Il les utilise, puis il les jette.

— Voilà un portrait drôlement engageant pour un futur époux, marmonna-t-elle.

Le roi continua comme si elle n'avait rien dit :

— Il a besoin d'une épouse. D'une femme qui compte pour lui, qu'il puisse aimer et qui l'aime en retour.

— Tout cela est très intéressant, mais je n'arrive pas à me sentir concernée. Je ne veux pas épouser Jamal, ni qui que ce soit d'autre. J'ai mon travail. Je suis de retour à El Bahar, je n'ai besoin de rien de plus.

— Mais si, tu en as besoin. Tu dois te marier si tu veux avoir des enfants.

Elle refusait d'y penser. Pas question de se laisser tenter par la perspective de fonder une famille.

— Et ne me dis pas qu'il ne te plaît pas, insista le roi. Je crois savoir que c'est ton préféré.

La jeune femme s'interdit de rougir. Elle avait les joues brûlantes… mais ce devait être à cause de la chaleur, voilà tout. Heidi ne rougissait jamais, parce que la vie qu'elle menait ne suscitait aucune occasion d'être embarrassée. Elle était trop raisonnable pour cela.

— Vos fils sont tous charmants, répondit-elle avec toute la diplomatie dont elle était capable. Je n'ai pas de préféré.

Comment pouvait-il imaginer qu'elle ait un faible pour l'un des princes ? Est-ce qu'il se moquait d'elle ? Ils étaient tous impérieux, expansifs, beaucoup trop audacieux pour elle. Le plus jeune, Khalil, avait épousé une femme délicieuse et semblait s'être posé. Mais Jamal et Malik avaient gardé un côté indomptable qui la mettait mal à l'aise. Elle ne tenait pas spécialement à se marier, mais si elle finissait par y consentir, pour avoir des enfants, elle épouserait un homme doux et attentionné. Un intellectuel qui n'était pas porté sur la passion et le contact physique. Quelqu'un avec qui elle pourrait avoir une relation plus spirituelle et cérébrale que sensuelle.

— Mais tu trouves que Jamal est séduisant.

Heidi prit une profonde inspiration.

— Il a du charme. Tous vos fils en ont.

Comment aurait-il pu en être autrement ? Ils mesuraient tous plus d'un mètre quatre-vingts, ils avaient des yeux de braise et des cheveux noirs de jais, et une séduction à couper le souffle. Elle avait bien eu quelques rêveries au sujet de Jamal quand elle était plus jeune — beaucoup plus jeune. Mais elle était trop grande pour cela, maintenant.

— Bien. Alors tu te placeras à côté de lui au dîner et tu réfléchiras à ce que je t'ai dit. Il a besoin de se marier. Toi aussi. C'est parfait.

Il se leva à son tour et lui passa un bras autour des épaules.

— Ce n'est pas parfait du tout ! protesta-t-elle.

Mais Givon n'écoutait pas.

— Fatima aussi souhaite votre union, ajouta-t-il. Tu connais ma mère. Quand elle a une idée en tête, il est impossible de l'en dissuader.

Heidi gémit.

— Fatima aussi ? Oh, non ! Je ne pourrai jamais résister si vous vous liguez tous les deux contre moi !

— C'est vrai, dans ce cas, n'essaie pas, conclut le roi en souriant.

Il lui posa un baiser sur la joue et sortit.

Heidi se laissa glisser sur le sol, le dos contre la mosaïque.

Fatima était comme une seconde mère pour elle. Avec ses manières gracieuses et ses tenues Chanel, elle était vraiment royale. Elégante, intelligente et chaleureuse. Heidi avait toujours pensé qu'elle était la meilleure reine qu'El Bahar ait jamais eue.

Mais derrière les manières aimables et le maquillage impeccable se cachaient une volonté de fer et une détermination qui auraient fait reculer une armée.

Mariée ? Heidi ?

— Dire que je n'accepte même pas de rendez-vous, marmonna-t-elle.

Elle avait essayé deux fois, et avait vécu deux désastres. Comme elle avait fréquenté un lycée de filles, il lui avait fallu attendre l'université pour rencontrer des garçons. Elle avait été invitée à une soirée sur un autre campus, et personne ne lui avait dit que la boisson aromatisée à la noix de coco contenait une dose excessive de rhum. Après trois verres bien remplis, elle avait dû filer vers la salle de bains la plus proche…

C'était la première fois qu'elle buvait de l'alcool. Curieusement, le garçon qui l'avait invitée s'imaginait que si elle était malade, elle serait d'autant plus facile à entraîner dans un lit. Avant même de comprendre ce qui lui arrivait, elle s'était retrouvée par terre, la jupe retroussée jusqu'à la taille. Heureusement pour elle, c'est à ce moment-là qu'elle avait commencé à se sentir malade. Cela avait refroidi son compagnon et elle avait réussi à s'échapper. Son deuxième rendez-vous amoureux s'était encore plus mal passé.

Non, sortir avec des hommes ne l'intéressait pas, et se marier encore moins. Et qu'importe qu'il s'agisse de Jamal Khan, prince d'El Bahar, rien ni personne ne pourrait la faire changer d'avis.

— Pour éviter tout quiproquo, je tiens à te prévenir tout de suite que je ne veux pas me marier, lança Heidi à Jamal qui était arrivé le premier dans la grande salle à manger.

L'homme qui se tenait à l'autre bout de la pièce n'eut même pas l'élégance de paraître déçu. Il se contenta de sourire poliment et de la saluer d'un signe de tête.

— Merci d'avoir clarifié les choses aussi vite, répondit-il d'une voix de basse bien timbrée.

Heidi sentit ses joues s'échauffer légèrement. C'était sans doute parce qu'elle avait marché vite pour rejoindre la salle à manger.

Ses joues devinrent brûlantes, mais elle n'y prêta aucune attention. Elle s'éclaircit la voix.

— Bien, euh… je peux m'expliquer.

Jamal Khan vint vers elle et ne s'arrêta que lorsqu'il fut assez près pour la toucher. Elle trouva profondément déplaisant d'être obligée de lever la tête pour le regarder. Et de constater qu'il était extrêmement séduisant. Les princes d'El Bahar étaient des clichés ambulants. C'étaient tous de grands bruns riches et beaux. Et Jamal était le pire des trois.

Il était plus grand que ses frères. Ses cheveux d'un noir de jais étaient plaqués en arrière, dans un style classique qui convenait à merveille aux traits ciselés de son visage. Son costume avait été fait sur mesure et sa cravate avait dû coûter le prix d'un mois de tickets pour la cantine de l'université. Quant à ses chaussures, inutile d'en parler : cuir cousu main…

Heidi éprouva des picotements dans le bas du dos. Quel endroit incongru pour le début d'un frisson ! Elle résolut de ne pas y prêter attention.

— Cela fait bien longtemps, Heidi… Quel plaisir de te revoir ! dit-il en tendant la main.

Elle la serra brièvement avant de mettre les bras derrière son dos. Elle n'avait rien ressenti lorsque leurs doigts étaient entrés en contact. Vraiment rien. Pas la moindre électricité. Et si elle avait ressenti quelque chose, il n'y avait qu'à l'ignorer, tout comme elle ignorait ses genoux défaillants.

— Oui, cela fait un moment.

Par-dessus son épaule, elle jeta un coup d'œil vers le couloir désert.

— Ils vont arriver d'un moment à l'autre. Il faut qu'on parle.

— Ils ?

Il appuya suffisamment sur ce mot pour sous-entendre qu'il avait des doutes sur sa santé mentale.

— Ta grand-mère et ton père. Le roi Givon est venu me voir cet après-midi. Il a baragouiné quelque chose à propos d'un mariage entre nous. Toi et moi. Je ne sais pas pourquoi. Nous ne nous connaissons même pas. Nous n'avons rien en commun. Il faut arrêter tout cela immédiatement.

— Le roi, baragouiner ? Qu'est-ce que c'était ? Du chinois, peut-être ? Ou du javanais ?

Heidi le fusilla du regard.

— Tu te moques de moi !

Jamal sourit.

22

— Mais non, voyons. Et je pense que si tu ne veux pas d'un mariage arrangé, tu n'as qu'à le lui dire.

— Je l'ai fait. Il ne m'a pas écoutée.

C'était la conversation la plus étrange qu'elle ait jamais eue de sa vie, et de loin.

— Tu sais, il cherche à régenter ta vie, reprit-elle avec emphase. Et la mienne. Je ne veux pas de cela, moi.

Jamal lui toucha la joue. C'était un geste désinvolte, presque paternel. Malgré tout, elle sentit son cœur faire un bond dans sa poitrine.

— Je suis le prince Jamal Khan d'El Bahar, commença-t-il.

Elle résista à l'envie de répondre : « Merci, je suis au courant ! »

— Il est de mon devoir de me marier et d'avoir des héritiers, continua-t-il. Je n'ai pas encore trouvé la femme de ma vie, aussi, quand le moment sera venu, j'accepterai un mariage arrangé. Cela fait des siècles que les choses se passent de cette façon dans le royaume.

— Je connais la coutume, grommela Heidi en serrant les dents. J'ai étudié l'histoire de ce pays. Là n'est pas la question. Je n'ai pas l'intention d'entrer moi-même dans l'histoire ! Tu ne comprends pas ? Ton père pense que nous sommes bien assortis. Il faut que tu l'empêches d'aller trop loin.

Il l'enveloppa de son regard sombre.

— Eh bien, dans ce cas, dis-lui simplement que tu ne veux pas de moi.

— J'ai une dette envers le roi. Il m'a beaucoup soutenue depuis la mort de mon grand-père et je me sentirais ingrate si je lui refusais quoi que ce soit. Malgré tout, je ne veux vraiment pas t'épouser, conclut-elle en le regardant bien en face.

— Comme c'est flatteur, ironisa Jamal.

Il s'était préparé à rencontrer Heidi la Harpie, mais il se trouvait en face d'une jeune femme qui ressemblait plus à une écolière qu'à une mégère, et il en était presque charmé.

— Je ne voulais pas le dire comme ça, reprit-elle. Ne fais pas semblant d'être froissé dans ta virilité

— Froissé dans ma virilité ? Qu'est-ce que tu entends par là ?

Elle lui jeta un regard froid et redressa ses lunettes.

— Tu le sais bien. Les hommes détestent que les femmes soient franches avec eux. Vous avez besoin qu'on flatte votre ego. C'est épuisant, à force.

— Ah ! Et tu as beaucoup d'expérience en la matière, j'imagine ?

— Pas personnellement, mais je l'ai souvent observé.

— C'est juste un préjugé, alors, si tu ne l'as pas vécu toi-même…

Heidi plissa le nez, affichant sans doute l'expression rébarbative qui avait tant horrifié Malik.

— Je n'ai pas besoin de me couper le bras pour savoir que je n'aimerais pas ça.

Il réfléchit un instant.

— Tu veux dire que tu n'as pas besoin de connaître un homme intimement pour savoir qu'il voudra que l'on flatte son ego ?

— Exactement.

Elle avait répondu d'un ton satisfait, comme si un élève particulièrement idiot lui avait donné une bonne réponse.

Jamal l'examina. Malik avait raison, elle s'habillait comme une vieille fille. Ce soir, elle portait une robe grise boutonnée jusqu'au col. Malgré la chaleur, elle avait des manches longues et le bas de sa robe lui descendait sous le genou. Il n'y avait pas une touche de maquillage sur sa peau claire. Et si ses yeux noisette paraissaient immenses, ce n'était pas grâce à un artifice quelconque, mais à cause de leur forme. Ses cheveux châtain clair étaient tirés en arrière en un petit chignon serré. Les lunettes perchées sur son nez complétaient sa panoplie de maîtresse d'école célibataire.

Il la regarda plus attentivement. Elle n'était pas laide, mais elle ne faisait aucun effort pour plaire. C'était dommage. Mieux habillée et coiffée différemment, elle aurait pu être jolie. D'après ce qu'on pouvait deviner à travers le tissu épais de sa robe, elle semblait avoir une silhouette assez avenante.

— Cela ne marcherait jamais, cette idée de mariage, reprit-elle. Nous ne nous connaissons pas. Je doute que nous puissions nous apprécier. Je ne sais même pas monter à cheval.

— Monter à cheval ? Je ne comprends pas, dit-il en clignant des yeux.

Quel rapport cela pouvait-il avoir avec un mariage arrangé ?

— Je ne vois pas comment être plus claire.

Son expression montrait manifestement qu'elle doutait de l'intelligence de son interlocuteur.

— Je comprends la phrase, mais pas ce que tu veux dire, ajouta Jamal.

Elle inspira profondément.

— Cela fait des années que je n'ai pas fait d'équitation. Les princesses doivent monter à cheval. C'est prévu par la loi, non ?

Jamal sentit un début de sourire naître sur ses lèvres. « Bizarre, pensa-t-il, mais plutôt séduisante, à sa façon. » Quant à l'autre question qui la préoccupait…

— Ecoute, si ça peut te rassurer, je ferai en sorte de ne pas te demander en mariage, promit-il.

— Merci. Je suis sûre que tu ferais un mari merveilleux, mais je ne suis pas intéressée.

Après une pause, elle ajouta :

— Je n'ai rien contre toi personnellement. Je ne veux pas me marier, c'est tout. Je suis très indépendante.

« Quelle surprise ! » songea-t-il, amusé.

Il tira une chaise et attendit qu'elle soit assise pour s'installer à côté d'elle. Il allait passer une soirée distrayante, tout au moins.

— Pourquoi t'assieds-tu ici ? demanda-t-elle avec inquiétude. Ne te mets pas aussi près, tu vas leur donner des idées !

— D'après ce que tu m'as dit, ils en ont déjà.

— Inutile de les encourager. Tu devrais t'installer de l'autre côté, le plus loin possible. Et ignore-moi, sois même grossier, cela ne me dérange pas.

Elle écarquilla ses yeux noisette avec une expression de sincérité totale. Aucune femme n'avait jamais manifesté aussi ostensiblement son absence d'intérêt pour Jamal. La vie lui avait même appris à considérer les personnes du sexe faible avec un certain cynisme. Il en avait rencontré suffisamment qui s'intéressaient à lui pour son argent, son titre, sa notoriété ou les trois. Une vierge qui lui demandait de garder ses distances constituait un changement rafraîchissant.

— Assieds-toi là-bas, dit-elle avec autorité en indiquant une place à l'autre bout de la table.

La table de la salle à manger pouvait recevoir jusqu'à vingt personnes mais, ce soir, elle avait été dressée pour six. Heidi indiquait une place décalée par rapport à la sienne. Malheureusement pour elle, ils étaient encore assez près l'un de l'autre pour se parler.

De l'endroit où il se trouvait, Jamal l'examina avec curiosité. Qui était Heidi McKinley, et d'où sortait-elle ? Il n'avait pas

Coupable séduction

oublié la petite fille maigrichonne qui jouait dans ses pattes autrefois. Mais ces souvenirs dataient de son adolescence, il y avait bien longtemps. Malik avait mentionné qu'elle était venue en visite plusieurs fois récemment. Jamal avait-il été trop occupé pour s'en apercevoir ? Et comment était-elle devenue ce mélange unique d'innocence et d'audace ?

— Tu me regardes. Il ne faut pas. Vraiment, ignore-moi, je préfère.

Il détourna obligeamment son attention, mais revint bien vite vers son visage. Pourquoi avait-elle si peur du mariage ? Et plus important encore, pourquoi lui-même n'était-il pas affolé à cette idée ? Sa femme était morte depuis bientôt six ans. Jamal savait que le roi lui avait donné le temps de se remettre de ce deuil.

Il fit une grimace. L'éternité ne lui suffirait pas pour oublier Yasmine, mais il n'en dirait rien à son père. Il ne dirait pas non plus que ses sentiments pour sa femme n'étaient pas ceux que tout le monde croyait.

Le roi Givon envisageait-il vraiment une nouvelle union pour son second fils ? Jamal savait que son remariage n'était qu'une question de temps et que, cette fois, il devrait avoir des héritiers. Contrairement à Khalil, il n'était pas tombé amoureux. La femme qu'il choisirait ne serait qu'un pis-aller. Quelqu'un qu'il supporterait, et dont il pourrait peut-être même se faire une amie.

Son regard s'attarda sur son invitée. Jusqu'ici, Heidi n'avait pas l'air d'un choix inintéressant.

Elle s'aperçut qu'il la regardait et lui adressa un petit sourire anxieux. Malik se trompait, pensa-t-il. Elle n'avait rien d'un laideron. Elle était même plutôt mignonne, dans son genre.

Des pas retentirent dans le couloir. Heidi remonta ses lunettes et se pencha vers lui.

— Rappelle-toi bien, sois désagréable, ne t'occupe pas de moi. C'est vraiment ce que je veux.

Il acquiesça en se demandant ce qu'il voulait, lui.

« Jamal ne prend pas au sérieux ce qui me préoccupe », pensa Heidi un peu plus tard, pendant que les domestiques changeaient les plats. Pire, le dîner ne se déroulait pas du tout comme prévu. Et pour commencer, par elle ne savait quel hasard, Jamal avait fini par se retrouver assis en face d'elle.

Fatima, sa grand-mère, et le roi étaient arrivés les premiers. Ils avaient pris les sièges placés aux deux extrémités de la table. Lorsque Khalil et sa femme Dora étaient arrivés, Fatima avait fait déplacer Jamal pour que mari et femme soient face à face. Jamal s'était retrouvé assis en face de Heidi, qui avait été obligée de le regarder pendant tout le repas. Un enfer !

Elle but une gorgée de vin en s'efforçant de ne pas montrer sa frustration, ni son appréhension.

Fatima se pencha vers elle et lui tapota le dos de la main.

— Maintenant que tu vis ici, nous allons pouvoir organiser un voyage à Londres pour aller au théâtre.

Heidi pinça les lèvres. Pour le moment, cette proposition paraissait inoffensive. Elle pouvait répondre, sans crainte de voir Jamal mentionné dans la conversation.

— J'en serais enchantée, dit-elle prudemment.

« Fatima est une alliée », songea-t-elle. La mère du roi s'était toujours montrée amicale avec elle.

Heidi risqua un sourire. Ce soir, Fatima portait un élégant

28

tailleur de soirée couleur bronze. La veste cintrée mettait en valeur sa silhouette, et son chignon relevé la grandissait de quelques centimètres. Son maquillage impeccable restait discret, et les perles qu'elle portait aux oreilles étaient assorties au triple rang qui illuminait son cou. Fatima était tout ce que Heidi aspirait à devenir un jour : belle, rayonnante d'assurance et de maîtrise de soi.

— Jamal adore les arts, intervint Givon d'une voix forte. Le théâtre, la musique, la danse, il aime tout.

Au cours du dîner, le roi avait multiplié les remarques de ce genre pour souligner tout ce que Jamal et Heidi avaient en commun.

Le prince Khalil leva la tête en riant.

— C'est vrai. Jamal ne vit que pour les arts.

Dora, assise en face de son mari, s'essuya les lèvres avec sa serviette.

— Ignore-les, souffla-t-elle à Heidi. Khalil te taquine, c'est sa façon à lui de faire de l'humour. Je lui en parlerai, tout à l'heure, et je veillerai à ce que tes tourments de ce soir ne se reproduisent pas.

Khalil, assis à la gauche de Heidi, n'eut pas l'air de s'en inquiéter.

— Des menaces, femme ?

Dora sourit. C'était une jolie brune aux yeux rieurs.

— Absolument. Heidi est notre invitée. Soyez gentils avec elle.

Son mari eut une moue indignée.

— Tu ne vas pas faire la leçon au roi, dis-moi ?

— Je ne suis pas l'épouse du roi, répliqua Dora.

Elle se tourna vers Heidi.

— Ne fais pas attention à eux. Les hommes de cette

famille sont pleins de bonnes intentions, mais ils peuvent être pénibles parfois.

Heidi eut un faible sourire pour remercier Dora de ce geste d'amitié. Elle ne l'avait jamais rencontrée auparavant, mais elle avait l'impression qu'elles pourraient s'entendre. Dora semblait avoir les pieds sur terre.

— Je ne suis pas pénible, protesta le roi.

— Oh, si ! répondirent en même temps Fatima et Dora.

Il y eut un silence, puis tout le monde éclata de rire. Heidi essaya de faire comme les autres, mais elle avait la gorge nouée. Comment aurait-elle pu rire ? Elle avait déjà du mal à respirer. Elle préféra s'effacer en attendant que la conversation reprenne un cours normal.

Pour se distraire, elle observa la pièce. La salle à manger familiale était nichée dans une alcôve qui ouvrait sur le grand jardin. L'un des murs, entièrement vitré, donnait sur une fontaine entourée de fleurs. Des chaises s'alignaient contre le mur opposé. La nappe blanche était décorée de bouquets, l'argenterie étincelait et les verres en cristal reflétaient la lumière du grand chandelier.

— A quoi penses-tu ? lui demanda Jamal.

Elle releva les yeux et vit le regard du prince fixé sur elle. Son attention la rendit nerveuse. Elle remonta ses lunettes sur son nez et s'éclaircit la gorge.

— Je me disais juste que le palais était vraiment magnifique. Je suis heureuse d'être de retour. T'ai-je dit que je m'intéressais à la restauration des manuscrits anciens ?

Le roi l'interrompit.

— Jamal se passionne pour l'histoire. Il n'arrête pas de lire des traités historiques.

La belle bouche de Jamal se pinça dans une moue d'exaspération.

— En fait, je ne vis que pour l'histoire…

Soudain, il jeta sa serviette sur la table.

— Viens, Heidi. Je pense que nous devrions laisser tout ce beau monde terminer le dîner sans nous.

La jeune femme se leva avec gratitude. Elle n'était pas sûre de vouloir se retrouver seule avec Jamal, mais tout valait mieux qu'endurer plus longtemps ce supplice.

— Où allez-vous ? demanda le roi. En ville ? Tu pourrais l'emmener boire un verre, ou danser. C'est agréable, la danse, ajouta-t-il avec un sourire à l'adresse de Heidi. Aimes-tu danser ?

— Vous pouvez aussi faire une promenade dans le jardin, renchérit vivement Fatima. Il fait très beau, ce soir.

— Hé, dès que la table sera débarrassée, vous pourrez directement…

Khalil s'arrêta brusquement.

— Tu m'as donné un coup de pied ! grogna-t-il à l'adresse de sa femme. Qu'est-ce que j'ai dit ?

Dora l'ignora.

— Allez-y, chuchota-t-elle à Heidi. Echappez-vous, je les retiens !

Jamal lui tendit la main, Heidi s'en saisit et se laissa entraîner dans le couloir. Ils coururent jusqu'au bout, tournèrent plusieurs fois et débouchèrent dans une pièce qui donnait sur l'un des petits jardins qui bordaient les côtés du palais.

Jamal s'adossa au mur et laissa retomber son menton sur sa poitrine.

— C'était horrible !

— J'ai essayé de te prévenir, mais tu ne m'as pas écoutée. « C'est agréable, la danse », répéta-t-elle avec un frisson. Je n'arrive pas à croire que le roi ait dit cela !

Jamal la regarda.

—Tu as raté ta réplique à ce moment-là.

Elle réfléchit un instant, puis éclata de rire.

— C'est vrai. Je ne vis que pour la danse, affirma-t-elle gravement en posant une main sur sa poitrine.

Jamal s'esclaffa.

— Si je te promets de ne pas aborder un sujet sérieux, veux-tu te promener quelques minutes avec moi ? Jusqu'à ce que nous puissions regagner nos appartements en toute sécurité ?

— D'accord.

Il ouvrit l'une des portes vitrées et ils se retrouvèrent dehors.

Heidi huma le parfum des orangers, des fleurs et de la terre retournée, en se délectant de la douceur qui subsistait dans l'air après la chaleur du jour. Elle ferma les yeux et poussa un soupir.

— Voilà bien El Bahar ! J'essaie toujours de me rappeler l'odeur des jardins, mais j'ai beau me jurer d'y parvenir, je n'y arrive jamais. Je perds aussi les sons de la nuit, les chants d'oiseaux, le murmure des fontaines.

— Tu aimes cet endroit, n'est-ce pas ?

Heidi ouvrit les yeux et vit que Jamal la regardait. Elle fit un pas en arrière, mais découvrit alors qu'ils se tenaient toujours la main. Elle considéra avec stupeur leurs doigts entremêlés. Comment était-ce possible ?

— Je… hum, j'ai toujours voulu vivre ici, répondit-elle en se dégageant avec un petit sourire. C'est le seul endroit où je me sens chez moi. J'adore le mélange d'ancien et de nouveau, ajouta-elle en balayant le jardin d'un geste. Nous sommes au milieu du désert, en plein mois de juin, dans la journée, la température est l'une des plus chaudes au monde. Et pourtant, tout cela est merveilleux.

Jamal enleva sa veste et la posa sur un banc.

— C'est parce qu'il y a des ventilateurs et des souffleries d'air conditionné placés discrètement un peu partout, pour rafraîchir l'air.

— Peu importe. C'est magique quand même, et c'est tout ce qui m'intéresse.

Il la fixa un long moment, les mains dans les poches.

— C'est pour cela que tu es revenue ?

Ils étaient sur un petit sentier dallé, entre une fontaine et une tonnelle. Heidi caressa une feuille.

— Je ne suis pas là pour la magie du lieu, si c'est bien ta question. Je te l'ai dit, je veux travailler. A cause du temps et de la température de l'air, des centaines de textes anciens sont détruits chaque année. Je veux sauvegarder notre histoire, pour qu'elle ne soit pas perdue.

— Et ton amoureux ? Tu n'as pas laissé quelqu'un derrière toi ?

Il se moquait d'elle ! Un amoureux ? Elle ? Elle s'était laissé embrasser une ou deux fois, mais elle ne pouvait guère considérer cela comme une relation.

— Pas exactement.

— Alors qu'en est-il… *exactement* ?

Etait-ce son imagination, ou Jamal s'était-il rapproché d'elle ? Elle le regarda.

— Je veux être parfaitement claire sur le sujet. Je ne souhaite pas me marier.

Sa proximité devenait inquiétante, pensa-t-elle. Il paraissant encore plus grand, inexplicablement, et il se dressait devant elle comme un prince guerrier dans la nuit.

Avec le plus grand sérieux, même si elle avait cru voir un sourire jouer aux coins de sa bouche, il déclara :

— Pour te répondre de façon tout aussi claire, je ne me souviens pas d'avoir demandé ta main.

Pourquoi avait-elle donc si chaud ?

— Oui, mais tu risques de le faire. Et je ne veux pas.

— Pourquoi, parce que tu ne pourrais pas refuser ?

Elle plaqua ses mains sur ses joues.

— Exactement. Je te garantis que le roi Givon et Fatima me connaissent assez bien pour me mener par le bout du nez. Ils peuvent me faire faire n'importe quoi. C'est déjà arrivé. Quand j'ai eu mon diplôme, je ne voulais qu'une chose : rentrer ici pour travailler.

— Et ce n'est pas ce qui s'est passé ?

— Non. Dieu sait comment, ils m'ont convaincue de m'inscrire dans une institution pour jeunes filles. Tu sais en quelle année nous sommes ? Ce genre d'établissements ne devrait plus exister à notre époque. C'était horrible, conclut-elle en soupirant.

— Mais tu y es allée.

— Parfaitement. Et ne me demande pas comment c'est possible. Je leur ai dit que ça ne m'intéressait pas, et la minute d'après, je montais dans un avion pour la Suisse.

Elle s'interrompit en se remémorant les discussions qui avaient eu lieu deux ans plus tôt.

— Je me crois forte, mais peut-être que je ne suis qu'une marionnette. Peut-être…

Elle pinça les lèvres. Une pensée désagréable lui était subitement venue à l'esprit. Fatima et le roi avaient beaucoup insisté pour l'envoyer dans cette institution pour jeunes filles, mais avant cela, ils l'avaient encouragée à étudier les sciences politiques et l'histoire du Moyen-Orient, en particulier celle d'El Bahar. Sa formation n'offrait guère de débouchés… à moins qu'ils n'aient eu des projets particuliers pour elle.

Elle prit une vive inspiration.

— Oh, non ! Ils préparent cela depuis des années !

— Qui prépare quoi ?

Elle joignit les mains devant sa poitrine.

— Jamal, il faut me croire. Le roi et ta grand-mère tiennent à ce mariage. Je viens de comprendre qu'ils m'ont préparée pour le rôle que j'aurais à tenir si j'étais ta femme… Et peut-être depuis plus longtemps encore que je ne le pensais.

Elle repensa au pensionnat prestigieux où elle avait fait ses études secondaires. Le roi avait-il influencé son grand-père dans son choix ?

« Quelle gravité ! » pensa Jamal, amusé. Elle le regardait avec ses grands yeux écarquillés et ses lèvres tremblantes comme si ces révélations allaient changer le cours de l'histoire.

— Tu veux dire qu'ils t'ont envoyée à l'école des princesses, en quelque sorte ?

Elle plissa le nez.

— Tu te moques de moi, mais je suis sérieuse. Je ne veux *pas* t'épouser.

— Il faut vraiment que tu arrêtes de me flatter comme ça, Heidi. Cela me monte à la tête.

— Ah, les hommes ! Je ne dis pas ça pour te blesser, et j'imagine que tu ne veux pas m'épouser, toi non plus. En fait, tu n'es même pas concerné par cette histoire.

— Si nous parlons bien d'un mariage entre toi et moi, je suis concerné, excuse-moi !

Elle se détourna.

— Tu fais exprès de te montrer obtus.

Cette situation la frustrait terriblement. Elle rejetait l'idée d'être attachée pour toujours avec une ardeur si sincère qu'il en était charmé. Après avoir passé la totalité de sa vie d'adulte à éviter les femmes qui voulaient obtenir quelque chose de lui, comment résister à celle-ci, qui ne s'intéressait pas le moins du monde à son titre, à son argent ni à son patrimoine ?

A bien y réfléchir, il était persuadé que Heidi était celle qu'on avait choisie pour lui, et que son père et Fatima la préparaient à devenir son épouse depuis longtemps. Il leur avait clairement indiqué qu'il n'était pas pressé de se remarier, aussi n'avaient-ils pas eu à craindre qu'il tombe amoureux de quelqu'un d'autre. Il était déjà passé par là, pensa-t-il avec amertume. Le résultat avait été désastreux. Il n'avait pas hâte de renouveler l'expérience.

Mais il allait devoir se remarier, pour le bien du royaume et parce qu'il voulait des enfants. Jusqu'ici, Heidi était sa candidate favorite. Il retint un sourire. Il pouvait imaginer à quel point elle serait heureuse d'apprendre la nouvelle.

— Et si je te disais que cela ne me dérangerait pas de t'épouser ? risqua-t-il, autant pour la taquiner que pour la tester.

Elle fit volte-face.

— Tu es *fou* ? C'est la chose la plus ridicule que j'aie entendue de toute ma vie. Nous n'avons rien en commun.

— Au contraire, nous avons beaucoup en commun. El Bahar nous intéresse tous les deux — le royaume d'aujourd'hui comme celui d'autrefois. Je tiens à préserver notre culture. Tu connais nos coutumes, tu aimes la vie au palais. Tu es assez intelligente pour gérer les difficultés d'une vie de souveraine. Je te soupçonne de me trouver séduisant, et je te trouve très attirante.

Il avait un peu exagéré sur la fin, mais ce n'était pas le plus gros mensonge qu'il ait jamais débité. Après tout, c'était pour une bonne cause. En vérité, elle ne manquait pas de charme ; elle avait juste besoin d'apprendre à se mettre en valeur.

Elle ouvrit la bouche et la referma plusieurs fois. Aucun son n'en sortit. Il vit ses joues s'empourprer.

— Tu rougis, remarqua-t-il.

— Moi ? Pas du tout. Je ne rougis pas. Jamais. Je n'ai aucune raison d'être embarrassée, alors pourquoi est-ce que je rougirais ?

Mais elle baissa la tête et pressa une paume contre sa joue.

— Ce serait si terrible que ça ? demanda-t-il.

— Oui ! Pourquoi fais-tu cela ? Pourquoi n'es-tu pas parti en hurlant ? Je viens de t'annoncer que ton père veut te faire épouser une inconnue, et tu as l'air de t'en moquer.

— Je ne m'en moque pas du tout. Je pense seulement que ce n'est pas la fin du monde. Il y a pire, comme destin.

— Quoi donc ? Etre enterré vivant ? Etre dévoré par des lions ?

Il sursauta.

— Tu as raison, Heidi, tu ne fais rien pour flatter l'ego masculin. Si tu m'épouses, il faudra remédier à cela.

Elle tapa du pied.

— Ecoute-moi bien, prince Jamal Khan d'El Bahar. Je ne t'épouserai jamais. Ni dans cette vie ni dans une autre, même pour un seul jour. Voilà.

— On parie ?

Jamal s'approcha d'elle en riant et lui glissa un bras autour de la taille. Elle se raidit instantanément, la bouche ouverte de surprise.

— Qu'est-ce qui te prend ? demanda-t-elle en plaquant les mains contre son torse.

— Je veux savoir si cette bouche peut faire autre chose que proférer des insultes.

Les yeux noisette de la jeune femme lancèrent des éclairs.

Ils brillaient d'un tel feu qu'il se demanda si la chaleur n'allait pas faire fondre ses lunettes.

— N'y pense même pas. Je déteste qu'on me touche. Je ne te le demanderai pas deux fois : lâche-moi !

— Si tu ne le demandes qu'une fois, je n'aurai à répondre qu'une fois : c'est non.

- 3 -

« Est-ce que suis en train de rêver ? » se demanda Heidi, avec stupéfaction.

Ils étaient au beau milieu d'une conversation sérieuse sur toutes les raisons qui les empêchaient d'envisager un mariage. Il n'allait pas s'interrompre pour l'embrasser, tout de même ?

Le souffle coupé, elle se rendit compte qu'il en avait vraiment l'intention. Il se dressait devant elle, dangereusement proche. Avant même d'avoir eu le temps de dire ouf, elle se retrouva dans ses bras. Impossible de le nier. Elle était collée contre lui, c'était impressionnant.

Elle voulut protester. Lui dire qu'elle étouffait, qu'elle avait trop chaud, exiger qu'il arrête. Mais la vérité c'est qu'elle ne trouvait pas cela déplaisant du tout. Elle eut l'impression qu'une vague de chaleur l'inondait, réchauffant des zones inconnues de son corps. Son estomac faisait des bonds et le contact accidentel du torse de Jamal contre ses seins les rendait brûlants et étrangement sensibles. Quant à ses jambes soudain flageolantes, elle préféra ne pas y penser.

Elle garda les bras ballants, malgré son envie presque irrésistible de poser les mains sur ses épaules, ou peut-être ses cheveux. Elle ne céda pas. D'abord, les baisers ne l'intéressaient pas, pas plus que tout autre contact physique. De plus, elle ne savait absolument pas quoi faire. Elle n'avait aucune expérience dans ce domaine.

— Détends-toi, lui dit Jamal d'un ton rieur. Je ne vais pas te manger !

— Je suis détendue.

— Heidi, tu es raide comme une bûche, répliqua-t-il en la secouant doucement. Respire profondément.

— Je n'ai pas besoin de tes conseils, merci. Je sais très bien ce que je fais.

— Menteuse. Tu as besoin de quelqu'un pour t'aider, et je suis le seul présent.

Son inexpérience était-elle si flagrante ? Ses joues s'enflammèrent un peu plus. D'accord, elle rougissait, mais ce n'était pas sa faute. Cette situation était parfaitement intolérable.

— Si tu voulais bien me lâcher, nous pourrions poursuivre notre conversation.

— Je ne veux pas discuter. Je veux t'embrasser. Maintenant, tu vas dire mon nom.

Elle cligna des yeux. Il l'avait dit ! Il avait prononcé le mot « embrasser » ! Elle ne pouvait plus penser qu'elle avait mal interprété la situation. Et quelques instants plus tôt, il avait déclaré qu'il la trouvait attirante. Aucun homme ne lui avait jamais dit cela. Elle avait conscience de ne pas être le genre de femme qui plaît. Elle ne savait pas comment faire pour le devenir. C'était à cause de ses vêtements, de sa coiffure ou peut-être de ses lunettes. Elle aurait aimé changer d'allure et elle avait cherché l'inspiration dans des magazines, mais comment transformer ce qu'elle voyait sur les pages de mode en tenue dans laquelle elle pourrait être à l'aise ? Elle avait toujours trouvé plus facile de ne pas essayer.

Avec les hommes, c'était la même chose. Elle avait préféré

se tenir à l'écart, parce qu'ils l'intimidaient. A présent, elle regrettait son manque d'expérience.

— A quoi penses-tu ? demanda Jamal.

Heidi le regarda.

— A rien.

— Encore un mensonge. Je me demande si le roi est au courant de ce défaut…

— Jamal ? Tu ne fais rien pour arranger les choses.

— Mais si. Redis mon nom, ordonna-t-il en l'attirant encore plus près, chose qu'elle n'aurait pas crue possible.

— Pourquoi ?

— Parce que j'aime bien te l'entendre dire.

Elle lui jeta un regard furieux, en essayant de ne pas voir que les étoiles se reflétaient dans ses yeux sombres. A moins que ce ne soient les lumières qui bordaient le sentier ?

— Pourquoi faut-il toujours que tout tourne autour de ta personne ?

— Parce que c'est plus amusant ainsi.

Il sourit, révélant ses dents blanches.

— Je ne veux pas faire ça avec toi.

— Tu ne peux pas le savoir avant d'avoir essayé ! Il se trouve que j'embrasse très bien.

— C'est toi qui le dis. Tu ne brilles pas exactement par ta modestie.

— Ne sois pas si critique avant d'avoir goûté à mes charmes.

Elle avait du mal à respirer et son cœur battait follement dans sa poitrine.

— Tes charmes me laissent froide.

Sans lui répondre, il toucha sa lèvre du bout des doigts.

— Détends-toi. Et maintenant, dis mon nom.

— Jamal.

Elle était si tendue qu'elle mangea la deuxième syllabe.

— Non. Doucement, recommence.

Cet homme était fou. *Elle* était folle. Elle commençait à apprécier ce contact rapproché. Il était grand et fort ; bizarrement, elle se sentait en sécurité dans ses bras.

— Jamal, répéta-t-elle en fermant les yeux.

Elle attendit. Mais au lieu d'entendre un commentaire, elle sentit une légère pression sur ses lèvres.

Il l'embrassait !

Elle ouvrit les yeux, incrédule. Elle n'avait jamais été embrassée à proprement parler. Pas par un homme séduisant. Et encore moins par un don Juan notoire, comme Jamal. Si l'on en croyait la presse à scandales, il avait eu plus de conquêtes féminines que James Bond.

Mais il la serrait dans ses bras et l'embrassait. Elle ferma les yeux et se concentra sur ce qu'elle ressentait au contact de ses lèvres.

Ce n'était pas désagréable. Et sa température semblait monter en flèche.

Il posa délicatement une main puissante sur sa nuque. De l'autre bras qui lui enlaçait la taille, il la maintenait solidement, mais sans l'oppresser le moins du monde. Ce baiser était fort plaisant, tout compte fait. Elle aimait ce mouvement de va-et-vient, comme si Jamal cherchait à tout connaître de sa bouche. Elle devrait peut-être poser les mains sur ses épaules ?

— Détends-toi, murmura-t-il.

— Je suis détendue.

— Non. Tu as la bouche pincée.

Elle se rendit compte qu'elle avançait un peu les lèvres comme un enfant qui attend un baiser de ses parents. Cette fois, elle rougit des pieds à la racine des cheveux et eut envie de filer se réfugier dans un trou de souris.

— Pas question, dit-il en resserrant son emprise autour de sa taille. Ne pense qu'à dire mon nom.

Elle allait protester qu'il n'y avait pas que lui sur terre lorsqu'il posa un nouveau baiser sur ses lèvres. Cette fois, elle essaya de se détendre, et répéta mentalement son nom jusqu'à ce qu'il se forme tout naturellement sur sa bouche. A cet instant, il frôla sa lèvre inférieure.

Un frisson la parcourut tout entière, la laissant prête à défaillir. Une étrange sensation de chaleur lui dévorait l'intérieur des cuisses et ses seins la picotaient. Etait-ce donc cela, la passion ? Etait-ce…

Il passa la langue sur ses lèvres, puis l'introduisit dans sa bouche. Ce fut une explosion de chaleur et d'excitation qui la déstabilisa totalement. Elle ne se souvenait pas d'avoir levé les bras, mais elle lui enfonça les doigts dans les épaules. Elle voulait être encore plus près, sentir sans fin ces décharges de plaisir. Elle se pencha vers lui et fit tourner sa langue autour de la sienne. Pourquoi ne lui avait-on jamais dit qu'un baiser pouvait être aussi délicieux ?

Leur danse amoureuse se prolongea longtemps, la laissant à bout de souffle. Jamal avait les mains posées sur son dos, et elle se mit à désirer qu'il la caresse. Elle voulait plus, elle voulait…

Il mit fin à leur baiser et appuya le front contre le sien. Sa respiration était inégale.

— Tu vois, haleta-t-il, ce n'est pas si terrible.

Elle dut s'éclaircir la gorge.

— Finalement, non. C'était même assez plaisant.

— Merci de me flatter.

Sa voix avait un drôle de timbre.

— Mais je parlais sérieusement, assura-t-elle.

Il se redressa.

— Je te crois.

Son regard sombre était intense. Heidi s'efforça de repousser l'embarras qui la gagnait, mais elle ne savait pas plus comment elle devait se comporter après un baiser que pendant. A tout prendre, elle préférait le moment du baiser.

— Tu veux recommencer ? demanda-t-elle brusquement.

Jamal recula d'un pas.

— Nous devrions en rester là pour ce soir. Cela vaudra mieux pour toi comme pour moi. Tu dois pouvoir regagner ta suite sans encombre, à présent, ajouta-t-il après un regard circulaire.

D'abord confuse, elle finit par se souvenir du dîner et des projets de mariage que tramaient le roi et Fatima. Cela ne lui paraissait plus aussi terrible. Elle lui adressa un sourire timide.

— Je crois que je vais y aller, dans ce cas.

Il acquiesça, pour sa plus grande déception. N'avait-il plus envie de l'embrasser ? Cela ne lui avait-il pas plu ?

Heidi soupira. Elle ignorait la réponse et n'osait pas lui demander. Elle murmura un « Bonne nuit » rapide et quitta le jardin.

La soirée avait pris un tour des plus inattendus. Jamal s'était révélé… sympathique, pensa-t-elle avec un soupir. Il était drôle, il savait charmer et il embrassait bien, même si elle manquait d'éléments de comparaison.

En regagnant sa chambre, elle repassa dans sa tête chaque détail de leur baiser. Elle le rejouait mentalement pour la troisième fois quand elle entra dans son salon et découvrit Fatima, qui l'attendait.

— Tu étais avec Jamal, dit-elle sans préambule. C'est un jeune homme charmant.

Heidi s'immobilisa sur le seuil de sa suite pour essayer de rassembler ses idées. A ce moment précis, elle n'avait envie de parler à personne. Elle voulait se retrouver dans l'intimité de sa chambre pour ressasser à loisir cette soirée déconcertante et merveilleuse, et pour tâcher d'y voir plus clair.

Elle opta pour une réponse évasive :

— Il est très sympathique, mais cela ne veut pas dire que j'ai envie de l'épouser.

Fatima se leva et tendit les bras vers elle.

— Viens ici, mon enfant.

Heidi s'approcha, méfiante, et Fatima lui prit la main.

— Je t'ai connue toute petite, rappela-t-elle. Je me souviens de la fierté de ton grand-père lorsqu'il t'a amenée ici pour la première fois. Tu étais jolie et intelligente, et tu n'avais peur de rien, ajouta-t-elle avec un sourire. Tu es montée sur mes genoux et tu as réclamé une histoire. Tu m'as fait fondre aussitôt. Je n'avais pas de fille ni de petite-fille, je devais me contenter de gâter celles de mes amis. Désormais, j'ai Dora, la femme de Khalil. J'ai tant souhaité te voir entrer dans ma famille, toi aussi.

Heidi sentit sa gorge se serrer.

— Ne me faites pas cela, supplia-t-elle en se dégageant. Je sais tout ce que je vous dois, à vous et au roi. Vous avez été merveilleux avec moi. Quand mes parents sont morts, j'étais trop jeune pour en garder le souvenir. Grand-père était ma seule famille. Je sais que vous avez toujours été là pour moi, le roi Givon et vous. Je ne l'oublie pas. Je ferais n'importe quoi pour vous remercier. Mais je vous en prie, ne me demandez pas d'épouser Jamal. Je ne veux pas me marier. Je veux juste travailler sur les textes et mener une vie paisible au palais.

Fatima s'appuya contre les coussins du canapé et tapota la place à côté d'elle, comme le roi l'avait fait plus tôt. Heidi eut l'impression d'être attirée dans un piège. A contrecœur, elle alla se percher sur l'accoudoir.

— Tu es le genre de femme qui a besoin d'être mariée, dit Fatima avec douceur. Non parce que tu as besoin de quelqu'un pour prendre les décisions pour toi, ni parce que tu ne saurais pas trouver le bonheur toute seule, mais parce que, toute ta vie, tu as eu envie de trouver ta place. Je sais que ton grand-père t'aimait de tout son cœur, mais Edmond n'était pas de taille à élever une jeune fille. Il avait conscience de ses limites, c'est pour cela qu'il t'emmenait en voyage pendant l'été et t'envoyait en pension le reste de l'année. Pour t'offrir le meilleur de ces deux univers.

Heidi ne voulait pas parler de son grand-père. Depuis six ans qu'il avait disparu, il lui manquait terriblement. Quant à l'envie de trouver sa place… Comment Fatima avait-elle deviné son vœu le plus cher ?

— Tu as toujours voulu un foyer, des racines, une famille à toi, continua la reine. Je sais que tu rêves d'avoir des enfants. Avec Jamal, tu peux avoir tout cela et plus encore. Tu peux vivre près de moi, être la fille que j'aurais voulu avoir. Ta place est ici, mon enfant. A El Bahar. Ici, tu es chez toi. Entre dans l'histoire de ce pays, toi qui l'aimes tant. Sois une de nos princesses. Aie des enfants, que je puisse prendre mes arrière-petits-enfants dans mes bras avant de disparaître à mon tour.

Heidi perdait pied ; elle se sentait faiblir devant les arguments de Fatima. Comment résister au poids de sa culpabilité, mêlée à l'impression de pouvoir réaliser ses rêves ? Elle avait prévenu Jamal qu'elle ne pourrait pas refuser s'il la demandait en mariage. Il ne lui restait plus qu'à espérer qu'il soit plus déterminé qu'elle.

— Je ne veux pas me marier, répéta-t-elle mollement, dans un dernier effort pour tenir tête à l'une des femmes les plus persuasives qu'elle connaisse. Mais si je m'y résignais, je ne choisirais pas un homme comme Jamal. Il est trop sensuel pour moi. Je cherche une union spirituelle et cérébrale plutôt qu'une relation physique. Il n'accepterait jamais cela.

— Si tu te contentes d'une union spirituelle, tu auras du mal à tomber enceinte, répliqua crûment Fatima. Tu devras peut-être réviser tes attentes. Quant à Jamal et à sa réputation vis-à-vis des femmes... Crois-moi : un mari expérimenté au lit n'est pas une mauvaise chose ; cela peut rendre une union très heureuse, conclut la reine en souriant.

Heidi plissa le nez. Elles parlaient de sexe ! Pourquoi les gens y attachaient-ils tant d'importance ? La sexualité avait une fonction biologique, rien de plus. Comme les éternuements. Il n'y avait là rien de mystique. Le moment venu, elle serait heureuse d'endurer le processus nécessaire pour avoir des enfants, mais elle n'escomptait pas y trouver le moindre plaisir. En fait...

Un souvenir refit surface dans son esprit. Avant de pouvoir se ressaisir, elle se surprit à revivre le baiser de Jamal. Etait-ce à cause de son ignorance que le sexe lui semblait sans intérêt ?

Fatima lui tapota la main avant de se lever.

— Réfléchis-y. Tu n'es pas obligée de décider ce soir.

Heidi aurait volontiers repoussé éternellement l'échéance, mais elle garda cette opinion pour elle et souhaita poliment bonne nuit à la reine.

Enfin seule, elle se lova sur le canapé et se remémora en souriant le baiser magique de Jamal.

— Alors, tu as réussi ?

Jamal continua de pianoter sur son ordinateur avant de lever les yeux vers son frère, qui avait surgi dans l'entrée.

— Réussi quoi ? demanda-t-il.

Malik haussa les sourcils.

— Notre pari. As-tu arraché un sourire à la Harpie ? Parce que tu ne me feras jamais croire que tu es parvenu à l'embrasser. J'ai même déjà choisi mes juments pour ton étalon.

Jamal se raidit en comprenant que Malik voulait savoir ce qui s'était passé la veille au soir. Il avait complètement oublié leur pari. Contre toute attente, ce qui n'avait été qu'un jeu dans le seul but de taquiner son frère avait pris une tout autre dimension. Il avait attiré Heidi dans ses bras parce qu'il en avait eu envie, tout simplement. Il l'avait trouvée intrigante, très drôle et pleine de charme. Et il avait pris grand plaisir à l'embrasser, malgré son manque d'expérience.

Tout cela n'avait d'ailleurs aucune importance. Puisqu'il l'avait embrassée, il avait gagné son pari. Il ouvrit la bouche, prêt à l'annoncer à son frère, mais se ravisa. Pour des raisons qu'il n'aurait su expliquer, il ne tenait pas à mettre Malik au courant. Comme si ce stupide baiser avait la moindre signification.

— Ce n'est pas une Harpie, dit-il enfin. Elle est intelligente et elle a de l'humour.

Malik se redressa.

— Tu parles bien de Heidi McKinley ? Une fille haute

comme ça, ajouta-t-il en indiquant son épaule, avec des lunettes, un chignon tiré et des vêtements affreux ?

— Ils ne sont pas affreux. Elle manque de style, mais elle a du potentiel.

Malik ne parut pas convaincu.

— Il faut vraiment le chercher. J'admets qu'on ne lui demanderait pas de se mettre un sac sur la tête, mais ce n'est pas une beauté.

— Ce n'est pas parce sa beauté n'est pas évidente au premier coup d'œil qu'elle n'est pas là.

Malik poussa un juron.

— Elle te plaît ! s'écria-t-il d'un ton accusateur. Bon sang, Jamal, cette fille est un laideron. Elle t'a fait le coup de te regarder de haut en plissant le nez, non ?

— Si. C'est charmant, répondit Jamal en souriant.

— Elle a dû te faire boire un filtre ou je ne sais quoi. Tu es tombé sur la tête, peut-être ? Ne me dis pas que cela ne t'ennuie pas de passer du temps avec elle !

— Pas du tout.

Malik lui jeta un regard noir.

— Tu es sorti avec les plus belles femmes du monde. Essaies-tu de me faire croire qu'elle les vaut ?

Jamal n'eut pas besoin de répondre, grâce à l'apparition de son père et de sa grand-mère. Ils passèrent devant Malik et entrèrent dans le bureau.

Malik leur jeta un coup d'œil et revint à Jamal.

— Cela m'a l'air sérieux. Je m'en vais. Mais ne t'imagine pas que cette conversation est terminée ; je veux comprendre ce qui t'arrive.

Il partit en fermant la porte derrière lui.

— Qu'est-ce qui inquiète Malik ? demanda Fatima en lissant sa robe soyeuse.

— Rien d'important.

Comme toujours, sa grand-mère était ravissante. Elle était vêtue d'une robe pourpre qui mettait en valeur sa silhouette élancée. Le roi portait un costume sombre. Il s'habillait toujours ainsi pour travailler. Le soir et le week-end, il préférait la chemise et le pantalon de coton traditionnels, recouverts d'une longue tunique.

— Nous sommes venus te voir pour parler de Heidi, annonça le roi sans ambages, comme à son habitude. Il est temps que tu te remaries, et c'est l'épouse que j'ai choisie pour toi.

« Quelle subtilité ! » pensa Jamal, amusé. Son père affectionnait les conversations courtes et sans détour.

— Il y a beaucoup d'avantages à cette union, continua Fatima en se penchant vers lui. Heidi se passionne pour l'histoire d'El Bahar. Elle adore notre pays et en comprend les traditions. Dans l'institution pour jeunes filles qu'elle a fréquentée en Suisse, elle a appris toutes les règles du protocole qui lui seront nécessaires pour les réceptions officielles auxquelles elle devra assister. Elle est intelligente, elle est en bonne santé et elle veut des enfants. Sur un plan plus personnel, je crois qu'elle te trouve tout à fait à son goût.

— Elle ne me connaît pas assez pour savoir si elle me trouve à son goût ou pas, répondit Jamal, mais là n'est pas la question. Comme tu l'as remarqué, Heidi est une femme intelligente. Elle ne souhaite pas se marier pour l'instant, et elle devrait être libre de choisir son futur époux. Laissons-la vivre les choses naturellement, rencontrer un homme qui lui fera la cour et tomber amoureuse.

— Qui te dit qu'elle ne tombera pas amoureuse de toi ? Tu es un prince, et je ne parle pas seulement du titre.

Jamal sourit à sa grand-mère sans répondre. D'après son expérience, les femmes n'aimaient pas les princes pour leur esprit et leur personnalité. Elles aimaient les princes pour les avantages qu'elles pouvaient en retirer, que ce soit l'argent, le statut social ou le pouvoir. De toute sa vie, il n'avait jamais rencontré une seule femme capable de l'aimer pour lui-même, et il doutait que cela puisse lui arriver un jour.

— Est-ce que tu me défies ? lui demanda le roi.

Jamal savait qu'il avançait en terrain miné.

— Père, je me plierai à vos désirs. Je comprends que mon devoir est de me marier et d'avoir des héritiers. Je vous demande simplement de réfléchir à votre choix. J'ai passé un moment avec Heidi hier soir et je l'ai trouvée charmante. Je ne voudrais pas la voir piégée dans un mariage qu'elle ne souhaite pas.

— Même s'il s'agit de la marier avec toi ?

« Spécialement dans ce cas », pensa Jamal sans le dire.

— Je pense que c'est le bon choix, affirma le roi en posant son poing sur la table. Je ne me trompe pas.

— Vous vous êtes trompé sur Yasmine, répondit Jamal. Vous vous êtes trompé sur la femme de Malik.

Fatima lui jeta un regard noir.

— Je t'interdis de parler de la femme de Malik ! tempêta-t-elle. Quant à Yasmine, oui, nous nous sommes trompés tous les deux, mais elle n'est plus de ce monde. El Bahar et toi en êtes débarrassés.

Jamal était tout à fait de cet avis. Contrairement à Heidi, Yasmine avait toujours voulu épouser un prince. Elle avait adoré sa vie au palais. La seule chose qui lui déplaisait, c'était lui. Malheureusement, il était jeune et sot, et ne s'en était pas rendu compte avant qu'il soit trop tard. Il avait commis l'erreur de tomber amoureux de cette femme superficielle. Il avait été idiot et s'était juré de ne plus jamais s'y laisser prendre.

— N'infligez pas cela à Heidi. Trouvez-moi une autre épouse, et je me marierai avec joie.

— Non. C'est elle que j'ai choisie, décréta le roi en se levant. Nous célébrerons le mariage à la fin du mois.

Il sortit d'un pas majestueux.

— Ne pouvez-vous pas lui parler ? demanda Jamal à sa grand-mère.

— Je ne veux pas. Heidi est parfaite. Demande-la en mariage, Jamal. Je ne pense pas qu'elle te refusera, ajouta-t-elle avec un sourire.

Il avait envie de la supplier de le refuser. Trois jours plus tard, comme il se promenait avec Heidi dans le jardin où ils s'étaient embrassés pour la première fois, il essayait encore désespérément de trouver un moyen d'échapper à cette situation. Il avait pris soin de fuir Heidi et d'éviter sa famille, mais cela n'avait pas suffi. Ce matin même, le roi lui avait apporté une bague magnifique ornée d'un diamant. L'intention était claire.

Jamal pouvait refuser de se plier aux vœux de son père. Il l'avait déjà défié par le passé, en particulier lorsqu'il était adolescent, mais ces rébellions avaient eu pour objet des sujets sans importance, pas des problèmes qui concernaient la bonne marche du pays qu'il aimait. Un prince devait donner des héritiers à son royaume. Un fils devait obéissance à son père. Ces règles lui avaient été inculquées dès le berceau. Il avait peut-être bien des défauts, mais il savait quel était son devoir. Voilà pourquoi, ce soir, il marchait aux côtés d'une jeune femme qui, pour un bref instant, lui avait plu.

L'ironie de la situation le rendait d'autant plus morose. Tant qu'elle le repousserait, Heidi montrerait qu'elle ne s'intéressait pas au confort d'une vie princière. Il pourrait prendre plaisir à sa compagnie, bavarder avec elle, peut-être même s'en faire une amie. Mais dès l'instant où elle accepterait de l'épouser, elle deviendrait comme les autres : avide, vénale, déterminée à devenir une princesse.

Il avait passé les trois derniers jours à l'éviter dans l'espoir de se convaincre qu'elle était différente, qu'ils avaient peut-être une chance de faire un mariage heureux. Mais près d'elle, les doutes l'assaillaient. Il allait lui demander sa main, elle accepterait, et tout serait perdu.

— Avais-tu l'intention de parler, ce soir, ou bien est-ce une marche silencieuse ? demanda-t-elle. Je suis curieuse parce que je ne voudrais pas enfreindre les règles, quelles qu'elles soient. S'il est permis de discuter, j'aimerais te parler de ce que j'ai trouvé aujourd'hui. C'est une série de lettres d'amour envoyées par un général d'El Bahar à sa jeune épouse.

Elle s'arrêta et le regarda. Derrière ses lunettes, ses yeux brillaient d'excitation. Sa robe jaune ne flattait guère sa silhouette, mais elle possédait un charme discret qui donnait envie de la voir vêtue de soieries et de dentelles… ou peut-être sans vêtements du tout.

Sans vêtements du tout ? D'où lui venait cette idée ? Jamal la repoussa aussitôt. Heidi ne l'intéressait pas de cette façon-là.

— Elles étaient magnifiques, mais tellement tristes, poursuivit-elle. Il racontait les horreurs de la guerre et combien sa bien-aimée lui manquait, et comme il avait envie de la voir depuis qu'il la savait enceinte. Le pire, ajouta-t-elle en joignant les mains devant sa poitrine, c'est que je ne sais pas si je pourrai découvrir ce qu'il est devenu finalement. C'est insupportable de l'ignorer ! Est-il rentré chez lui ? A-t-il survécu pour revoir sa femme et son enfant ? Il doit y avoir des registres sur les chefs militaires. L'équivalent d'une base de données. Qu'en penses-tu ?

Le clair de lune éclairait son teint pâle. Elle se mordait la lèvre en attendant sa réponse, et il avait envie d'en faire autant. Il avait pris plaisir à l'embrasser. Il avait pris plaisir à parler avec elle. Il ne voulait pas que cela change.

— Je pense que tu devrais me dire non, dit-il.

Elle cligna des yeux deux fois et laissa retomber ses mains.

— Oh, Jamal ! En voyant que tout le monde me laissait tranquille ces derniers jours, j'ai cru que je m'étais inquiétée pour rien.

— J'ai bien peur que ce ne soit pas le cas.

Elle lui toucha le bras.

— Alors ne me fais ta demande. Si tu ne demandes pas, je n'aurai pas à répondre. Tu pourrais leur dire que nous sommes incompatibles, que cela ne marchera jamais.

— Je l'ai déjà dit.

Il scruta son visage. C'était dommage. Il avait le sentiment qu'ils auraient pu très bien s'entendre. Il fouilla dans sa poche et sortit le solitaire que le roi lui avait confié le matin. La pierre de quatre carats scintilla.

Il prit la main gauche de la jeune femme.

— Heidi McKinley, je suis Jamal Khan, prince d'El Bahar. Je te demande de m'épouser, d'être ma femme et de devenir une princesse de ce beau pays. Et de me donner des fils et des filles.

Il s'arrêta. Le discours qu'il avait répété était plus long, mais il avait oublié la suite. Sans doute parce que Heidi s'était mise à pleurer.

Elle essuya les larmes qui roulaient sur sa joue.

— Désolée. Je ne sais pas quoi dire.

— Dis-moi non.

Ses yeux noisette rencontrèrent les siens.

— Je ne peux pas. Je leur dois trop.

— Et ce que tu te dois à toi-même ?

— Je pourrais te dire la même chose. Je déteste l'idée d'agir par devoir.

— Moi aussi.

Elle prit une grande inspiration.

— Oui, Jamal. Je consens à t'épouser.

Ignorant la déception qui lui pinçait le cœur, il glissa la bague à son doigt. Puis il se pencha pour déposer un baiser sur sa joue.

— Elle te plaît ?

— Je ne sais pas. Je ne me suis jamais intéressée aux bijoux. Mais merci quand même, dit-elle avec un sourire forcé.

Bizarrement, son manque d'enthousiasme lui rendit espoir. Ce ne serait peut-être pas si terrible. Il ne connaissait pas très bien Heidi mais, en apparence, elle n'avait rien de commun avec Yasmine.

— Nous devrions parler de notre mariage, proposa-t-il. Si nous envisageons la situation avec sagesse, nous pourrions trouver des terrains d'entente. Des moyens de nous satisfaire tous les deux.

Heidi regarda autour d'elle, puis indiqua un banc caché sous une pergola.

— D'accord, souffla-t-elle. Mais ce sera difficile, sachant qu'aucun de nous deux n'a envie de ce mariage.

— Nous sommes des adultes raisonnables et intelligents. Nous allons nous débrouiller.

Elle s'assit.

— Il faut que je te prévienne, Jamal. Je m'impatiente vite quand j'ai affaire à des gens stupides.

— Je m'en souviendrai.

— Je ne voulais pas sous-entendre que tu étais stupide.

— Ce n'est pas ce que j'ai pensé.

— Je suis sûre que tu es brillant. Pour un homme.

Il s'installa près d'elle.

— Veux-tu changer de sujet, avant de t'enfoncer davantage ?

— Ce serait sans doute une bonne idée.

Elle s'écarta pour lui faire de la place et se tourna vers lui.

— Alors, qu'attends-tu de notre mariage ?

Il réfléchit un moment.

— J'aimerais que nous soyons amis.

— Oh, je suis d'accord. Amis. Bien. Quoi d'autre ?

— Il faudra que nous ayons des enfants, mais je pense que nous devrions attendre de mieux nous connaître.

Les yeux de Heidi s'agrandirent derrière ses lunettes. Elle s'éclaircit la gorge plusieurs fois.

— Oui, ce serait raisonnable. D'attendre, je veux dire. Les enfants pèsent sur un couple ; enfin, à ce qu'il paraît.

Quoi qu'il arrive, elle avait le talent de le faire rire, pensa Jamal avec soulagement. Il prit garde de ne pas lui laisser voir qu'elle l'amusait. Elle n'aurait pas compris. Elle était d'une innocence d'un autre temps. Mais cela ne le dérangeait pas. Le moment venu, il saurait être patient.

L'idée de lui faire l'amour l'intriguait, et il se surprit à se demander de quoi elle avait l'air sans ses affreux vêtements. Du peu qu'il voyait, elle semblait avoir des courbes agréables. Malgré sa réputation, il ne tenait pas à la perfection absolue chez une femme. Il préférait l'humour et l'enthousiasme à des jambes impeccables.

— Je veux continuer à travailler, dit-elle. J'adore ce que je fais, et je viens de commencer. Tu ne vas pas exiger de moi que je fasse le ménage et tout ce genre de choses ?

— Nous avons des domestiques au palais pour cela. Tu pourras faire ce qui te plaira de tes journées, mais il y aura des cérémonies officielles auxquelles tu devras assister.

— Ne m'en parle pas, l'implora-t-elle en pressant une main sur son cœur. Cela va me rendre encore plus nerveuse.

— Il faut que tu saches à quoi t'attendre. Mais ne t'en fais pas, Fatima et Dora t'aideront.

Elle hocha la tête.

— D'accord, mais j'y penserai une autre fois. Il y a autre chose.

Elle hésita longuement ; de toute évidence, c'était un sujet qui la gênait.

— Oui ? Vas-y, l'encouragea-t-il.

— Cela ne va pas te plaire.

— Dis-le quand même.

— C'est au sujet de tes conquêtes. Je préférerais que tu n'en aies pas.

Il savait très bien de quoi elle parlait, mais prétendit ne rien comprendre.

— Pas de quoi ?

— De conquêtes. De maîtresses, d'amantes. Appelle-les comme tu veux. Tu as une réputation de séducteur, Jamal. Je ne tolérerai pas qu'on se moque de moi.

— Je vois. Tu veux l'exclusivité.

Le rouge lui monta aux joues.

— Je veux que tu me respectes, et que tu respectes les engagements du mariage.

— Et mes pulsions animales ? Pourras-tu les satisfaire ?

— Tes pu… pulsions animales ? répéta-t-elle d'une voix
tremblante. Je… Je crois que oui. Tu pourrais peut-être me
fournir des instructions écrites que j'étudierais à l'avance,
afin de savoir à quoi m'attendre ?

Il toussota pour cacher son envie de rire.

— Pas de problème, je vais demander à ma secrétaire
de les taper.

— Comme je te l'ai dit, je suis très intelligente. Je suis
sûre de pouvoir étudier tout cela suffisamment pour être en
mesure de satisfaire tes… enfin, tu sais. Et si l'acte en lui-
même ne me tente pas particulièrement, je l'endurerai, tout
simplement.

Ses paroles le piquèrent au vif. Il perdit aussitôt sa bonne
humeur, sa gaieté et son espoir d'un mariage plus heureux
que le premier.

Il revit malgré lui sa jolie jeune épouse, nue en face de
lui, regardant avec dégoût les signes de son désir. « Tu es un
animal, avait-elle déclaré. Je ne comprends pas pourquoi je
dois supporter que tu me touches sans arrêt. Je déteste ça et
j'ai guère d'affection pour toi. »

Jamal chassa le souvenir, mais ne put se débarrasser des
sentiments qu'il avait éveillés en lui.

Il se leva.

— Je ne t'embêterai pas plus que nécessaire, affirma-t-il,
les dents serrées.

Heidi fronça les sourcils.

— Jamal, qu'y a-t-il ? Qu'est-ce que j'ai dit ?

— La vérité, rien de plus. Viens. Allons annoncer la bonne
nouvelle à mon père.

— Très bien.

Heidi avait toujours une voix troublée, mais elle le suivit. Pressé d'en finir, Jamal hâta le pas. Immédiatement après les félicitations d'usage, Fatima emmènerait Heidi au harem, où elle resterait jusqu'au jour du mariage. Ils n'auraient pas le droit de se retrouver en privé avant la cérémonie. La perspective de ne plus la voir était un soulagement pour Jamal ; si seulement il pouvait ne plus jamais la voir de sa vie !

- 4 -

— Je vais faire une crise d'hyperventilation, annonça Heidi, qui se regardait dans le grand miroir en pied.

Elle examinait son reflet sans y croire.

Fatima arrêta un instant de lisser les plis soyeux de la robe blanche qui la recouvrait des pieds à la tête.

— Hyperventilation ? Est-ce trop d'oxygène ou pas assez ? Je ne m'en souviens jamais. Dans un cas, il faut respirer dans un sac en papier, et dans l'autre, se mettre la tête entre les genoux.

Dora s'assit avec la coiffe pour arranger les plis du voile.

— Le temps que nous trouvions la réponse, Heidi aura récupéré, ou bien elle se sera évanouie, plaisanta-t-elle.

Heidi essaya de sourire, sans succès. Elle n'arrivait pas à se débarrasser du sentiment d'avoir été piégée. Elle était vraiment sur le point d'épouser un inconnu.

Le déguisement était convaincant, pensa-t-elle avec stupeur en étudiant la personne qui lui renvoyait son regard dans le miroir. Cette femme lui était aussi étrangère que Jamal lui-même. La robe blanche lui tombait jusqu'aux pieds. Elle s'étalait en éventail, formant une traîne derrière elle. Au lieu de son chignon habituel, Heidi avait les cheveux libres, flottant jusqu'à la taille. Fatima avait souligné ses yeux avec du khôl et ajouté une pointe de couleur à ses lèvres. Le résultat était curieusement séduisant, quoique inhabituel. Ses pieds et ses mains eux aussi étaient méconnaissables.

Elle contempla les arabesques sophistiquées imprimées au henné sur ses paumes. Ces motifs traditionnels étaient également pratiqués dans bien d'autres pays du monde et avaient une signification particulière : aussi longtemps qu'ils restaient sur ses paumes, la jeune mariée était en lune de miel et ne prenait part à aucune tâche domestique.

Pour Heidi, la disparition du henné ne ferait aucune différence : une princesse ne faisait ni la cuisine ni le ménage. Mais pour les femmes ordinaires, c'était un moment de tristesse, lorsque la magie de la lune de miel n'était plus qu'un souvenir. Heidi réussit à sourire en pensant à toutes les ruses que les femmes employaient pour préserver le henné sur leurs mains.

— Tu es ravissante, mon enfant, déclara Fatima. Comment te sens-tu ?

— J'ai le sentiment d'être sur le point d'entrer dans l'histoire, répondit sincèrement Heidi.

Elle se tourna légèrement pour mieux voir la robe. De délicats motifs brodés au fil d'or décoraient le dos, du bas de la traîne jusqu'au creux de la taille. A chaque mariage, on ajoutait une nouvelle broderie. Elles représentaient un détail unique sur chaque femme qui s'apprêtait à entrer dans la famille royale.

— Je connais suffisamment les traditions pour comprendre l'importance de la robe et de la cérémonie. Je me sens liée au passé.

Elle disait vrai, sur ce point. Si seulement elle avait pu se sentir liée ainsi à son mari… Depuis qu'elle avait accepté sa demande en mariage, deux semaines plus tôt, elle avait habité le harem. On ne l'avait pas laissée voir Jamal en privé un seul instant ; elle avait passé ses journées à travailler sur ses précieux textes et à prendre des leçons d'équitation. Elle n'avait vu Jamal qu'à deux reprises, pour des dîners en famille.

Dora s'approcha d'elle, portant la tiare en or qui retenait des flots de tulle. Lorsque Heidi reverrait son mari, elle serait couverte de la tête aux pieds.

— Je hais cette robe, commenta Dora avec bonne humeur. J'ai dû recommencer mes points des centaines de fois, et je n'arrêtais pas de me piquer ! Mes dons de couturière sont très relatifs, mais je trouve le dessin plutôt réussi.

Heidi regarda la nouvelle broderie, près de sa hanche. C'était une reproduction raffinée de la médaille d'honneur d'El Bahar, décoration qui avait été remise à son grand-père pour son aide durant la Seconde Guerre mondiale.

Dernière jeune mariée de la famille, Dora s'était vu confier la responsabilité de broder le motif sur la robe. Elle avait consulté Jamal avant de se décider, et Heidi, qui n'avait pas eu son mot à dire, avait été très heureuse de leur choix. Aucun autre motif n'aurait pu mieux lui plaire.

— C'est très beau, dit-elle en s'efforçant de ne pas penser à son grand-père.

Elle ne pouvait pas pleurer, elle risquait d'abîmer son maquillage !

Fatima sembla lire dans ses pensées.

— Edmond aurait été très fier de toi aujourd'hui. Il a toujours désiré te voir rejoindre la dynastie des Khan.

— Je sais.

Dora recula et la contempla.

— Tu es ravissante. La jeune mariée idéale.

« Je ne suis pas du tout la jeune mariée idéale, songea-t-elle. Quelle imposture ! » Elle épousait un homme qu'elle n'aimait pas, parce qu'elle n'avait pas eu le courage de refuser quelque chose aux deux personnes qu'elle aimait. C'était un désastre et elle se sentait malhonnête.

Heidi regarda Dora arranger le diadème avant de le poser soigneusement sur sa tête. Dora était une femme très belle, qui respirait la sérénité et la confiance en soi. Son mari l'adorait, elle avait un beau bébé et elle en attendait un deuxième.

Heidi jeta un coup d'œil discret sur la légère protubérance du ventre de Dora, seul indice d'une grossesse de quatre mois. Aucune annonce officielle n'avait été faite, mais Dora lui avait glissé son secret à l'oreille, la veille. « Elle a une vie de rêve », songea Heidi en refoulant une pointe de jalousie. Jamal et elle seraient-ils aussi heureux ? Elle en doutait.

Ce n'était pas qu'il lui soit antipathique, mais elle n'était pas prête à se marier. Et puis elle ne le connaissait pas. Si seulement ils avaient pu passer plus de temps ensemble ! A en juger par les rares conversations qu'ils avaient eues, ils avaient une chance de devenir amis, comme Jamal le souhaitait. Mais ils n'en avaient pas encore eu l'occasion.

La porte principale du harem s'ouvrit et une jeune femme entra, portant un plateau. Heidi sourit. C'était Rihana, une servante qu'elle connaissait depuis des années.

— Voici du thé pour calmer la mariée, dit-elle avec un sourire joyeux. Et vous aussi, majesté !

Fatima prit une tasse brûlante avec gratitude.

— Tu me sauves la vie. Il y a tant de détails à régler en si peu de temps ! Je deviens trop vieille pour ce genre de choses.

— Impossible ! répliqua Dora avec loyauté, en se servant à son tour. Vous avez plus d'énergie que nous tous réunis.

Rihana proposa une tasse à Heidi, qui refusa d'un signe de tête. Son long voile était en place, elle ne voulait pas le mettre en désordre. De plus, elle avait les mains tremblantes et risquait de renverser son thé sur le devant de sa robe. La servante aux cheveux noirs s'approcha d'elle.

— Vous êtes heureuse d'épouser Jamal, n'est-ce pas ? C'est le plus beau des trois frères.

— J'ai entendu ! protesta Dora en s'asseyant, dans un bruissement d'étoffe.

— Khalil est très beau aussi, se reprit vivement Rihana. Mais Jamal... plaît aux femmes, conclut-elle en pouffant.

— Jamal a eu son petit succès auprès des femmes, admit Fatima. Naturellement, tout cela va changer. Une fois marié, il sera un époux fidèle et aimant.

Heidi acquiesça sans conviction. Fidèle, peut-être ; il avait donné sa parole et elle ne la mettait pas en doute. Mais aimant ? Comment pouvaient-ils s'aimer alors qu'on les avait contraints de se marier par chantage affectif ? On leur imposait là une tâche impossible. Par-dessus tout, Heidi redoutait la nuit de noces.

Jamal avait proposé de remettre à plus tard le moment d'avoir des enfants, mais pas le début de leur vie intime. Quand elle lui avait demandé de quitter ses maîtresses, il avait répondu qu'elle aurait alors le devoir de le satisfaire.

Le cœur serré, elle frissonna. Elle était de nouveau gagnée par la panique.

« Du calme ! » se dit-elle. Leur premier baiser n'avait pas été si terrible ; il avait même été très agréable. Ce qui devait suivre serait peut-être agréable aussi. Ou du moins pas trop répugnant.

Fatima posa sa tasse.

— Rihana, viens avec moi. Je veux contrôler une dernière

fois les préparatifs du banquet. Dora, reste avec Heidi, veux-tu ? Parle-lui pour lui changer les idées.

— Pas de problème, affirma Dora. Allez-y, nous serons très bien.

Lorsque la reine fut partie, Dora reprit :

— Fatima est une force de la nature. J'espère être comme elle quand j'aurai son âge.

— Je vois ce que tu veux dire, répondit Heidi. Je me console en pensant qu'elle a beaucoup plus d'expérience que moi pour ce genre de choses.

Dora posa sa tasse et s'approcha de Heidi pour arranger les manches de sa robe.

— Au moins, toi, tu comprendras ce qui se passe pendant la cérémonie. Lorsque nous nous sommes mariés, Khalil et moi, j'étais dans le brouillard complet.

— Ce n'est pas forcément une bonne chose de comprendre tout ce qui est dit, murmura Heidi, espérant que ses crampes d'estomac finiraient par s'apaiser.

Dora lui prit le bras.

— Tu es bien sûre de toi ? Tu n'es pas obligée de te marier, si tu ne veux pas. Je suis prête à braver la colère de ma belle-famille pour t'emmener à l'aéroport.

La générosité de cette proposition fit venir les larmes aux yeux de Heidi. Au risque de froisser sa robe et son voile, elle serra Dora dans ses bras.

— Merci, chuchota-t-elle. J'apprécie ton offre.

— Mais tu refuses.

— Il le faut.

Dora recula d'un pas et la considéra gravement.

— D'accord. Mais sache que je suis là si tu as besoin de moi. Je crois que nous pourrons très bien nous entendre.

— Moi aussi.

Dora sourit.

— Ce ne sera pas si terrible. Il y a des avantages à être une jeune mariée de la dynastie Khan. Tu vas même en découvrir un dès ce soir.

Heidi se força à sourire de cette remarque, qui lui donnait pourtant envie de prendre ses jambes à son cou. Dora cherchait à la réconforter. Elle ne pouvait pas savoir que l'idée d'avoir des rapports intimes avec Jamal l'angoissait terriblement.

Avant qu'elle ait pu trouver quoi répondre, Fatima fit irruption dans la pièce.

— Tout est en ordre. Vous êtes prêtes ?

Pendant la cérémonie et le banquet qui suivit, tout se déroula comme dans un songe. Bien cachée sous sa robe et son voile, Heidi se contenta d'observer en silence ce qui se passait autour d'elle.

C'était un point en faveur des mariages à El Bahar, pensa-t-elle en refusant le plat qu'on lui présentait. La mariée n'avait pas grand-chose à faire, à part se montrer et rester tranquille. Lorsqu'elle avait étudié les coutumes locales, Heidi s'était offusquée du rôle insignifiant que jouait la mariée à son propre mariage. Maintenant qu'elle était une jeune mariée vierge et très nerveuse, elle était ravie que ce soit aussi simple. Si seulement le reste de la nuit pouvait se passer aussi aisément !

— Tu es prête ? lui souffla Jamal à l'oreille. Je pense que nous sommes restés assez longtemps.

Heidi hésita. Elle était tentée de partir pour échapper aux regards fixés sur elle, mais la perspective de se retrouver seule avec Jamal l'enchantait beaucoup moins.

— Très bien, chuchota-t-elle en retour, et elle lui tendit la main pour qu'il l'aide à se lever.

Ils s'attirèrent aussitôt un déluge de commentaires. La voix de Khalil s'éleva au-dessus des autres lorsqu'il s'écria :

— Tu ne peux même pas attendre une heure ? Attention, Heidi, Jamal va t'épuiser !

Gênée, Dora le réprimanda. Malgré les conversations, Heidi entendit Khalil répliquer tout bas :

— Je sais de quoi je parle, j'étais dans le même état pour notre nuit de noces.

Heidi sentit ses joues devenir écarlates ; cette fois, elle ne put cacher son embarras. Aucun doute, sa vie avait changé, pensa-t-elle en arrivant dans le hall.

— Tu tiens le coup ? demanda Jamal.

Heidi ne savait quoi répondre, et ne pensait même pas en être capable. Elle voyait bien que Jamal essayait d'être gentil, mais l'idée qu'il était désormais son mari l'effarait. D'après les lois du pays, elle était plus ou moins sa propriété.

Elle tenta faiblement de sourire, mais ne parvint qu'à afficher une grimace. Jamal haussa les sourcils.

— Oh, c'est à ce point-là ? demanda-t-il en lui posant une main sur les reins pour l'accompagner. Allons dans ma suite ; tu pourras t'y changer, et ensuite, nous partirons pour le désert. Quand nous aurons laissé tous ces gens derrière nous, tu te sentiras mieux.

— Le dé… le désert ? hoqueta-t-elle.

— Mais oui. C'est là que nous allons passer la nuit. Tu ne t'en souviens pas ?

Elle s'en souvenait très bien, même si elle avait fait l'impossible pour l'oublier. Depuis des siècles, les membres de la famille royale passaient leur nuit de noces dans le désert. Elle savait qu'une grande tente avait été dressée quelque part. Pas n'importe laquelle, une tente blanche remplie de tapisseries, de coussins, avec un grand lit sous un dais. Il y aurait des plateaux de mets raffinés, du champagne, des vins, des huiles parfumées et mille autres produits destinés à ravir les sens.

— C'est ici, annonça Jamal en ouvrant la porte à double battant.

Heidi regarda autour d'elle, la bouche sèche.

— C'est, euh, ton appartement ?

— *Notre* appartement, maintenant. Demain, quand nous rentrerons, nous ferons transporter tes affaires ici.

Ils allaient faire chambre commune… et lit commun. Elle retint un cri ; si son mari entendit le couinement qui lui échappa, il ne fit aucun commentaire.

— Il paraît que tu as pris des leçons d'équitation, pour être capable de rejoindre la tente à cheval. Te sens-tu prête ou veux-tu y aller en jeep ?

Elle contempla la vue magnifique sur la mer et aperçut des meubles confortables et des œuvres d'art avant de s'obliger à réfléchir à la question.

— Je peux y aller à cheval, je me suis entraînée, dit-elle en espérant que sa voix ne tremblait pas trop. Je ne suis pas encore capable de monter un étalon, mais avec une bête tranquille, je pourrai suivre sans problème. Ça ira très bien.

Jamal s'approcha pour soulever son voile et lui enleva son diadème, qu'il jeta sur un fauteuil.

— Dis-moi encore que ça va aller, demanda-t-il.

Il portait lui aussi un vêtement de cérémonie de soie crème, mais sans broderies. Sa coiffure lui donnait un air dangereux, sauvage, qui ne faisait rien pour apaiser les inquiétudes de Heidi. Elle allait devoir se déshabiller et laisser cet homme la toucher, lui faire toutes sortes de choses auxquelles elle n'avait pas voulu penser. Maintenant qu'il se tenait devant elle, elle ne pouvait plus y échapper.

— Tout ira très bien, articula-t-elle entre ses dents serrées.

Il sourit.

— Tu mens bien mal. C'est une qualité chez une femme mariée… Tu trouveras ta tenue d'équitation à côté, ajouta-t-il. Change-toi, je passerai te chercher à l'écurie dans un quart d'heure.

Elle obéit. Dans la pièce voisine — qui était un dressing, manifestement —, elle trouva ses bottes et sa tenue sur une petite table, ainsi qu'une brosse et des rubans pour s'attacher les cheveux. Jamal avait pensé à tout. Il l'avait même laissée seule pour qu'elle puisse reprendre contenance ; c'était gentil de sa part. Il essayait visiblement de la mettre à l'aise. Elle aurait tant aimé que ce soit moins difficile !

Heidi pénétra dans l'écurie comme un martyr approche du bûcher. Elle marchait la tête haute, mais Jamal vit qu'elle tremblait d'angoisse et qu'elle semblait prête à s'enfuir.

Il aurait voulu lui dire qu'elle n'avait rien à craindre, mais il n'était pas sûr qu'elle le croirait. Il n'y avait aucune manière délicate d'expliquer qu'il ne souhaitait pas forcément faire d'elle sa femme cette nuit. Il la trouvait assez séduisante pour en avoir envie, mais il n'était pas pressé. Ils étaient mariés, ils avaient toute la vie devant eux.

Il lui laissa un moment pour se calmer et en profita pour l'étudier. Il l'avait toujours vue dans ses robes informes, et il était agréablement surpris de découvrir les jolies courbes que révélaient son chemisier et sa culotte d'équitation.

Elle avait les seins ronds et les hanches larges d'une femme faite pour l'amour. Sa taille fine et ses longues jambes lui donnaient une silhouette à la fois élégante et séduisante. C'était la première fois qu'il la voyait maquillée ; même derrière les lunettes, ses yeux paraissaient plus grands, et son rouge à lèvres mettait sa bouche en valeur.

Il connaissait sa finesse d'esprit et son intelligence, mais ce soir, il découvrait une nouvelle facette d'elle-même : il la trouvait sexy. Il l'imagina nue, et cette image lui plut.

— Comment te sens-tu ? lui demanda-t-il.

— Je suis prête.

Elle parlait comme un condamné à mort.

— Autant y passer tout de suite, n'est-ce pas ? plaisanta-t-il. Le plus pénible, c'est l'attente.

— Comment ? dit-elle en reculant. Ici, dans l'écurie ?

Il la vit jeter des regards affolés autour d'elle et se demanda si elle cherchait la sortie ou si elle voulait s'assurer qu'ils étaient bien seuls.

— Ce n'est pas ce que je voulais dire, calme-toi.

Il fit signe à l'un des palefreniers de sortir les chevaux. Quand elle fut en selle, il monta à son tour et la conduisit à l'arrière de l'écurie, où une dizaine de soldats à cheval les attendaient. Ils étaient armés comme pour aller au combat, et plusieurs portaient des torches pour éclairer le chemin dans le soir tombant. Lorsque Heidi et Jamal arrivèrent près d'eux, ils se séparèrent en deux rangs et leur firent place au milieu du groupe.

Heidi regarda autour d'elle, stupéfaite.

— Tu avais vraiment peur que je me sauve !

— Pas exactement. La tradition veut que nous passions notre première nuit dans le désert, mais nous sommes membres de la famille royale, c'est normal d'avoir un peu de protection.

— Tu ne fais rien à moitié, on dirait !

Jamal songea qu'elle lui offrait l'occasion de la taquiner en répliquant qu'il aimait finir *tout* ce qu'il avait commencé, mais il laissa passer cette chance. D'abord, elle n'aurait pas compris, et ensuite, elle était déjà si nerveuse qu'il risquait de la faire fuir pour de bon.

Il lança un ordre à ses hommes, puis relâcha ses rênes pour laisser son cheval partir au trot. L'étalon noir secouait la tête et essayait de filer au galop dans le désert, comme ils le faisaient presque tous les matins, mais Jamal veilla à le retenir. Heidi avait pris suffisamment de leçons d'équitation pour savoir se tenir en selle, mais il préférait être prudent.

Elle resta à sa hauteur pendant que les soldats se déployaient autour d'eux. Il faisait encore une chaleur étouffante en ce début de soirée.

— Peux-tu bavarder à cheval, ou as-tu besoin de te concentrer ?

— Je suis une femme, répliqua-t-elle. Je sais faire plusieurs choses en même temps depuis la naissance.

Jamal s'esclaffa.

— Il va falloir que nous travaillions sur tes préjugés. Il n'est pas convenable de juger tous les hommes de la même manière.

— Je ne hais pas les hommes, répondit-elle en lui jetant un coup d'œil, je pense que votre mérite est très surfait, voilà tout. En vertu de leur sexe, les hommes dominent les femmes, et le monde en général, depuis des siècles.

— Le talent, ça paye !

— Il ne s'agit pas de talent, mais d'intimidation physique et mentale. C'est de là que vous tirez votre pouvoir. Nous avons tous nos forces et nos faiblesses. La différence, c'est que la plupart des femmes sont prêtes à parler des deux, alors que la plupart des hommes ne veulent parler que de leurs forces.

— C'est parce que nous n'avons aucune faiblesse. Nous sommes parfaits.

Elle leva les yeux au ciel.

— Oh, je t'en prie ! Si vous êtes si parfaits, comment se fait-il que vous n'ayez jamais trouvé le moyen de faire des enfants tout seuls ? Vous seriez libérés du sexe faible.

— Tu ne devrais pas dire des choses aussi négatives sur ton propre compte. Je ne te trouve pas faible… ni sotte.

Elle tenta de le frapper. Surpris, son cheval fit un écart. Heidi poussa un cri, mais parvint à le maîtriser.

— Tu n'as pas répondu à ma question, remarqua-t-elle.

— Pourquoi les hommes voudraient-ils se passer des femmes ? Nous adorons les femmes.

— Parce qu'elles sont à votre service, marmonna-t-elle.

— Non. Parce qu'elles nous complètent. Les hommes ont besoin des femmes.

Heidi lui jeta un regard incrédule.

— Je n'aurais pas cru que tu puisses avoir besoin de quelqu'un.

Il n'avait besoin de personne. Cela ne lui était jamais arrivé de sa vie. Pendant un moment, il s'était cru amoureux, mais Yasmine l'avait guéri de cette tentation.

Ils trottaient sur une crête ; au loin, on distinguait une grande tente blanche, dans la vallée.

— Tu veux faire la course ? demanda-t-il.

— Seulement si je peux prendre assez d'avance. Tu montes mieux que moi, et je crois que ton cheval est plus rapide.

— Quel genre d'avance ?

Elle se mit à rire.

— Tu n'as qu'à rester ici jusqu'à ce que j'arrive à la tente. Ensuite, tu pourras partir.

Sans lui laisser le temps de répondre, elle lança son cheval au galop. Elle se pencha sur l'encolure et se cramponna à la crinière. Sa natte battait dans son dos et son chemisier se gonflait au vent.

Jamal la regarda un instant et décida qu'il préférait l'empêcher de se briser le cou, plutôt que de s'en tenir aux règles qu'elle avait fixées. Il lâcha la bride et son étalon s'élança derrière elle.

Il la rattrapa à mi-chemin et ils pénétrèrent ensemble dans le camp. Heidi riait encore lorsqu'elle descendit et attacha son cheval.

— C'était merveilleux ! Je ne me suis entraînée qu'en manège, je n'étais pas sortie dans le désert depuis mes douze ans et j'avais oublié à quel point c'était formidable !

Le campement était entouré de torches qui éclairaient son visage animé et ses yeux pétillant de plaisir. Elle avait oublié son trac, pensa-t-il, heureux de la voir détendue.

— Je fais une virée à cheval presque tous les matins. Tu peux m'accompagner quand tu veux, proposa-t-il en s'effaçant pour la laisser passer.

Elle lui sourit par-dessus son épaule.

— J'en serais ravie, merci.

Elle entra dans la première tente, puis dans la deuxième, plus petite, et s'arrêta net. Jamal la suivit.

Les préparatifs étaient tels qu'il s'y attendait. Des tapisseries pendaient jusqu'au sol couvert d'épais tapis. Il y avait plein de coussins, un grand lit sous un dais, des plateaux chargés de mets et de vins. On avait répandu des pétales de roses partout, et une bouteille de champagne ouverte les attendait. C'était romantique, intime, exceptionnel.

Heidi n'avait pas bougé de la porte. Il la regarda et vit que sa bonne humeur s'était envolée. Ses joues avaient blêmi et elle s'était remise à trembler.

— Ça va ? demanda-t-il.

Elle secoua la tête.

— Je crois que je vais être malade.

- 5 -

— Voilà des mots que tout jeune marié rêve d'entendre, répondit Jamal avec légèreté.

Heidi se plaqua une main sur la bouche et murmura :

— Je suis désolée. Je ne peux pas croire que j'aie dit une chose pareille. C'est horrible.

— Ne t'en fais pas, ce n'est rien.

Heidi avait désespérément envie de le croire. Elle n'avait pas prévu de tout gâcher, mais voilà, elle ne ratait jamais une occasion de mettre les pieds dans le plat.

Jamal se dirigea vers la table basse et remplit une coupe de champagne. Il la lui tendit et, quand elle refusa, il la vida d'un trait. Formidable, pensa-t-elle, elle était mariée depuis trois heures et elle poussait déjà son mari à boire.

Elle se tordit les doigts en essayant de ne pas remarquer à quel point le lit était large. Il n'y avait aucun autre meuble. Les choses n'auraient pas été plus claires s'il y avait eu un panneau proclamant : « défloration rituelle, une nuit seulement ».

Elle inspira profondément, en appuyant ses paumes contre son estomac tourmenté.

— Bavardons, le pria-t-elle, parlons de quelque chose d'ordinaire, pour que je me détende.

Jamal se servit une autre coupe de champagne.

— Tu n'es *pas obligée* de faire quoi que ce soit que tu n'as pas envie de faire. Je ne vais pas te sauter dessus. Je ne ferai rien sans que tu sois d'accord.

— Ah.

Elle aurait aimé le croire. Elle aurait tant voulu être persuadée qu'il disait vrai. Mais elle ne le croyait pas. D'après son expérience avec les hommes, aussi limitée soit-elle, ils ne cherchaient qu'une seule chose. Elle connaissait trop de femmes qui avaient été entraînées de force dans des relations sexuelles qu'elles ne désiraient pas. Mais au moins, Jamal essayait de s'y prendre en gentleman.

Il s'assit au bord du lit.

— Très bien. Parlons de choses et d'autres. A part l'équitation, quelles autres activités de princesse as-tu étudiées pendant ton séjour au harem ?

Elle repensa aux livres plutôt lestes que Fatima lui avait prêtés. Elle ne les avait pas lus, elle s'était contentée de regarder quelques illustrations… et elle avait été horrifiée. Tout le monde était totalement nu et faisait des choses si étranges… Certaines positions l'avaient sérieusement inquiétée : elle n'était pas assez souple pour les adopter, et même si elle en avait été capable, cela n'était-il pas dangereux pour le dos ?

— Je… Je n'ai rien étudié d'autre, bafouilla-t-elle en reculant.

Elle se cogna le mollet contre une table basse, perdit l'équilibre et s'écroula sur une pile de coussins.

Elle se releva en combattant les larmes qui lui venaient aux yeux.

— Ecoute, il faut qu'on en parle.

— Qu'on parle de quoi ?

— De *ça,* précisa-t-elle en montrant le lit. Je ne peux pas faire ça. Je ne peux pas coucher avec un inconnu.

— Je te l'ai dit, je ne te demande rien de tel.

— Tant mieux, parce que j'ai vraiment besoin de temps pour mieux te connaître.

« Au moins cinq ans », ajouta-t-elle dans sa tête.

— D'accord. Heidi, je ne veux pas te terroriser. Les choses se passeront très bien.

— Merci pour ta confiance, mais j'ai bien peur de ne pas la mériter.

Elle rassembla son courage pour lui avouer toute la vérité. Il était son mari, il avait le droit de le savoir.

— Je pense que je n'aimerai pas le sexe. Je n'en ai jamais compris l'intérêt. Pour moi, le mariage est surtout une union spirituelle et cérébrale entre deux personnes.

Jamal la regarda sans mot dire. Son expression s'était légèrement assombrie, mais c'était tout. Peut-être comprendrait-il, pensa-t-elle avec espoir. Elle respira profondément avant de continuer :

— J'ai toujours pensé qu'on accorde trop d'importance à l'amour physique. J'ai vu un film sur le câble, il y a quelques années. Une adaptation d'*Orgueil et Préjugés*, ce livre formidable. Bref, le héros, M. Darcy, est l'homme le plus gentil qui soit et le plus merveilleux des maris. Il respecte totalement l'héroïne. Il est tout en retenue, charmant et bien élevé. Il a tout ce que j'ai toujours voulu trouver chez un homme, conclut-elle avec un sourire en se rappelant les regards langoureux et passionnés qu'échangeaient Darcy et Elizabeth Bennett.

— Tu es amoureuse d'un personnage de roman ? tonna-t-il d'une voix qui la fit trembler.

— Non, bien sûr. Il est juste différent des autres hommes.

— C'est peut-être parce qu'il n'est pas réel.

Elle secoua la tête.

— Tu n'as pas compris ce que je voulais dire.

— Ah. Eclaire ma lanterne, je te prie.

Heidi essaya de deviner ce que pensait Jamal, mais il affichait une expression parfaitement neutre.

— Je t'assure que j'ai l'intention de respecter tes pulsions animales, reprit-elle. Mais j'espère que nous pourrons un jour nous élever vers une forme de mariage plus noble.

Jamal se leva lentement, posa son verre sur la table et se tourna vers le lit. En un seul mouvement, il enleva les couvertures.

— N'ayez crainte, ma chère épouse, grommela-t-il, je vous promets de ne pas vous offenser avec mes pulsions animales, ni avec aucun autre aspect de ma personne. Cette nuit, je dormirai par terre et, quand nous rentrerons au palais, je ferai bien attention de ne pas croiser votre chemin.

Heidi surveillait le transport de ses objets personnels vers la suite de Jamal. Elle avait d'abord pensé qu'elle ferait mieux de rester au harem, mais cela l'aurait obligée à fournir des explications qu'elle n'avait pas envie de donner.

Leur nuit de noces avait été loin de la perfection. Le pire, c'est qu'elle ne savait pas pourquoi tout était allé de travers.

De toute évidence, elle avait rendu Jamal furieux en lui confiant son faible pour M. Darcy et ses espoirs pour leur mariage. Quand elle avait parlé de faire évoluer leur union vers un niveau plus élevé, plus cérébral... où les relations charnelles n'étaient pas nécessaires, elle ne parlait pas du *présent*. Elle n'avait peut-être pas dit assez clairement qu'elle avait l'intention de se plier au devoir conjugal aussi longtemps que nécessaire, jusqu'à ce qu'il soit enfin satisfait. D'ici un an ou deux, il serait certainement prêt à s'en passer, non ? Mais Jamal avait réagi très violemment à ses idées sur le sujet, et depuis, ils ne se parlaient plus du tout.

Elle soupira en se remémorant le retour silencieux au palais. L'hostilité rageuse de Jamal contrastait douloureusement avec ses gentilles taquineries de la veille. Une fois dans leurs appartements, il l'avait saisie par le bras pour l'emmener dans la chambre d'amis.

— Tu seras mieux ici, avait-il déclaré.

Et il était parti.

A présent, debout au milieu de la pièce, Heidi regardait fixement le lit recouvert de dentelle. C'était un lit double, même s'il était plus petit que celui de la grande chambre. Ici, elle n'avait pas de balcon, mais bénéficiait d'une jolie vue sur le jardin ; la salle de bains était confortable. La pièce était bien plus belle que toutes celles qu'elle avait connues durant ses études. Elle devrait y être très heureuse.

Pourtant…

Heidi retourna dans le salon. Rihana et les autres avaient fini de ranger ses vêtements. Cela n'avait pas été long, car elle possédait peu de choses. Maintenant qu'elle était la femme de Jamal, elle aurait besoin d'une nouvelle garde-robe. Cela nécessiterait un voyage à Paris et à Londres, mais cette perspective ne lui faisait nullement plaisir. Elle ne comprenait rien à la mode, et doutait fort que Jamal l'accompagne.

Elle regarda le canapé vert pâle, les fauteuils confortables et la table basse. Des tableaux pittoresques décoraient le coin salle à manger, et une fresque recouvrait le mur du fond. Les portes-fenêtres s'ouvraient sur un balcon, d'où l'on avait vue sur la mer.

C'était son nouveau foyer, l'endroit où elle se rendrait après ses journées de travail. Elle allait vieillir entre ces murs, ignorée et haïe d'un mari qui regrettait déjà de l'avoir épousée. Elle n'avait pas espéré le grand amour, mais elle avait pensé que son mari et elle pourraient au moins devenir amis.

Heidi s'effondra sur le canapé et se prit la tête dans les mains. Tout était allé de travers, et c'était probablement sa faute. A quoi lui servaient toutes ses connaissances livresques, si elle était incapable de mener correctement sa vie personnelle ? Elle se sentait stupide. Jamal n'était son mari que depuis vingt-quatre heures et cette situation lui faisait déjà horreur. Pour être honnête, elle avait le même sentiment. Jusque-là, leur mariage était une catastrophe.

Elle décida de sortir d'ici. Si elle parvenait à se changer les idées, elle se sentirait peut-être mieux. Et si elle allait voir Dora ? La femme de Khalil avait la tête sur les épaules et la traitait comme une amie. Heidi quitta ses appartements sans plus attendre.

Les couloirs du palais étaient frais, malgré la température extérieure. Heidi n'avait aucun mal à s'orienter dans ce labyrinthe. Elle avait passé son enfance à explorer avec délice ce vieil édifice. Chaque recoin recélait des merveilles : une petite niche creusée dans un mur, une mosaïque racontant une légende, une fontaine. Les voûtes et les piliers lui paraissaient à la fois exotiques et familiers. Elle avait toujours rêvé de vivre ici. Son rêve s'était réalisé, mais pas comme elle l'avait espéré.

Sa nouvelle belle-sœur travaillait pour le gouvernement d'El Bahar. Elle avait un bureau dans l'aile administrative du palais. En suivant les panneaux indiquant les quartiers de Dora, Heidi salua les employés qu'elle croisait d'un signe de tête.

Pendant les deux semaines qu'elle avait passées au harem,

Fatima lui avait beaucoup parlé des succès de Dora. Ces deux dernières années, celle-ci avait élargi son champ d'activité et son équipe, embauchant des chercheurs, des collecteurs de fonds et plusieurs étudiants stagiaires. Khalil grommelait que son épouse complotait pour donner le pouvoir aux femmes du royaume, mais Fatima avait précisé que son petit-fils était très fier de Dora. Heidi se demanda quelle impression cela ferait de vivre une relation de ce genre avec un homme. Travailler ensemble, avoir les mêmes rêves, savoir que l'autre était fier de soi.

Jamal était prince et s'intéressait au destin passé et futur de son pays. Il serait content qu'elle veuille préserver leur histoire. Mais de là à être fier d'elle... C'était pourtant ce qu'elle voulait. Son grand-père avait toujours été fier d'elle, et il lui manquait beaucoup. Le roi l'aimait et la protégeait, mais ce n'était pas la même chose.

Elle était perdue dans ses pensées quand elle arriva dans l'entrée des bureaux de Dora. Il n'y avait personne à la réception. Elle se demanda s'il fallait attendre qu'on l'annonce, ou si elle pouvait se présenter directement. Comme la porte était entrouverte, elle frappa légèrement et entra.

En apercevant deux personnes enlacées près de la fenêtre, elle s'arrêta net. Le soleil entrait à flots et lui brouillait la vue mais, au bout d'un instant, elle les distingua mieux et les reconnut.

Déconcertée, elle ne pensa pas tout de suite à battre en retraite ; puis un pincement au cœur la figea sur place.

Dora était dans les bras de son mari. Khalil avait passé une main sous sa jupe et la caressait, tout en la maintenant fermement contre lui.

— J'ai envie de toi, murmura-t-il. Tu me rends fou.

— Maintenant ? demanda Dora d'une voix taquine. Khalil, je suis enceinte de quatre mois.

— Je sais, c'est moi qui t'ai mise dans ce pétrin, dit-il en riant. Nous avons besoin d'entraînement.

— Mais tu m'as prise la nuit dernière.

— Et je voudrai sans doute recommencer cette nuit, demain et tous les jours de notre vie, même quand nous serons si vieux et si fragiles que l'amour risquera de nous casser en deux.

Dora gloussa et caressa le visage de son mari.

— Je t'aime.

— Moi aussi, je t'aime.

Ils s'embrassèrent.

Heidi trouva enfin la force de s'en aller sans bruit. Elle ferma doucement la porte et s'appuya contre le battant, rouge et essoufflée.

C'était donc cela, la passion, l'amour romantique ? Elle ne l'avait jamais rencontré. Pas dans la vraie vie, du moins. Dans les films, ce n'était jamais très convaincant. Elle n'avait jamais compris que cela pouvait être aussi irrésistible, aussi fort et merveilleux. En fermant les yeux, elle revit Dora et Khalil enlacés. Dans leur étreinte, ils paraissaient faits l'un pour l'autre. Et il la touchait d'une façon follement érotique, comme s'il connaissait chaque centimètre de son corps et que cette familiarité lui donnait du plaisir.

Etait-ce là ce que Jamal voulait vivre avec elle ? Cette proximité, cette intimité ? Pour elle, les rapports physiques n'évoquaient que sueur et postures inconfortables. Elle avait pensé que la femme se sentait utilisée, prise au piège. Elle avait pensé qu'elle trouverait cela affreux. Mais elle n'avait pas détesté leur baiser. En réalité, elle l'avait même apprécié.

Maintenant qu'elle avait vu Dora et Khalil, elle avait envie d'en savoir plus.

Si c'était cela, les pulsions animales, ce n'était pas si effrayant qu'elle l'avait cru. Cela ne ressemblait en rien à ses expériences déplaisantes avec des étudiants.

Mais comment partager cette révélation avec Jamal ? Ce serait bien trop embarrassant. Elle n'osait même pas imaginer de lui en parler.

Ce ne serait peut-être pas nécessaire, songea-t-elle en se dirigeant vers ses appartements. Si elle lui laissait du temps, peut-être reviendrait-il naturellement vers elle.

Dix jours plus tard, Heidi fut obligée d'admettre qu'elle s'était trompée. Jamal ne manifestait pas la moindre envie de se rapprocher d'elle. Il était plus glacial que jamais.

Les deux époux regagnaient leurs appartements en silence. Ce soir-là, ils avaient dîné en grande pompe avec le roi et Fatima. En général, la famille se réunissait une ou deux fois par semaine pour le dîner. Heidi aimait ces soirées, autrefois ; les conversations intelligentes, dans la chaleur d'une réunion familiale, lui donnaient un sentiment d'appartenance. Mais depuis qu'elle avait épousé Jamal, elle s'y sentait plus isolée qu'avant. Si tout le monde faisait un effort pour la mettre à l'aise, son mari ne supportait même pas de la regarder.

Dans leur suite, il desserra sa cravate tout en se dirigeant vers sa chambre.

— Il est tard. Bonne nuit.

Elle n'y tint plus. En rassemblant tout son courage, elle appela :

— Jamal, attends.

Son mari, ce bel inconnu qui lui était aussi étranger qu'un passant rencontré au souk, se tourna vers elle. Son regard était vide, et n'exprimait aucune émotion. Elle aurait mieux supporté un regard haineux. Il ne se souciait même pas assez d'elle pour la détester.

Il dégagea sa cravate, qu'il jeta sur son épaule, et entreprit de déboutonner sa chemise. Ce geste eut un effet bizarre sur Heidi, qui sentit son ventre se crisper.

Il la regardait d'un air interrogateur. Qu'allait-elle bien pouvoir lui dire ? Elle s'éclaircit la gorge et parla de la première chose qui lui vint à l'esprit.

— Pourquoi Malik a-t-il un comportement si étrange avec moi ?

L'expression de Jamal se détendit, pour la première fois depuis des jours. Un petit sourire joua sur ses lèvres et plissa le coin de ses yeux. Il haussa légèrement les épaules et s'assit sur le canapé.

— Tu lui fais peur, dit-il. Il croit que tu hais les hommes et que tu le méprises.

— Mais ce n'est pas vrai ! J'ai un profond respect pour lui. Il fera un excellent roi. Pour tout dire, je le trouve un peu intimidant.

Le sourire s'accentua, et Heidi sentit ses genoux faiblir. Elle avait à peine commencé à faire sa connaissance quand il avait coupé court à tout contact avec elle. Jusqu'à cet instant, elle n'avait pas remarqué à quel point il lui manquait. Elle adorait parler avec lui.

— Il est persuadé qu'à tes yeux, il n'est guère plus qu'un ver de terre. Je suppose que tu es timide avec lui et qu'il prend cela pour du dédain.

— Un ver de terre ? répéta-t-elle, incrédule. Le futur roi d'El Bahar pense que *je* le considère ainsi ?

Elle n'en revenait pas.

— En plus, je ne suis jamais dédaigneuse ; je ne saurais pas comment l'être.

— Ne t'en fais pas. Il finira par t'accepter.

— Et toi, vas-tu m'accepter, Jamal ? Quand nous avons parlé de notre mariage, tu disais que tu voulais que nous soyons amis. Je le souhaite aussi, mais nous ne le sommes pas. Y a-t-il une chose que je peux faire pour que cela change ?

L'expression amusée disparut, cédant la place à la froideur habituelle. Il se raidit et se releva.

— Je fais de mon mieux pour satisfaire ta requête d'une union spirituelle, dit-il d'un ton cérémonieux, et pour garder le contrôle de mes viles pulsions animales. Je ne voudrais pas froisser ta sensibilité.

— Mais je ne suis pas sensible à ce point…, murmura-t-elle, comprenant qu'elle l'avait blessé, sans s'en rendre compte.

— Mais si. Ton portrait du mari idéal était très précis. Je crains de ne jamais être à la hauteur.

Elle fit un pas vers lui, puis s'arrêta. Il n'avait rien d'engageant.

— Je pense que mes paroles ont dépassé ma pensée. Je ne voulais pas dire que je souhaitais une relation exclusivement spirituelle.

— Tu as dit que tu espérais dépasser la relation physique pour atteindre un niveau plus élevé.

Il avait bien retenu la leçon. Comment échapper à ce qu'elle avait dit ?

— Je me suis mal exprimée.

Comment lui raconter qu'elle avait changé d'avis en voyant Dora avec Khalil ? Elle ne comprenait pas très bien les choses de l'amour, mais l'idée la rebutait moins qu'avant.

— Je voudrais que tout soit clair, reprit-elle. Je n'ai rien contre toutes ces histoires de passion animale. J'y suis tout à fait disposée.

— Comme c'est généreux de ta part, ma chère, railla-t-il. Mais vois-tu, une épouse qui ne cherche qu'à faire son devoir ne m'intéresse pas.

Heidi ouvrit de grands yeux.

— Je ne comprends pas. Je croyais que c'était de cela qu'il s'agissait, que tu étais furieux que je refuse le devoir conjugal. Qu'y a-t-il d'autre ?

Il la regarda longuement.

— Rien de plus que ce que tu viens de dire.

Et il sortit.

Elle resta seule, aussi confuse qu'avant leur conversation. Manifestement, la situation était encore plus grave qu'elle ne l'avait cru, et elle n'avait fait qu'empirer les choses. Il ne restait plus qu'une solution. Elle avait besoin de l'aide d'une spécialiste.

— Tu lui as dit quoi ? demanda Dora, stupéfaite.

C'était le lendemain après-midi. Heidi prenait le thé au harem avec Dora et Fatima. Elle faisait tourner son sandwich au concombre dans son assiette, sans pouvoir imaginer qu'elle retrouverait l'appétit un jour. Elle avait cessé de prétendre qu'elle ne rougissait jamais, et la teinte cramoisie de ses joues attestait de sa totale et abjecte humiliation.

Fatima s'était figée, la tasse à la main. Elle la reposa doucement sur sa soucoupe et contempla Heidi avec des yeux écarquillés.

— Tu lui as vraiment dit que tu espérais que vous seriez

capables de surmonter vos pulsions animales ? Avant de lui proposer de faire ton devoir ?

Dora et la reine échangèrent des regards horrifiés.

Heidi se sentait minuscule, insignifiante et stupide. Elle se recroquevilla dans son coin de canapé et baissa la tête sur son assiette.

— Je vous l'avais *dit :* je ne voulais pas me marier, et c'était l'une des raisons. Je suis nulle avec les hommes. Je ne les comprends pas et je dis toujours ce qu'il ne faut pas. Je suis intelligente dans certains domaines, mais j'ai un terrible problème relationnel. Je n'ai pas besoin qu'il tombe fou amoureux de moi, mais je voudrais qu'il supporte de rester dans la même pièce pendant une heure ou deux.

— Heidi, ce n'est pas si grave, intervint Dora. Tu l'as blessé dans son ego, mais on a vu pire.

Heidi risqua un coup d'œil vers sa belle-sœur.

— Tu crois ?

— J'en suis sûre. Tout ce qu'il nous faut, c'est trouver un moyen de le faire revenir vers toi.

— Mais il me déteste, ou du moins il est complètement indifférent. Quand nous avons parlé, hier, je n'ai fait qu'aggraver les choses. Le pire, c'est que je ne sais pas ce que je fais de travers.

— Lui proposer de faire ton devoir, c'était un début, mon enfant, dit Fatima en la scrutant d'un regard pénétrant. Tu n'as pas lu les livres que je t'ai donnés, n'est-ce pas ?

Heidi baissa de nouveau la tête.

— Pas vraiment. Enfin, je les ai feuilletés, mais les illustrations m'ont parues improbables. Les gens font-ils vraiment ce genre de choses ?

Le silence retomba dans la pièce. Heidi respirait avec difficulté. Elle ne l'aurait jamais cru possible, mais elle se sentait encore plus mal qu'avant. Elle voulut s'enfuir, mais n'avait aucun autre endroit où se réfugier. Dora et Fatima étaient sa dernière chance.

Dora, qui était assise près d'elle sur le canapé en demi-cercle, lui toucha le bras.

— Nous allons arranger cela. Ce qu'il faut, c'est que tu te sentes plus à l'aise à l'idée de faire l'amour avec ton mari. Crois-tu pouvoir y arriver ?

Heidi se souvint de la scène qu'elle avait entrevue une semaine plus tôt : Dora et Khalil enlacés. Elle avait tant souhaité connaître le même type de relation avec Jamal !

— Je ne suis pas prude, répondit-elle enfin. Je suis igno-rante et j'ai peur, ce n'est pas pareil.

Dora sourit.

— C'est bien, mets-toi en colère, cela te donnera de l'énergie.

— Je n'ai pas besoin d'énergie, répliqua Heidi en soupirant. J'ai besoin d'être belle, sexy et sûre de moi. J'ai vu le genre de femmes que Jamal avait l'habitude de fréquenter : des actrices, des mannequins, des filles de millionnaires d'une beauté à tomber par terre. Toutes s'habillent à la perfection, savent exactement quoi dire en toute situation, et débordent de sex-appeal. Moi, je suis un laideron, conclut-elle en regardant la robe bleu pâle qui lui tombait sur les genoux.

— Tu n'es pas un laideron, rétorqua Dora, tu es un joli bourgeon prêt à s'ouvrir. Tu as besoin d'un nouveau style. Fais-moi confiance. Je sais ce qu'on peut faire avec des vêtements et du maquillage bien choisis. La transformation peut être extraordinaire.

Heidi ne voulait pas la contredire, mais sa belle-sœur ne savait pas de quoi elle parlait. Comme Fatima, elle était toujours d'une élégance impeccable, et l'on pouvait douter qu'elle se soit jamais sentie laide, même un seul jour.

— Il me faut plus qu'un nouveau style, répondit-elle. J'ai besoin d'une greffe de personnalité ! Je veux devenir quelqu'un d'autre ; une femme spirituelle, bourrée de charme et d'aisance. Une femme qui sait plaire à son mari. Le contraire de moi, en quelque sorte !

Dora soupira.

— Ce n'est pas une mince affaire.

— Certes, mais c'est possible, reprit lentement Fatima. Si tu veux devenir quelqu'un d'autre, je sais exactement qui.

La reine était-elle en train de perdre la raison ?

— Qui avez-vous en tête ? demanda Heidi.

Fatima sourit.

— Pas l'épouse. Elle n'est jamais intéressante, de toute façon. Non, tu dois te transformer et devenir la maîtresse de Jamal.

- 6 -

— La maîtresse de Jamal ? répéta Heidi. C'est bien ce que vous avez dit ?

Comme toujours, Fatima était très élégante. Elle portait une robe Chanel et, autour du cou, un rang de perles roses dont la teinte douce soulignait l'éclat de sa peau.

— Ne sois donc pas si choquée. Les hommes ont des maîtresses depuis la nuit des temps.

— Ce n'est pas la question, répondit Heidi. Je ne suis même pas capable d'être une épouse. Comment voulez-vous que je devienne sa maîtresse ?

— Il suffit d'un peu d'entraînement, rétorqua la reine. D'entraînement et de confiance en soi.

— Nous avons déjà constaté que j'en étais complètement dépourvue, dit Heidi en posant son assiette sur la table basse. Tout cela ne sert à rien. Mon mariage sera malheureux, Jamal ne fera jamais attention à moi, nous n'aurons pas d'enfants et…

— Cela suffit, intervint Fatima. Ecoute ce que j'ai à dire avant de repousser mon idée.

— Je t'en prie, intervint Dora. Tu n'as rien à perdre.

Heidi ouvrit la bouche pour répondre, mais se ravisa.

— C'est vrai, admit-elle. Je vous écoute, Fatima. Vous disiez ?

La mère du roi sourit.

— Quand je me suis mariée, le harem n'était pas ce qu'il est aujourd'hui. De mon temps, il était rempli de jolies femmes exotiques venues de tous les pays du monde. Je venais d'un royaume voisin, je n'étais ni exotique ni jolie, et notre mariage avait été arrangé.

Heidi la regarda avec des yeux ronds.

— Mais vous êtes si belle ! s'exclama-t-elle. Comment pouviez-vous croire que vous ne l'étiez pas ?

Fatima sourit.

— Tu es merveilleuse, mon enfant, et j'apprécie le compliment. Mais à l'époque, je ne savais pas m'habiller pour me mettre en valeur. J'étais innocente et assez peu au courant des usages du monde. Mais j'aimais mon mari et je tenais à le conquérir. A cette fin, j'ai décidé de devenir la plus exotique et la plus séduisante des femmes du harem.

Elle prit sa tasse et but une petite gorgée.

— J'ai étudié les arts traditionnels du harem. Je ne pouvais pas devenir quelqu'un d'autre, mais je pouvais m'envelopper de mystère. J'ai envoyé une amie parler à mon mari d'une femme intrigante qui serait peut-être disponible pour son harem. Déguisée de manière à me faire passer pour cette inconnue, j'ai eu des rendez-vous secrets avec mon mari. Je l'ai si bien séduit qu'il est tombé sous le charme. Je ne lui ai révélé mon identité qu'après avoir conquis son amour. Il était tellement épris qu'il a renvoyé toutes les autres femmes du harem.

Heidi n'en croyait pas ses oreilles.

— Votre vie ressemble à une légende ancienne. C'est merveilleux. Avez-vous été heureux ?

— Oui. Jusqu'à son dernier souffle, nous nous sommes aimés. Il n'y a jamais eu personne d'autre. C'est ce que je te souhaite, Heidi. C'est ce que j'espérais pour Jamal et toi.

Heidi se méfiait de l'amour, mais elle serait ravie de faire la paix et de bavarder avec lui de temps en temps.

— Vous pensez que je devrais suivre votre exemple ? Me faire passer pour une inconnue et le séduire ?

Dora l'applaudit.

— Exactement. Si tu prétends être quelqu'un d'autre, tu peux être sexy, sûre de toi, tout ce que voudras. Et cela finira par devenir naturel.

— L'idée est formidable, mais je ne suis pas certaine qu'elle soit réalisable en pratique.

Cela dit, comme Dora l'avait souligné, qu'avait-elle à perdre ?

— Il y a des détails à mettre au point, admit Fatima. Les choses étaient plus simples de mon temps.

Elle se mit à réfléchir.

— Tiens, je connais cet air-là, commenta Dora.

Elle se dirigea vers un bureau, fouilla dans les tiroirs et revint avec un grand bloc et un stylo.

— Très bien, je me charge des listes. Par quoi commençons-nous ?

Fatima fit un signe à Heidi.

— Mets-toi debout, mon enfant, et marche vers les portes-fenêtres.

La jeune femme obéit, mal à l'aise. Elle ne se sentait pas du tout naturelle.

Le harem était situé à l'arrière du palais et donnait sur un jardin fermé. Elle chercha du réconfort dans ce paysage familier, en vain. Quand elle revint s'asseoir, elle était toute rouge.

Fatima secoua la tête.

— Tu vas jeter ces vêtements. Les couleurs ternes ne sont pas flatteuses et ce style informe ne te met pas en valeur.

— Mais je suis à l'aise dedans, protesta Heidi en touchant le coton épais de sa robe.

— Ça ne te va pas, trancha fermement Fatima. La beauté demande du temps et des efforts.

Elle renversa la tête en arrière.

— As-tu au moins des formes là-dessous ?

— Euh… bien sûr, répondit Heidi en croisant les bras sur sa poitrine. Je crois que je fais du trente-huit ou du quarante. Je suis un peu plus ronde en haut qu'en bas.

— Il y en a qui ont de la chance, gémit Dora.

— Alors pourquoi es-tu aussi mal fagotée ? demanda Fatima. Pourquoi ne mets-tu pas au moins ta silhouette en valeur ?

— Je ne sais pas, avoua Heidi en croisant et décroisant les bras. J'ai porté un uniforme pendant toute ma scolarité, et en vacances, je recherchais le confort. A l'université, mes amies et moi ne nous intéressions pas à la mode. Je ne sais pas comment m'habiller. Je regarde des magazines, je vois de jolies choses, mais quand je vais dans les boutiques, je ne sais jamais ce qui va m'aller.

— Vêtements, murmura Dora en commençant sa liste.

— *Beaucoup* de vêtements, ajouta Fatima. Nous nous occuperons de sa garde-robe personnelle plus tard. Pour l'instant, c'est celle de la maîtresse qui nous intéresse.

Heidi ne posa pas de questions sur la façon dont s'habillaient les maîtresses. Elle préférait ne pas le savoir. Elle essaya de se détendre.

— De nouveaux vêtements seront utiles, certes, mais

comment allez-vous faire pour que Jamal ne me reconnaisse pas ? Il ne se laissera pas berner si facilement.

— D'abord, des lentilles de contact, dit Dora. En as-tu déjà essayé ?

— Des lentilles ? Tu veux que je me mette des bouts de plastique sur les yeux ? As-tu perdu la tête ?

Dora se tourna vers Fatima.

— Je pense que ça veut dire non.

— Absolument ! Prends-en note. Je connais un très bon opticien ; il fait des merveilles. Heidi a les yeux noisette, mais je pense que le vert irait bien avec son teint.

— Pas question de mettre des lentilles, insista Heidi. Je ne peux pas en porter.

— Tu as déjà essayé ?

— Non, mais…

— Et les cheveux ? interrompit Fatima. Détache-les, ma chérie, pour que l'on puisse voir à quoi ils ressemblent. Je me souviens que je les avais trouvés très beaux à ton mariage.

Heidi les regarda toutes les deux.

— Vous prenez ma vie en main.

— Il faut bien que quelqu'un le fasse, déclara la reine. Après tout, c'est toi qui es venue nous demander de l'aide.

Heidi tira sur les épingles qui retenaient ses cheveux. Ils tombèrent en cascade jusqu'à sa taille.

— Fabuleux, murmura Dora. Mais il va falloir y changer quelque chose.

Fatima se leva et tourna autour de Heidi, prenant une longue mèche pour l'examiner.

— Oui, superbe. Mais que faire ?

Dora s'approcha à son tour.

— Un dégradé, peut-être ? Heidi pourrait encore les attacher, Jamal ne verrait pas la différence. Et, dans le rôle de la mystérieuse inconnue, elle pourrait se faire une coiffure bouclée et les laisser libres.

Fatima se tourna vers Heidi.

— Qu'en penses-tu ?

— Cela me paraît très bien. Mes cheveux bouclent facilement.

— Et peut-être une de ces teintures qui s'en vont au shampooing, poursuivit Dora. Quelque chose qui change.

Elle regarda Fatima, qui haussa les sourcils.

— Roux, dirent-elles en même temps.

— Excellent, reprit Dora. Ce sera parfait avec les lentilles vertes. Jamal sera terrassé.

Elle revint à son bloc et prit des notes.

— N'oublie pas de te faire un gommage des mains et des pieds. Il faut que ce henné disparaisse au plus vite.

Heidi regarda les dessins brun rouge qui ornaient ses mains. Sa lune de miel était finie avant d'avoir commencé. Comme c'était triste.

— Revenons aux vêtements, dit Fatima. Nous savons qu'elle en a besoin, mais de quel genre doivent-ils être ?

— Sexy, affirma Dora. Bretelles fines et jupes ultracourtes.

La reine fronça les sourcils.

— Tu es sûre ? Je pensais plutôt à quelque chose de chic…

— Oui, je préfère le chic, intervint Heidi. Je n'oserais jamais porter une jupe très courte.

Dora secoua la tête.

— Rien de chic, Fatima. Nous ne cherchons pas à l'habiller en princesse, mais en maîtresse. Elle a besoin d'être aussi différente que possible de ce qu'elle est habituellement, ou Jamal verra tout de suite la supercherie. Je préconiserais du court, du décolleté, avec du maquillage et des talons aiguilles. Il sera tenté et désorienté. Un bon début.

— Je n'ai jamais réussi à marcher avec des talons hauts, intervint Heidi. Je n'en porte presque jamais et, quand cela m'arrive, je ne me sens pas à l'aise. Je pense qu'il vaudrait mieux opter pour le chic.

— Non, Dora a raison, trancha Fatima. Il y a des boutiques sur le front de mer, pour les touristes fortunés. Ils devraient avoir tout ce que nous cherchons. Très bien, je téléphone à mon opticien. Dora, appelle le salon de coiffure, celui d'Ingrid. Tu as le numéro.

Dora sourit.

— Tu vas adorer Ingrid, assura-t-elle à Heidi. Elle va te transformer…

Heidi commençait à douter que ce soit possible. Elle avait l'impression d'être emportée par des rapides. De temps en temps, elle disparaissait sous l'eau. Bientôt, elle ne pourrait plus remonter à la surface.

— J'ai besoin de m'asseoir, dit-elle.

Dora continuait sa liste.

— Bien, maintenant, il faut trouver où va vivre la femme mystérieuse.

— Nous allons l'établir en ville, dans l'un des hôtels de luxe, déclara Fatima. Quelque chose de chic. Je prendrai les frais en charge, bien sûr. Il ne faudrait pas que tu doives expliquer tes dépenses à Jamal. Nous pouvons faire installer une ligne spéciale dans ta chambre, pour que l'appel soit transféré dessus quand il téléphone à l'hôtel. Pas de problème. Mais il te faut un nom, pas trop différent du tien pour que tu t'en souviennes.

— Il faut que je change de nom ?

Heidi se reprit aussitôt.

— Désolée, question stupide. Mais comment vais-je m'appeler ?

— Un nom amusant, comme Bambi ou Amber, suggéra Dora.

Heidi fit la grimace.

— Non, ce n'est pas mon genre.

Même si tout l'exercice consistait à devenir quelqu'un d'autre, elle était de l'avis de Fatima : il lui fallait un nom assez proche du sien ; elle réfléchit un moment, et eut une soudaine inspiration.

— Honey Martin, dit-elle, et elle reprit d'une voix sensuelle : Bonjour, Jamal, je m'appelle Honey.

Dora ne paraissait pas entièrement convaincue, mais elle nota le nom.

— Va pour Honey Martin. Il va falloir inventer une histoire.

— Je sais exactement quoi dire. La fille avec laquelle j'ai partagé ma chambre pendant mes quatre ans d'université s'appelait Ellie Calloway. Sa famille venait de l'Oklahoma et travaillait dans plusieurs branches, mais avait commencé dans le pétrole. Elle avait quatre frères, dont l'un s'occupait des affaires pétrolières. Je pourrais être ici en visite avec lui.

Fatima joignit les mains.

— C'est parfait, absolument parfait. Jamal ne pourra jamais faire le lien entre toi et Honey Martin, de l'Oklahoma.

Elle examina la liste de Dora.

— Hormis la façon dont vous allez vous rencontrer, je pense que nous avons tout prévu. Allons-y.

*
* *

Moins d'une semaine plus tard, Heidi ne voyait plus clair et ne savait plus marcher ni parler. Elle boitilla en direction de ce qu'elle pensait être la table, les yeux pleins de larmes, et ne vit pas la pile de coussins qui encombrait son chemin. Elle trébucha, se tordit les chevilles et dérapa sur ses talons de dix centimètres. Un escarpin vola à droite, l'autre à gauche, et Heidi s'écroula entre les deux. Par chance, elle atterrit sur un coussin.

— Tu as besoin d'entraînement, commenta gentiment Fatima, assise sur le canapé. Ces chaussures ne te poseront plus de problèmes, dès que tu y seras habituée.

Elle avait déjà fait la même remarque à propos des lentilles de contact, pensa amèrement Heidi en clignant des yeux une fois de plus, dans l'espoir de se débarrasser des paquets de sable qu'elle avait l'impression d'avoir sous les paupières. Les lentilles souples étaient censées être faciles à porter, confortables. Quelle blague !

Elle ouvrit la bouche pour protester, mais la referma aussitôt. Elle avait si mal à la gorge qu'elle ne pouvait plus parler. Elle avait essayé de prendre une voix basse et chaude, qui ne ressemblait pas à son timbre naturel. En conséquence, elle avait dû abîmer ses cordes vocales.

Elle s'assit et rajusta la minuscule bretelle de sa robe, qui lui arrivait tout juste à mi-cuisses. Il y avait plus de tissu dans un torchon que dans cette robe ! Voulaient-elles vraiment qu'elle sorte dans cette tenue ?

Elle cligna encore des paupières et réussit à voir presque normalement. Elle ne quitterait plus la reine des yeux ; si ses lentilles glissaient encore, elle aurait au moins la tête tournée dans la bonne direction.

— Cela ne marchera jamais, admit-elle tristement. Je n'ai pas l'étoffe d'une séductrice. Je déteste ces vêtements et je ne supporte ni les talons ni les lentilles. Je ne saurai jamais quoi lui dire, comment me tenir, ni rien de tout cela.

Elle toucha ses cheveux. Plus courts et dégradés, c'était le seul aspect de sa transformation qui lui plaisait. Elle arrivait même à les faire boucler sans trop de difficultés ; et lorsqu'elle les rattachait en chignon, plus rien n'était visible.

Fatima la regarda.

— Nous avons déjà fait beaucoup de chemin, Heidi. Nous avons la chambre et Dora a découvert que Jamal avait l'intention de se faire livrer une nouvelle voiture de sport italienne mardi. Nous sommes prêtes à intercepter la livraison pour que tu puisses lui dire que tu l'as reçue par erreur. Tu as les vêtements, les lentilles. Pourquoi t'arrêter en si bon chemin ?

Heidi se leva péniblement et se dirigea en chancelant vers le canapé. Par chance, ses yeux avaient provisoirement cessé de larmoyer et elle voyait à peu près où elle allait.

— Regardez-moi, je suis lamentable. Je ne sais même pas mettre de l'eye-liner. Je ne suis pas taillée pour ce genre de choses.

C'était vrai. Elle appréciait tout ce que Fatima et Dora avaient fait pour elle, mais leur plan était insensé. Avec beaucoup plus de temps pour s'entraîner, elle aurait peut-être eu sa chance, mais dans ces conditions, elle n'y arriverait jamais.

Fatima hocha la tête.

— C'est à toi de décider. Fais ce qui te paraît le mieux.

— Merci, répondit Heidi avec un sourire reconnaissant. Je veux sauver mon mariage, mais je préfère le faire en mon nom, pas sous une fausse identité.

— Bien sûr.

— Vous n'êtes pas fâchée ? J'apprécie beaucoup tout ce

que vous avez fait. Je ne voudrais pas paraître ingrate. Mais ce n'est vraiment pas moi, tout ça.

— C'était le but, justement, dit Fatima, avant de lui tapoter la main. Je veux ton bonheur. Je ferai tout mon possible pour que tu sois heureuse.

— Merci. Pour réussir mon mariage avec Jamal, il faut que j'essaie de lui plaire en étant moi-même. Même lamentable et inepte, au moins l'effort sera honnête, n'est-ce pas ?

— Comme tu voudras, mon enfant.

Ce soir-là, Heidi essaya de lire un nouveau chapitre du livre de Fatima. Elle était toujours effarée par toutes ces pratiques amoureuses. Elle venait à peine de connaître son premier baiser, et voilà qu'elle découvrait des choses beaucoup plus intimes. Elle était arrivée à la moitié d'un chapitre intitulé « Les délices de la plume et autres façons de faire frémir votre amant », quand elle entendit la porte s'ouvrir. Jamal était rentré !

Heidi ne savait pas où il avait passé la soirée. Il ne l'avait pas rejointe pour dîner, ce qui avait contrarié ses projets de séduction. Maintenant, elle pouvait essayer.

— Bonsoir, dit-elle. Ta soirée s'est bien passée ?

Jamal se tourna vers elle et elle le regretta aussitôt. Elle portait une de ses robes larges et peu seyantes, dans une vilaine couleur vert pâle. Elle avait les pieds nus, et sa tresse lui donnait un air juvénile et vulnérable. Les questions qu'il lisait dans son regard renforcèrent son sentiment de culpabilité. C'était une chose de l'éviter quand il était au palais, mais encore une autre de sortir sans elle. Il ne l'avait pas invitée et ne lui avait même pas dit où il allait.

Il n'avait pas l'habitude de se sentir coupable. Avec Yasmine, il ne se souvenait pas d'avoir éprouvé cela, mais les choses étaient différentes au début de leur mariage. Avant de découvrir la vraie nature de sa première épouse, il voulait passer chaque instant à ses côtés. Il s'était laissé duper par un regard empreint d'un désir feint et par un corps insatiable en apparence.

Avec le temps, très peu de temps, elle avait changé. Ou plus exactement, elle était redevenue elle-même. Elle n'avait plus rien voulu savoir de lui, sauf lorsqu'ils devaient assister à quelque soirée officielle où elle pouvait briller dans son rôle de princesse. Elle s'était mise à le repousser, au lit, et avait vite déménagé dans la pièce que Heidi occupait aujourd'hui. Elle lui avait révélé qu'il la dégoûtait et qu'elle ne voulait pas qu'il l'approche.

Avec Yasmine, il n'avait pas connu de culpabilité, juste l'humiliation et la honte. Il avait été stupide. Il s'était trouvé piégé dans une situation infernale et sans issue. Trop fier pour avouer la vérité à ses frères ou à son père, il n'avait même pas pu confier son problème à quiconque. Fatima avait deviné que Yasmine s'intéressait davantage aux boutiques de mode et aux apparences qu'à son mari, et elle avait fait part de sa découverte au roi. Mais tous deux ignoraient que son mariage était un cauchemar.

Ils avaient tout de même essayé d'être un soutien pour lui. A la fin, même ses frères avaient compris que Yasmine n'était pas une femme aimante. Quand elle avait disparu prématurément dans un accident de voiture, personne ne l'avait vraiment regrettée.

Et, à présent, il était remarié. Il s'était dit que Heidi n'avait rien à voir avec Yasmine. Heidi s'intéressait plus à l'histoire d'El Bahar qu'aux mondanités et aux bijoux. Sa façon de s'habiller montrait clairement qu'elle ne passerait pas son temps dans les magasins. Mais elle avait tout de même un point commun avec sa première femme : elle ne voulait pas partager le lit de son mari.

— Tu ne me parles même plus, remarqua-t-elle en le regardant avec de grands yeux.

— Ce n'est pas cela, dit-il avec un sourire. J'étais perdu dans mes pensées, pardon. J'ai passé une soirée très agréable. J'ai dîné avec un ami d'université, Nigel. Nous étions à Oxford ensemble ; il est ici pour affaires et il avait une soirée libre. J'avais pensé t'inviter, ajouta-t-il après une hésitation, mais comme il est venu sans sa femme, j'ai pensé que tu t'ennuierais entre deux vieux copains qui parlent de choses et de gens que tu ne connais pas.

Elle hocha la tête.

— Je comprends. En fait, je ne savais pas que tu étais sorti.

Il la soupçonna de vouloir se montrer conciliante et se sentit d'autant plus coupable.

— Tu veux boire quelque chose ? proposa-t-il en indiquant les bouteilles posées sur le bar.

— Non, merci.

Il l'invita d'un geste à s'asseoir sur le canapé et vint la rejoindre après s'être servi un verre.

— Nigel a un poste haut placé dans l'administration britannique. Il s'occupe de l'ensemble du Moyen-Orient, mais il vient ici de temps en temps. Je lui ai suggéré de venir avec sa famille, la prochaine fois, et de loger au palais avec nous. Ainsi, tu pourrais faire leur connaissance.

Elle lui adressa un sourire qui n'effaça pas la gravité de son regard.

— Je serais ravie de rencontrer ton ami. Quand tu parles de famille, tu veux dire qu'il a des enfants ?

— Oui, deux garçons de deux et cinq ans. Il m'a montré leur photo.

— Je ne m'y connais pas bien, mais il me semble que les enfants sont intéressants à cet âge-là. Malgré tout… deux garçons, cela doit représenter beaucoup de travail.

Leur conversation n'était qu'un échange de politesses et de banalités, mais Jamal se demanda quel genre de mère serait Heidi. Au bout d'un mois de mariage, Yasmine avait déclaré qu'elle n'aimait pas les enfants, mais qu'elle en aurait puisque c'était ce qu'on attendait d'elle. Malgré tout, elle avait insisté sur la nécessité d'avoir des nourrices à plein-temps ; pour elle, il n'était pas question de passer un moment seule avec sa progéniture.

— Tu es une princesse, tu aurais de l'aide. Une bonne et une nourrice.

— Pas trop d'aide, tout de même ! objecta Heidi, qui se déridait enfin. Je veux m'occuper de mes enfants de temps en temps ! Autrement, quelle mère serais-je ?

C'était la réponse attendue ; pourtant, il savait qu'elle était sincère. Heidi n'était pas Yasmine, se répéta-t-il. Si elle redoutait tant qu'ils deviennent amants, c'était peut-être à cause de son manque d'expérience. Elle n'avait pas forcément cherché à le blesser. Peut-être essayait-elle de se protéger, plus que de le repousser ?

Elle se tourna face à lui, glissa une mèche de cheveux derrière son oreille et remit ses lunettes en place.

— Jamal, il faut que nous parlions. Je sais que j'ai tout gâché dès le début. Tu ne peux pas savoir combien je voudrais pouvoir revenir en arrière et repartir de zéro, depuis notre nuit de noces. Je ferais les choses différemment.

Son honnêteté et sa sincérité étaient douloureuses à voir. Il l'arrêta en secouant la tête.

— Ce n'est pas ta faute, dit-il.

— Bien sûr que si. J'ai tout gâché.

— Je dirais plutôt que nous sommes responsables tous les deux. Tu avais tes craintes au sujet de quelque chose d'inconnu et d'inquiétant, et moi, j'étais pris dans mon passé.

— Tu parles de ton mariage avec Yasmine ?

— Oui.

— Quel rapport peut-il avoir avec notre situation ?

— C'est compliqué, je ne crois pas pouvoir l'expliquer.

Il ne voulait pas lui en parler. Il souhaitait partager bien des choses avec elle, mais pas cela. Il n'avait pas oublié sa douceur avec Yasmine pour leur nuit de noces, et sa stupeur quand elle lui avait annoncé qu'il n'avait pas besoin de prendre tant de précautions. Après tout, elle n'était pas vierge et, de toute façon, elle n'aimait pas le sexe. Elle voulait qu'il passe à l'acte et qu'on en finisse.

Plus tard, sachant que l'aspect intime du mariage lui déplaisait, il lui avait demandé ce qu'il pourrait faire pour la satisfaire. Elle l'avait envoyé au diable. Il s'était humilié en la questionnant sur ses autres amants, pensant qu'ils connaissaient des techniques qu'il ignorait. Elle s'était moquée de lui. Comment pouvait-il être si bête ? Ce n'était pas sa manière de faire qui lui posait problème, c'était l'acte en lui-même. Pour elle, le sexe était un moyen d'obtenir ce qu'elle voulait, et n'avait aucun rôle dans sa vie à part celui-là. Elle lui avait mis le coup de grâce en concluant qu'il avait tort de le prendre autant à cœur.

Dès lors, il l'avait haïe. Pire, il s'était haï lui-même, parce qu'il la désirait quand même. En dépit de tout, il était tombé amoureux d'elle.

—Tu as dû beaucoup l'aimer, commenta Heidi. Tu as toujours un air farouche quand tu en parles.

— Le pire, c'est que j'étais amoureux d'elle, avoua-t-il franchement. Même quand j'ai ouvert les yeux, je suis resté amoureux d'elle.

Heidi sentit sa gorge se serrer.

— Je comprends, fit-elle dans un souffle. Tu ne veux pas d'une autre relation comme celle-là.

— Exactement, répondit-il avec vigueur, en pensant à tout ce qu'il avait enduré. C'était l'enfer, des jours et des mois d'enfer.

— Je vois.

Il se doutait bien qu'elle ne voyait pas du tout. Dieu sait ce qu'elle pensait, mais il n'allait pas la détromper. Personne ne devait savoir la vérité sur sa relation avec Yasmine.

Elle renifla. En la regardant, il eut la surprise de constater qu'elle avait les larmes aux yeux.

— Qu'est-ce qu'il y a ? Pourquoi es-tu si triste ?

— Ce n'est rien, dit-elle avec un sourire forcé.

Jamais il ne comprendrait les femmes, pensa-t-il. Il fallait pourtant qu'il comprenne celle-ci. Heidi méritait son attention, et leur couple avait droit à une seconde chance.

Il lui toucha la main.

— Tu as raison de vouloir qu'on avance en douceur, dit-il. Faisons cela. Essayons d'être amis et de tout reprendre à zéro.

— J'aimerais bien, murmura-t-elle pendant que des larmes roulaient sur ses joues. J'aimerais beau… beaucoup. Mais il faut que je m'en aille, maintenant.

Sans lui laisser le temps de réagir, elle fila se réfugier dans sa chambre. Jamal pensa à la suivre, mais ne savait guère quoi lui dire. Il était plus facile de la laisser partir.

Il s'adossa dans le canapé en regardant le fond de son verre. Sa vie était plus simple avant qu'elle y fasse son entrée ; décidément, il n'avait pas de chance avec ses femmes. Le problème venait-il de lui ou d'elles ?

Il pensa aux autres, ses maîtresses, que Heidi lui avait demandé de cesser de voir. Elle voulait qu'il respecte les engagements du mariage. C'était ironique, mais il avait effectivement mis fin à ses liaisons, avec une facilité déconcertante. Il avait eu envie de devenir fidèle.

Et maintenant, il était seul… Il n'avait plus de maîtresses et se retrouvait avec une épouse qui ne voulait pas de lui dans son lit. Il était revenu à son point de départ. « On fait trop de cas du mariage », pensa-t-il en buvant une grande gorgée.

- 7 -

Heidi se jeta sur le lit et pleura sans retenue. Secouée de sanglots, elle serra un oreiller contre elle en guise de consolation. Tout était encore pire qu'elle ne l'avait cru.

Jamal aimait toujours Yasmine.

Pourquoi ne s'en était-elle pas aperçue plus tôt ? Pourquoi ne l'avait-elle pas deviné ? Ce n'était pas étonnant qu'il ait été furieux lors de leur nuit de noces. Cette tente lui avait sans doute rappelé sa première nuit avec Yasmine… alors que leur amour était encore tout neuf, passionné. Et qu'ils croyaient tous les deux avoir la vie devant eux.

Mais le destin en avait décidé autrement. Jamal avait perdu Yasmine bien avant d'être prêt à s'en séparer. Il était resté seul à souffrir, à essayer de continuer à vivre. Il avait décrit cette période de sa vie comme un enfer qu'il ne voulait plus jamais endurer.

Submergée par une nouvelle vague de chagrin, Heidi se mit à hoqueter. Quelle idiote elle avait été ! Ce n'était pas vraiment à cause d'elle que Jamal était si distant. Il souffrait d'avoir perdu Yasmine, son seul amour. Ce qu'il avait à la place, c'était elle.

« C'est injuste », pensa-t-elle. Jamais elle ne pourrait le séduire. Leur mariage était condamné avant même d'avoir

commencé. Jamais il ne lui ouvrirait son cœur. Il lui préfé-
rerait toujours Yasmine.

Elle n'aurait su dire combien de temps elle resta prostrée
sur le lit, à regretter d'avoir accepté ce mariage, non pas parce
qu'elle ne voulait pas de Jamal, mais justement parce qu'il
lui plaisait. Elle avait voulu trouver un moyen de le rendre
heureux, mais c'était impossible. Elle ne savait absolument
pas comment s'y prendre et elle ne pourrait jamais égaler
Yasmine.

Elle s'assit et renifla. C'était un vrai cauchemar. Elle avait
rencontré Yasmine plusieurs fois au cours de ses visites à El
Bahar, pendant les vacances d'été. La femme de Jamal était
belle, élégante et pleine d'assurance. Elle portait toujours des
vêtements de la meilleure qualité, dont la couleur et la coupe
la mettaient en valeur. En chaque occasion, elle arborait la
tenue qui convenait. Ses bijoux étaient aussi brillants que
sa conversation. Elle n'avait pas été spécialement tendre
envers la jeune Américaine empotée qu'était Heidi, mais on
ne pouvait pas l'en blâmer : en sa présence, Heidi devenait
muette. Elle avait dû lui paraître idiote.

Jamal était-il du même avis ? Pensait-il qu'elle était inepte et
ridicule ? Elle réprima une nouvelle crise de larmes. Il fallait
qu'elle se ressaisisse et qu'elle détermine un plan d'action.

Peut-être ferait-elle mieux de partir, d'abandonner son
mariage et le poste de ses rêves pour retourner aux Etats-
Unis. Là-bas, elle pourrait trouver du travail et oublier ce
qui s'était passé. Mais… elle ne voulait pas partir. El Bahar
était le seul endroit au monde où elle se sentait chez elle. Elle
adorait le palais, son travail, le pays tout entier. Et comment
aurait-elle pu quitter le roi et Fatima ? Et Jamal ?

Heidi gagna la salle de bains pour se passer de l'eau sur

le visage. Elle ne savait pas comment garder son mari, mais elle n'était pas prête à le perdre.

Elle se sécha et s'étudia dans le miroir pour savoir si ses yeux étaient aussi gonflés qu'elle le pensait. Un léger mouvement attira son attention. C'était une robe accrochée sur son cintre dont le tissu ondulait dans le souffle de l'air conditionné.

Heidi jeta sa serviette et caressa l'ourlet de la robe. L'étoffe soyeuse avait une douceur de rêve et la couleur, un rouge ardent, était follement sexy. Des bretelles si fines qu'elles semblaient prêtes à se briser remplaçaient les manches, et la robe était assez courte pour révéler plus de longueur de jambes qu'elle n'en cacherait. Heidi McKinley n'aurait jamais porté une telle tenue, mais elle avait été prévue pour une autre femme, Honey Martin, future maîtresse de son mari.

Heidi se mordit la lèvre. Elle savait parfaitement qu'elle ne pourrait jamais rivaliser avec l'image idéale de Yasmine, et elle n'avait pas la moindre idée de ce qu'elle pourrait faire pour reconquérir son mari. Mais Honey était différente. Elle avait du potentiel. Tout n'était peut-être pas perdu. Si elle ne pouvait pas attirer l'attention de Jamal en étant elle-même, elle pouvait toujours essayer de le faire sous une autre identité.

Jamal, installé à son bureau, essayait de travailler, mais sans grand succès. Il pensait à Heidi. Elle avait pleuré, la nuit dernière, et il ne savait pas pourquoi. Comme il n'avait pas pris la peine de le lui demander, cela n'avait rien d'étonnant. Il devrait parler avec elle, ne serait-ce que pour mettre fin à ces malentendus perpétuels entre eux.

Peut-être devrait-il l'appeler et voir si elle était libre pour déjeuner avec lui ? Ils pourraient essayer de dialoguer, même si, jusqu'à présent, chacune de leurs conversations avait tourné au désastre. Il pourrait peut-être…

La sonnerie du téléphone interrompit sa rêverie.

— Allô ?

Il entendit un petit rire dans l'écouteur. C'était une femme.

— Bonjour, Votre Altesse. Vous avez une voix terriblement intimidante. Je ne sais plus si je vais oser vous parler. Vous allez me terroriser !

Jamal fronça les sourcils. Cette voix lui rappelait vaguement quelqu'un, mais qui ? La femme parlait bizarrement, comme si elle lisait un texte au lieu de s'exprimer spontanément.

— Qui est-ce ? demanda-t-il sèchement.

— Aucune importance, prince Jamal. Ce qui compte, en revanche, c'est que j'ai une chose qui vous appartient. Si vous êtes très gentil, je vous la rendrai peut-être.

— Cela ne marchera jamais, gémit Heidi en arpentant l'immense suite que Fatima avait réservée pour elle. Jamais, jamais, jamais ! Comment ai-je pu penser une seule seconde que c'était possible ? Qu'est-ce qui m'a pris ? C'est de la folie. J'ai perdu la tête. Je suis bonne à enfermer.

Elle fit une pause près de l'entrée, où l'attendaient ses sandales à talons, ces instruments de torture qui la faisaient encore trébucher comme un bébé instable. Comment les autres femmes arrivaient-elles à paraître élégantes et dignes, juchées sur des chaussures pareilles ?

— Je vais vomir, dit-elle à voix haute. Ici, sur le tapis blanc. Jamal sera ravi.

114

Elle plaqua une main sur son ventre et se plia en deux.

— Oh ! mon Dieu, je ne peux pas faire ça ! Sauvez-moi ! Par pitié, que la terre s'ouvre et m'engloutisse sur-le-champ !

Mais il n'y avait pas moyen d'y échapper. Elle était toujours recroquevillée dans sa suite immaculée, où elle devait jouer les femmes du monde et séduire son mari.

— Pas de problème, c'est tout moi. Je suis une vamp incarnée, une irrésistible ensorceleuse ! dit-elle en se redressant.

Elle avait encore la gorge irritée à force de prendre une voix grave. Le plus dur avait été d'appeler Jamal du harem, avec Fatima et Dora à ses côtés, qui mimaient leurs conseils pendant qu'elle déchiffrait ses répliques en essayant de paraître naturelle. Il avait dû la croire dérangée. A moins qu'il ne l'ait reconnue ? Elle frissonna. C'était ce qui pouvait arriver de pire, que son mari la reconnaisse derrière ses pitoyables efforts de séduction.

— Sois positive, s'enjoignit-elle dans un dernier sursaut. Tout va bien se passer, il sera ébloui.

A condition qu'elle ne trébuche pas et qu'elle ne perde pas ses lentilles. Elle avait toujours l'impression d'avoir du sable dans les yeux. Mais au moins, elle y voyait un peu plus clair, à présent, pensa-t-elle en regardant autour d'elle.

Fatima avait fait les choses en grand. Cet appartement en terrasse avait un sol en marbre et au moins quatre mètres cinquante de hauteur sous plafond. Des tapis disposés çà et là composaient une atmosphère chaleureuse, malgré l'absence de couleurs. Les canapés, les fauteuils et les murs étaient d'un blanc immaculé.

A sa gauche, une arche menait à la salle à manger, et à sa droite s'ouvrait la chambre. Elle y avait jeté un coup d'œil rapide, mais s'était vite sauvée, effrayée par le lit immense.

De grandes baies vitrées donnaient sur la mer d'Arabie,

d'un bleu étincelant. Cet endroit n'avait pas le charme ancien du palais, mais il était tout aussi agréable. Avec un peu de chance, Jamal serait impressionné par l'appartement et y accorderait plus attention qu'à elle.

Elle regarda sa montre. Il devrait arriver d'une minute à l'autre. L'angoisse recommença à la tenailler, mais, décidant d'ignorer son malaise, elle enfila ses sandales et s'efforça de trouver son équilibre. Elle ne trébuchait pas trop, peut-être réussirait-elle même à marcher ? Il restait le problème de la robe. Elle tira dessus pour l'allonger, en vain. Les fines bretelles ne permettaient pas le port d'un soutien-gorge et elle se sentait nue, exposée comme pour une visite chez le médecin. Parviendrait-elle à s'empêcher de croiser les bras sur la poitrine ? Elle n'avait pas l'habitude de s'exhiber ainsi. Dans la robe d'été de soie rouge qui était suspendue dans sa salle de bains, deux jours plus tôt, elle avait l'impression d'avoir oublié d'enfiler la moitié de ses vêtements.

Pour chasser ce sentiment désagréable, elle s'éclaircit la gorge et s'exerça à parler d'une voix grave et sensuelle. Au moins, Jamal ne reconnaîtrait pas sa voix. A moins que... Et s'il la reconnaissait quand même ? S'il devinait la supercherie, à peine entré dans la pièce ? Elle en mourrait de honte, mais cette fois ses problèmes seraient réglés.

Un coup frappé à la porte interrompit ses pensées décousues. Son estomac fit un bond. Heidi récita une courte prière et gagna la porte.

Jamal attendait impatiemment dans le couloir. Il n'avait aucune envie de s'attarder, ni même d'être là. Il n'avait rien à dire à une femme qui se mettait dans tous ses états à l'idée de rencontrer un prince. S'il s'était agi d'autre chose que de sa nouvelle Lamborghini, il aurait laissé un de ses employés régler cette affaire. Mais il attendait cette voiture depuis des mois, et quand cette femme lui avait signalé qu'elle l'avait reçue par erreur, il avait voulu en prendre possession le plus vite possible. Elle était bien capable de l'avoir déjà essayée.

Il ne pouvait qu'espérer qu'elle ne ferait pas trop de difficultés ; il n'était pas d'humeur à prendre des gants. Si elle avait l'intention de lui faire des avances, elle comprendrait vite qu'il s'énervait facilement. En fait…

La porte s'ouvrit sur une jeune femme à peine vêtue d'une robe miniature. Jamal passa rapidement en revue ses cheveux roux, ses yeux brillants, d'un vert éclatant, et sa bouche pulpeuse, frémissante. Jolie, mais pas plus que des milliers d'autres.

— Prince Jamal, dit-elle d'une voix de basse, vaguement familière. Je suis Honey Martin. Je vous en prie, entrez.

Jamal retint un soupir. Elle n'avait pas l'intention de lui tendre les clés et de le libérer aussitôt. Pourquoi n'était-il pas surpris ? Pour elle, c'était sans doute une occasion en or de rencontrer un prince en chair et en os. Autant lui accorder ce plaisir. Plus tôt ce serait fini, plus vite il pourrait partir.

— Enchanté de vous connaître, mademoiselle Martin, dit-il en tendant la main.

Son geste eut l'air de la surprendre. Elle sursauta légèrement avant de glisser sa main dans la sienne. A cet instant, il eut un curieux pressentiment. Il se passait quelque chose de bizarre.

Il étudia la jeune femme de plus près. Ses cheveux bouclaient sur ses épaules nues, ses yeux verts le regardaient avec un mélange d'anticipation et de panique. Elle cligna plusieurs fois des paupières. Il n'aurait su dire si elle avait quelque chose dans l'œil ou si elle essayait de flirter. Peu lui importait.

Il lâcha sa main et l'examina de la tête aux pieds. Impressionnante, il devait l'admettre. Des seins hauts et ronds, la taille fine, des jambes ravissantes. Mais il n'était pas intéressé.

— Merci d'être venu, dit-elle avec un sourire qui n'atteignit pas ses yeux. Evidemment, vous n'aviez pas le choix. J'ai votre voiture. C'est un engin superbe, qui a l'air d'aller très vite. Naturellement, je ne l'ai pas conduite. J'aurais aimé, je veux dire, mais je ne l'ai pas fait, enfin, je… Voulez-vous boire un verre ?

Elle fit volte-face et se dirigea vers le bar. Jamal ouvrit de grands yeux éberlués. Cette femme semblait très instable sur ses jambes. Etait-elle ivre ?

— Je n'ai besoin de rien d'autre que de mes clés de voiture, répondit-il vivement. J'ai beaucoup de travail et, si cela ne vous ennuie pas, je dois retourner au bureau.

La femme… Il n'était plus sûr de son nom. Honey ? Oui, c'était bien cela. Honey se retourna vers lui.

— Oh, vous ne pouvez pas partir déjà ! L'après-midi commence à peine et il faut en profiter…

Elle eut un petit rire de gorge.

Jamal la regarda sans y croire. Ce n'était pas possible, se lamenta-t-il intérieurement. Des dizaines de femmes avaient essayé de le séduire, mais elles employaient des tactiques plus subtiles, en général. Celle-ci agissait avec une maladresse d'écolière résolue à perdre sa virginité. Il fallait qu'il s'en débarrasse au plus vite.

Au moins, puisqu'elle manquait tant de tact, il pouvait en faire autant.

— Mademoiselle Martin, commença-t-il en la détaillant

des pieds à la tête avec un regard blasé, croyez que j'apprécie votre offre, mais…

Il s'interrompit car, à cet instant, Honey Martin croisa les bras et plissa le nez. Les pièces du puzzle se mirent en place.

Heidi ? C'était sa Heidi ? Celle que Malik traitait de laideron ? Que se passait-il tout à coup ?

Le sang reflua de ses veines et Jamal crut qu'il allait s'évanouir. Pourtant il se ressaisit à temps. C'était bien Heidi. Mais dans quelle tenue ! Il ne se lassait pas d'admirer sa silhouette. Certes, elle avait de l'allure dans sa culotte d'équitation, mais ce n'était rien comparé à cette robe. Que diable faisait-elle ici ?

— Prince Jamal ? demanda brusquement Heidi d'un ton soucieux. Ça va ?

Elle avait oublié de contrefaire sa voix. Décidément elle n'était pas douée pour tricher.

— Très bien, merci, et je veux bien un verre. Scotch avec des glaçons, s'il vous plaît.

— Parfait.

Pendant qu'elle lui servait à boire, il alla s'écrouler sur le canapé le plus proche. Elle s'approcha, toujours trébuchante, et lui tendit son scotch.

Il n'en croyait pas ses yeux. Que s'imaginait-elle ? Avait-elle peur qu'il la trompe ? Essayait-elle de le piéger ? Jamal fronça les sourcils en buvant sa première gorgée. L'idée était bien trouvée, mais il ne pouvait pas imaginer Heidi capable de duplicité. Plutôt que d'élaborer une histoire aussi compliquée, pourquoi ne lui avait-elle pas posé la question directement ?

Il ne savait pas s'il devait éclater de rire ou se fâcher. Sa femme jouait les séductrices sans beaucoup de succès, à vrai dire, et il préférait cela. Mais la question lui trottait toujours dans la tête : pourquoi ?

Elle s'installa dans un fauteuil face à lui et lui sourit.

— Ça va mieux ?

— Ça va très bien, merci.

Devait-il dire quelque chose ou jouer le jeu ? Il ouvrit la bouche, prêt à lui demander ce qu'elle faisait là exactement, mais se ravisa, préférant la laisser s'enfoncer un peu plus.

Quoi qu'il en soit, il voyait sa femme sous un nouveau jour. Ses vilaines robes informes cachaient un très joli corps. Il regarda ses seins en se demandant pourquoi elle portait toujours des soutiens-gorge. Et elle avait des jambes superbes. Quant à son visage… La transformation était impressionnante.

Il n'aimait pas beaucoup les cheveux roux, mais cette coiffure lui allait bien. Elle devait porter des lentilles, ce qui expliquait ces clins d'œil perpétuels. Il la préférait avec ses yeux noisette, mais le maquillage mettait en valeur son teint clair et ses traits délicats.

Elle était plus ravissante que jamais. Rien qu'à la regarder, il sentit monter son désir pour elle. Il avait envie de l'attirer contre lui, de l'embrasser et de la toucher partout, sous cette robe minuscule. Mais il n'en était pas question. La transformation n'était qu'extérieure, elle était toujours la même. Si elle n'avait pas changé d'opinion sur le sexe, il n'allait pas risquer une humiliation de plus.

— J'aime beaucoup El Bahar, dit-elle en croisant les mains sur ses genoux. C'est ma première visite. Je suis ici avec mon frère.

— Vous avez un frère ?

— J'en ai quatre. Je suis l'enfant du milieu, et je peux vous assurer que cela n'a pas été facile d'apprendre à me défendre au milieu de tous ces garçons. Une vraie leçon de vie !

D'où sortait-elle tout cela ? Avait-elle écrit l'histoire de « Honey Martin » à l'avance, ou s'inspirait-elle d'une personne qu'elle connaissait ?

— Mon petit frère, Steve, est ici pour étudier l'industrie pétrolière. Ma famille est dans le pétrole, et c'est lui qui va reprendre ce secteur de l'empire familial.

Elle afficha un grand sourire.

— Un empire dérisoire comparé au vôtre, j'imagine, mais nous y sommes attachés.

Jamal ne savait trop comment lui répondre. Elle le regardait en clignant des yeux. Il avait envie de lui dire qu'elle pouvait enlever ses lentilles et qu'il l'aimait bien avec ses lunettes. Il avait envie de lui dire un tas de choses, mais il décida de jouer la comédie.

— Ainsi, vous allez rester un peu chez nous ? demanda-t-il.

Il se sentait ridicule.

— Oh, oui.

Elle s'agita sur son siège. Cherchait-elle une position plus confortable, ou pensait-elle que le geste serait sexy ? En effet, ses seins tressautaient, emportés par le mouvement, mais il s'efforça de l'ignorer.

— Je vais rester un bon moment, reprit-elle. Quand Steve travaille, je suis toute seule.

— Il loge ici, dans la même suite que vous ?

— Qui ?

— Steve. Votre frère.

— Ah ! Euh… non, il a sa propre chambre. En fait, je le vois peu.

Jamal réprima un sourire et décida de la laisser tranquille.

— Nous devrions peut-être aller chercher ma voiture ?

Elle s'illumina.

— Oh, oui, bonne idée ! Elle est dans le garage. Je vous accompagne.

Elle se leva avec précaution, mais commença à vaciller sur ses talons.

— Je devrais peut-être y aller tout seul, objecta-t-il en regardant ses sandales avec appréhension.

Serait-elle capable de descendre sans tomber ? Il ne voulait pas qu'elle se blesse par sa faute.

— Non, je dois signer les documents.

Elle le conduisit vers la porte, mais s'arrêta en chemin et regarda autour d'elle.

— Il me faut la clé de cette chambre.

Jamal repéra un sac à main posé sur un fauteuil, et le lui donna.

Une fois dans l'ascenseur, il ne sut quoi dire. Qu'attendait-elle de lui ? Qu'il s'intéresse à elle ? Croyait-elle qu'il allait la tromper après deux semaines de mariage ? Il n'avait jamais été infidèle et il n'allait pas commencer maintenant. Il pensait toujours qu'elle le mettait à l'épreuve, tout en sachant que cela n'avait aucun sens : elle n'avait aucune raison de douter de lui. Mais alors… elle voulait le séduire ? Il ne savait pas s'il devait s'en réjouir ou s'en inquiéter.

Ils arrivèrent au garage. Les portes de l'ascenseur s'ouvrirent et la chaleur devint écrasante.

Heidi lui sourit et chercha le ticket dans son sac avant de se diriger vers le gardien.

Jamal nota avec regret qu'elle paraissait enfin maîtriser sa démarche. Sans trébucher, sans vaciller, elle s'avança avec la grâce majestueuse d'une jolie femme en talons hauts. Ses longues jambes se dépliaient fièrement tandis que sa jupe voletait autour de ses cuisses. Il n'était pas le seul à l'avoir remarqué. Trois autres gardiens se matérialisèrent et tous se battirent pour obtenir le ticket qui leur donnerait le droit d'aller lui chercher sa voiture. Par chance, se consola Jamal, elle n'avait absolument pas conscience de l'effet qu'elle produisait.

Il s'approcha d'elle et lui passa un bras autour de la taille, dans un geste protecteur et possessif à la fois. Il jeta un regard peu amène aux jeunes gens, qui s'éclipsèrent, la raccompagna jusqu'à l'ascenseur et appuya sur le bouton.

— Vous serez mieux en haut, dit-il, il fait trop chaud ici.

Elle tira sur le corsage de sa robe, dans un mouvement innocent qui dévoila pourtant une seconde ses seins nus. A cette vue, il eut la bouche sèche.

— En réalité, avec ce que je porte, je supporte bien la chaleur, répliqua-t-elle en oubliant encore une fois de déguiser sa voix.

— Je vois cela, murmura-t-il.

Cela n'avait pas échappé aux autres non plus. Il fallait qu'il la ramène à sa chambre.

— Mais cet endroit n'est pas fait pour une femme comme vous.

— Une femme comme moi ? répéta-t-elle d'une voix inquiète.

— Oui. Délicate, sexy et très belle. Je suis heureux que le sort ait provoqué notre rencontre, ajouta-t-il en la regardant dans les yeux.

— Vraiment ?

— Pas vous ?

Elle leva la tête vers lui. Elle avait les yeux humides, mais elle clignait moins des paupières.

— Vous ne sentez pas la main du destin dans tout ceci ? demanda-t-il en s'efforçant d'oublier leur public.

— C'est vrai. Est-ce que ça signifie que vous voulez me revoir ?

Il lui fit son sourire de séducteur qui avait fait fondre plus d'une femme.

— De toute mon âme.

— Ouaouh ! Euh... moi aussi, j'aimerais beaucoup. Vous pouvez m'appeler ici, à l'hôtel.

— Très bien, je vous ferai signe.

Les portes s'ouvrirent. Il laissa Heidi entrer et appuya sur le bouton de son étage. Elle disparut.

Jamal resta planté devant l'ascenseur, comme assommé. L'un d'eux était fou, mais il n'était pas sûr que ce soit lui. Que se passait-il ?

— Monsieur, votre voiture ?

Il se retourna ; sa nouvelle Lamborghini métallisée était garée devant lui. Il laissa un pourboire au jeune homme et se glissa derrière le volant.

Plongé dans ses pensées, il ne remarqua même pas le design personnalisé du tableau de bord ni le décor de bois sculpté à la main, et ne fit pas attention au doux ronronnement du moteur lorsqu'il mit le contact. Il était trop occupé par la mystérieuse comédie que sa femme lui jouait. Que diable cherchait-elle avec cette mise en scène ?

Heidi traversa la pièce en dansant et sauta au cou de Fatima.

— J'ai réussi ! annonça-t-elle. Et cela n'a même été pas si terrible. Juste un peu. Je ne suis pas tombée, je n'ai pas trébuché et je suis sûre qu'il n'y a vu que du feu !

Fatima la serra un moment dans ses bras avant de la relâcher.

— Bravo. Je savais que tu en étais capable. Maintenant, dis-moi tout.

Heidi s'installa sur le canapé du harem. Elle s'était déjà lavé les cheveux pour enlever la coloration rousse et elle avait remis ses lunettes. Elle portait une de ses robes à elle, avec des chaussures plates.

— J'avais un trac fou et j'étais tellement mal à l'aise dans cette tenue ! Jamal avait en permanence un air ébloui. Il a mis un moment à se détendre mais, au bout du compte, il est devenu très amical.

Et elle raconta à Fatima toute l'histoire dans les moindres détails.

— J'espère que je ne lui en ai pas trop dit sur mon prétendu frère. A un moment, j'ai eu peur qu'il ne demande à le rencontrer.

— Il t'a vraiment prise par la taille dans le garage ? demanda Fatima.

— Oui, c'était bizarre. Il est devenu très chaleureux, subitement. Mais, en même temps, il m'a renvoyée dans ma chambre.

Fatima sourit.

— C'est excellent.

— Pourquoi ?

Fatima hocha la tête en la regardant.

— Tu es si naïve ! Qui était avec vous dans le garage ?

— Personne ! Enfin, les voituriers étaient là, mais nous étions les seuls clients.

— Exactement. D'autres hommes te regardaient. Tu portais cette ridicule minirobe et tu étais superbe. Jamal a remarqué que tu attirais l'attention, et ça l'a rendu jaloux. Voilà pourquoi il a tenu à te renvoyer chez toi.

— Vraiment ? Cela ne m'était pas venu à l'esprit.

Elle n'était pas entièrement convaincue. Mais cette idée était agréable. Heidi avait toujours été une fille ordinaire. Ce serait fabuleux qu'on la trouve enfin séduisante. Surtout si elle plaisait à Jamal.

— Bref, l'opération a été un succès, conclut Fatima.

— Je crois. Il a dit qu'il souhaitait me revoir.

Il avait même précisé qu'il le souhaitait « de toute son âme ». En lui jetant un regard à couper le souffle… Ce souvenir la fit frissonner.

— Tu es contente ? s'enquit Fatima.

Heidi avait attiré l'attention de Jamal. En se faisant passer pour une autre, certes, mais c'était un début. Elle pourrait en profiter pour apprendre à mieux le connaître, et l'amener à mieux apprécier son épouse. Elle ne savait pas trop comment elle s'y prendrait, mais elle se débrouillerait.

— Je ne pourrais pas être plus heureuse, répondit-elle avec un grand sourire.

- 8 -

Jamal regardait Heidi tourmenter Malik. D'habitude, il aimait bien voir son frère mal à l'aise. Pour une raison mystérieuse, Heidi était la seule personne au monde capable d'intimider le prince héritier. Mais ce soir, il s'intéressait moins au contenu de leur conversation qu'à l'épisode stupéfiant de l'après-midi : quelques heures plus tôt, Heidi était dans une chambre d'hôtel et se faisait passer pour une autre. Il avait du mal à admettre que la femme qu'il avait vue en ville et celle qui était assise en face de lui ce soir ne faisaient qu'une.

« Honey » s'était habillée pour plaire, avec sa petite robe sexy qui la couvrait à peine. Ses yeux verts et ses boucles rousses mettaient en valeur son teint clair et ses traits fins. Aguicheuse et souriante, elle s'était efforcée de jouer les ensorceleuses avec ses talons hauts et ses invitations non déguisées.

Heidi n'était rien de tout cela. Ce soir, elle portait une robe beige informe qui pendait sur elle comme une toile de tente. Elle avait son habituel chignon serré, pas une once de maquillage, et son alliance pour seul bijou.

Elle était exactement comme à l'ordinaire et, s'il ne l'avait pas vue de ses propres yeux jouer son numéro, il ne l'aurait jamais crue capable de s'habiller ou de se comporter comme elle l'avait fait cet après-midi.

Heidi lui jeta un coup d'œil en biais, avant de reprendre son dialogue avec Malik. Elle sentait qu'il la regardait. Il s'obligea à suivre la conversation, même s'il avait l'esprit occupé par l'énigme que représentait sa femme.

— Par chance, les princes de sang d'El Bahar ont une longue histoire de gloire militaire derrière eux, disait-elle. Par exemple, au IIIe siècle, un fils de roi a battu à lui seul une armée de trois mille hommes.

Malik manqua de s'étouffer sur son sorbet.

— Un homme contre trois mille ?

— C'est ce que disent les textes, affirma-t-elle avec un haussement d'épaules.

— C'est ridicule. Personne ne peut attaquer autant d'adversaires à la fois, surtout avec les armes de l'époque.

— J'imagine qu'autrefois, les princes de sang étaient bien plus forts qu'aujourd'hui, dit-elle en soupirant, comme si elle regrettait personnellement que les valeurs se perdent.

Jamal se retenait de rire, et il vit que le roi et Khalil en faisaient autant.

— Les textes mentent, affirma Malik. Je suis étonné que tu les prennes à la lettre.

Heidi ouvrit de grands yeux innocents.

— Je suis désolée, Malik, je ne voulais pas que tu te sentes…

— Ne le dis pas. Ne le pense même pas. Je suis parfaitement capable de régner sur El Bahar, tonna Malik en se levant.

— Mais naturellement, personne ne dit le contraire, surtout pas moi. Je pense que tu t'en sortiras très bien, dans la limite de tes possibilités…

Malik ouvrit la bouche, prêt à renvoyer une réplique

cinglante, lorsqu'il s'aperçut que tout le monde le regardait et s'amusait à ses dépens.

— Jamal, fais taire ta femme, ordonna-il avant de se rasseoir.

— Mon frère, il faut que tu travailles ton sens de l'humour.

— Facile à dire. On voit que tu n'as pas une belle-sœur qui t'explique que tu n'es pas digne de régner.

— Tu n'as qu'à sortir te battre contre trois mille soldats, proposa Dora.

— J'ai dit trois mille ? demanda Heidi. Ce n'est pas ce que je voulais dire. C'était trente. Le prince a battu trente guerriers.

Malik grogna, le roi et Fatima s'esclaffèrent, et Jamal se renversa en arrière, content de voir que sa femme plaisait à sa famille.

— En dépit de tout, Malik, avança Heidi, je pense que tu fais un travail formidable.

— Merci, je vais pouvoir dormir cette nuit, répondit-il sèchement.

Le roi se pencha en avant, les mains jointes.

— J'ai grand plaisir à regarder l'assemblée autour de cette table. Mon plus jeune fils s'est marié avec sagesse, même s'il l'a fait sans ma permission. Mais maintenant que je connais sa femme, je comprends pourquoi il ne pouvait pas attendre.

— Merci, dit Dora, tandis que son mari lui posait un baiser sur la main.

— Khalil et Dora m'ont donné un beau petit-fils, et m'en donneront bientôt un autre, reprit le roi. Jamal s'est marié, et je suis sûr que Heidi ne tardera pas à me donner un petit-fils à son tour.

Heidi baissa la tête en rougissant. Jamal détourna l'attention de tout le monde en demandant à Malik :

— Tu sais où notre père veut en venir, n'est-ce pas ?

— Vous êtes mariés, et je suis célibataire. Mon roi, je vous souhaite une bonne nuit, dit-il en se levant.

Givon haussa les sourcils.

— Tu ne peux pas échapper éternellement au mariage.

— Peut-être pas, mais je peux faire durer le plaisir encore un peu, répliqua-t-il en quittant la pièce.

Le dîner terminé, Jamal se dirigea vers ses appartements avec Heidi. Il songea une fois de plus qu'il s'était trompé sur son compte, par bien des côtés. Ce qu'il découvrait sur elle le rendait curieux. Jusque-là, il n'avait pas cherché à mieux la connaître. Il était temps que cela change.

— Comment se passent tes leçons d'équitation ? demanda-t-il comme ils arrivaient chez eux.

— J'ai cessé d'en prendre.

— Cela ne t'intéresse pas ?

— Si, j'aime beaucoup monter. Mais je n'ai pas envie d'aller dans le désert toute seule, et tourner en rond dans le manège m'ennuie.

— Tu peux venir avec moi le matin, quand tu voudras.

Son visage s'éclaira d'un sourire de bonheur, comme s'il lui avait offert la lune.

— Tu veux faire des promenades avec moi ?

— Bien sûr. Tu es ma femme. Il est important que nous passions du temps ensemble.

Son sourire disparut.

— C'est ce que tu avais dit ; mais depuis notre mariage, j'ai l'impression que tu n'as pas du tout envie de me voir.

— J'ai envie d'être avec toi, répondit-il avec sincérité.

Il scruta son visage. On pouvait y lire toutes ses pensées, ses espoirs et ses soucis.

— Je ferai sûrement un tas d'erreurs, dit-elle.

— Tu montes très bien.

— Je parlais de toi, pas du cheval.

— Il n'y a pas de bonne ou de mauvaise façon de faire connaissance, il y a seulement la nôtre. Quelle qu'elle soit.

Elle hocha la tête.

— Mais je n'ai rien de commun avec Yasmine.

« Dieu merci ! » pensa-t-il.

— Je ne vois pas cela comme un problème. Je ne veux pas d'autre femme comme elle dans ma vie.

— Tant mieux. Je sais que tu ne m'aimeras jamais autant qu'elle, mais j'espère que nous pourrons trouver un compromis. J'y tiens beaucoup.

Sans lui laisser le temps de réagir, elle lui déposa un baiser furtif sur la joue et disparut dans sa chambre.

Jamal resta devant la porte, perplexe. Que s'étaient-ils dit, au juste ? Il avait l'impression qu'ils s'étaient mal compris. La concurrence de Yasmine semblait l'inquiéter. Peut-être devrait-il lui avouer qu'elle n'avait rien à craindre de ce côté-là ? Il gagna la fenêtre et regarda la mer.

Yasmine avait désiré tout ce que leur mariage pouvait lui offrir, sauf lui. Elle aimait les réceptions, les bijoux, les vêtements. Heidi n'avait pas l'air d'avoir les mêmes goûts. Elle n'avait pas fait les boutiques une seule fois ; en tout cas, pas pour elle. Elle avait acheté des tenues sexy pour son personnage, mais c'était autre chose. En fait, elle…

Soudain, il comprit la vérité. Cette révélation lui coupa le souffle.

Il se remémora tous les détails de leur rendez-vous de l'après-midi. La voix sensuelle, la robe et les remarques provocantes… Heidi essayait de le conquérir, mais en jouant un rôle. Comme elle se croyait incapable de lui plaire en étant elle-même, elle avait inventé une autre femme pour retenir son attention. Une femme censée être tout ce qu'elle-même n'était pas. Lui qui avait toujours cru que les femmes ne s'intéressaient pas aux princes pour leur personnalité, il avait trouvé la seule à ne pas se contenter de tout le reste : l'argent, le statut, le palais. Elle voulait une chose de plus. Et cette chose, c'était lui.

Le lendemain matin, Jamal ne comprenait toujours pas pourquoi Heidi éprouvait le besoin de le séduire. Peut-être se faisait-il des illusions ? Il ne voulait pas retomber amoureux. Son amour pour Yasmine l'avait rendu vulnérable et dépendant. Il s'était laissé piétiner, exploiter. Mais il souhaitait que son second mariage leur soit agréable à tous les deux.

Il allait et venait dans son bureau, en se demandant comment Heidi avait pu s'y prendre pour créer cette mise en scène. Comment, par exemple, avait-elle mis la main sur sa Lamborghini ? Elle l'avait tellement ébloui qu'il avait conduit sa nouvelle voiture sans y faire attention, ou presque. Aucune femme n'avait jamais eu cet effet sur lui.

Elle n'avait pas pu monter cela toute seule. Qui l'avait aidée ? Deux noms lui vinrent instantanément en tête : Fatima et Dora. Il se souvenait vaguement d'avoir entendu des histoires sur le mariage de sa grand-mère. Elle se serait fait passer pour une femme du harem et aurait séduit son époux sous ce déguisement. Oui, Fatima avait joué un rôle dans tout cela. Elle devait savoir pourquoi Heidi croyait cette comédie nécessaire.

Il décrocha son téléphone, appela le harem et demanda à Fatima de bien vouloir venir lui rendre visite dès que possible. Elle acquiesça tout de suite. Après tout, il ne pouvait pas aller la voir. Même si elle était la seule femme du harem depuis les premières années de son mariage, aucun homme n'avait l'autorisation d'y entrer, à moins d'être un eunuque. Même le roi n'avait jamais visité cette partie du palais.

Il voulait travailler en attendant, mais son esprit était ailleurs. Il fallait qu'il découvre la vérité. Et puis il avait envie de voir Heidi, d'en découvrir plus sur cette femme qui faisait tant d'efforts pour l'intéresser. La question était de savoir s'il préférait Heidi ou Honey, qui était incroyablement sexy, même si ses capacités intellectuelles semblaient limitées…

— Je ne sais pas de quoi tu parles, assura Fatima, un peu plus tard.

Installée dans son canapé en cuir, elle affichait un grand sourire, un biscuit à la main. Jamal avait pensé à commander son thé préféré et les biscuits anglais dont elle raffolait.

— Fatima, j'ai besoin de savoir ce qui se passe, insista-t-il en se penchant vers elle. Elle avait beau être déguisée, je l'ai reconnue en moins de cinq minutes. Heidi a beaucoup de qualités, mais on ne peut pas dire que ce soit une femme fatale.

— Est-ce un mal ? Nous avons fait l'expérience de ce genre de femmes dans la famille.

Elle faisait allusion à l'épouse de Malik, dont le nom n'était plus jamais prononcé à voix haute.

— Je ne me plains pas, reprit-il avec ardeur. Mais je veux savoir pourquoi Heidi s'imagine qu'elle doit s'imposer tout cela. Quand je l'aurai compris, je saurai comment gérer la situation. Je me demande si je dois lui dire la vérité ou jouer le jeu.

— Je comprends ton point de vue, répondit Fatima avec un soupir. Bien. C'est vrai, Dora et moi l'avons aidée à mettre au point sa transformation pour devenir la délicieuse Honey Martin. Nous avons envisagé cette idée parce qu'elle est persuadée d'être incapable de te plaire autrement. Elle pense que l'art de la séduction lui fait totalement défaut.

— Elle veut me séduire ?

Et c'était sa grand-mère qui lui racontait tout cela ? Il avait du mal à le croire.

— Oui. Elle a l'impression d'avoir tout gâché avec toi, et elle veut y remédier. Au départ, je voulais lui recommander de parler avec toi pour clarifier les choses, mais plus je pensais à la transformer, plus l'idée me plaisait. Jouer le rôle de Honey lui donnera l'assurance dont elle manque en tant que femme. Elle est brillante, elle est drôle et elle sait s'exprimer, mais elle ne se rend pas compte qu'elle peut aussi être séduisante. Je suppose que tu as su voir, derrière ces affreux vêtements qu'elle porte, les charmes de ta jeune épouse ? conclut-elle en regardant sévèrement Jamal.

— Absolument.

Il n'allait pas admettre qu'il lui avait fallu rencontrer Honey pour s'en apercevoir.

Fatima n'eut pas l'air convaincue.

— Il a dû se passer quelque chose au départ. Vous êtes partis sur le mauvais pied, mais tout peut encore s'arranger. En attendant, montre-lui qu'elle est désirable.

— Tu crois que je devrais entrer dans son jeu ?

— Seulement si tu es d'humeur à te laisser séduire, répondit Fatima avec un sourire.

Jamal pensa qu'il n'avait rien contre, surtout avec Heidi dans le rôle de la séductrice. Mais saurait-elle quoi faire ? Il allait sans doute devoir l'aiguillonner un peu, au moyen de quelques discrètes indications.

— Sois gentil avec elle, Jamal. Heidi est forte dans certains domaines, mais pas dans celui-là. Je ne veux pas que tu lui fasses du mal. D'après mon expérience, très peu de mariages arrangés commencent avec une jeune mariée si déterminée à conquérir l'amour de son mari. Tu as de la chance.

— Je m'en souviendrai.

Elle se pencha vers lui.

— Je sais que ton premier mariage a été un désastre. Tu n'as rien dit à personne, mais nous savions que Yasmine ne faisait rien pour te rendre heureux.

Elle s'interrompit un instant, puis ajouta :

— Ne laisse pas les peines du passé t'empêcher d'apprécier les promesses du présent. Ne tourne pas le dos à Heidi sous prétexte que tu t'es juré bêtement de ne jamais plus tomber amoureux.

Jamal resta interdit. Elle avait vu juste : il n'avait avoué à personne la vérité sur l'horreur de son premier mariage, et il s'était bel et bien fait le serment de ne jamais plus tomber amoureux.

— Aimer ou ne pas aimer Heidi est le dernier de mes soucis, répliqua-t-il d'un ton dégagé. En premier lieu, je dois trouver le moyen de contacter la radieuse Honey Martin !

Fatima sourit.

— Tu peux la joindre à l'hôtel où tu l'as vue hier. Demande sa chambre et elle répondra.

Il la regarda d'un air incrédule.

— Mais elle n'est pas à l'hôtel !

— Je sais. C'est formidable, tout ce qu'on peut faire avec les nouvelles technologies, n'est-ce pas ?

— Il y avait un article dans *Fortune* récemment à propos des arcanes du pouvoir, raconta Honey le lendemain.

Ils attendaient qu'on leur apporte le déjeuner dans sa chambre d'hôtel. Jamal, installé sur le canapé blanc, examinait cette femme inconnue qui était la sienne. La veille, elle portait du rouge, mais aujourd'hui, elle avait assorti sa tenue au décor : elle arborait un pantalon et un chemisier blancs. Les deux tenues ne se ressemblaient en rien, mais l'une comme l'autre semblait spécialement conçue pour faire tourner la tête aux hommes.

Honey lui faisait face. Son pantalon avait une coupe assez classique et la couvrait de la taille jusqu'aux pieds, à un détail près : taille basse, il dévoilait un joli nombril orné d'un anneau d'or. Son chemisier largement échancré laissait apparaître la naissance de ses seins et dénudait en partie ses épaules.

Le mélange de peau exposée et de parties cachées le rendait distrait. Avec ses boucles rousses relevées négligemment en chignon déstructuré sur le haut de la tête, elle avait l'air de sortir du lit. Elle ne clignait plus autant des yeux ; manifestement, elle s'était habituée à ses lentilles, à moins qu'elle ait décidé de cesser de flirter.

Elle l'aguichait et l'envoûtait sans même faire d'effort pour cela. Quand elle avait ouvert sa porte, il avait eu du mal à ne pas la prendre dans ses bras pour la couvrir de baisers. Il était ravi qu'elle se donne tant de mal pour lui, et il était déterminé à réagir comme elle l'espérait.

— Vous ne m'écoutez pas, se plaignit-elle avec une moue adorable.

Le rouge à lèvres lui faisait une bouche pulpeuse et sensuelle.

— Mais si, bien sûr. Vous parliez des arcanes du pouvoir.

— Bien deviné.

Mais il l'avait entendue, il avait même lu l'article en question dans un magazine qu'il avait abandonné dans le salon de leur appartement. De toute évidence, Heidi l'avait pris pour le lire aussi. Essayait-elle de l'impressionner par sa connaissance des affaires ? Il préférait parler de choses plus personnelles.

— El Bahar vous plaît ? demanda-t-il.

— J'adore. Je n'ai pas encore tout vu, mais ce que j'ai vu est magnifique. J'aime beaucoup le contraste entre la mer et le désert, et la façon dont l'ancien et le moderne se combinent dans la ville, en particulier dans le quartier des affaires. Les urbanistes ont réussi à créer quelque chose d'aussi élégant que fonctionnel, conclut-elle en le regardant par en dessous.

Il se retint de rire. Honey n'était qu'une touriste, mais Heidi savait qu'il avait joué un grand rôle dans le développement du pays comme place financière importante au Moyen-Orient et dans le monde.

— Je suis content que le pays vous plaise. Avez-vous beaucoup voyagé ?

— Oh, pas tant que cela, répondit-elle sans réfléchir. J'ai été très occupée à…

Elle s'interrompit en prenant conscience qu'elle avait oublié de jouer la comédie.

— Enfin, je veux dire, bien sûr, je voyage beaucoup.

J'adore passer d'une ville à l'autre selon les saisons : Paris, Los Angeles, Londres…

Elle sourit et saisit son verre de soda comme s'il s'était agi d'une bouée de sauvetage.

— Je vois. Vous devez manquer à votre famille quand vous n'êtes pas là.

— Un peu, mais mes frères sont à la maison.

— Sont-ils mariés ?

Elle sursauta.

— Tenez-vous vraiment à parler de ma famille ? répliqua-t-elle en prenant soin d'adopter sa voix sensuelle.

Elle oubliait souvent, de sorte qu'elle s'exprimait tantôt normalement, tantôt comme une vamp.

— Et si nous parlions plutôt… de nous ?

— Il y a un « nous » ? ne put-il s'empêcher de demander.

— Vous ne le souhaitez pas ?

— En réalité, si, répondit-il sincèrement. Mais je pense que nous devrions faire plus ample connaissance d'abord. J'aimerais en savoir plus sur vous. Par exemple, quel est votre genre d'hommes ?

Elle cligna des yeux plusieurs fois.

— Mon genre d'hommes ?

— Oui. Avez-vous des préférences quant au physique ? La taille, la couleur de peau, que sais-je ? Dites-moi, Honey, que recherchez-vous chez un amant ?

— Ce que je recherche ?

Elle s'agita sur le canapé et se mordit la lèvre.

— Eh bien, je ne crois pas que ce genre de détails ait la moindre importance. Mais j'aime la douceur, naturellement.

— La douceur ?

— Ce n'est pas une bonne chose ?

— Je ne sais pas. Ce sont vos amants.

— Oui. La douceur et… oh, vous savez, conclut-elle avec un geste négligent.

— Non, je ne sais pas.

Il marqua une pause avant de continuer :

— Ma question était peut-être trop générale. Parlez-moi de votre dernier amant en date. A moins que vous ne voyiez quelqu'un en ce moment ?

— Non, je suis libre, affirma-t-elle d'une voix un peu tendue.

— Bien, dit-il sérieusement. Je suis heureux que vous soyez disponible.

Il ne voulait pas l'embarrasser, mais il ne pouvait pas s'empêcher de la taquiner. De plus, cela ne lui déplairait pas de savoir ce qu'elle aimait chez un homme.

— Oui, moi aussi, marmonna-t-elle. Alors… Mon dernier amant, vous dites ? C'était un Italien. Il s'appelait Jacques.

— Jacques ? N'est-ce pas un nom français ?

— Si. J'ai dit qu'il était italien ?

Il hocha la tête.

— Ah. Euh… c'est bien ce que je voulais dire. Mais sa mère était française, voilà pourquoi il portait ce nom. C'était celui d'un de ses oncles, je crois.

— Où vous êtes-vous rencontrés ?

— A la montagne. Il était moniteur de ski.

— Ah. Gstaad, sans doute ?

— Qui ?

— La station de ski. C'est à Gstaad que vous vous êtes connus ?

— Oh, bien sûr, où cela pourrait-il être ?

Elle se leva d'un bond et indiqua la bouteille de vin qui attendait dans un seau à glace.

— Le service est vraiment lent, ici. Voulez-vous que j'ouvre la bouteille, ou que je leur téléphone pour savoir pourquoi ils nous font attendre si longtemps ?

Cette fois, Jamal ne réprima pas son sourire.

— Inutile. C'est moi qui leur ai demandé de ne pas nous servir le déjeuner tout de suite. Je voulais que nous ayons le temps de… bavarder.

— Ah. Je vois, dit-elle d'un air perplexe. Ainsi, l'alcool n'est pas interdit chez vous ? C'est bien agréable.

Il opina.

— El Bahar est un pays où toutes les croyances sont respectées.

— C'est bien.

Elle dansait d'un pied sur l'autre. Manifestement, elle n'arrivait pas à décider si elle devait s'asseoir ou rester debout. Ou peut-être prendre ses jambes à son cou. Comme elle portait des talons, elle vacillait dangereusement. Il décida de lui venir en aide et tapota le coussin à côté de lui.

— Venez vous asseoir, Honey.

Elle écarquilla les yeux et se mit à battre des cils frénétiquement, comme si une de ses lentilles avait glissé.

— Là ?

— A côté de moi.

— Ah. Euh… bien sûr, c'est ce que j'allais faire.

Elle eut un rire nerveux et contourna la table.

S'il s'était agi de n'importe quelle autre femme, Jamal l'aurait soupçonnée d'avoir calculé ce qui se passa ensuite. Mais Heidi était aussi innocente qu'un enfant. Elle se prit le talon dans le tapis, fit un vol plané et atterrit assise sur les genoux de Jamal, persuadé que tout ce qui venait de se passer était parfaitement fortuit.

— Oh ! murmura-t-elle. Pardonnez-moi, je ne l'ai pas fait exprès.

— Je sais. C'est un accident heureux.

— Pourquoi ?

Jamal préféra lui montrer pourquoi au lieu de s'expliquer. Il l'enveloppa dans ses bras et posa délicatement sa bouche sur la sienne.

- 9 -

Heidi avait voulu se relever précipitamment… jusqu'au moment où il s'était mis à l'embrasser. Lorsqu'il posa ses lèvres fermes sur sa bouche tremblante, elle eut envie de rester dans ses bras jusqu'à la fin des temps.

Ce qui lui avait semblé si gênant lui paraissait soudain parfaitement naturel, évident. Sans réfléchir, elle passa les bras autour du cou de Jamal et se colla contre lui.

Ce baiser était encore plus délicieux que le premier. Elle l'avait revécu mentalement si souvent qu'elle s'en souvenait dans les moindres détails. Mais à présent qu'elle était un peu plus expérimentée, elle était moins nerveuse. Quand il commença à la caresser du bout des lèvres, elle détendit sa bouche. De légers frissons partaient de son estomac et fusaient jusqu'à ses orteils, qui se recroquevillaient dans ses sandales. Elle avait chaud et froid en même temps.

Entre ses mains puissantes qui la tenaient tendrement contre lui et le mouvement terriblement érotique de ses lèvres sur sa bouche, elle ne savait plus où donner de la tête. Avant de pouvoir en décider, elle sentit la langue de Jamal frôler ses lèvres. Elle ouvrit aussitôt la bouche, avec un gémissement de plaisir anticipé.

Le contact de leurs langues éveillait des sensations dans

tout son corps, depuis les seins jusqu'à cet endroit secret entre ses jambes. Elle voulait quelque chose de plus, mais elle ne savait pas quoi.

Il passa les mains sur son dos. La chemise et le pantalon taille basse dans lesquels elle s'était sentie si mal à l'aise offraient soudain un monde de possibilités. Lorsqu'il glissa les doigts sur sa peau nue, sous le tissu de son chemisier, elle poussa un petit cri de plaisir.

Il la caressa doucement en suivant la ligne de la colonne vertébrale, tout en explorant son nombril de l'autre main.

Elle sursauta et se mit à rire.

— Mais qu'est-ce que vous faites ?

— Rien, dit-il avec un sourire.

— Vous étiez en train de me chatouiller.

— Cela ne vous plaît pas ?

Il était si près qu'elle distinguait le vert, le brun et le noir qui se mêlaient dans ses yeux. Sa peau bronzée était lisse et rasée de frais, mais elle voyait l'endroit où une barbe naissante allait apparaître plus tard dans la journée.

Elle ne savait pas si elle en avait le droit, ou le courage, mais elle toucha lentement sa joue. Il se tourna pour poser un baiser dans sa paume.

— Qui êtes-vous, Honey Martin ? demanda-t-il d'une voix rauque. Qu'est-ce que vous venez faire dans ma vie ?

— Je ne sais pas, dit-elle en souriant.

— Qu'est-ce que je vais faire de vous, maintenant que je vous ai ?

Un nouveau frisson la parcourut.

— Vous m'avez ?

— Pas encore, mais je crois que cela va venir.

Elle n'en croyait pas ses oreilles. Ils flirtaient vraiment, comme des adultes, et cet échange était tellement sexy qu'elle aurait voulu qu'il ne se termine jamais. Elle était si bien dans les bras de Jamal ! Ses doutes n'avaient plus d'importance. Elle n'avait plus peur d'être maladroite ou de trahir son manque d'expérience. Il n'avait manifestement rien remarqué jusqu'à présent, Dieu merci !

Il se pencha de nouveau vers elle. Cette fois, elle écarta les lèvres dès que leurs bouches se touchèrent. Il lui maintint la tête d'une main et l'embrassa avec fougue. Elle effleura sa langue et se sentit consumée d'un feu intérieur. Quand il toucha son nombril, elle se rendit compte que cela ne la chatouillait plus. Elle frissonna de plus belle et se colla un peu plus contre lui.

Les doigts de Jamal glissèrent sur son ventre jusqu'à l'ourlet de la brassière. Elle en eut le souffle coupé. Allait-il s'arrêter là, ou remonter encore ? Elle sentit ses seins se gonfler et le supplia mentalement de continuer, plus près, plus près encore...

Enfin, il referma la main sur son sein gauche, en épousant doucement la forme. Le plaisir fut si intense qu'elle faillit pleurer. Elle n'aurait jamais cru que le contact physique puisse produire un effet pareil. Sans réfléchir, elle aspira sa langue dans sa bouche, et Jamal répondit en caressant la pointe de son sein entre le pouce et l'index.

Une petite explosion de plaisir fusa en elle, et elle sentit une tension humide entre ses jambes. Comment avait-elle pu ignorer ce monde de sensations insoupçonnées ? Elle avait l'impression de fondre et n'avait jamais connu d'expérience plus agréable.

Jamal retira sa main. Elle mourait d'envie de la reprendre et de la poser sur son corps, mais elle n'était pas sûre que ce soit permis.

— Merci, dit-il en se redressant.

— Pardon ?

Avant qu'elle ait le temps de comprendre ce qui se passait, il l'avait soulevée délicatement de ses genoux et reposée à côté de lui sur le canapé.

— Je ne comprends pas, souffla-t-elle sans se lever.

Avec ses jambes flageolantes et ses talons hauts, elle n'osait pas se mettre debout. Elle serait tombée une deuxième fois.

Il prit son visage entre ses mains et lui posa un rapide baiser sur la bouche.

— Je dois rentrer au palais.

— Tu t'en vas ? Mais… Mais…

Il n'allait plus l'embrasser ? Ce n'était pas une question à poser.

— Mais… et le déjeuner ?

— Je ne suis pas venu pour déjeuner. Je suis venu pour te voir.

— Ah.

Que pouvait-elle répondre à cela ?

— Est-ce que je vais te revoir ?

— Bien sûr.

Il l'embrassa sur le front et se leva. Une seconde plus tard, il était parti.

Heidi enleva ses chaussures et gagna la fenêtre, d'où elle pouvait voir la rue. Au bout de quelques minutes, une Lamborghini métallisée sortit du garage et s'éloigna en direction du palais.

« Et maintenant, qu'est-ce que je fais ? » se demanda-t-elle, plus troublée que jamais.

Son plan fonctionnait. Honey plaisait à Jamal, leur baiser en était la preuve. Et quel baiser ! Elle posa un doigt sur ses lèvres encore gonflées. Il lui avait fait découvrir des sensations inconnues. Il l'avait touchée comme personne ne l'avait fait jusqu'alors, et elle avait aimé ses caresses. Elle voulait qu'il continue.

Mais…

Heidi soupira et se détourna de la fenêtre. Jamal s'intéressait à une autre femme que la sienne. Enfin, c'était elle quand même, cette autre femme, mais il n'en savait rien. Il la trompait… avec elle-même.

« Je ne sais pas si j'ai progressé ou si j'ai tout gâché », songea-t-elle en se dirigeant vers la salle de bains.

Malgré tout, la réaction passionnée de Jamal lui donnait de l'espoir. Il ne vivait pas entièrement dans son passé. Du moins l'espérait-elle. Peut-être faisait-il semblant ? Peut-être…

« Arrête, se dit-elle en entrant dans la baignoire. Il t'a embrassée et cela t'a plu. Point final. »

Elle allait cesser de spéculer pour le moment, en attendant d'en savoir plus. Cette double vie avait au moins l'avantage de ne pas manquer de piquant, pensa-t-elle en souriant. Elle avait vécu un moment instructif cet après-midi, et elle avait épousé un homme qui savait embrasser. Oui, décidément, elle avait passé une bonne journée.

Trois jours plus tard, assise sur son lit, Heidi étudiait des copies de documents anciens. D'habitude, elle n'avait aucun mal à se concentrer sur son travail, mais dernièrement cela n'était plus si facile. Elle ne savait pas si cela tenait à son nouvel espace de travail ou à ses relations avec son mari.

Elle reposa ses papiers. Les originaux étaient trop fragiles, elle n'avait pas voulu les transporter à l'autre bout du palais ni les garder dans sa chambre, mais sa situation actuelle ne lui permettait plus de travailler dans son bureau. Il fallait qu'elle puisse répondre si Jamal appelait « Honey » sur la ligne que Fatima avait fait installer dans son dressing. Heidi avait craint qu'on lui pose des questions si elle faisait ajouter une ligne dans son bureau. Pourquoi son travail aurait-il nécessité une ligne directe, qui ne passe pas par la réception ?

Alors elle travaillait sur son lit. Elle avait l'impression d'être une lycéenne attendant le coup de fil du garçon dont elle était amoureuse. En réalité, elle n'avait jamais été amoureuse au lycée, parce qu'elle ne connaissait pratiquement pas de garçons. Son pensionnat pour filles appliquait des règles strictes en la matière. Mais elle pouvait imaginer comment elle l'aurait vécu. Quand le téléphone sonnait, elle bondissait, et après avoir raccroché, elle souriait pendant des heures.

Son rêve se réalisait : Jamal l'appelait tous les jours. Et ils avaient un autre rendez-vous pour déjeuner à la fin de la semaine. Cette fois, il avait promis de manger avec elle. La perspective de le revoir et peut-être de l'embrasser encore la troublait tant qu'elle serait sans doute incapable d'avaler quoi que ce soit. Mais, aujourd'hui, il ne l'avait pas encore appelée, alors elle était obligée de rester travailler dans sa chambre, en attendant que le téléphone sonne.

Le point positif de cette aventure, c'était qu'elle avait appris…

— Qu'est-ce que tu fais là ?

Heidi sursauta en voyant Jamal entrer dans sa chambre. Avec le sentiment d'être prise en faute, elle balaya rapidement la pièce du regard pour s'assurer qu'elle n'avait pas laissé traîner d'indices sur « Honey ».

— Rien, je travaille.

— Dans ta chambre ? Tu n'aimes pas ton bureau ?

Il se découpait dans l'entrée, bel homme dans un costume élégant. Le tissu gris soulignait le lustre de ses cheveux noirs, et sa chemise blanche mettait son hâle en valeur.

Elle l'avait toujours trouvé beau, mais maintenant qu'elle avait découvert le plaisir d'être dans ses bras et l'effet que produisait sa main sur ses seins, sa présence lui fit un choc plus fort que d'habitude. Son cœur se mit à battre la chamade et elle était sûre que ses jambes n'auraient pas pu la porter, si elle avait été debout.

— Mon bureau est très agréable, répondit-elle en espérant ne pas sembler trop stupide.

— Alors pourquoi travailles-tu ici ?

Elle jeta un coup d'œil vers le dressing en priant pour que le téléphone ne se mette pas à sonner, avant de se rappeler qu'elle ne courait aucun risque, puisque Jamal était là.

Pourquoi travaillait-elle ici ? Elle n'avait pas pensé qu'il viendrait lui poser cette question, et n'avait pas prévu de réponse. Elle ne mentait pas très bien, mais il fallait qu'elle invente quelque chose rapidement.

— Euh… j'aime bien… la vue. Tu sais, la mer, et tout. Cela m'aide à réfléchir.

— Heidi, ta fenêtre donne sur le jardin.

Elle tourna la tête vers sa gauche et vit qu'il avait raison.

— Ah, mais… pas ici, se reprit-elle. Quand j'ai besoin de faire une pause, je vais à côté, dans le salon, et je profite de la vue.

Il ne répondit pas et se contenta de hausser les épaules. Après un silence, il sortit un disque de sa poche.

— J'ai quelque chose pour toi. Tu te souviens de ce général

dont tu me parlais ? Celui qui était au front pendant que sa femme attendait un enfant ?

Heidi posa ses papiers et se redressa.

— Bien sûr. J'ai cherché dans des dizaines d'archives, mais je n'ai rien trouvé d'autre sur lui.

— Figure-toi que le ministère de la Défense s'intéresse aussi à la préservation des documents historiques. Ils ont commencé à constituer un fonds d'archives informatisé sur les grands représentants de l'armée. Ton général est dans la base de données.

Il lui tendit le disque avec un sourire.

— Je ne n'arrive pas à le croire !

— C'est pourtant vrai. Il est rentré chez lui et il était présent pour la naissance du premier de ses huit fils. Sa première petite-fille a même épousé un prince de la famille royale. Nous sommes un peu cousins.

Elle ne savait pas quoi dire, tant ce geste attentionné la touchait. Il s'était souvenu de leur conversation et il avait pris le temps de faire des recherches pour elle !

— Merci, dit-elle en prenant le disque. C'est très gentil d'avoir pensé à moi ; je l'apprécie beaucoup.

— C'était un plaisir de faire cela pour toi.

Une lueur étrange brillait dans ses yeux. Elle ne savait pas comment l'interpréter, mais cela lui rappelait leurs baisers. Elle se demanda comment il réagirait si elle se jetait dans ses bras et le suppliait de l'embrasser encore. Mais pour lui, ce ne serait pas un « encore », parce qu'il avait cru embrasser une autre femme.

— Tu devrais peut-être parler à l'historien de la Défense, je pense que vos travaux sont complémentaires. Vous pourriez vous aider mutuellement.

— Je n'y manquerai pas.

Elle se mordit la lèvre, ne sachant pas ce qu'il convenait de dire. Jamal semblait hésiter près du lit, comme s'il se préparait à partir.

— Est-ce que tu dois retourner tout de suite au bureau ? Je veux dire, je pourrais commander du café ou quelque chose. Sauf si tu es occupé.

— Non, j'ai du temps.

A sa grande surprise, il s'assit sur le lit. Le matelas s'enfonça sous son poids et la fit glisser vers lui. Il était si près qu'elle sentit la chaleur qui se dégageait de lui. Cela lui était agréable, et elle aimait aussi son odeur, si propre et masculine. Elle ne pensait pas qu'il soit un utilisateur d'après-rasage. C'était son odeur à lui. Heidi sourit en pensant qu'elle pourrait certainement reconnaître son mari dans le noir, au flair.

— Comment te sens-tu à El Bahar depuis ton retour ? demanda-t-il.

Cette question était si loin de ses pensées qu'il lui fallut une minute pour rassembler ses idées.

— J'adore, dit-elle simplement. J'ai toujours voulu vivre ici.

Il lui sourit.

— La chaleur ne te dérange pas ?

Elle se mit à rire.

— A l'université, j'avais une amie qui venait de l'Arizona. Elle se plaignait toujours de la chaleur sur la côte Est, alors que c'est pire chez elle. Quand on le lui faisait remarquer, elle répliquait que dans l'ouest, c'était une « chaleur sèche », comme si cela changeait tout !

— Ici aussi, nous avons une chaleur sèche.

— En effet ! approuva Heidi en riant. Mais quarante degrés, que la chaleur soit sèche ou non, c'est vraiment caniculaire, et il va me falloir un moment pour m'y habituer. J'y arriverai, bien sûr.

— Nous avions parlé de faire une balade à cheval. Je pars une heure avant le lever du soleil. Veux-tu venir avec moi ?

— Avec grand plaisir. Je faisais du cheval l'été quand j'étais plus jeune, avec mon grand-père.

Il se pencha pour replacer une mèche folle derrière son oreille.

— J'oublie à quel point tu es seule au monde, parfois. Tu n'as personne d'autre que moi, n'est-ce pas ?

— J'ai des amis, répondit-elle vivement, de crainte qu'il ait dit cela par pitié et non par affection. Et puis le roi et Fatima sont adorables avec moi, depuis la mort de mon grand-père.

Il la scrutait de ses yeux noirs, comme s'il cherchait à voir au fond de son âme.

— Tu as perdu tes parents très jeune ?

— J'avais quatre ans. Je ne me souviens pas d'eux. Ils ont été tués au cours d'un safari en Afrique. Leur jeep a été emportée par une inondation. Grand-père est venu tout de suite. Mon premier souvenir de lui date du jour où il est entré dans la maison en criant mon nom. Je l'attendais chez des voisins ; je crois qu'il était en Chine. Il a appelé jusqu'à ce que je me montre. Il m'a paru immense, avec son long manteau et ses yeux farouches. Je suis restée sur le pas de la porte, trop intimidée pour piper mot. Quand il m'a vue, il a annoncé qu'il avait fait le voyage depuis l'autre bout de la terre pour venir chercher sa petite-fille, qu'il n'aurait fait cela pour personne d'autre et que cela faisait de moi quelqu'un de très spécial.

Elle s'interrompit un instant, la gorge nouée par l'émotion.

— Il s'est baissé pour me tendre les bras. En me voyant hésiter, il a souri. C'était le sourire le plus tendre et le plus affectueux que j'avais vu de ma vie. Il m'a dit que si je faisais un pas vers lui, il ne m'abandonnerait jamais.

Jamal lui caressa doucement le bras, dans un geste plein d'attention.

— Il a tenu sa promesse.

— Oui. Il a acheté une maison et a fait de ma chambre un paradis pour petite fille. Je crois que j'ai eu toutes les poupées de la création ! En dehors des périodes scolaires, nous faisions des voyages ensemble.

Elle se remémora tous les pays qu'elle avait visités avec lui et sa manière de la présenter comme la plus belle de toutes les petites filles.

— Quand j'ai eu douze ans, nous sommes tombés d'accord pour dire que je serais mieux en pension. J'atteignais cet âge où les filles ont besoin d'un modèle féminin. Et puis je savais qu'il voulait mener une existence d'aventurier, et non pas vivre dans une banlieue résidentielle. Mais nous avions toujours nos étés.

— On dirait que tu étais très adulte, pour quelqu'un de si jeune.

— J'essayais de l'être.

Elle jeta un coup d'œil à Jamal et haussa les épaules.

— La seule chose que je n'ai pas comprise avant sa mort, c'est à quel point cela a dû être dur pour lui de perdre son fils unique. Je n'avais que quatre ans, alors j'imagine que ce n'était pas trop difficile de me cacher son chagrin ; il ne m'a jamais montré qu'il souffrait. J'ai toujours cru que j'étais le centre de son univers.

— Edmond était un homme bon, commenta Jamal. Je sais qu'il a été d'un grand secours pour notre pays pendant la guerre.

Heidi hocha la tête.

— Il me racontait des histoires, comme ton père.

— Nous avons une chose en commun : mon grand-père ressemblait beaucoup au tien. Il a tout donné à sa famille.

Il prit une main de Heidi dans les siennes.

— Il y a plusieurs raisons pour lesquelles je ne me suis pas opposé à notre mariage. Je savais que tu aimerais vivre à El Bahar ; tu comprends les traditions et tu aimes notre peuple. Tu es intelligente et drôle, et tu as un don formidable pour faire sortir de ses gonds le prince héritier.

Ces paroles lui mirent du baume au cœur. Et la firent aussitôt rougir. Heidi posa sa main libre sur sa joue brûlante.

— Je ne sais pas pourquoi je dérange Malik. Chaque fois que j'essaie d'arranger les choses avec lui, je ne fais que les empirer.

— Tu le taquines ; il en a besoin. Trop de gens le prennent au sérieux. J'espère que lorsqu'il va se remarier, il trouvera une femme capable de lui tenir tête, et qui ne se laissera pas intimider par son statut ni son pouvoir.

— C'est difficile.

— Je sais. Mais je t'ai trouvée, moi. Il peut trouver quelqu'un comme toi.

Elle étudia attentivement son expression.

— Vraiment, tu ne regrettes pas de m'avoir épousée ?

— Pas du tout.

— J'en suis heureuse, murmura-t-elle.

Jamal se pencha vers elle. Heidi crut que son cœur allait cesser de battre. Allait-il l'embrasser ? L'embrasser vraiment, comme Honey ?

Mais au lieu de poser ses lèvres sur les siennes, il ne fit qu'effleurer sa joue.

— Je vais te laisser travailler, maintenant, dit-il en se levant.

— Merci de m'avoir apporté le disque, dit-elle en espérant que sa déception ne se voyait pas.

Les baisers passionnés, ce serait pour une autre fois.

Il sortit sans rien ajouter. Heidi plissa le nez. Etait-ce à cause d'elle ? Etait-elle trop laide, quand elle était elle-même, pour l'attirer sexuellement ? Il venait de dire qu'il était content de l'avoir épousée, mais si cette information était chère à son cœur, elle ne suffirait pas à son bonheur.

« C'est à cause de Yasmine », pensa-t-elle tristement. Son ex-femme avait toujours l'exclusivité sur son cœur. Heidi s'en ferait peut-être un ami, et « Honey » un amant. Mais au fond de lui, il garderait toujours un espace réservé, intouchable.

« Non », se dit-elle avec détermination. Il devait y avoir un moyen de s'en faire aimer. Il devait être possible d'éclipser de temps en temps le fantôme de Yasmine. Elle continuerait à chercher jusqu'à ce qu'elle trouve la solution.

Ayant pris cette décision, elle se remit au travail, ignorant la petite voix qui insinuait qu'elle ferait mieux de se préserver, au risque de tomber amoureuse d'un homme qui ne pourrait pas l'aimer en retour.

— C'était délicieux, dit Jamal en pliant sa serviette et en la jetant sur le plateau de verre de la table.

Heidi posa sa fourchette, en espérant qu'il n'avait pas vu qu'elle n'avait rien mangé. C'était leur deuxième rendez-vous et elle avait été légèrement déçue de constater qu'il voulait vraiment déjeuner. Pour être honnête, elle avait espéré qu'il l'embrasserait comme la première fois. Imaginer le contact de sa bouche, de sa langue et de ses mains sur elle l'avait rendue si frémissante d'anticipation, si nerveuse qu'elle avait été incapable d'avaler plus de trois bouchées de salade.

Maintenant, assise en face de lui, elle pliait et repliait sa serviette en lin. Elle avait envie de croiser les jambes, mais elle se souvint à temps que sa jupe étroite ne lui donnait pas cette liberté de mouvement.

Jamal n'avait pas l'air de voir que son soutien-gorge à balconnet rembourré et son corsage décolleté montraient plus de peau qu'il n'était permis, et que sa jupe n'était guère plus longue qu'un mouchoir de poche. Elle avait fait des progrès dans l'usage des talons, heureusement. Ce jour-là, elle n'avait trébuché que deux fois.

Jamal se pencha vers elle.

— Comme je te le disais, j'ai beaucoup étudié. Je n'ai pas passé tout mon temps dans les soirées.

Ils parlaient de ses années d'université en Angleterre. Elle enchaîna :

— J'ai l'impression que tu t'es quand même amusé plus que moi. Certaines étudiantes sortaient beaucoup mais, dans mon groupe, nous étions plutôt studieuses, et j'ai passé un nombre incalculable de week-ends à travailler.

Jamal la regarda d'un air stupéfait, puis sourit.

— Ah, je comprends, c'est une plaisanterie ! Je ne peux pas t'imaginer passant une seule soirée chez toi.

Elle ouvrit la bouche pour le contredire, mais la referma quand son cerveau se remit enfin à fonctionner. Elle avait failli tout gâcher ! Elle était Honey, femme fatale et séductrice invétérée, pas la sage Heidi !

— Tu m'as démasquée, dit-elle en riant. Bien sûr que j'étais toujours de sortie. Je ne sais pas comment j'ai eu mon diplôme !

Elle décida de changer de sujet avant qu'il ne demande quel diplôme elle avait obtenu.

— Est-ce que tous tes frères sont partis étudier à l'étranger ? Tu as bien des frères, n'est-ce pas ?

— Oui. En effet, nous avons tous été scolarisés aux quatre coins du monde, avant d'aller faire nos études en Angleterre. Il y a de bonnes écoles à El Bahar, mais mon père voulait que nous connaissions des modes de vie différents du nôtre. Notre pays a réussi à allier l'Orient et l'Occident, l'ancien et le moderne. Mon père a créé cet équilibre et travaille dur pour le maintenir.

Elle retint le « Je sais » qui lui venait aux lèvres et dit :

— Il a l'air admirable. J'imagine que c'est difficile pour un fils de suivre les traces de son père et de devenir roi après lui.

— C'est vrai, dit-il en lui prenant la main. Je ne voudrais pas avoir les responsabilités de Malik pour tout l'or du monde.

Distraite par le contact de ses doigts, elle avait du mal à suivre la conversation. En plus, il avait tourné sa chaise vers elle et la regardait dans les yeux.

— Malik est le futur roi, n'est-ce pas ?

Jamal hocha la tête.

— En tant qu'aîné, il a dû apprendre toutes les disciplines relatives à l'administration d'un Etat. Il n'y a pas que l'histoire d'El Bahar. Malik devra faire avancer notre pays à une époque où tout change très vite. Notre père a beaucoup fait pour le préparer. Bientôt, Malik devra continuer seul.

Heidi n'avait jamais réfléchi à la condition d'héritier du

royaume. Elle était heureuse que Jamal n'ait pas autant de poids sur les épaules. Il s'occupait des finances de la famille et travaillait avec le Conseil à l'élaboration de la politique économique du pays. Cette responsabilité paraissait plus que suffisante.

Jamal lui caressa le dos de sa main avec le pouce.

— Notre père a toujours été plus dur avec Malik qu'avec nous. Khalil et moi, nous pouvions sauter des cours de temps à autre pour jouer ou monter à cheval, mais pas Malik. Il devait assister à de longues réunions ennuyeuses, même quand il était petit.

Le regard de Jamal se perdit dans le vague.

— Il n'était pas autorisé à montrer la moindre faiblesse. Quoi qu'il arrive, il devait être fort.

Jamal semblait déjà assez macho, pensa Heidi ; elle n'osait imaginer comment était Malik en privé.

— Et où était votre mère dans tout cela ? demanda-t-elle sans réfléchir.

Immédiatement, elle regretta sa question. Elle ne savait rien de l'épouse du roi. Personne n'en parlait jamais. Même son grand-père avait toujours évité le sujet, curieusement.

— Pardon, ajouta-t-elle vivement. Tu n'es pas obligé de me répondre, si tu n'en as pas envie.

— Il n'y a pas grand-chose à dire, déclara Jamal. Elle est morte un an après la naissance de Khalil. Je n'ai aucun souvenir d'elle. Malik s'en souvient peut-être, puisqu'il est l'aîné. Je me rappelle que mon père s'est fait sermonner par les membres du gouvernement, qui voulaient tous qu'il se remarie. Il a toujours refusé. Il disait qu'il avait aimé une femme exceptionnelle et qu'il n'en trouverait jamais une autre pareille. Pour ne pas soumettre une seconde épouse à une comparaison défavorable, il a préféré rester veuf.

Jamal conclut avec un léger sourire :

— Comme il avait déjà trois fils en bonne santé, ses conseillers n'avaient pas beaucoup d'arguments pour le convaincre.

— Je vois…, dit lentement Heidi. Ton père a dû beaucoup l'aimer.

— J'ai entendu dire qu'elle était toute sa vie, confia-t-il en lui pressant la main. Mon père est le genre d'homme qui aime de tout son cœur, mais il n'a aimé qu'une fois.

Heidi ne savait quoi répondre. Elle aurait aimé lui demander si c'était de famille — si Jamal n'avait aimé qu'une fois, lui aussi, et si l'amour de sa vie avait été Yasmine. Car, dans ce cas, ses efforts étaient vains. Elle commençait à penser que le mélange de passion physique et d'amitié n'allait pas lui suffire, mais aurait-elle le choix ?

— A quoi penses-tu ? lui demanda-t-il brusquement.

— A ton ex-épouse. J'ai lu, euh… un article sur ton premier mariage, ajouta-t-elle quand elle se souvint qu'elle n'était pas censée connaître les détails de sa vie privée.

— Je refuse de parler de Yasmine avec toi, ma jolie, souffla-t-il.

— Pourquoi ?

Il ne voulait pas parler de son grand amour ?

— Par correction. Tu n'es pas du genre à faire des confidences sur l'oreiller, tout de même, si ?

— Bien sûr que non ! protesta Heidi avec conviction.

Pourtant, elle ne savait pas quel était son genre, faute d'expérience.

— Alors tu ne me diras rien sur tes dizaines d'anciens amants ? demanda-t-il d'un ton malicieux.

— Des dizaines, c'est un peu exagéré…

— Ah bon, moins de cinquante ?

— Cinquante ? s'écria Heidi en riant. Certainement moins !

— Moins de vingt ?

— Bien sûr !

Il reprit un regard sérieux.

— J'aimerais dire « moins de dix », mais tu es si belle… Les hommes doivent t'importuner sans arrêt, j'imagine.

« Tout à fait ! Je dois les enjamber pour sortir de chez moi ! » pensa-t-elle avec humour.

— Tu serais étonné, dit-elle sans se compromettre.

Avait-il dit qu'elle était belle ? *Belle ?* Elle ne se trouvait même pas jolie. Le pensait-il vraiment ? Si seulement elle savait comment le vérifier…

— Enfin tu es ici, pour le moment, dit-il en se levant pour l'attirer contre lui. En mon pouvoir, si je puis dire, et j'ai bien envie de m'assurer que tu ne t'échapperas plus jamais.

Elle ne pouvait plus respirer. Elle avait la gorge nouée, la poitrine oppressée, et son cœur battait à tout rompre.

Il la prit dans ses bras. Elle savait ce qui allait suivre, et elle mourait d'impatience. Regardant au fond de ses yeux noirs, elle ne comprenait plus pourquoi elle avait eu si peur de partager son intimité avec un homme. Avec Jamal, elle avait envie de découvrir les secrets de l'amour et de recommencer encore et encore, jusqu'à devenir une experte.

— Et maintenant, à quoi penses-tu ? demanda-t-il en effleurant ses lèvres.

— A rien d'important, murmura-t-elle.

Enhardie, elle lui passa la langue sur les lèvres et Jamal frémit.

— Ce devait être important, insista-t-il en la mordillant. Tu rougissais.

— Je ne rougis jamais. C'est à cause de la lumière dans cette pièce.

— Menteuse ! Dans ce cas, tu as peut-être envie de savoir ce que je pense, moi ?

Elle frissonna, avec un soupçon d'appréhension. Jamal pouvait facilement la choquer. Il fallait qu'elle prenne un air blasé, puisqu'elle était une amante expérimentée. Enfin, Honey l'était, tout au moins.

Il fit courir de légers baisers le long de son cou jusqu'à atteindre le creux des seins, puis passa la langue dans le sillon qui les séparait.

Ses genoux faiblirent et elle s'accrocha à lui, le souffle coupé, en priant pour qu'il ne s'arrête jamais.

— Tu veux savoir ?

— Euh ?

Il partit d'un rire masculin très satisfait.

— Tu veux savoir à quoi je pense ?

— Ah, oui, bien sûr.

A cet instant, elle aurait accepté n'importe quoi pourvu qu'il l'embrasse encore, songea-t-elle rêveusement, la tête renversée pour lui laisser l'accès à sa gorge.

— J'ai un fantasme que personne n'a jamais réalisé.

— Jamais ? demanda-t-elle en se redressant.

— Non. Cela va sans doute paraître un peu idiot à quelqu'un d'aussi sophistiqué que toi.

— J'en doute, répondit-elle avec sérieux. Dis-moi !

Elle mourait d'envie de connaître un fantasme qu'il entretenait depuis des années, surtout si Yasmine ne l'avait pas réalisé.

Il se pencha pour murmurer à son oreille :

— J'aimerais que tu fasses la danse des sept voiles pour moi.

Elle cligna des yeux.

— La danse des sept voiles ? Comme dans les films ?

Il lui lécha l'oreille.

— Exactement.

Il lui mordillait le lobe de l'oreille, ce qui l'empêchait de réfléchir, mais elle se força à lui répondre.

— Est-ce la danse que la femme termine nue ?

— Oui. Et ensuite, elle fait l'amour avec le beau cheik. Tu serais une magnifique danseuse.

Quant à Jamal, le rôle du beau cheik lui irait comme un gant, pensa Heidi.

— Et, euh… tu veux que je danse pour toi ?

A cette idée, son estomac se nouait et elle ne pouvait plus respirer.

— Je ne peux rien imaginer de plus parfait.

Elle réfléchit à la question. Il fallait être nue, puis faire l'amour ; mais elle penserait à ce problème plus tard, quand elle serait seule. Il ne restait plus qu'à lui répondre. Jamal voulait réaliser un *fantasme* avec elle. Une chose que Yasmine n'avait jamais faite.

— Pas de problème, dit-elle avant de pouvoir s'en empê-cher. Donne-moi quelques jours pour trouver un costume, et peut-être prendre une ou deux leçons de danse, et je serai prête.

Il la serra contre lui et lui fit un rapide baiser.

— Je savais que tu le ferais. Je t'appellerai.

Avant qu'elle ait eu le temps de se ressaisir, il était parti.

— Ah, les hommes ! marmonna-t-elle au milieu de la pièce vide.

Et maintenant ? Elle réfléchit un instant, puis s'aperçut qu'une seule personne pourrait l'aider : Fatima. La grand-mère de Jamal devait connaître cette danse et la tenue requise. Il était temps pour Heidi de retourner la voir.

- 10 -

Jamal manœuvrait sa Lamborghini au milieu des embou-teillages du milieu de journée en s'efforçant d'oublier ce qui venait de se passer avec « Honey ». Malheureusement, il s'était laissé déborder par son désir et il avait fui un peu trop tard. Il lui suffisait de se trouver dans la même pièce qu'elle pour être pris d'un désir irrépressible. Quand il la serrait dans ses bras et l'embrassait, il perdait la tête. Elle lui plaisait physiquement et mentalement. C'était un mélange explosif.

Tout en se frayant un chemin vers le palais, il songea que cette fois-ci, les choses étaient différentes. Cette fois-ci, son épouse semblait disposée à partager une relation physique avec lui. Yasmine avait prétendu la même chose durant leurs fiançailles, mais dès qu'elle avait obtenu ce qu'elle voulait, elle avait fait marche arrière. Au bout du premier mois de leur mariage, il avait compris qu'il avait commis une erreur. Tandis qu'avec Heidi, qui était sa femme depuis un mois, les choses ne faisaient que s'améliorer.

Elle répondait à ses baisers avec une passion égale à la sienne. Il l'avait sentie trembler dans ses bras. Pendant qu'ils s'embrassaient, il avait perçu son désir grandissant. Elle n'avait rien de commun avec Yasmine. Ils avaient peut-être une chance.

Jamal voulait y croire, mais il doutait quand même. Yasmine avait failli le détruire, et il s'était juré qu'aucune femme n'aurait jamais sur lui le même pouvoir. Quoi qu'il arrive, il ne se donnerait jamais plus tout entier. Il avait tenu parole, durant toutes ces années écoulées depuis sa mort ; pourtant, bien des femmes avaient essayé de le faire céder. Il avait enfermé son cœur derrière un mur qu'aucune n'avait jamais pu franchir, pas même Heidi.

Heidi. Penser à elle ramena un sourire sur ses lèvres. Elle était si innocente, et pourtant si déterminée. Elle ne ressemblait à aucune femme qu'il ait jamais connue. Bien sûr, les femmes qui l'avaient entouré depuis la mort de Yasmine avaient toutes un but précis en tête. Jamal n'était pas très fier de ce qu'il avait fait pendant les six dernières années, et il était prêt à le reconnaître.

Afin d'oublier Yasmine et la violence avec laquelle elle l'avait rejeté, il avait rencontré des femmes ravissantes, qui voulaient toutes désespérément l'attirer dans leur lit. Il avait recherché les femmes exotiques et sensuelles de la bonne société, et il s'était laissé séduire. Il les avait couvertes de cadeaux, de bijoux et d'offres de voyages, et leur avait donné le privilège d'avoir un prince pour escorte. Tout ce qu'il avait demandé en échange, c'était qu'elles le désirent.

Il n'était pas stupide, il savait que ces femmes étaient là pour compenser la faillite de son mariage. Pourtant, tous leurs « oui » ne pouvaient réparer le mal causé par les « non » de Yasmine. En son for intérieur, il n'arrivait pas à s'empêcher de redouter que Heidi lui dise « non », elle aussi.

Malgré tout, il était incapable de résister à son charme subtil. Il avait l'occasion unique de la connaître à la fois comme jeune mariée rougissante et comme maîtresse audacieuse. Il l'avait d'emblée trouvée intelligente et drôle, mais elle était tellement plus que cela ! Elle était courageuse, créative et incroyablement innocente. Il savait qu'il devrait prendre garde à ne pas la blesser, ni se blesser lui-même, mais il avait envie de savoir jusqu'où elle entendait poursuivre son jeu. Allait-elle danser pour lui, et voudrait-elle faire l'amour à la fin du spectacle ?

Jamal atteignit le long chemin privé qui menait au palais. Il y avait un problème dans le plan de Heidi, et il se demandait si elle y avait pensé. L'épouse avait le droit et même le devoir d'être inexpérimentée, tandis que la maîtresse ne pouvait pas être vierge. Comment allait-elle surmonter cet obstacle ?

Essaierait-elle de le séduire ou mettrait-elle fin à cette comédie ? Il se prit à espérer qu'elle choisisse la première solution, et résolut de lui faciliter la tâche, dans la mesure du possible.

— Tu n'es pas sérieuse, intervint Fatima.

Elle disposait des lis dans un vase pourpre. Une boîte de roses blanches à longue tige, encore en bouton, était posée près d'elle sur une table.

Heidi la regardait faire, admirant l'adresse avec laquelle ses doigts fins déplaçaient et recoupaient les fleurs, avant de les reposer exactement à la bonne place. Elle avait pris des cours de composition florale dans son institution pour jeunes filles, mais elle n'y avait jamais compris grand-chose.

— Je suis très sérieuse : je dois trouver des voiles, et j'ai besoin d'une vidéo pour apprendre les pas.

Fatima secoua la tête.

— Tu dois avoir mal compris. La danse des sept voiles est une invention hollywoodienne. Elle n'existe pas dans la vraie vie. Ouvre cette boîte, mon enfant, et commence à séparer les roses, tu seras gentille.

Heidi sourit. Parfois, Fatima la voyait encore comme une fillette de douze ou treize ans. Si seulement la vie était aussi simple aujourd'hui qu'à l'époque !

— Je sais ce qu'il a dit, affirma-t-elle. J'étais tout près, j'ai très bien entendu. Il a parlé de la danse des sept voiles.

Fatima la regarda.

— Quelles sottises, dans la bouche de mon propre petit-fils ! Il voulait simplement te convaincre d'enlever tes vêtements.

Heidi ouvrit la boîte de roses et les rangea côte à côte sur la table. Elles avaient un merveilleux parfum, chose inhabituelle pour des roses à longue tige. Fatima les avait sans doute fait créer pour elle.

— Je comprends où il veut en venir, admit-elle. Ce que je ne sais pas, c'est ce que je dois faire.

— Qu'as-tu envie de faire ?

Heidi y avait réfléchi. Elle n'aurait eu aucun mal à l'appeler pour lui dire qu'elle voyait clair dans son jeu et refusait de s'y plier. Mais Jamal la prenait pour une femme expérimentée. Il cherchait sans doute, sinon à la tester, du moins à savoir jusqu'où elle irait. C'était une question à laquelle elle n'avait pas encore répondu elle-même.

— Y a-t-il une danse qui s'en rapproche ? Je pourrais modifier une chorégraphie existante pour y inclure les voiles.

Fatima lui jeta un coup d'œil par-dessus ses fleurs.

— Oh, toutes les danses comportent des voiles. C'est la manière de les ôter qui diffère. Je présume que les choses se passent bien entre vous ? demanda-t-elle en haussant un sourcil.

— Euh, pas mal…, marmonna Heidi en lui tendant une rose.

— Ce n'est pas une réponse très catégorique.

— Je sais. Je suis un peu perdue. J'aime beaucoup Jamal. Il est gentil avec moi.

Elle lui raconta que Jamal lui avait trouvé de la documentation sur le général qui l'intéressait.

— Il est drôle, attentionné, j'apprécie sa compagnie. Mais je trouve bizarre d'être à la fois sa femme et sa maîtresse, conclut-elle.

— Il me semble que tu y gagnes sur les deux tableaux. Les épouses ne rêvent-elles pas d'être la maîtresse, et vice versa ?

— Je n'en sais rien. J'ai peur qu'il s'intéresse plus à Honey qu'à moi.

— Ce n'est pas possible. Vous êtes une seule et même personne.

— Je sais bien…

Heidi s'interrompit. Elle ne savait pas comment expliquer que, jusque-là, Honey semblait nettement privilégiée. Elle avait reçu des baisers passionnés tandis que Heidi, épouse patiente, n'avait eu droit qu'à une vague bise sur la joue.

— J'aime bien l'idée d'être sa maîtresse, mais le fait que je sois également sa femme complique les choses. Je ne suis pas contente qu'il voie quelqu'un d'autre.

— Mais ce n'est pas le cas.

— Vraiment ? C'est là-dessus que je commence à perdre la tête, soupira Heidi.

Fatima finit de placer chaque fleur.

— Tu penseras à ta tête plus tard. Pour l'instant, tu as un problème plus grave.

— Lequel ?

Fatima sourit.

— Tu peux acheter des voiles assez facilement au marché, et je te trouverai une vidéo de danse orientale. Mais ce n'est que la logistique. Que vas-tu faire pour le reste ?

— Quel reste ? demanda Heidi, surprise. Une fois que j'aurai le costume et la chorégraphie, tout ira bien.

— Vraiment ? Comme c'est curieux ! Parce que si je me souviens bien, tu voulais que Honey soit une femme qui a de l'expérience.

— Oui.

— Dans ce cas, Jamal ne sera-t-il pas étonné de découvrir qu'elle est encore vierge ?

Heidi ouvrit la bouche, puis la referma sans répondre, tandis que l'écho des paroles de Fatima résonnait dans sa tête.

— Ah, lâcha-t-elle enfin.

— Oui. « Ah », comme tu dis, mon enfant. Tu vois que le problème du voile est secondaire, comparé à celui-là ! Avant d'aller plus loin avec lui en tant que maîtresse, tu vas devoir faire l'amour avec lui en tant qu'épouse.

Heidi se sentit rougir.

— Mon Dieu, qu'est-ce que je vais faire ?

— Facile. Séduis-le.

Deux jours plus tard, Heidi se préparait à s'échapper du palais pour aller passer l'après-midi au souk.

Elle se souciait peu de s'acheter quelque chose de nouveau. Il lui fallait trouver des voiles et s'entraîner avec. Fatima lui avait procuré une cassette de danse dont elle pourrait s'inspirer pour créer une « danse des sept voiles », mais sans les longueurs de tissu requises, elle n'avait guère pu avancer.

Malgré tout, quelques nouveaux vêtements ne lui feraient pas de mal, songea-t-elle en passant la main sur sa robe ordinaire. Elle ne raffolait pas du style tapageur de « Honey », mais elle était prête à porter des habits un peu plus flatteurs. Quelques robes et tailleurs-pantalons bien coupés, peut-être, ainsi que des tenues de soirée. Dans les mois à venir, elle aurait à assister à des réceptions officielles.

Pour le moment, les voiles étaient sa première préoccupation, pensa-t-elle en se dirigeant vers le garage. Les voiles et la panique grandissante qu'elle ressentait à l'idée de devoir séduire son mari.

Elle était encore sous le choc de la révélation de Fatima. La reine avait raison : « Honey » ne pouvait pas être vierge. En conséquence, Heidi devait rapidement perdre son innocence, sinon « Honey » risquerait d'être démasquée.

Mais comment faire ? Elle ne savait pas si Jamal serait intéressé. Il aimait encore Yasmine, ce qui compliquait les choses. Pourtant, les femmes avaient défilé dans sa vie depuis son veuvage, et il avait été furieux lorsqu'elle avait dit qu'elle recherchait une union spirituelle. Peut-être ne serait-il pas contre l'idée de consommer leur mariage ? Il faudrait aborder le sujet et lui faire comprendre qu'elle était d'accord. Cette pensée lui donnait des sueurs froides. Et si elle lui envoyait un e-mail ?

Elle en riait encore lorsque, à un angle du couloir, elle se cogna contre le torse puissant de quelqu'un qui arrivait en face. Des bras musclés l'enlacèrent pour la remettre d'aplomb et, le cœur battant, elle reconnut aussitôt le parfum de Jamal.

— Heidi ! s'exclama-t-il, surpris. Où vas-tu ?

— Je, eh bien… moi ?

Elle bafouilla en cherchant une excuse pour se trouver sur le chemin du garage. Elle pouvait sortir quand elle voulait, elle avait même une voiture à sa disposition, mais elle se sentait coupable d'aller faire des courses pour « Honey ».

— Je, euh… Oui, toi, répéta-t-il en souriant. Tu fais une drôle de tête. Si je t'en croyais capable, je penserais que tu essayais de t'éclipser en cachette. Est-ce la vérité ? demanda-t-il en lui soulevant le menton du doigt.

Ses yeux noirs semblaient lire le fond de son âme. Elle décida d'opter pour la vérité, en espérant qu'il ne chercherait pas à en savoir plus.

— Je vais au souk.

— Faire du shopping ! Tu sors dépenser mon argent, n'est-ce pas ? Pas étonnant que tu aies l'air coupable !

— Mais non, je pensais juste m'acheter deux ou trois choses.

Le regard de Jamal glissa sur le corps de Heidi. Elle en fut toute troublée. C'était idiot, songea-t-elle, puisqu'elle ne lui plaisait pas. Elle n'avait droit qu'à des bises sur la joue. Il réservait ses élans passionnés pour Heidi.

— Je te taquine. Je veux que tu aies de jolies choses, alors je suis content que tu ailles faire des courses. Et si je venais avec toi ? Je peux annuler mes rendez-vous de l'après-midi. Aimerais-tu avoir l'avis d'un homme sur tes choix ?

Heidi ne sut quoi répondre. Si elle disait non, Jamal penserait qu'elle ne s'intéressait pas à lui, ni à leur mariage. Si elle acceptait, comment ferait-elle pour acheter des voiles ? Quant à faire les boutiques pour elle-même, ce n'était pas ce qu'elle avait prévu et elle ne savait pas ce qu'elle voulait. Mais l'idée de passer l'après-midi avec Jamal la faisait palpiter d'excitation.

Le visage de Jamal s'assombrit.

— Ne t'inquiète pas, dit-il, vas-y et amuse-toi, je te verrai plus tard.

Il se détourna pour partir. Elle prit une grande inspiration et lui posa une main sur le bras.

— J'aimerais beaucoup que tu m'accompagnes, mais je ne sais pas ce que je veux, alors j'ai peur que tu t'ennuies.

— Je ne m'ennuierai pas si je suis avec toi, répliqua-t-il en lui prenant la main. Et je connais les meilleures boutiques où acheter des vêtements de princesse !

— Je ne veux pas savoir comment tu les connais, marmonna-t-elle. J'imagine que tu y achetais toutes sortes de choses pour tes diverses amies…

— C'est vrai, admit-il avec un sourire, en lui embrassant la main. Mais maintenant, je fais des courses pour ma femme. Ce n'est pas du tout pareil !

Elle aurait voulu savoir où était la différence, et s'il avait fait les magasins avec Yasmine. Cette expédition lui rappellerait-elle sa première épouse ? Mais Heidi ne demanda rien. Elle se concentra sur le contact de leurs doigts entrelacés et sur la joie qu'elle éprouvait tandis qu'ils se dirigeaient vers le garage.

Ils prirent la voiture de Heidi, une petite Mercedes dont le coffre était assez grand pour contenir des dizaines de tenues. Jamal conduisait adroitement entre les voitures, les bicyclettes et les enfants qui couraient dans tous les sens.

Il emprunta les petites rues en évitant les grandes artères bondées et se gara derrière un bâtiment de deux étages, décoré de stuc rose et or.

— Madame Monique, annonça-t-il avec un grand moulinet du bras. Et, avant que tu poses la question, non, je ne suis jamais venu ici. Fatima et Dora aiment bien cette boutique.

Heidi se contenta de sourire. Elle ne demanda pas comment il savait où s'habillaient sa grand-mère et sa belle-sœur. Son mari était le genre d'homme à tout savoir. Il faudrait qu'elle prenne garde à bien séparer son personnage de maîtresse et la femme qu'elle était dans la vraie vie. Comment pourrait-elle semer Jamal le temps de dénicher des voiles ?

— Je te connais, dit-il en coupant le contact, tu veux d'abord aller faire un tour au souk avec d'acheter des vêtements, n'est-ce pas ?

— Rien ne pourrait me faire plus plaisir, répondit-elle.

Elle n'avait pas revu le marché depuis son retour à El Bahar, et ce spectacle bruyant et parfumé lui manquait.

— Je m'en doutais.

Jamal enleva sa veste qu'il laissa sur le siège, détacha sa cravate et déboutonna le haut de sa chemise. En un tournemain, il avait quitté son allure de businessman impeccable pour se transformer en charmant compagnon de promenade. Il lui prit la main et l'entraîna dans les rues bruyantes. Au détour d'une ruelle, ils se trouvèrent au milieu d'un délicieux chaos.

Heidi huma les senteurs familières : huiles et parfums, viande grillée, fruits et fleurs coupées, mêlées à l'odeur des chameaux et des gens, avec la fragrance sucrée de l'air du pays.

Ce qui avait été autrefois un lieu d'échanges pour les tribus nomades et les habitants de la ville était devenu un marché éclectique. Les vieilles rues étaient toujours bordées d'étals et de boutiques à ciel ouvert qui proposaient de tout, lampes en cuivre, viande, fruits et articles de faux artisanat bon marché pour touristes peu avertis, mais les rues adjacentes étaient devenues des artères commerçantes haut de gamme où l'on trouvait les grands noms de la mode et du design, comme dans toutes les capitales du monde.

Les vendeurs des rues appelaient le chaland, les enfants couraient entre les étalages, la musique hurlait dans les haut-parleurs des radios portatives. On entendait des cloches tinter, des pots en cuivre rouler, et, sur un banc, un guitariste chantait une histoire de vin de pastèque.

Heidi tourna lentement sur elle-même, admirant le contraste entre le bleu du ciel et l'ocre délavé des djellabas, les couleurs vives des fruits et des fleurs, les visages bronzés aux yeux noirs, les auvents rayés des étals et les chemises bariolées des touristes.

Sous ses pieds, les pierres avaient été usées par des générations de passants, qui avaient toujours marché là. A part les appareils électroniques, les articles mis en vente au souk ce jour-là étaient les mêmes depuis des siècles. Bouillonnant d'animation et imprégné de souvenirs, le marché restait une porte ouverte sur l'histoire.

— A quoi penses-tu ? lui demanda Jamal à l'oreille.

— Je pensais que mon grand-père m'emmenait souvent ici. Le cœur d'El Bahar, comme il l'appelait. Il disait que le souk, comme le roi, est un symbole pour le peuple. Et que, tant que les gens pourront venir ici, comme leurs parents l'ont fait avant eux, et les parents de leurs parents, ils auront de l'espoir pour l'avenir.

— Ton grand-père était un sage, dit Jamal en lui serrant la main. Viens, allons nous amuser.

Il l'entraîna entre les étals et s'arrêta pour lui acheter des fruits et des orchidées, les plus belles qu'elle ait jamais vues. Elle porta tendrement la plante dans ses bras, en se demandant comment une fleur aussi délicate pouvait survivre dans un climat aussi chaud.

Ils dégustèrent quelques spécialités, regardèrent un jongleur, admirèrent des bracelets en or et des tapis, que Jamal lui proposa d'acheter, puis retournèrent à la boutique de Madame Monique. Le décor rose et or continuait à l'intérieur, où des dizaines de modèles étaient présentés avec art. La moquette et les murs roses contrastaient avec les petites chaises dorées qui attendaient les visiteurs, à côté de tables de verre, et un grand miroir à trois faces se tenait prêt à révéler le moindre faux pli.

— Votre Altesse, nous sommes si heureux de vous voir ! proclama une femme à la voix haut perchée. Votre grand-mère et la charmante princesse Dora sont déjà clientes, et maintenant, vous voilà !

La voix appartenait à une femme mince entièrement vêtue de noir, au visage très pâle. Devant l'élégance de sa silhouette longiligne, Heidi se sentit encore plus mal fagotée que d'habitude.

Mme Monique se précipita à leur rencontre et s'inclina très bas.

— Prince Jamal, princesse Heidi, quel honneur pour nous.

Les trois vendeuses l'imitèrent aussitôt, pour la plus grande gêne de Heidi, qui ne savait pas comment répondre à une révérence. Elle ne s'étonna pas que Mme Monique ait deviné son identité. Puisqu'elle reconnaissait Jamal, elle ne courait guère de risque de se tromper en pensant que la femme à ses côtés était son épouse.

Jamal résolut son dilemme en serrant la main de Mme Monique, et Heidi l'imita.

— Nous sommes là pour vous servir. Quel sera le bon plaisir de Leurs Altesses royales ?

« Partir d'ici », pensa Heidi, qui ne se sentait pas prête à tant de cérémonie. Elle savait que son mariage avec Jamal

176

faisait d'elle une princesse, mais elle n'avait pas encore eu à jouer son rôle.

Jamal ne souffrait pas des mêmes hésitations. Il lui passa un bras autour des épaules et l'attira contre lui.

— Ma femme a besoin de nouveaux vêtements. Je suis un mari coupable d'avoir attendu trop longtemps avant de la vêtir de soieries et de dentelles. Je suis ici pour me racheter.

C'était un excellent discours, pensa Heidi, heureuse qu'il n'ait pas dit la vérité brute : ses tenues étaient affreuses, comme si elle avait fait exprès de s'enlaidir.

Mme Monique la regarda d'un œil appréciateur.

— C'est une fleur délicate.

— Tout à fait, et je veux des choses aussi jolies qu'elle, rien de moins.

Heidi cligna des yeux. *Jolie* ? Avait-il dit *jolie* ? Et Mme Monique l'avait-elle vraiment qualifiée de fleur délicate ?

— Certainement, Votre Altesse, répondit Mme Monique avec une nouvelle révérence.

Elle frappa dans ses mains et disparut à l'arrière de la boutique avec ses assistantes.

— Je suis bien des choses, remarqua sèchement Heidi, mais on ne peut pas dire que je sois une fleur délicate.

— Pour moi si, déclara Jamal.

Etait-ce possible qu'il la voie ainsi ? Elle était intelligente, compétente et, manifestement, capable d'effrayer le prince héritier. Mais Jamal la voyait d'un autre œil. Pourrait-il s'intéresser à elle quand elle était elle-même, et pas seulement quand elle jouait Honey ?

Avant qu'elle puisse poursuivre la conversation, Mme Monique réapparut avec une foule de robes, corsages, pantalons et mille autres choses dans les bras. Derrière elle, les trois assistantes étaient tout aussi chargées. En quelques instants, Heidi se retrouva installée dans une cabine d'essayage grande comme une maison, déshabillée, mesurée, drapée et inspectée sous toutes les coutures.

Elle essaya des robes de jour et des tenues de soirée, des jupes et des chemisiers, des bas, des soutiens-gorge et des culottes, des vestes, des pulls, des pantalons et des jeans, des escarpins, des sandales et des bottes.

Elle sortait parfois se regarder dans le grand miroir et se soumettre à l'examen de Jamal, qui était installé avec des magazines, un téléphone et un café. Lorsqu'elle tourna sur elle-même dans une longue robe noire qui lui donnait une allure de star de cinéma, il approuva d'un hochement de tête. Il jugea la robe suivante trop décolletée, et prévint Mme Monique qu'il entendait être le seul à admirer la perfection de sa femme. Pour une robe à l'arrière plongeant, il ne se prononça pas, laissant Heidi choisir, mais il fit courir ses doigts le long de son dos.

Cette caresse lui coupa le souffle. Lorsqu'elle regagna la cabine, Mme Monique lui sourit.

— Le prince est un homme heureux, n'est-ce pas ?

— Je l'espère, répondit Heidi, encore étourdie.

Comment faisait-il pour produire un tel effet sur elle en l'effleurant à peine d'une main ? Pourrait-elle apprendre à faire la même chose ?

— Les beaux vêtements, ça aide, mais c'est la personne qui les porte qui fait toute la différence.

Heidi considéra Mme Monique. Serait-elle prête à lui rendre un service ?

— Je suis d'accord, dit-elle en enfilant une longue chemise de nuit de soie argentée. Puis-je vous demander quelque chose ?

— Mais naturellement. De quoi s'agit-il ?

— Je voudrais acheter des voiles. Vous savez, pour danser.

Les yeux de Mme Monique s'illuminèrent, et elle soupira :

— Ah, être jeune et amoureuse ! Vous voulez faire une surprise à votre mari.

Elle regarda autour d'elle et ajouta en baissant la voix :

— Je n'ai pas cela ici, mais je sais de quoi vous parlez. Donnez-moi quelques minutes, je vais envoyer une de mes vendeuses les acheter pour vous.

Elle recula d'un pas et conclut tout haut :

— Le prince sera content.

— Le prince *est* content.

Les deux femmes firent volte-face pour découvrir Jamal appuyé au chambranle. Dans l'encadrement de la porte, ses larges épaules semblaient occuper tout l'espace. Il avait les bras croisés et regardait Heidi en haussant un sourcil.

— Tu la prends, n'est-ce pas ?

Ce n'était pas vraiment une question.

Tout à la conversation au sujet des voiles, Heidi n'avait pas remarqué son arrivée ni prêté attention à ce qu'elle portait. Heureusement, Jamal n'avait pas entendu ce qu'elles disaient ; son commentaire ne portait que sur sa tenue.

Avec un soupir de soulagement, Heidi se tourna vers le miroir. Elle faillit s'étrangler. L'étoffe légère de cette longue combinaison argentée scintillait sur elle comme des ailes de fée. De fines bretelles retenaient le corsage en dentelle transparente, qui laissait voir la forme de ses seins. La robe tombait jusqu'au sol, épousant ses hanches, et flattait son corps qui paraissait allongé, affiné et profondément féminin.

Jamais de sa vie elle ne s'était sentie aussi désirable et, si elle pouvait croire l'expression de Jamal, il ressentait la même chose. Finalement, il ne serait peut-être pas aussi difficile à séduire qu'elle l'avait pensé.

- 11 -

Heidi avait semblé nerveuse dès qu'il avait mis le pied dans la cabine d'essayage et l'avait aperçue dans cette chemise de nuit argentée. Il ne pouvait pas lui en vouloir : il s'était promis d'agir en douceur pour ne pas brusquer son innocente épouse, mais en dépit de ses résolutions, il n'avait pu lui cacher son désir pour elle. Peut-être parce qu'à cet instant, il l'avait désirée comme jamais encore il n'avait désiré une femme.

Son attirance avait été si intense, si désespérée, qu'il n'avait pu s'empêcher de la montrer. Deux heures plus tard, Heidi était encore tendue.

— Tu m'as acheté trop de choses, protesta-t-elle tandis que Rihana portait les paquets dans leur suite.

— Tu es une princesse, et tu es ma femme ; tu as besoin de pouvoir t'habiller comme il convient. Et puis je suis fier, j'ai envie de m'afficher avec toi.

Elle lui jeta un regard perplexe. Pour une raison inimaginable, elle ne se trouvait pas jolie. A moins qu'elle doute de son admiration pour elle ? Quoi qu'il en soit, les compliments qu'il lui adressait semblaient toujours l'étonner. Il prit la résolution de persister jusqu'à ce qu'elle s'y habitue.

— Je sais qu'il me faut des tenues de soirée pour les réceptions officielles, mais ceci est excessif. J'ai l'impression que je ne pourrai jamais tout porter, murmura-t-elle.

Il se tourna vers elle. Yasmine se plaignait toujours de ne pas avoir assez. S'il lui offrait cinq robes, elle en voulait huit, et quand il lui avait donné un collier de diamants, elle avait boudé pour avoir les boucles d'oreilles assorties. Avec le temps, comme elle n'était jamais satisfaite, il avait perdu l'envie de lui faire le moindre cadeau. Avec Heidi, qui le trouvait trop généreux, c'était le contraire. Il voulait lui donner plus.

— Profite de tes nouveaux vêtements, dit-il en lui caressant la joue. Tu n'es pas obligée d'attendre une occasion spéciale pour les porter, tu peux les mettre au palais.

Elle avait encore un air dubitatif, mais elle acquiesça.

— J'adore tout ce que nous avons acheté, mais je ne voudrais pas que tu me trouves trop gâtée…

— Il n'y a pas de risque.

— Bien, parce que…

— Princesse, où voulez-vous que je mette ceci ?

Rihana avait plusieurs robes drapées soigneusement sur les bras, et brandissait un petit paquet dans une main. Heidi, blêmissant, s'en saisit précipitamment.

— Ce n'est rien, dit-elle avec un pâle sourire à l'attention de son mari. Ce sont, euh… des choses strictement fémi-nines. Je vais le ranger moi-même, ajouta-t-elle en jetant négligemment le paquet sur le lit, bien en évidence, comme s'il n'avait pas d'importance.

Jamal se demanda s'il contenait les voiles pour la danse orientale. Heidi avait sans doute parlé de sa requête à Fatima, qui avait dû lui expliquer que la danse des sept voiles n'existait pas. Honey allait-elle le lui faire remarquer, ou bien préfére-rait-elle improviser ?

— Je vais même tout ranger moi-même, d'ailleurs, lança Heidi à Rihana. Merci pour ton aide.

Rihana sortit et Jamal accompagna sa femme dans le dressing. Les trois murs recouverts de miroirs lui permirent de la regarder sous tous les angles pendant qu'elle s'affairait à classer les vêtements dans un ordre connu d'elle seule. Elle avait échangé sa robe informe contre un pantalon moulant et un chemisier qui mettaient en valeur sa jolie silhouette, en particulier ses fesses rondes. Il se demanda comment elle réagirait s'il l'attirait à lui, défaisait son chignon d'une main et caressait de l'autre les courbes qu'il était en train d'admirer dans les miroirs. Le repousserait-elle, ou l'embrasserait-elle ?

— Heidi ?

— Oui ?

— Dînons ensemble, ce soir. Porte quelque chose de nouveau. Je demanderai qu'on nous serve ici.

Elle ouvrit de grands yeux — était-ce une expression d'inquiétude ou de jubilation ? Il avait envie de croire que toute sa mise en scène secrète n'avait d'autre but que de le séduire, mais parfois, il avait des doutes. Yasmine avait été très forte et, quand elle avait enfin dévoilé son jeu, elle avait anéanti sa confiance en lui et sa fierté.

— Cela me plairait beaucoup, déclara Heidi après s'être éclairci la gorge. Vas-tu te faire beau, toi aussi ?

— Tu aimerais ?

Elle hocha la tête.

— Alors je le ferai.

Il lui sourit et sortit. Dans le couloir, il jeta un coup d'œil en arrière et se demanda s'il allait se laisser humilier une deuxième fois.

*
* *

— Tout ceci est complètement absurde, marmonnait Heidi en arpentant sa chambre. Je suis folle à lier !

Elle s'arrêta devant le miroir de la coiffeuse, qui, heureusement, ne la révélait que jusqu'à la taille. Elle ne voulait pas savoir de quoi elle avait l'air en pied.

Jamal avait proposé un dîner intime dans leur suite. L'occasion était idéale pour le séduire. Il n'y avait qu'un seul problème : elle ne savait absolument pas comment s'y prendre. Par quoi commençait-on ? Une conversation spirituelle ? Un effleurement du bout des doigts ? Mais que devait-on effleurer ? Et que faire si Jamal ne comprenait pas où elle voulait en venir ?

Il y avait tant d'écueils et si peu de chances de succès, pensa-t-elle. Tout allait tourner au désastre. Elle se sentait à la fois glacée et brûlante, et son estomac lui jouait des tours.

Il fallait qu'elle se change, c'était une énorme erreur de porter ce qu'elle avait choisi. Elle devrait mettre une robe élégante, ou peut-être un pantalon et un pull, ou…

On frappa à la porte. Elle eut soudain la bouche sèche.

— Heidi ? Tu es prête ?

Jamal. Déjà. Que faire ?

Qu'allait-il penser ? Et s'il ne comprenait pas ? Et s'il comprenait ?

Elle ouvrit la porte, en priant pour que la soirée soit moins catastrophique qu'elle l'imaginait, et sortit dans le couloir. Elle n'avait que trois pas à faire pour gagner le salon. Ses jambes ne la porteraient pas jusque-là, se dit-elle. Elle avait la gorge si nouée qu'elle pouvait à peine respirer.

Jamal s'affairait près du bar, une bouteille de champagne à la main. Il avait mis un smoking et il était plus séduisant que jamais, avec son charme de beau brun viril. Un charme à se damner.

— J'ai pensé que tu aimerais du…

En la voyant, il s'interrompit, bouche bée. Pendant un instant, Heidi crut qu'il allait lâcher la bouteille.

Elle se força à rester complètement immobile pendant que son mari l'étudiait de la tête aux pieds.

Elle avait bouclé ses cheveux au fer et les avait relevés en queue-de-cheval. Les mèches folles retombaient sur ses épaules. Elle ne portait que son alliance pour tout bijou, mais son long fourreau argenté ne nécessitait pas d'accessoires.

Sous le tissu léger, elle était complètement nue. Et complètement vulnérable.

— Heidi ?

Il l'avait appelée d'une voix basse, sensuelle, terriblement séduisante. Heidi faillit se liquéfier sur place. Mais elle se redressa pour regarder son mari dans les yeux, la tête haute. Il avait un air à la fois étonné et alléché.

— J'ai… entendu dire que les pulsions animales avaient du bon, mais je n'ai pas d'expérience. J'ai pensé que, peut-être, tu voudrais bien m'aider.

Jamal ne répondit pas, et elle comprit qu'elle avait commis une terrible erreur. Il ne voulait pas d'elle, il n'avait jamais voulu d'elle. Quelle idiote !

Au moment où elle se détournait pour s'enfuir, il posa la bouteille qu'il tenait toujours à la main et la rejoignit. Il lui caressa la joue d'une main et, de l'autre, la prit fermement par la taille.

— Tu veux faire l'amour avec moi ? demanda-t-il.

Il semblait stupéfait, intrigué, et, Dieu merci, intéressé.

— Oui. Mais pas s'il faut en parler, je suis trop nerveuse pour cela.

Un sourire très mâle se dessina lentement sur son visage et la fit frissonner.

— Tu n'auras rien à dire, promit-il, et il posa sa bouche sur la sienne.

Il l'embrassa lentement, profondément, en explorant sa bouche d'une façon qui lui coupa le souffle. Quand il releva la tête, elle avait le vertige et se sentait incapable de formuler une seule pensée cohérente. Heureusement, il ne lui demanda rien. Il la prit par la main pour l'entraîner dans la chambre.

Elle aperçut distraitement un grand lit à baldaquin et une magnifique mosaïque sur les murs. Elle admirerait cette pièce plus tard. Jamal se tourna vers elle.

— Tu as peur ?

— Euh… oui. J'en tremble.

Elle leva une main pour lui montrer. Il s'en saisit et commença à lui embrasser les doigts.

— Je vais te faire trembler de partout, mais pas de peur, affirma-t-il en couvrant de baisers sa peau frémissante.

— On parie ? murmura-t-elle.

Il n'avait pas l'air d'écouter, mais cela n'avait aucune importance. Sa façon d'embrasser chacune de ses phalanges la mettait au bord de l'évanouissement. Quand il passa des doigts à la paume, elle chancela. Il traça un cercle avec sa langue et mordilla doucement l'intérieur de son poignet. Les tremblements qu'il lui avait promis prirent naissance dans ses cuisses et se propagèrent dans tout son corps. Ses genoux menacèrent de fléchir et un feu humide s'alluma entre ses jambes. Elle dut s'accrocher à lui pour ne pas tomber.

Il lui entoura la taille et la serra contre lui, pendant qu'elle posait ses mains sur ses épaules, savourant la sensation de le sentir si proche, si fort et si masculin.

Il se pencha vers elle, mais se contenta de poser un baiser sur sa joue et sur son nez.

— Douce Heidi, souffla-t-il.

Quand il colla enfin sa bouche contre la sienne, elle ouvrit les lèvres en gémissant d'impatience. Elle vibrait d'un désir presque douloureux, incompréhensible.

Avec chaque sensation, chaque caresse, chaque mouvement de leur danse intime, la tension montait. Agrippée à lui, Heidi voulait des baisers plus appuyés, plus profonds, plus prolongés. Elle se colla contre lui en espérant qu'il comprendrait.

Il prit son visage entre ses mains et l'embrassa avec fougue, puis recula. Elle le suivit et se mit à explorer, goûter sa bouche de la même façon. Elle tremblait si fort à présent qu'elle avait du mal à tenir debout. Elle ne portait qu'une petite tenue légère, mais elle eut soudain envie de l'enlever. Elle était en feu, et seules les caresses de son mari pouvaient l'apaiser.

— Touche-moi, murmura Jamal.

Elle s'aperçut qu'elle avait les bras ballants. Elle les ramena sur ses épaules et lui passa les doigts dans les cheveux, puis lui caressa le dos, sentant frémir ses muscles sous sa veste. Il était si grand, si différent d'elle. Jamais elle n'avait touché un homme ainsi. Un jour, elle connaîtrait ce corps d'homme aussi bien que le sien, et reconnaîtrait son mari au toucher. La perspective d'une telle intimité était aussi stupéfiante que délicieuse.

Il l'embrassa encore, lentement, passionnément, et elle sentit quelque chose de dur contre son ventre. Elle sursauta. Que se passait-il ?

Elle se ressaisit aussitôt. Instinctivement, ou peut-être grâce aux livres de Fatima, elle comprit qu'elle sentait le désir de Jamal.

Embarrassée et curieuse à la fois, elle se demanda à quoi

il ressemblerait nu. En dehors des quelques détails nébuleux qu'elle avait aperçus dans des films, elle n'avait jamais vu un homme entièrement nu. La laisserait-il le regarder, le toucher ? En avait-elle envie ?

Jamal la regarda.

— A quoi penses-tu ? Tu es loin. Manifestement, j'ai perdu mon savoir-faire et j'ennuie ma jeune épouse.

Heidi baissa la tête.

— Pardon. Ce n'est pas ce que tu penses. Je ne m'ennuie pas, je veux dire.

Elle risqua un coup d'œil vers lui et vit un sourire pétiller dans ses yeux. Elle avait eu peur qu'il se fâche.

— Alors à quoi penses-tu, princesse ? demanda-t-il en lui caressant les lèvres du bout du doigt.

Le contact était si léger qu'elle le sentait à peine, et pourtant, il lui donnait envie de coller ses hanches contre lui. Cela n'avait pas de sens.

— Je… Euh… C'est très difficile de penser, avec toi.

— Je ne veux pas que tu penses, je veux que tu sentes.

— C'est ce qui se passe. Je t'ai senti, euh… te presser contre moi, et cela m'a distraite.

Une lueur s'illumina dans ses yeux noirs. Etait-ce de la passion ou de l'amusement ? Elle faisait tout de travers.

— Comme ceci ? demanda-t-il en la serrant contre lui.

Le corps dur revint contre elle. Un frisson la parcourut tout entière, partant de son ventre.

— Oui. Je n'ai jamais connu d'homme, alors je n'ai jamais senti son… tu sais.

— Ah ! Son… « tu sais » ! Heidi, tu es la femme la plus adorable que j'aie jamais connue, dit-il en pouffant de rire.

Adorable ? Elle ?

— Mon désir te fait peur ?

Allait-il parler longtemps ? Ne pouvaient-ils pas plutôt passer à l'acte ? Gênée, elle braqua les yeux sur le deuxième bouton de sa chemise. Les boutons étaient une chose fascinante... Qui les avait inventés ? Comment faisait-on quand ils n'existaient pas ?

— Heidi ?

— J'aime que tu me désires, chuchota-t-elle sans le regarder.

— Je te désire terriblement. Je veux faire l'amour avec toi, te toucher, t'embrasser et t'enseigner toutes les choses fabuleuses qui peuvent se passer entre un homme et une femme.

Elle osa enfin lever les yeux vers lui.

— D'accord.

— Je te remercie d'avoir accepté.

Voilà qu'il la taquinait une fois de plus. Elle allait protester, quand il l'embrassa de nouveau, et elle décida que son humour ne la gênait pas. Sans décoller sa bouche de la sienne, il la prit dans ses bras pour la porter sur le lit. Il se redressa pour enlever sa veste, et dénoua sa cravate pendant que Heidi commençait à déboutonner sa chemise.

Elle avait du mal à y croire. Elle était en train de déshabiller son mari. Son mari ! Ils étaient sur le point de faire l'amour, et elle ne savait pas s'il fallait rire de bonheur ou se sauver en courant. Mais elle n'avait pas envie de s'en aller. Elle aimait ses baisers, et elle était sûre qu'elle aimerait tout le reste.

Il défit les derniers boutons et enleva sa chemise. Fascinée, elle admira ses épaules larges à la lumière de la lampe de chevet, ses muscles bien dessinés et sa taille mince. Il était beaucoup trop séduisant. Et trop expérimenté : elle aurait l'air pataude face à lui.

Jamal s'agenouilla près d'elle sur le lit et toucha l'ourlet de sa combinaison.

— J'aimerais te l'enlever.

Elle déglutit.

— Eh bien, pourquoi pas ? Mais je ne porte rien dessous.

— Vraiment ? Alors tu es pratiquement nue ?

— Euh… oui.

— Pas de vêtements, rien que de la peau nue à toucher et à regarder autant que je le voudrai ?

— Tu me tourmentes exprès.

— Si ce n'était pas exprès, ce ne serait pas amusant !

Elle ne put s'empêcher de rire.

— Je n'imaginais pas les choses comme ça. Je pensais que nous serions sérieux.

Il s'allongea près d'elle et lui posa un baiser sur les lèvres.

— Cela va devenir sérieux, crois-moi.

Elle constata avec étonnement qu'elle avait une totale confiance en lui. Elle était sûre qu'il ferait de sa première fois quelque chose de merveilleux.

Aussi, lorsqu'il tira sur sa chemise de nuit, elle roula sur elle-même pour l'aider, puis s'assit et la passa par-dessus sa tête. Son accès de bravoure ne dura qu'une seconde, mais avant qu'elle ait pu songer à s'enfuir, Jamal se pencha sur elle pour l'embrasser et elle ne pensa plus à rien, hormis le bonheur d'être près de lui.

Elle passa les bras autour de lui et l'attira contre elle. Elle ressentait une sorte de faim dévorante, une sensation nouvelle qui la troublait.

Jamal posa une main sur son ventre et commença à y dessiner des cercles lents. Elle sentait chacun de ses doigts sur sa peau frémissante et, s'il ne l'avait pas embrassée en même temps, elle aurait probablement poussé des cris.

— Touche-moi, murmura-t-il à son oreille. Je vais mourir si tu ne me touches pas.

Ce fut un choc de l'entendre la supplier ainsi. Elle pouvait imaginer qu'il aurait plaisir à faire l'amour avec elle, mais elle doutait fort de jamais égaler la perfection éternelle de Yasmine. Jamais elle n'aurait espéré que ses caresses à *elle* puissent avoir une telle importance pour lui.

Elle fit glisser sa main sur son bras, à l'intérieur du coude, puis remonta vers le cou, l'épaule, l'oreille, pour venir lui caresser les cheveux. De son côté, il fit remonter ses doigts virils vers ses seins…

Elle mourait d'envie qu'il lui caresse la poitrine. Elle n'avait pas oublié les sensations délicieuses qu'elle avait éprouvées la dernière fois, quand elle avait découvert tout le plaisir que pouvait lui donner son corps. Ses seins se tendaient vers lui, frissonnants d'anticipation.

—Tu es ravissante, chuchota-t-il. Je veux te toucher partout, caresser et goûter chaque centimètre de toi.

La goûter ? D'abord troublée, elle cessa de penser dès que la main de Jamal se referma sur son sein. Elle se sentit fondre, le ventre tenaillé par un désir humide, et, tremblante, elle éprouva l'étrange désir d'écarter les jambes pour qu'il la touche *là*, même si une telle pensée lui paraissait terriblement inconvenante.

Tandis qu'il lui caressait le bout des seins, elle s'accrocha à lui, murmurant des sons inarticulés pour le supplier de ne jamais s'arrêter. Il interrompit leur baiser pour descendre le long de sa gorge et prit son sein dans sa bouche. Il la léchait !

Un trait de feu la traversa. Elle se cambra, les talons enfoncés dans le matelas, et prit sa tête entre ses mains pour mieux le retenir, en se tordant de plaisir. C'était terrifiant, c'était merveilleux.

Tout en lui embrassant les seins l'un après l'autre, il fit glisser une main le long de ses cuisses, qui s'écartèrent presque malgré elle. Des frissons la parcoururent. Elle avait peur, et pourtant elle était prête, prête pour tout ce qu'il allait lui faire. Sa main descendit encore.

Personne ne l'avait jamais touchée là, n'avait exploré cet endroit secret. Lorsqu'elle y avait pensé auparavant, elle avait craint que ce soit pénible. Elle avait souhaité un mariage spirituel, mais elle était sur le point de réviser son jugement sur la question.

Elle aimait le sentir contre elle, elle aimait ses mouvements lents et sûrs, sa façon de se rapprocher en cercles concentriques du couloir intime que plus tard il ferait sien.

Quand il y glissa un doigt, elle sursauta comme sous l'effet d'une décharge électrique. Il se retira, puis revint, et la décharge se fit plus intense, comme la promesse de quelque chose qu'elle appelait de tous ses vœux.

— Qu'est-ce que c'est ? demanda Jamal. Qu'est-ce que j'ai trouvé ?

— Je… Je ne sais pas.

Il continua d'explorer ce territoire vierge et, quand il toucha un endroit très précis, elle s'arc-bouta sur le lit dans un mouvement involontaire et projeta ses hanches contre lui.

— Oui, gémit-elle contre sa bouche.

Il poursuivit ses caresses à un rythme qui la faisait mourir de plaisir. Cramponnée à lui, elle lui caressa le dos, puis passa une main sur sa poitrine et glissa sur un mamelon semblable aux siens.

Quelque chose de dur pressa contre sa cuisse. Elle était heureuse qu'il la désire. Bientôt, elle ne fut même plus en état de penser, car les doigts de Jamal remuaient toujours entre ses jambes. Elle releva les genoux sans même s'en apercevoir. Ses mains retombèrent et se crispèrent sur le lit tandis qu'une tension étrange montait en elle. Il l'emmenait plus loin, toujours plus loin, jusqu'à un point où elle allait se briser, tant cette tension devenait intolérable.

C'est alors que survint l'explosion. Le souffle coupé, elle se laissa emporter dans un océan de sensations lumineuses auxquelles elle s'abandonna complètement. De violentes convulsions la parcoururent tout entière, puis s'estompèrent progressivement.

Jamal la serra dans ses bras.

—Merci, chuchota-t-il dans ses cheveux.

Elle essaya de sourire, mais elle était sans force.

— C'est moi qui devrais te remercier, tu ne penses pas ?

— Le plaisir était pour moi.

— C'est vraiment censé être ainsi ? Tellement… tellement merveilleux ? demanda-t-elle.

Il la considéra avec une intensité qu'elle ne sut déchiffrer. Elle ne comprenait pas ce qu'il pouvait penser, ni pourquoi il la regardait comme s'il ne l'avait encore jamais vue.

Elle se mordit la lèvre.

— J'ai fait quelque chose de mal ? Il ne fallait pas… ?

— Chut, coupa-t-il. Tu as été parfaite. Je n'aurais pas pu rêver mieux. C'est ainsi que cela doit être. D'ailleurs, cela peut même être encore mieux.

Elle sourit.

— Tu mens.

— Non. Avec la pratique, nous allons apprendre ce qui nous plaît et nous déplaît à l'un et à l'autre, et trouver le rythme qui nous convient.

— Je n'arrive pas à imaginer ce que tu pourrais faire qui ne me plaise pas.

— Tant mieux. Je veux venir en toi, Heidi, dit-il après une pause. Je veux faire l'amour avec toi.

— Moi aussi.

Tout à coup, malgré sa pudeur, elle avait envie d'en apprendre plus sur ce grand mystère. Jamal se leva, ôta ses chaussures et fit le geste de défaire sa ceinture. Il s'arrêta pour s'informer :

— Tu as déjà vu un homme ?

Elle fit non de la tête. Il enleva son pantalon d'un geste vif et s'allongea sur le lit.

— Alors regarde. Tu peux me toucher si tu veux.

— Ah.

Le toucher ? Elle ? Elle se redressa sur un coude et le regarda. Il était bronzé, tout en muscles longs et bien dessinés, avec des épaules puissantes et un torse large qui s'affinait à la taille. Heidi suivit des yeux la ligne sombre qui partait de son nombril et se perdait au niveau du sexe dressé.

Il était plus gros qu'elle n'aurait cru, et plus sombre que le reste du corps. Sa forme n'était pas sans attrait.

Lentement, avec précaution, elle tendit la main vers lui, et le toucha timidement. La peau était douce et chaude, mais elle sentait une rigidité d'acier en dessous. Il gémit au contact de sa main. Elle expérimenta, le caressant d'abord doucement, puis plus vite. Il avait l'air d'aimer le…

— Assez, dit-il en lui prenant le poignet. Cette leçon-là sera pour une autre fois.

Quelle leçon ? Elle n'eut pas le temps de le demander. Jamal, agenouillé entre ses jambes, s'était remis à la toucher comme tout à l'heure. Haletante, elle sentait ses hanches vibrer au rythme de ses caresses. Puis il s'allongea sur elle

194

pour l'embrasser, et elle sentit quelque chose de dur contre elle. Il se guida de la main pour entrer en elle. Cela n'était pas douloureux, mais pas très agréable non plus.

— Ne te crispe pas, lui chuchota-t-il d'une voix rauque. Ce n'est pas plaisant, je le sais, mais cela va le devenir. Détends-toi. Quand je serai en toi, je m'arrêterai pour te laisser le temps de t'y habituer.

Elle voulait le repousser, mais elle fit ce qu'il lui demandait. Elle respira calmement et se concentra sur ses baisers tandis qu'il s'introduisait lentement en elle. Il s'arrêta plus tôt qu'elle n'aurait cru. Elle s'apprêtait à lui dire que ce n'était pas si terrible que cela, finalement, quand elle éprouva un brusque éclair de douleur. Elle poussa un cri. Jamal donna un dernier coup de hanche avant de s'immobiliser.

— C'est fini, dit-il en couvrant son visage de légers baisers. Le pire est passé.

Elle chassa les larmes qui lui montaient aux yeux en clignant des paupières.

— Ce n'est pas si terrible, murmura-t-elle.

Il se redressa sur les coudes avec un sourire contrit et la regarda dans les yeux.

— Comme je l'ai déjà dit, tu mens très mal, mais c'est une qualité chez une épouse. Tu n'as pas oublié ce que tu as ressenti tout à l'heure, quand je t'ai caressée ?

Elle fit lentement non de la tête ; elle avait quand même peur qu'il lui fasse mal de nouveau.

— Mes doigts sur toi, la pression qui montait… Tu étais fiévreuse et humide, tu te souviens ?

Elle commençait à ressentir la même chose et acquiesça.

— Ce sera pareil, promit-il. Sans doute pas cette fois-ci, mais bientôt. Ce sera aussi bon pour toi que pour moi.

Depuis qu'il lui avait rappelé ces sensations incroyables qu'elle venait d'éprouver, elle n'était plus gênée de le sentir en elle. Quand il commença à bouger doucement, elle trouva la sensation agréable. Elle avait envie qu'il aille plus vite. Ce n'était pas encore le paradis, mais elle le voyait se profiler au loin. Bientôt.

Il accéléra le mouvement et son visage se crispa.

— Je ne peux plus… me retenir, dit-il d'une voix entre-coupée.

Elle ne savait pas de quoi il parlait, mais elle le rassura :

— Tout va bien, ne te retiens pas.

Il enfouit la tête dans son cou, et son corps se contracta tandis qu'il s'enfonçait profondément en elle. Il cria son nom avant de s'immobiliser.

Elle le serra dans ses bras, attentive aux derniers frissons qui le parcouraient. Ils avaient fait l'amour. Elle n'était plus vierge, et Jamal était enfin son mari. Elle avait un peu mal, mais le sexe n'était pas ce qu'elle avait imaginé. Cela avait été bien meilleur.

Jamal se leva et passa dans la salle de bains. Il revint avec une serviette dont il se servit pour les essuyer délicatement tous les deux, puis il aida Heidi à se glisser sous les draps.

— Maintenant, tu es à moi, lui souffla-t-il en l'attirant contre lui dans le noir.

Elle sourit. Pour la première fois de sa vie, elle avait le sentiment d'avoir trouvé sa place.

- 12 -

Jamal avait les yeux grands ouverts dans l'obscurité. A côté de lui, Heidi dormait, mais lui n'avait pas pu trouver le sommeil. Il avait envie de croire à ce qui venait de se passer ; il avait désespérément besoin que ce soit vrai. Mais était-ce un accident qui ne se reproduirait plus, ou pouvait-il vraiment penser que Heidi était totalement différente de Yasmine ?

Elle avait réagi à ses caresses. Elle avait eu du plaisir. Il avait vu la passion et la surprise dans ses yeux, et il avait senti la contraction des muscles sous ses doigts.

Il avait beau se dire que ce n'était pas important, il ne pouvait s'empêcher d'être heureux et fier. Pendant toute la durée de son mariage avec elle, Yasmine n'avait jamais manifesté le moindre désir. Pour elle, le sexe était une corvée, rien de plus.

A l'époque, il s'était répété que ce n'était pas de sa faute, et que si sa femme n'aimait pas le sexe, il n'y était pour rien. Mais il n'avait jamais réussi à s'en convaincre. Il avait continué à penser qu'il s'y prenait mal, et que s'il arrivait à comprendre ce qu'elle voulait, il saurait la rendre heureuse. Et il avait eu raison. Ce qu'elle voulait, c'était qu'il la laisse tranquille. Dès qu'il l'avait fait, elle avait été satisfaite.

Mais Heidi n'était pas comme Yasmine. Elle avait éprouvé

du désir et du plaisir dès la première fois. Quand il se remémora la façon dont elle avait réagi à ses caresses, il eut de nouveau envie d'elle.

Il se dit qu'il était tard, qu'elle était endolorie, mais il ne put s'empêcher de l'attirer contre lui. Elle se réveilla à demi.

— Jamal ? Qu'y a-t-il ?

— Rien, murmura-t-il en l'embrassant dans le cou.

Elle rit doucement.

— Hum. Il y a quelque chose d'impressionnant qui appuie sur ma cuisse. Cela n'a pas l'air d'être rien.

Elle se tourna vers lui et passa une jambe par-dessus sa hanche.

Il frissonna.

— Tu ne sais pas l'effet que tu me fais.

— Dis-moi.

— Je te veux encore.

Malgré la pénombre de la chambre, il la vit sourire.

— Tu sais, je m'en doutais un peu. Ce qui est drôle, c'est que, moi aussi, je te veux.

Heidi se réveilla dans une chambre inondée de soleil. Elle devina sans regarder l'heure que la matinée était déjà bien avancée, et aussi qu'elle était seule.

Plus tôt, elle avait vaguement senti que Jamal se levait. Il l'avait embrassée et lui avait dit de se rendormir, qu'il la verrait plus tard.

Elle s'assit et s'étira, puis sourit en voyant la rose rouge qui était posée sur l'oreiller. Jamal était un amant merveilleux, pensa-t-elle en humant le parfum délicieux. Attentif, plein d'égards et très expérimenté. La deuxième fois avait été encore meilleure que la première. Il l'avait encore caressée, et quand il l'avait pénétrée, elle avait senti que le plaisir n'était pas loin.

Bientôt, lui avait-il promis. Elle connaîtrait très bientôt ce plaisir particulier.

« Je ne veux pas attendre », se dit-elle ne se glissant hors du lit. Elle voulait tout, tout de suite ! En une nuit, elle était devenue insatiable.

Cette pensée la ravit ; Jamal et elle s'étaient trouvés. Elle aimait être dans ses bras et le sentir près d'elle. Quand elle avait découvert les livres de Fatima, elle avait d'abord été choquée, mais maintenant, à l'idée de tout ce qu'elle pouvait faire avec Jamal, elle trépignait d'excitation. Peut-être devrait-elle lui montrer les illustrations et lui demander ce qu'il préférait ? Peut-être…

Arrivée dans sa chambre, elle s'arrêta brusquement. Un paquet reposait sur le lit. Celui que Mme Monique lui avait donné la veille. Ses voiles ! Des voiles qu'elle allait porter quand elle serait Honey…

La danse des sept voiles n'existait pas, comme Jamal le savait sans doute. Mais celle qu'on voyait au cinéma était une danse de séduction où l'on ôtait ses voiles un à un. Le message était clair. Son mari voulait être séduit… mais pas par elle.

— Mais c'est moi, Honey, murmura-t-elle. Alors c'est par moi qu'il veut être séduit.

Malgré tout, Jamal ne le savait pas. Il avait des vues sur une autre femme. Elle avait envie de le tuer.

Pour ne rien arranger, l'idée de danser pour lui l'excitait. Elle trouvait cela amusant et sexy, et elle désirait exercer, pour la première fois, son pouvoir féminin. Qu'y avait-il de mal à cela ?

Heidi pinça les lèvres. Trop de questions, pas assez de réponses, les choses étaient trop compliquées. Elle avait besoin de consulter une experte.

Une demi-heure plus tard, elle entrait dans le bureau de Dora et se laissait tomber dans un canapé de velours. Sa belle-sœur s'assit à côté d'elle.

— Tu as l'air radieuse et soucieuse. C'est un mélange intéressant.

— Radieuse, vraiment ?

Heidi était contente. Elle avait soupçonné que l'amour pouvait se lire sur son visage, mais elle n'en avait pas eu la certitude.

— Absolument. Et je m'en réjouis, mais je vois bien que quelque chose cloche. Qu'est-ce qui ne va pas ?

C'était une question simple, que Heidi elle-même s'était posée, mais à laquelle elle ne pouvait apporter de réponse.

— Je ne supporte pas que Jamal ait une maîtresse ! C'est moi, la maîtresse, mais cela ne change rien. Il voit une autre femme. Même si c'est moi, je n'aime pas qu'il ait envie d'elle.

Dora fronça les sourcils.

— Pardonne-moi de te le dire de cette façon, mais tu t'es mise dans un drôle de pétrin.

Heidi soupira.

— Je sais bien. Que dois-je faire pour régler le problème ?

Dora sourit.

— Je n'en ai aucune idée. Je n'ai pas les réponses. Mais j'ai une autre question pour toi : que veux-tu au fond, toi ?

— Fatima me l'a posée quand toute cette histoire a commencé.

— Tu ne le savais pas encore, à ce moment-là. Et maintenant ?

Que voulait-elle ? Heidi réfléchit à sa vie, à tous les changements survenus depuis son retour à El Bahar. Elle avait son travail qu'elle adorait, un appartement au palais, un mari qui… qui pouvait devenir le centre de son univers. Jamal était gentil et drôle et terriblement séduisant et…

— Je l'aime, dit-elle avec surprise.

Bien sûr. Comment ne l'avait-elle pas vu plus tôt ?

— Je l'aime et je veux passer ma vie avec lui. Je veux qu'il m'aime, lui aussi.

— Alors dis-lui la vérité. Il faut partir de là.

La vérité ? Heidi n'était pas certaine que ce soit une bonne idée. Jamal comprendrait-il pourquoi elle s'était fait passer pour une autre ? Allait-il se fâcher ? Ils n'étaient amants que depuis la veille, et elle ne souhaitait pas perturber si vite leur lune de miel. De plus, si elle lui avouait qu'elle lui avait menti, il se méfierait lorsqu'elle lui dirait qu'elle l'aimait.

— Tu hésites, observa Dora. Tu ne veux pas lui dire ?

— Je ne sais pas. Nous commençons tout juste à faire fonctionner notre mariage. Je ne suis pas sûre d'être prête. Cela risquerait de tout gâcher.

Et puis il y avait Yasmine, pensa Heidi sans le dire. Pas question d'en parler à sa belle-sœur. Si Jamal et elle poursuivaient leur vie intime et que les choses se passaient bien, elle aurait une chance de gagner une petite part de son cœur. Elle savait qu'il aimerait toujours sa première femme, et elle l'acceptait, pourvu qu'il l'aime un peu elle aussi.

Mais verrait-il les choses ainsi ? Ou bien penserait-il qu'elle avait usé d'artifices pour s'en faire aimer et lui faire oublier l'autre ?

— Quand dois-tu le revoir, sous l'identité de Honey ?

— Dans deux jours, répondit Heidi avec un sourire timide. Je suis censée faire la danse des sept voiles pour lui.

— Ah oui ? Cela me paraît intéressant.

— Bizarrement, je suis tout excitée à l'idée de danser pour lui. Cela complique encore les choses. Comment puis-je souhaiter qu'il cesse de voir Honey si j'aime jouer ce rôle ?

— Tu devrais peut-être danser pour lui et aviser ensuite, suggéra Dora. Si tu aimes toujours être à la fois l'épouse et la maîtresse, tu peux encore garder le secret un moment. Et si tu ne supportes plus de jouer la comédie, tu lui diras tout.

— Tu as raison. Puisque je ne sais pas quoi décider, le mieux est d'attendre un peu.

Elle bavarda encore quelques instants avec Dora, avant de prendre congé pour se rendre dans son bureau. Tout avait changé depuis qu'elle avait compris qu'elle était amoureuse de son mari. Cela rendait plus précieuse la nuit qu'ils venaient de vivre ensemble, mais cela compliquait aussi les choses. Serait-il furieux quand il découvrirait que « Honey » lui avait joué un tour ? Et si…

« Arrête, tu deviens folle », se dit-elle en ouvrant la porte de son bureau.

Elle en avait d'ailleurs la preuve sous les yeux : là où la veille elle avait laissé ses meubles, ses dossiers et ses bibliothèques, il n'y avait plus qu'une pièce vide.

— Princesse Heidi, dit l'une des secrétaires en s'avançant vers elle, je suis désolée de ne pas vous avoir vue arriver. Je vous guettais, mais j'ai dû répondre à un appel téléphonique. Je vous prie de m'excuser.

Heidi sourit.

— Bien sûr, ce n'est rien. Mais pouvez-vous me dire où est passé mon bureau ?

La secrétaire se mit à rire.

— Il est juste un peu plus loin. Veuillez me suivre, je vous en prie.

Heidi la suivit en secouant la tête. Pourquoi avait-on déménagé ses affaires ? Cela n'avait pas de sens.

— Est-ce que le roi est venu ? Je prends trop de place, ils ont eu besoin de la pièce… ?

Elle se tut en arrivant devant une porte à deux battants, qui s'ouvrirent sur une grande pièce lumineuse. En entrant, Heidi reconnut les meubles anciens qu'elle avait choisis elle-même dans la réserve. Ses dossiers étaient à leur place, ainsi que ses livres. La seule différence était la grande baie vitrée qui occupait tout un pan de mur.

Son ancien bureau donnait sur les jardins ; à présent, elle avait une vue dégagée jusqu'à l'horizon. La mer scintillait derrière la cime des arbres, dominée par un ciel immense, d'un bleu plus profond encore.

— Je ne comprends pas, murmura Heidi. Pourquoi a-t-on déplacé mon bureau ici ?

Avec un sourire, la secrétaire indiqua d'un geste les fleurs qui trônaient au centre du bureau. Une petite carte était fixée entre deux orchidées blanches.

Pour ma princesse, qui rêvait d'une vue sur la mer.

Le mot était signé d'un *J.*

— Jamal, chuchota-t-elle.

— Oui, Votre Altesse. C'est si romantique ! Il est arrivé tôt ce matin avec une équipe de déménageurs et il a fait transporter vos affaires. Nous avons pris grand soin de remettre chaque chose en place exactement comme avant, pour que tout soit comme vous l'aviez laissé.

— Merci mille fois.

La jeune femme fit un signe de tête et sortit. Heidi se mit à arpenter son nouveau domaine, effleurant le bureau, le dos de son fauteuil, avant de se diriger vers la fenêtre. Elle se rappelait son misérable mensonge, quand elle avait prétendu travailler dans sa chambre pour profiter de la vue sur la mer. Jamal l'avait écoutée et lui avait fait cette charmante surprise.

Elle serra le petit mot sur son cœur et se mit à rire. Ce geste merveilleux devait montrer qu'il tenait à elle. Ce n'était sans doute pas encore de l'amour, mais c'était un début. Avec de la chance, et du temps, elle arriverait peut-être à se faire aimer de son beau mari.

Mais pas s'il découvrait qu'elle lui mentait. Elle devrait prendre garde et veiller à ce qu'il n'apprenne jamais que c'était elle, la mystérieuse Honey Martin qui voulait le séduire avec sa version personnelle de la danse des sept voiles.

Heidi s'avançait lentement vers le milieu de la pièce. Le lecteur de CD vibrait au son des percussions et des clochettes, et elle se déhanchait en cadence, de plus en plus vite.

Assis sur le canapé, Jamal se promit de ne pas sourire, quoi qu'il arrive. Ignorant qu'il était plus que jamais sous le charme, elle penserait qu'il se moquait d'elle.

Son épouse avait beaucoup de qualités formidables, mais elle n'était pas une grande danseuse, songea-t-il en la regardant. Elle manquait d'aisance et d'entraînement ; il voyait bien qu'elle était contrainte de marquer des pauses pour se remémorer les figures qu'elle avait apprises, puis d'improviser pour rattraper la musique. Mais tout cela n'avait aucune importance : elle était superbe et mystérieuse, et il était heureux de l'avoir dans sa vie.

Le soleil qui entrait par les baies vitrées de la suite illuminait sa peau claire. Elle avait les cheveux libres et ne s'était pas fait de boucles, aujourd'hui. Les voiles qui la recouvraient étaient si fins qu'on devinait dessous son soutien-gorge et sa culotte de soie. Elle dansait pour lui, pieds nus, et c'était la vision la plus érotique qu'il ait jamais vue.

Il la désirait avec une intensité qu'il n'avait encore jamais connue ; il avait envie de la prendre tout de suite, sur le canapé, mais se forçait à rester immobile et à se contrôler. Il voulait la laisser croire qu'elle l'avait séduit comme une courtisane, et non parce qu'elle était sa femme. C'était son jeu à elle et il tenait à la laisser jouer jusqu'au bout.

« Quelle erreur ! » songea tristement Heidi en tourbillonnant jusqu'au vertige, les mains levées au-dessus de sa tête. Jamais de sa vie, elle ne s'était sentie aussi ridicule. Elle détestait cette danse idiote. Que lui était-il passé par la tête ? Il ne lui restait plus qu'à prier le ciel pour que le ridicule qu'elle éprouvait ne se voie pas.

Elle cligna des yeux plusieurs fois et s'aperçut, effarée, qu'elle était au bord des larmes. Pourquoi ? Elle était censée s'amuser, non ? C'était bien elle qui avait décidé de danser, n'est-ce pas ? Elle avait aimé apprendre les mouvements, les modifier à son idée, répéter la chorégraphie. Mais à présent, devant Jamal, ce n'était plus du tout pareil.

Le cœur serré, elle retira le premier voile. Elle avait de la peine à respirer. Car elle avait remarqué le désir qu'exprimait le visage de Jamal. Bien qu'ils aient des relations intimes depuis quelques jours seulement, elle connaissait cette expression. Il avait envie d'elle. Mais c'était une autre femme qu'il désirait. Comment pouvait-il, après lui avoir fait l'amour cette nuit, être attiré par quelqu'un d'autre ?

Electrisée par son regard, elle eut envie de courir vers lui, mais se rappela que ce n'était pas elle, Heidi, qui lui faisait envie. Cette situation était trop confuse, pensa-t-elle en regrettant amèrement d'en avoir pris l'initiative. Elle voulait s'arrêter et lui avouer la vérité, mais elle avait peur. Il ne fallait pas qu'il se méprenne sur les raisons qui l'avaient poussée à jouer cette comédie.

Comment pouvait-il lui faire une chose pareille ? Comment osait-il voir une autre femme ? Et si, au lieu de tomber amoureux d'elle, il tombait amoureux de Honey ? S'il éprouvait plus de désir pour Honey…

Elle pivota vers lui pour lui parler. Elle allait tout lui dire, tant pis pour les conséquences ! Mais en tournant, elle heurta le pied de la table et, après de vains efforts pour retrouver son équilibre, elle s'écroula au sol. Des coussins amortirent sa chute, mais elle se tordit la cheville et atterrit lourdement sur le sol de marbre. Jamal se précipita auprès d'elle.

— Ça va ? Où as-tu mal, veux-tu que j'appelle un médecin ? demanda-t-il d'une voix soucieuse.

Il avait l'air inquiet, pensa-t-elle en regardant ce visage qu'elle avait caressé le matin même. Il l'avait tenue dans ses bras, lui avait fait l'amour et lui avait murmuré qu'il la trouvait belle et la désirait. Comment pouvait-il être avec une autre, maintenant ?

— Je… Je vais très bien.

— Non, je vois bien que tu souffres. Où as-tu mal ?

Partout, pensa-t-elle. Au cœur, surtout. Mais elle ne pouvait pas le dire, alors elle montra sa cheville.

— J'ai dû me la tordre un peu. Ce n'est rien, il n'y a pas d'entorse. Il faut juste que je reprenne mon souffle.

Sans répondre, il passa un bras sous sa nuque et un autre sous ses genoux, la souleva et la posa sur la table de verre.

— Examinons cette cheville, dit-il en tâtant d'une main sûre la zone douloureuse. Pas d'enflure pour l'instant, c'est bon signe. Peux-tu remuer les orteils ?

Elle fit ce qu'il lui demandait, et il sourit.

— Ce sont de très jolis orteils.

— Merci, chuchota-t-elle en réprimant une soudaine envie de pleurer.

A sa grande honte, elle sentit une larme couler sur sa joue.

— Honey, que se passe-t-il ? demanda Jamal en l'attirant contre lui. T'es-tu fait mal ailleurs ?

— Non, dit-elle en reniflant, heureuse de se trouver dans ses bras.

Il la tenait contre lui comme si elle était précieuse, comme si elle comptait pour lui.

Ses émotions étaient confuses. Elle ne supportait pas qu'il soit avec Honey, mais elle était heureuse qu'il l'ait prise dans ses bras. Elle avait besoin d'être près de lui, elle voulait faire l'amour avec lui, mais pas ici et pas de cette façon.

Pourtant, quand il se pencha pour effleurer ses lèvres, elle fut incapable de lui résister. Elle s'ouvrit à lui et accepta son baiser, tandis que les larmes roulaient sur ses joues.

C'était le paradis et l'enfer à la fois, pensa-t-elle comme leurs langues se mêlaient. Elle sentait ses mains explorer son corps et ne pouvait se résoudre à lui demander d'arrêter. Le feu du plaisir la privait de volonté. Jamal. Il était son mari, l'homme qu'elle aimait. Il était tout aussi impossible de lui résister que de cesser de respirer.

Jamal l'embrassait de plus en plus passionnément. Emportée par la même fièvre, elle s'accrocha à lui. Les voiles légers qu'elle portait devenaient insupportables ; elle voulait être nue contre lui, sur cette table.

Il lui mordilla la bouche et glissa dans son cou. Elle se cambra en arrière pour s'offrir, puis l'attira contre elle pour l'embrasser et le mordiller à son tour, tout en lui griffant le dos. Il l'attira plus près encore, et elle sentit la puissance de son désir. Elle vibrait déjà alors qu'il ne l'avait pas encore touchée.

— Croise les jambes autour de moi, lui dit-il d'une voix enrouée.

Elle obéit. Il se colla contre elle tout en lui enlevant ses voiles et son soutien-gorge.

Il n'y avait plus la douceur de la première fois qu'ils avaient fait l'amour, songea-t-elle distraitement. Il pensait peut-être que Honey, étant expérimentée, n'en avait pas besoin. Il avait raison, elle était déjà prête pour le recevoir. Haletante, elle le voulait désespérément, et s'il ne la touchait pas tout de suite, elle en mourrait.

Jamal s'écarta un instant pour lui retirer sa culotte. Il se débarrassa rapidement de sa chemise et l'étala sur la table derrière eux, avant d'allonger Heidi sur le tissu encore chaud. Il savait exactement comment la caresser. Il posa les mains sur sa poitrine et titilla le bout de ses seins jusqu'à ce que des frissons de plaisir la parcourent en tous sens.

— Tu es sûre ? demanda-t-il d'une voix haletante.

— Hein ?

— Tu es sûre que c'est ce que tu veux ? Tu veux faire l'amour avec moi ?

Que cherchait-il à vérifier au juste ? Elle plongea dans ses yeux noirs.

— Je ne comprends pas.

— Je veux que tu sois sûre que tu as envie de faire l'amour.

Elle posa les mains sur celles de Jamal et sourit.

— Tu ne crois pas que c'est un peu tard pour me le demander ?

— Pas du tout, j'arrêterai si tu veux.

— Ne t'arrête pas. Ne t'arrête jamais, répondit-elle en passant les bras sur ses épaules et en l'attirant contre elle.

Il s'empara de sa bouche et reprit ses caresses, avant de dessiner des colliers de baisers sur son cou, puis sa poitrine et son ventre. Elle était perdue, mais cela n'avait plus d'importance. Tout ce qui comptait, c'était d'être avec lui. S'il fallait qu'elle devienne une autre pour tenir son mari dans ses bras, elle deviendrait une autre.

Tandis qu'elle frissonnait et se tordait de plaisir, il descendit encore et, avant qu'elle ait compris ce qui lui arrivait, il lui avait écarté les jambes, posé les cuisses sur ses épaules et s'était mis à genoux pour caresser avec sa langue l'endroit le plus secret de son corps.

Elle ne s'y attendait pas du tout. Les livres que Fatima lui avait fait lire mentionnaient ce genre de choses, mais elle avait trouvé cela choquant, impensable. Pourtant, maintenant que son mari embrassait cette partie intime d'elle-même, elle découvrait un plaisir insoupçonné.

Elle se leva à demi sur les coudes pour protester, puis se ravisa. Elle avait les jambes écartées, le corps exposé, mais elle n'arrivait pas à s'en formaliser. Jamal l'explorait avec douceur, découvrant ce qui la faisait gémir. Elle sentit la tension monter et reconnut les symptômes : elle approchait de l'extase.

C'était une sensation magique, que Jamal était le seul à savoir lui donner. Il ne l'avait pas expérimentée avec sa femme, seulement avec sa maîtresse. Que devait-elle en conclure ?

Avant de pouvoir répondre, elle sentit monter le plaisir et serra Jamal plus fort dans l'étau de ses jambes, s'accrochant à lui, exigeant plus. Il réagit par des mouvements plus rapides qui lui arrachèrent un cri. Enfin apaisée, elle fut prise d'un immense frisson. Il continua plus doucement, accompagnant son plaisir jusqu'au dernier instant, et la laissa haletante, mais comblée.

Il se redressa. Heidi s'obligea à ouvrir les yeux pour le regarder. Ses yeux brillaient d'une lueur passionnée, presque féroce.

— Je te veux, grogna-t-il en tirant sur sa ceinture, je te veux maintenant. Je devrais attendre, mais je ne peux pas.

Il se débattit un moment avec sa braguette, et elle nota avec stupeur que ses mains tremblaient.

— N'attends pas, lui dit-elle en s'approchant du bord de la table. Je te veux, moi aussi.

Le voir aussi troublé le lui rendait encore plus désirable.

Jamal baissa son pantalon et son caleçon, sans même les retirer. Pas de pliage soigneux, pas de tendresse, cette fois ; il se contenta de l'attirer à lui et de s'enfoncer brusquement en elle.

Heidi cria. Le plaisir était si intense et si nouveau qu'elle perdit toute maîtrise d'elle-même. Elle se cambra et saisit ses fesses pour le presser contre elle. Ils ne faisaient qu'un et plus rien d'autre n'avait d'importance. Elle noua les jambes autour de sa taille et le poussa à s'enfoncer encore. Il murmura d'une voix haletante :

— Je te veux.

— Oui ! cria-t-elle.

Le mouvement de va-et-vient, de plus en plus rapide, lui fit perdre la tête. Elle avait vaguement conscience qu'elle s'accrochait à lui de toutes ses forces et se cabrait frénétiquement dans ses bras. Il répondait à tous ses appels. Enfin, une dernière poussée les laissa tous les deux pantelants et ils s'écroulèrent ensemble sur la table.

Quelle perfection, pensa-t-elle, éblouie. Jamais elle ne dirait la vérité à Jamal. Elle n'osait pas risquer de détruire ce lien magique, et si fragile. Pour le moment, elle trouverait le moyen de rester à la fois sa femme et sa maîtresse.

- 13 -

Le soleil ne se lèverait pas avant une demi-heure, mais la chaleur était déjà étouffante dans le désert. Heidi, à cheval, sentait la sueur lui couler dans le dos, sa bouche était sèche. Depuis que Jamal et elle avaient commencé à monter ensemble, trois semaines plus tôt, c'était le meilleur moment de sa journée. Née et élevée dans le désert, sa monture avait beaucoup moins de problèmes qu'elle avec la chaleur.

— Tu as soif ? demanda Jamal.

Elle lui sourit et éperonna son cheval.

— Pas le moins du monde.

Ils firent la course jusqu'à l'oasis, qui était leur halte préférée au cours de leurs randonnées. Souvent, ils rencontraient Dora et Khalil au bord de l'eau, mais cette fois, la bande de verdure semblait déserte.

Ils mirent pied à terre et attachèrent leurs chevaux. Jamal prit la gourde qu'il gardait derrière sa selle et la tendit à Heidi, qui but avec avidité avant de la lui rendre.

— Je suggère que nous allions à Londres fin septembre, il y fera moins chaud qu'en plein été, proposa Jamal, reprenant une conversation commencée au palais.

Heidi se mit à rire.

— Jamal, nous sommes en plein désert. Comment peux-tu t'inquiéter de la chaleur à Londres ?

Il haussa les épaules.

— Il y a aussi les touristes. Ils rentrent chez eux après le mois d'août.

— Tu as peur qu'on te reconnaisse ?

— C'est déjà arrivé.

— Je m'en doute.

Elle regarda l'homme qu'elle avait épousé, admirant la façon dont sa chemise flottante mettait en valeur son torse large. Ses cheveux noirs brillaient et elle distinguait tout juste les traits de son beau visage. Quelle que soit leur nationalité, les touristes l'auraient trouvé intrigant, à n'en pas douter. Naturellement, il détestait ce genre d'attention.

— Va pour septembre, dit-elle en s'asseyant dans l'herbe encore fraîche, qu'elle caressa de la main.

Dans moins d'une heure, l'herbe et toute la vallée seraient en train de griller au soleil. Il ne leur restait qu'une vingtaine de minutes avant de devoir faire demi-tour.

— J'aimerais t'emmener au théâtre, ajouta Jamal. Il y a plusieurs nouvelles pièces, dont une comédie musicale, qui devraient te plaire.

Heidi observa la posture nonchalante de Jamal et sa manière de bouger les mains quand il parlait. C'était son mari. Ils faisaient l'amour toutes les nuits, et il était toujours aussi attentif, aussi patient ; il veillait à ne pas l'effaroucher. C'était un homme doux. Gentil, attentionné, presque un mari de rêve. Il s'inquiétait de sa santé, s'intéressait à ce qu'elle faisait de ses journées, à ses espoirs et à ses projets. Ils parlaient d'eux, de leur travail. Désormais, Heidi le connaissait bien. Mais Jamal était aussi quelqu'un de tout autre.

Ces trois dernières semaines, il avait continué à voir

sa maîtresse. Heidi menait une double vie et ne savait pas comment faire pour que cela cesse. Maintes fois, elle avait voulu lui dire la vérité, avouer tout ce qu'elle avait fait et en assumer les conséquences, mais elle en était incapable. Quand Jamal la regardait avec tendresse, la prenait dans ses bras et lui murmurait à quel point il la désirait, elle était sans forces. Elle l'aimait et elle était prête à tout pour le garder, même à une vie de mensonge.

Mais si elle aimait son mari, elle détestait sa double vie. Elle était terrifiée à l'idée qu'il découvre la vérité. Elle craignait qu'il ne lui préfère Honey, même si elles ne faisaient qu'une. Cette confusion lui donnait le vertige. Ce qui avait commencé comme un jeu destiné à attirer l'attention de son mari était devenu un piège qu'elle ne maîtrisait plus.

Le fantôme de Yasmine était omniprésent dans ses pensées. Et si Jamal n'oubliait jamais son passé ? Et si elle avait enduré tous ces tourments pour rien ? Elle rêvait qu'il rompe avec Honey et tombe amoureux d'elle, qu'il lui dise qu'il l'aimerait toujours et voulait passer toute sa vie avec elle. Elle savait qu'elle était comme un enfant qui désire la lune, mais elle ne pouvait pas s'en empêcher.

— Tu as l'air bien sérieuse, dit-il en lui touchant la joue. A quoi penses-tu ?

Elle ne pouvait lui dire la vérité, bien sûr.

— A rien, je suis un peu fatiguée. J'imagine que je ne suis pas encore tout à fait habituée à la chaleur.

Il lui prit la main.

— Est-ce que les Etats-Unis te manquent ?

Cette question la surprit.

— Pas du tout. Ma vie est ici, c'est là que j'ai toujours voulu être.

— Maintenant, tu y es chez toi, répondit-il en lui souriant.

Je suis content que tu sois là, Heidi. Au début, j'avais peur pour notre mariage ; je craignais que nous ne le regrettions longtemps. Mais à présent, je sais que nous allons être heureux tous les deux.

Elle ouvrit de grands yeux. Son cœur battait si fort dans sa poitrine qu'elle craignait qu'il l'entende. Allait-il lui dire qu'il l'aimait ?

Il se leva et l'attira à lui, puis il posa les mains sur ses épaules et la regarda dans les yeux.

— Je voudrais te dire quelque chose, mais il faut que tu me laisses aller jusqu'au bout sans m'interrompre. D'accord ?

Elle acquiesça, encore sous le choc de ce qu'elle venait d'entendre.

— Je veux des enfants avec toi. J'ai l'impression que tu n'es pas encore prête, mais quand tu le seras, sache que j'y serai tout disposé. Je pense que tu feras une mère formidable. Nous devons produire des héritiers pour le bien d'El Bahar, mais ce n'est pas la seule raison. J'ai envie d'une famille.

Le cœur gonflé d'amour et d'espoir, prête à lui avouer ses sentiments, elle ne sut pourtant quoi répondre. Il y avait un mensonge entre eux. Non seulement elle se faisait passer pour une autre, mais lui, de son côté, il la trompait.

— C'est un choc pour toi ?

— Absolument, mais je crois que je vais survivre.

Elle se força à lui sourire comme si de rien n'était. C'était le mieux qu'elle avait à offrir.

— Le soleil va se lever, dit-il avec un coup d'œil vers l'horizon. Il faut rentrer.

Elle se dirigea vers son cheval, encore ébranlée par sa déclaration. Avant qu'elle mette le pied à l'étrier, Jamal se glissa derrière elle et la serra dans ses bras, pour l'embrasser dans la nuque.

— Promets-moi de penser à ce que je t'ai dit, murmura-t-il.

Ce serait facile. Elle ne penserait plus qu'à cela.

— Bien sûr, répondit-elle.

Heidi faisait les cent pas sur son tapis blanc, sans se soucier de sa vue magnifique sur la mer. Elle ne se rendait même plus compte qu'elle portait une minirobe et des talons hauts. Elle ne pensait qu'à ce qui s'était passé le matin même.

Jamal voulait des enfants. Des enfants !

Toute sa vie, elle avait rêvé d'une famille. Elle désirait fonder un foyer, se créer des racines. Elle aimait les enfants, mais entre imaginer en avoir et le faire vraiment, il y avait une différence. Etait-elle prête ? Et, plus important, étaient-ils prêts en tant que couple ? Jamal et elle avaient des problèmes à résoudre. Notamment sa liaison avec Honey.

On frappa à la porte. Elle ouvrit, et son cœur se mit à battre plus vite quand son mari entra dans la pièce. Malgré sa duplicité, sa seule présence la faisait toujours vibrer. Lorsqu'il se pencha pour l'embrasser, elle se sentit fondre.

— Bonjour, dit-il en effleurant sa bouche du bout des lèvres. Tu es superbe.

— Merci.

Elle remarqua qu'il se tenait bizarrement, en se détournant un peu. Etait-il blessé ? Avant qu'elle puisse lui poser la question, il laissa voir le petit paquet-cadeau qu'il tenait à la main, et le lui tendit.

— C'est pour toi.

— Qu'est-ce que c'est ?

Le paquet était plus lourd qu'il ne le paraissait et la signature dorée était celle d'un bijoutier renommé.

Heidi en sortit un écrin de velours noir et leva les yeux vers Jamal, qui souriait.

— Ouvre-le. Je pense que tu aimeras ce que j'ai choisi.

Il lui avait acheté un cadeau. Non, il avait acheté un cadeau pour sa maîtresse. Il n'avait encore jamais offert de bijou à sa femme. Rien de personnel, en tout cas. Pour un dîner officiel, Fatima lui avait donné plusieurs belles pièces du coffre de la famille, mais ceci était différent. Il l'avait choisi lui-même.

Tout en se demandant ce que contenait l'écrin, elle sentit des larmes lui brûler les yeux. Elle ne voulait pas qu'il fasse des cadeaux à Honey. Il devrait être en train de rompre avec elle. Après tout, il venait de dire à sa femme qu'il voulait des enfants.

Elle se força à ouvrir l'écrin, en sachant que cela lui ferait mal. En soulevant le couvercle, elle découvrit un sublime collier de perles, dont l'éclat ivoire l'éblouit.

— Elles te plaisent ? J'ai pensé à toi quand je les ai vues. Je t'ai imaginée avec ce rang de perles, et rien d'autre.

Il prit le collier dans l'écrin.

— Soulève tes cheveux.

Elle fit ce qu'il lui demandait et il attacha le collier à son cou.

— Viens voir, dit-il en l'entraînant vers le miroir. Elles sont ravissantes, comme toi.

Elle ne voulait pas se regarder dans le miroir, ne voulait pas voir ce cadeau autour de son cou. C'était à sa maîtresse qu'il avait offert ce bijou, et non à sa femme. Comment pouvait-il faire une chose pareille, après ce qui s'était passé le matin

même ? Avait-il menti en lui disant qu'il voulait des enfants ?
Ou avait-il l'intention de la mettre enceinte et de continuer à
voir ses maîtresses en même temps ?

— Honey ? Qu'est-ce qui ne va pas ? Tu n'aimes pas les
perles ?

Elle était sûre qu'elles étaient parfaites. Il avait évidemment acheté les plus belles. Mais la douleur qui lui cisaillait
le cœur ne la laisserait jamais en paix.

Lentement, elle leva les yeux pour rencontrer son reflet.
Les perles luisaient contre sa peau, dans le décolleté de sa
robe verte sans manches. Elles étaient vraiment magnifiques,
comme elle l'avait craint.

— Tu vois, elles sont belles, tout comme toi.

Il passa derrière elle, la prit dans ses bras et l'embrassa
dans la nuque.

*Exactement comme il l'avait fait ce matin. Il les traitait
de la même façon toutes les deux.*

Quelque chose se brisa en elle. Plus tard, elle serait incapable de revivre ce moment, car elle cessa de penser et réagit
avec une rage primitive.

Elle se tourna brusquement et le repoussa de toutes ses
forces, si brutalement qu'il dut reculer de plusieurs pas pour
ne pas perdre l'équilibre.

— Qu'est-ce qui te prend ?

Son cœur débordait de colère. De colère et de chagrin, car
elle avait le sentiment d'avoir été trahie par l'homme qu'elle
ne demandait qu'à aimer.

— Comment oses-tu ? cria-t-elle, suffocante.

A la fois brûlante et glacée, elle avait du mal à respirer.

— Tu es un homme ignoble, je te méprise ! Comment
oses-tu me jurer fidélité et me tromper en même temps ?

Crois-tu que j'ignorais ce que tu faisais ? Est-ce que tu me prends pour une idiote ?

Jamal avait l'air sincèrement stupéfait, ce qui ne fit que la mettre encore plus en rage.

— Je ne suis pas ta traînée de maîtresse, annonça-t-elle, je suis ta femme !

Elle se tut, attendant sa réaction. Il allait être consterné, mortifié d'avoir été pris sur le fait. Une petite voix lui souffla qu'il risquait même d'être furieux ; mais elle avait cessé de s'en soucier. Il avait à répondre de trop de choses.

Pourtant, à sa grande stupéfaction, il n'eut pas l'air ému ; loin d'être horrifié, choqué, ou même surpris, il afficha un grand sourire.

— Heidi, laisse-moi t'expliquer.

— Que peux-tu m'expliquer ?

— Je t'ai reconnue depuis le début, dit-il avec douceur. Tu as beaucoup de qualités merveilleuses, mais tu n'es pas une grande actrice ; je ne pense pas avoir été dupe plus de dix minutes, conclut-il avec un sourire et un léger haussement d'épaules.

Il s'approcha pour lui caresser la joue.

— Au début, je ne comprenais pas pourquoi tu te faisais passer pour une autre. Je croyais que tu essayais de me tendre un piège, ou que tu voulais te prouver quelque chose à toi-même. Quand j'ai compris que tu voulais simplement attirer mon attention, j'ai trouvé cela charmant. J'étais très intrigué par cette autre facette de ma femme. J'ai aimé te connaître sous ce jour. Peu de maris ont cette chance unique.

Elle l'écouta sans mot dire, incapable de l'arrêter. Elle ne pouvait rien faire d'autre que rester là, silencieuse, abasourdie. Tétanisée, elle entendait ses paroles résonner comme en écho dans sa tête : *Je t'ai reconnue depuis le début.*

Non. C'était impossible. Il ne pouvait pas l'avoir reconnue. Jamal parlait toujours, mais elle n'écoutait plus. Elle s'était retirée au plus profond d'elle-même, ruminant son humiliation pour essayer d'y trouver un sens.

Il savait ? Lors de leur premier rendez-vous, quand il l'avait embrassée ? Et quand il avait surgi dans sa chambre, où elle attendait ses coups de téléphone, et lui avait demandé pourquoi elle s'était installée là pour travailler ? Et quand il avait mentionné la danse des sept voiles, avant de l'accompagner au souk ?

Tous ses projets, ses espoirs, sa souffrance, tout cela avait été en vain ? Elle s'était comportée comme une idiote, pire, comme une enfant qu'un parent indulgent considère avec amusement.

— Heidi ?

Elle cligna des yeux et le regarda. Son visage avait toujours cette expression aimante et chaleureuse. Mais elle aurait voulu lui arracher les yeux.

— Tout va bien, reprit-il. Je suis content que tu m'aies dit la vérité.

— Vraiment ? Je pensais que tu préférerais m'avoir à ton service à la fois comme épouse et comme maîtresse.

— Ne sois pas fâchée. Je t'ai trouvée charmante. Et au moins, tu as appris à marcher avec des talons hauts.

Heidi s'empourpra. Elle avait besoin qu'il s'en aille, mais elle voulait aussi lui faire du mal, lui faire partager un peu de sa douleur. Pourtant, elle était toujours incapable de réagir, le choc l'avait figée sur place.

Il fit un pas vers elle, comme pour la prendre dans ses bras. A l'idée qu'il la touche, elle recula d'un bond.

— Non !

Elle détacha les perles et les lui lança au visage.

— Ne me touche pas ! Je ne veux plus rien avoir à faire avec toi. Tu te moques de moi depuis le début !

Elle sentait venir les larmes, mais elle les refoula. Elle ne lui donnerait pas la satisfaction de la voir pleurer.

— Mais non, pas du tout, protesta-t-il en ramassant le collier, qu'il glissa dans sa poche. Heidi, écoute-moi. Je suis navré si je me suis mal fait comprendre. Je ne voulais pas te blesser. Je pensais faire ce qu'il fallait en te laissant agir ainsi.

Elle eut un petit rire.

— Oh, tu m'as *laissée* faire ? C'est bien bon de ta part, mais je n'ai pas besoin de ta complaisance. Je t'interdis de me traiter comme une enfant. Inutile de déformer ce qui s'est passé : j'ai été ridicule et tu t'es moqué de moi !

Il se rembrunit.

— Je ne me suis jamais moqué de toi. Si c'est ce que tu penses, tu ne me connais vraiment pas.

— Tu as raison, je ne te connais pas, et je ne veux pas te connaître.

Elle avait encore beaucoup de choses à dire, mais elle se sentit brusquement prise de nausées. Les grandes émotions lui faisaient facilement cet effet-là ; en général, cela passait assez vite, mais pas cette fois-ci. Elle ne put que marmonner :

— Va-t'en !

Et elle fila vers la salle de bains, où elle s'enferma, malade de rage et de honte.

Quand elle revint dans le salon, quelques minutes après, Jamal était parti. Elle s'effondra sur le canapé blanc, bouleversée, blessée, confuse. *Il l'avait reconnue depuis le début.* Grands dieux, il savait tout et il l'avait regardée jour après jour se livrer à ses pitoyables efforts de séduction !

Elle enfouit son visage entre ses mains. Le sentiment

d'humiliation était si fort qu'elle eut de nouveau envie de vomir.

Dire qu'elle s'était tellement torturée à l'idée de lui avouer la vérité ! Elle avait tant souffert en pensant qu'il lui était infidèle, alors qu'il savait tout depuis le début. Elle avait redouté qu'il se fâche en découvrant la vérité. Elle était tombée amoureuse de lui et, pendant tout ce temps, il se moquait d'elle.

Ce qui faisait le plus mal, admit-elle, c'était que pour la première fois de sa vie, elle avait pris un risque. Jusqu'au jour où elle avait décidé de conquérir Jamal, elle n'avait jamais fait que des choix sans danger.

Elle avait obéi au roi et à Fatima en tout ce qui concernait sa formation, allant jusqu'à accepter cette institution pour jeunes filles qui ne l'intéressait pas. Tout, plutôt que de les contrarier. Elle était venue vivre à El Bahar parce que le palais lui était familier, qu'elle y était heureuse et s'y sentait en sécurité. Même en épousant Jamal, elle avait choisi la voie facile, de peur d'imposer ses choix.

Pour une fois, elle s'était exposée. Elle n'avait pas saisi l'importance de l'enjeu, en cherchant à se faire aimer de Jamal, mais en fait, tout dépendait de son succès, et elle avait échoué.

Elle s'adossa au canapé et ferma les yeux, laissant les images des dernières semaines défiler dans son souvenir. Elle avait dansé pour lui, porté des vêtements ridicules, redouté le moindre faux pas. Elle s'était teint et reteint les cheveux, elle avait supporté l'inconfort des lentilles de contact. Elle s'était montrée désespérée et pitoyable.

Elle imaginait sans mal comment Jamal la voyait, comparée à l'éternelle perfection de Yasmine. Son cœur se serra à l'idée qu'elle s'était condamnée à cinquante ans de mariage avec un homme qui la considérerait toujours comme un pis-aller. Le temps passerait lentement, tristement. Elle se sentirait stupide pendant que Jamal rirait d'elle et de ses rêves idiots. Et Yasmine serait toujours entre eux.

- 14 -

Heidi entra dans son appartement au palais et ferma la porte derrière elle avec soulagement. Elle ne voulait qu'une chose, se réfugier dans sa chambre, s'y enfermer et ne jamais plus parler à personne. Elle était à peine capable de respirer, de réfléchir. Son cœur avait volé en éclats.

Malheureusement, elle n'avait pas épuisé tout son chagrin ; des larmes coulèrent sur ses joues tandis qu'elle se remémorait ses rêves, ses espoirs. Elle avait été si bête, si naïve. Dire qu'elle avait vraiment cru avoir une chance de plaire à son mari, alors qu'il se moquait d'elle !

— Jamal m'a raconté ce qui s'est passé.

Heidi sursauta et se retourna. Fatima l'attendait, assise dans un canapé du salon.

— Il est rentré bouleversé, continua la reine.

Heidi essuya ses larmes et se dirigea vers sa chambre. Non pas celle qu'elle partageait avec Jamal, mais celle qu'elle avait occupée aux premiers temps de leur mariage.

— Je ne veux pas en parler, répondit-elle calmement. J'aimerais que vous me laissiez seule, s'il vous plaît.

— Je crains que ce ne soit pas possible, dit Fatima en se levant. Vois-tu, je suis en partie responsable : je savais que Jamal t'avait reconnue tout de suite. Il a deviné que j'y étais pour quelque chose, et il est venu m'en parler. C'est moi qui lui ai conseillé de jouer le jeu.

Heidi n'aurait jamais cru qu'elle pouvait se sentir encore plus mal, mais elle s'était trompée. Soudain glacée de la tête aux pieds, elle croisa les bras sur la poitrine et secoua la tête en signe d'incrédulité.

— Je ne peux pas le croire. Comment auriez-vous pu faire une chose pareille ?

Fatima posa une main sur le bras de Heidi.

— C'était pour le mieux — du moins, c'est ce que j'ai cru sur le moment. Jamal était perdu, comme tu peux l'imaginer. Je l'ai rassuré sur tes intentions. Tu n'avais pas le projet de l'humilier ni de te moquer de lui, tu cherchais juste à susciter son intérêt. Il voulait te dire qu'il t'avait reconnue, mais je lui ai conseillé de se taire. Je savais que tu avais besoin de ce jeu pour prendre confiance en toi.

Heidi avait l'impression d'avoir les lèvres engourdies, de sorte qu'elle eut du mal à articuler :

— Par conséquent, c'est moi qui me retrouve humiliée et raillée. Je suppose que c'est normal. J'aurais dû me douter que vous seriez dans le camp de Jamal ; après tout, il est de votre famille.

Un voile de compassion mêlée d'impatience assombrit le regard de Fatima.

— Il n'y a pas de « camp » dans cette affaire. J'ai fait au mieux pour vous deux. Sois furieuse si tu veux, mais sache que j'ai eu raison. Tu avais besoin de comprendre que tu pouvais séduire ton mari, si tu le voulais. Tu aurais pu y arriver toute seule, mais tu t'en croyais incapable. En devenant quelqu'un d'autre, tu as commencé à prendre confiance en toi, en tes capacités. Jamal, de son côté, avait besoin de savoir jusqu'où sa femme pouvait aller pour gagner sa faveur. Il avait besoin de se sentir aimé. En te faisant passer pour Honey, tu as accompli tout cela.

Heidi s'éloigna de la reine et se détourna. Fatima savait tout depuis le début, et ne l'avait pas prévenue. Heidi devait être ridicule, chaque fois qu'elle était allée lui demander conseil.

— Vous m'avez laissée me mettre en quatre pour la danse des sept voiles. Vous m'avez laissée danser pour lui, tout en sachant qu'il n'était pas dupe. Vous auriez pu me le dire, ajouta-t-elle en se retournant pour lui faire face.

Fatima sourit gentiment.

— Je sais que tu te sens un peu bête en ce moment, mais cela va passer.

— Facile à dire. Ce n'est pas vous qui êtes la risée de toute la famille royale.

— Tu exagères. Seuls Jamal et moi étions au courant. Je n'en ai parlé à personne, et je suis blessée que tu penses le contraire. Je t'aime depuis que tu es toute petite et j'ai toujours agi au mieux de tes intérêts. Cette fois-ci comme les autres. Tu peux m'en vouloir si tu n'es pas d'accord avec mes choix, mais ne m'accuse jamais de ne pas me soucier de toi.

Heidi baissa la tête. Comme si le naufrage émotionnel ne suffisait pas, elle avait maintenant le sentiment d'être une enfant capricieuse.

— Je sais que vous tenez à moi, admit-elle, mais je suis choquée par ce que vous avez fait. Je me sens trahie. A cause de vous, je me suis ridiculisée devant mon mari, et je pense que vous avez eu tort.

Fatima soupira.

— Je suis désolée, Heidi. Ce n'était pas du tout mon intention.

Heidi la regarda. Elle vit de l'amour dans ses yeux. De

l'amour, de la compassion et l'inquiétude. Quand Fatima lui tendit les bras, elle s'y précipita. Elle s'agrippa à son amie et se mit à pleurer, le corps secoué de sanglots.

— Chut, souffla Fatima, tout ne va pas si mal que cela.

— M-mais si. Il me trouve idiote. Pire, je n'ai pas réussi à m'en faire aimer.

Sans le savoir, elle avait tout fait pour qu'il reste amoureux de Yasmine.

— Je crois que tu te trompes. Je crois qu'il t'aime de tout son cœur. Il faut que tu lui parles pour éclaircir tout cela.

— Non, dit Heidi en essuyant ses larmes. Jamais je ne lui pardonnerai. Il m'a trompée, et en plus il se moquait de moi.

Fatima pinça les lèvres, agacée.

— Il a passé du temps avec toi, et il a aimé ce que tu lui offrais. Comme il savait que tu étais Honey, il ne te trompait pas. Qu'a-t-il fait de si grave, au juste ?

Heidi ne sut quoi répondre. Même si personne ne le comprenait, pour elle, tout était clair. Son univers s'était écroulé et elle avait le cœur brisé. Elle avait pris le plus gros risque de sa vie, le seul peut-être, et elle avait échoué. Tout se résumait en une simple vérité :

— Il ne m'aime pas.

Fatima ouvrit de grands yeux.

— Et toi, tu l'aimes.

— Oui. C'est pour cela que c'est tellement affreux.

Fatima soupira.

— Donne-lui du temps, il finira par venir à toi.

Si seulement c'était aussi simple, pensa tristement Heidi. Mais elle avait compris la leçon. Elle avait assez tiré de plans sur la comète. On ne l'y reprendrait plus.

Heidi se recroquevilla sur son lit en attendant que les nausées se calment. Elle avait encore vomi, pour la deuxième fois en vingt-quatre heures. Elle espérait de tout son cœur que c'était dû au stress ou à une grippe, mais elle avait le pressentiment qu'il s'agissait d'une chose plus grave. Elle était enceinte.

Elle essaya de se rappeler la date de ses dernières règles, et pensa à toutes les occasions où Jamal et elle avaient fait l'amour. Tous les jours depuis un mois, et parfois plusieurs fois par jour. Ils n'avaient jamais parlé de contraception, et l'idée ne lui en était même pas venue à l'esprit. Par ailleurs, elle était mariée, tomber enceinte faisait partie du contrat.

Hier seulement, Jamal avait parlé de son envie d'avoir des enfants. Il l'avait priée instamment d'y réfléchir. Mais c'était trop tard ; qu'elle soit prête ou non, elle allait avoir un enfant. Ce qui signifiait qu'elle ne pourrait pas fuir El Bahar de sitôt. La loi du pays n'autorisait pas les femmes enceintes à quitter leur mari, sauf en cas de mauvais traitements. Comme elle ne voyait pas Jamal lever jamais la main sur elle, elle resterait ici toute sa vie.

Elle s'allongea et regarda le plafond. Que faire ? En une journée, tout son univers avait changé. Après sa conversation avec Fatima, elle s'était barricadée dans sa chambre et avait refusé d'en sortir. Jamal était venu frapper plusieurs fois, mais elle n'avait pas répondu. Trop fier pour parler à travers une porte, il avait fini par partir. Mais elle savait qu'elle ne pouvait pas rester éternellement enfermée.

Elle devrait s'habituer à ses nouvelles conditions de vie, accepter l'idée qu'elle s'était mise dans une situation humiliante et que l'homme qu'elle aimait se moquait d'elle. Il faudrait qu'elle trouve la paix dans son mariage, pour elle et pour l'enfant.

Elle n'avait pas le choix. Une femme ordinaire aurait pu divorcer après l'accouchement et mettre au point les conditions de la garde de l'enfant. Mais Heidi avait épousé le fils du roi ; pour elle, il n'y aurait pas de garde alternée. Si elle partait après la naissance, elle partirait seule. Comme elle ne pouvait imaginer un instant d'abandonner son enfant, elle devrait rester mariée, même si ni Jamal ni elle ne le souhaitaient.

Une vive douleur lui scia la poitrine. Elle savait pourquoi. Viendrait-il un jour où elle ne la ressentirait plus ? En dépit de tout, elle ne voulait pas que son mariage se termine. Elle aimait Jamal, ce qui faisait d'elle la plus grande idiote de la Terre. Elle avait donné son cœur à un homme qui en aimait une autre.

On frappa à la porte. Elle se redressa sur un coude. Rihana avait fait plusieurs apparitions, chargée de plateaux de nourriture qu'elle avalait, non pour elle, mais pour l'enfant.

— Qui est-ce ? demanda-t-elle.

— Malik.

Heidi se releva, stupéfaite. Malik ? Elle se dépêcha d'aller ouvrir.

— Que fais-tu ici ? demanda-t-elle, sans arriver à croire que le prince héritier se soit déplacé pour la voir.

Il ne faisait que quelques centimètres de plus que Jamal, mais il paraissait plus imposant, peut-être à cause de ses responsabilités.

— Je voulais te parler, dit Malik en enfonçant les mains dans ses poches. Quoi que Jamal ait pu faire, je suis sûr que ce n'est pas sa faute.

Heidi revint vers son lit et s'y assit en faisant signe à Malik de prendre un siège près de la fenêtre.

— C'est typiquement masculin de prendre le parti d'un autre homme sans chercher à connaître les détails.

Malik la regarda. Il était aussi beau que Jamal, avec sa peau mate et ses cheveux bruns, et elle eut soudain terriblement envie de voir son mari. Elle chassa aussitôt cette idée.

— Jamal est quelqu'un de bien, et tu le sais aussi bien que moi, reprit Malik.

Il hésita.

— Je voudrais te poser une question. Elle va te paraître bizarre, mais j'aimerais que tu y répondes. Cela pourrait avoir son importance.

— Très bien.

— Le premier soir de ton retour à El Bahar, tu as dîné avec nous et, plus tard, Jamal t'a emmenée faire un tour dans le jardin. T'a-t-il embrassée ce soir-là ?

Elle n'eut aucun effort à faire pour se rappeler cette soirée. L'idée de devoir accepter un mariage qu'elle ne désirait pas l'avait terrifiée… jusqu'au moment où Jamal l'avait embrassée. Cela avait été son premier baiser, et elle l'avait trouvé merveilleux. Elle s'était sentie si bien dans ses bras.

Malgré son chagrin, ce souvenir la fit sourire.

— Oui.

— J'en étais sûr. Mais il ne m'a rien dit.

— Pourquoi l'aurait-il fait ?

— Parce que c'était notre pari.

Malik expliqua rapidement qu'il avait parié que Jamal ne tirerait jamais un sourire de Heidi, encore moins un baiser.

— Et il jouait gros. S'il gagnait, je devais lui prêter ma voiture pendant une semaine, mais s'il perdait, j'avais droit à son meilleur étalon pour saillir six de mes juments. Pourtant, le lendemain, il a prétendu qu'il ne s'était rien passé.

— Il a nié m'avoir embrassée ? demanda-t-elle en fronçant les sourcils.

— Exactement.

Malik avait un air satisfait, comme s'il avait tout tiré au clair.

— D'après toi, je devrais me réjouir que mon mari ait eu honte d'avouer qu'il m'avait embrassée ?

— Non. Tu ne comprends pas. Le fait qu'il n'ait rien dit signifie que ce baiser avait de l'importance pour lui. Entre eux, les hommes ne parlent pas des relations qui comptent. Si un homme raconte sa vie intime avec une femme, c'est qu'il s'agit d'une aventure sans conséquence. Ce que j'essaie de te démontrer, c'est qu'il tenait déjà à toi, à ce moment-là.

— C'est une logique drôlement alambiquée, marmonna Heidi avec un air dubitatif.

— Mais non, c'est très clair. Je ne sais pas ce qui s'est passé entre vous, Jamal ne veut rien dire. Mais il est très malheureux. Je voulais que tu saches que tu comptes pour lui depuis le début. Tu devrais lui laisser une chance. C'est tout, ajouta-t-il en haussant les épaules.

Là-dessus, il se détourna et partit.

Heidi resta hébétée, les yeux braqués sur la porte. Son beau-frère venait-il de lui donner un conseil pour sauver son couple ? Avait-il raison ? Etait-il possible que Jamal tienne à elle ?

Elle retourna cette idée dans sa tête, en cherchant désespérément à se convaincre. Elle voulait de l'amour, mais elle se contenterait d'affection si Jamal pouvait en éprouver pour elle. Tout plutôt que de passer sa vie avec un époux qui la méprisait.

Peut-être ne connaîtrait-elle jamais l'amour. Etait-elle prête à l'accepter ?

Elle s'étendit sur son lit et tenta de se remémorer tous les épisodes de sa vie avec Jamal. Quant à son silence sur leur premier baiser, elle devait se fier à l'explication de Malik : son beau-frère n'avait aucune raison de lui mentir. Et un jour, Jamal avait apporté un disque contenant des informations précieuses pour ses recherches. Il avait également déménagé son bureau pour lui offrir une vue sur la mer. Il était gentil avec elle et avait multiplié les petites attentions. Ce n'était pas de l'amour, mais c'était quelque chose de positif. Pourrait-elle s'en satisfaire ?

Pourrait-elle oublier qu'il s'était moqué d'elle et l'avait humiliée ? A moins que Fatima ait eu raison… Jamal n'avait-il eu que de bonnes intentions ? Elle avait peut-être mal interprété la situation et réagi trop violemment. L'amour était une chose nouvelle pour elle, son cœur était encore fragile.

Que faire ? Que penser ? Elle aurait vendu son âme pour avoir confiance en Jamal, mais elle revenait sans cesse se heurter contre cette vérité incontournable : il aimait toujours Yasmine.

Jamal était seul, un verre d'alcool à la main. Il buvait rarement sans compagnie, mais cette fois, il aurait fait n'importe quoi pour oublier. Pourtant, rien ne pouvait effacer le souvenir des sanglots de Heidi, de ses reproches, de l'expression qu'elle avait eue quand il lui avait avoué qu'il avait toujours su qu'elle était Honey. Il avait voulu faire pour le mieux, et il avait tout raté.

Il regarda les étoiles. Il se trouvait sur le balcon, le seul endroit où il était sûr d'être tranquille. Il avait besoin de solitude ; comme un animal blessé qui se cache pour lécher ses plaies.

Depuis la veille, Heidi refusait de le voir ou de lui parler. Fatima l'exhortait à la patience, mais il n'en pouvait plus.

Il n'avait jamais voulu la peiner, songea-t-il amèrement. Elle était la lumière de sa vie, et il ne pouvait pas imaginer d'être avec une autre. Pour lui qui craignait tant que sa femme le repousse, elle était d'une sensualité qui lui mettait du baume au cœur. Le plaisir qu'elle éprouvait au lit l'avait convaincu que leur vie commune pouvait être heureuse.

Il pensait qu'il allait peut-être tomber amoureux d'elle. Mais quand il l'avait blessée, il s'était rendu compte qu'il l'aimait déjà ; malheureusement, c'était trop tard pour le lui avouer.

Il se répéta leur conversation à l'hôtel, avec de nouvelles variantes. Il aurait dû lui dire ceci, il aurait dû lui dire cela… Et toutes ses répliques imaginaires commençaient par « je t'aime ».

Cela aurait-il fait une différence ? L'aurait-elle écouté ? Et maintenant, était-il trop tard pour sauver le couple qu'ils auraient pu former ?

Il n'avait pas les réponses. Il reposa son verre sur la table et décida qu'il était temps d'aller dormir, même s'il avait peu de chances d'y parvenir. Le lendemain, il trouverait un moyen de lui faire comprendre à quel point elle comptait pour lui.

Il rentra dans l'appartement obscur et se dirigea sans allumer vers la chambre. Il allait retrouver son lit vide et glacé. Il s'était habitué si facilement à sentir contre lui le corps chaud de Heidi. Yasmine avait toujours dormi à l'extrémité du lit, comme si, même dans son sommeil, elle avait peur qu'il la touche. Heidi était tout le contraire ; elle dormait tout contre lui. Souvent, lorsqu'il se réveillait, il retrouvait leurs membres emmêlés. Il aurait besoin de temps pour se réhabituer à dormir seul.

Il alluma la lumière, fit un geste pour déboutonner sa chemise, et se figea. Heidi était assise dans le fauteuil.

Elle avait les genoux relevés, les pieds nus. Pâle et fatiguée, les cheveux défaits, elle était vêtue d'un jean et d'un T-shirt. Ses grands yeux noisette brillaient derrière ses lunettes.

Jamal essaya de dire quelque chose, mais il avait la gorge nouée.

— J'ai préparé mon discours, commença Heidi sans le regarder. Ce sera plus facile si tu me laisses parler, et si tu gardes tes réflexions pour la fin.

Elle contempla le plancher, puis leva les yeux vers lui.

— J'y ai travaillé tout l'après-midi et toute la soirée, alors je crois que j'ai passé en revue tous les points principaux. Mais si j'oublie quelque chose, dis-le-moi.

Ce qu'il avait envie de faire, c'était de traverser la pièce pour la prendre dans ses bras. Il voulait lui dire qu'il l'aimait et qu'il souffrait de lui avoir fait de la peine. Mais il sentit que ce n'était pas le moment.

— D'accord.

Elle s'éclaircit la gorge.

— Je suis désolée d'avoir réagi comme une gamine, hier. Quand tu m'as dit que tu savais tout depuis le début, je me suis sentie idiote. C'était comme si j'avais reçu une énorme gifle. Je ne m'y attendais pas, alors j'ai perdu la tête.

— C'est ma faute, coupa-t-il, j'aurais dû te le dire plus tôt. Ou alors, quand tu m'as parlé, j'aurais dû réagir différemment. Quoi qu'il en soit, je n'ai jamais eu l'intention de te blesser.

— Je sais.

Elle tripota l'ourlet de son T-shirt.

— Laisse-moi finir, d'accord ? Cela a été atroce. Je ne

peux pas te dire à quel point. Je pensais que tu te moquais de moi ou que tu me traitais comme une enfant. Je me sentais ridicule, la plus grosse idiote de la planète. Ce n'est pas encore passé, mais j'y travaille, ajouta-t-elle avec un coup d'œil dans sa direction.

Son chagrin lui faisait mal. Il essaya désespérément d'imaginer ce qu'il pourrait faire pour arranger les choses.

— Mais ce n'était pas du tout comme tu crois. J'adorais ce que tu faisais.

— Je ne sais pas ; il faut que j'y réfléchisse. Je n'ai jamais été très douée avec les hommes, par manque de pratique, peut-être. J'étais sûre de t'envoûter et, pendant ce temps, tu ne faisais que céder à mon caprice.

— *J'étais* envoûté.

Elle le regarda dans les yeux.

— Tu as promis de m'écouter sans m'interrompre, Jamal.

— Très bien, je t'écoute.

— Je pense que nous avons tous les deux besoin d'un peu de temps pour nous remettre de ce qui s'est passé. Ensuite, il faudra parler de notre avenir. Pendant des années, je n'ai pas voulu me marier, et puis quand le roi m'a demandé de t'épouser, j'ai eu peur de tout gâcher. Je craignais que tu ne t'intéresses jamais à moi.

Il ne comprenait pas ses doutes. Comment ne voyait-elle pas à quel point elle était merveilleuse ?

— Mais plus nous passions de temps ensemble, plus je me rendais compte que je pouvais tomber follement amoureuse de toi. J'avais toujours peur de ne pas être à la hauteur, c'est pourquoi j'ai débité ces bêtises le soir de nos noces. Et les choses sont allées de mal en pis quand j'ai compris que tu étais toujours amoureux de Yasmine.

Jamal eut l'impression d'avoir reçu un coup de poing. Elle croyait qu'il aimait Yasmine ? Maintenant ? Qu'il regrettait cette femme dure qui l'avait rendu si malheureux ?

— Tu te trompes, dit-il platement.

Elle leva la main.

— Jamal, laisse-moi finir. Si tu m'interromps, je ne pourrai jamais aller jusqu'au bout. J'ai incarné le personnage de Honey parce que je savais que je n'étais pas assez intéressante pour te séduire en étant moi-même. Je pensais que si je devenais sexy, j'aurais une meilleure chance. C'est Fatima qui a eu cette idée.

Elle posa les pieds par terre et se pencha vers lui.

— Voilà ce que je te propose. Tu vas décider si je te suffis telle que je suis. Il y a certaines choses qui me plaisent chez le personnage, mais ce n'est pas moi. Je n'aime pas jouer les coquettes et je me sens trop mal avec ces tenues et ces lentilles. J'ai fini par admettre que tu ne te moquais peut-être pas de moi autant que je l'avais cru, mais tu me comparais à Yasmine. Contre une rivale pareille, je ne l'emporterai jamais.

Elle se tut un instant, les yeux brillants. Il vit qu'elle retenait ses larmes.

— Je sais que tu l'aimeras toujours plus que moi, et je peux l'accepter, mais j'ai besoin de savoir ce qui me reste, ce que tu éprouves pour moi. Je ne demande pas grand-chose, une toute petite place dans ton cœur me suffirait sans doute.

Elle lui adressa un sourire navré.

— Tu sais, j'aimerais beaucoup sauver notre mariage. Je tiens à toi et j'adore El Bahar. Je ne veux pas m'en aller. J'ai besoin que tu réfléchisses à ce que tu veux vraiment.

Son honnêteté et sa douleur le bouleversaient.

— Et si ce que je veux, c'est toi ?

— Ne me dis pas cela maintenant ; je ne veux pas que tu

me répondes trop vite, par sens du devoir ou par culpabilité mal placée. Je veux que tu sois sûr, et que tu fasses ce qui est le mieux pour toi.

— Et ce qui est le mieux pour toi ?

— Il faut que j'y réfléchisse, moi aussi.

Il eut soudain une pensée terrifiante.

— Tu envisages de me quitter ?

— Non, je ne peux pas, dit-elle en regardant ailleurs.

— Je ne te garderai pas contre ton gré.

Cela le tuerait de la laisser partir, mais il le ferait si c'était ce qu'elle désirait.

— Je sais, mais il n'est pas question que je parte, sauf si tu me renvoies.

Elle se leva et se dirigea vers la porte.

— Parlons-en quand tu seras prêt.

Il avait envie de la saisir et de la serrer dans ses bras jusqu'à ce qu'elle comprenne la vérité. Il ouvrit la bouche pour lui dire qu'il l'aimait, mais la referma et se contenta de d'acquiescer. Ce n'était pas le moment ; elle ne le croirait pas. Pour une raison ou pour une autre, elle s'était mis dans la tête l'idée ridicule qu'il aimait encore Yasmine et ne pouvait donc pas l'aimer, elle.

Elle voulait lui donner le temps de réfléchir, et s'il lui parlait maintenant, elle penserait qu'il essayait de la consoler.

Heidi quitta la pièce. La regarder partir fut l'une des choses les plus difficiles qu'il ait jamais eues à faire de sa vie, mais il avait le sentiment d'avoir bien fait. Elle avait parlé de lui laisser du temps, mais il savait que c'était elle qui en avait besoin. Il attendrait qu'elle soit prête pour lui dire la vérité.

Mais le croirait-elle ? Trouverait-il les mots pour la convaincre ? Il ferma les yeux, horrifié à l'idée qu'il risquait de la perdre.

Soudain, quelque chose lui revint à la mémoire et un sourire vint retrousser ses lèvres. Il n'avait pas besoin de chercher les mots. Le texte idéal existait déjà. Elle arriverait peut-être à lui résister, mais elle ne résisterait pas à l'histoire d'El Bahar.

- 15 -

— Je suis contente que nous ayons mis tout cela derrière nous, déclara Fatima en serrant Heidi dans ses bras, le lendemain. Je n'aime pas te savoir fâchée contre moi.

Heidi se blottit contre elle et respira son parfum familier.

— Je n'étais pas vraiment fâchée. Je sais que j'ai eu une réaction démesurée. J'étais si choquée et si blessée que je n'arrivais plus à réfléchir correctement.

Elle regarda dans les yeux cette femme qui pour elle était comme une mère.

— Vous êtes essentielle dans ma vie, et je sais que vous tenez à moi, vous aussi. Vous ne me feriez jamais de mal délibérément.

— Bien sûr que non, assura Fatima en lui prenant les mains. Si j'avais su que tout tournerait de travers, j'aurais conseillé à Jamal de te parler immédiatement. Au fait, comment ça va, entre vous deux ? demanda-t-elle après une pause.

— Je ne sais pas, répondit sincèrement Heidi. Nous avons parlé hier soir, lui et moi. Enfin, pour être plus exacte, j'ai parlé et il a écouté. Il a essayé d'intervenir, mais j'avais besoin de vider mon sac. Je lui ai dit que je tenais à lui et que je voulais réussir notre mariage, à condition qu'il le souhaite aussi. Je lui ai dit qu'il devait m'accepter comme je suis, et non dans la peau de Honey. Je lui ai également fait remarquer que je ne pourrais jamais égaler Yasmine, et qu'il devait être sûr de pouvoir me faire une place dans son cœur.

Fatima haussa les sourcils.

— Je ne pense pas que tu aies de souci à te faire à propos de Yasmine. Elle ne peut pas être une rivale pour toi, et Jamal est beaucoup mieux sans elle.

Les yeux ronds, Heidi fixa la reine sans comprendre.

— Qu'est-ce que vous voulez dire ? Je croyais que tout le monde adorait Yasmine.

Fatima s'éloigna en direction de la fenêtre. Les lumières d'extérieur éclairaient les arbres du jardin et les feuilles luxuriantes. La reine pressa ses tempes entre ses doigts.

— Cette jeune femme nous a tous beaucoup déçus. Comparée à celle que Malik a épousée, c'était une sainte, mais cela ne change rien.

Heidi tombait des nues. Cela n'avait pas de sens.

— Mais Jamal était fou d'elle ! Il l'aime toujours. Il me l'a dit.

Fatima lui fit face.

— Je ne doute pas que Jamal ait dit beaucoup de sottises, mais je sais qu'il n'a jamais affirmé aimer Yasmine. En réalité, se reprit-elle, il l'a aimée autrefois, mais il n'éprouve plus rien à son égard aujourd'hui.

Heidi secoua la tête.

— Non, vous devez vous tromper. Il a dit…

Elle s'interrompit. Elle ne se rappelait plus exactement ce que Jamal avait dit, mais il l'avait convaincue que Yasmine comptait toujours pour lui. Il fallait bien que ce soit vrai, sinon elle venait de passer plusieurs semaines d'enfer à cause d'un fantôme qui n'existait pas.

— Il me semble que vous devriez apprendre à mieux communiquer, tous les deux, commenta Fatima.

Heidi était encore abasourdie par sa remarque.

— C'est vrai.

Elle ne savait plus quoi penser. Si Fatima avait raison, il n'y avait plus d'obstacle à son amour pour Jamal. A moins qu'il soit incapable d'éprouver ce genre de sentiments ? Elle n'en saurait rien avant de lui avoir posé la question. A vrai dire, elle avait déjà clairement exprimé sa position, il ne lui restait plus qu'à attendre sa réponse. Cela faisait déjà vingt-quatre heures. Etait-ce bon signe ou mauvais signe ?

— Quel imbroglio, murmura-t-elle.

— L'amour véritable est rarement aussi simple qu'on le dit, répliqua Fatima.

L'amour, pensa Heidi. Elle aimait Jamal, mais lui ?

— Princesse Heidi, voulez-vous me suivre, s'il vous plaît ?

Heidi vit Rihana à la porte du harem.

— Le prince Jamal insiste pour que vous le retrouviez au jardin.

Heidi sentit qu'elle allait avoir la réponse à toutes ses questions.

— Souhaitez-moi bonne chance, lança-t-elle en sortant à la suite de Rihana.

— Tu n'en auras pas besoin, j'en suis sûre, répondit Fatima.

Heidi espérait que la reine avait raison. Elle avait de nouveau la nausée, sans savoir si c'était à cause de sa grossesse ou de son angoisse. Pourquoi Jamal voulait-il la voir ? Qu'avait-il à dire ? Allait-elle enfin connaître la vérité à propos de Yasmine ?

Le cœur battant, elle suivit Rihana sur un chemin dallé

qui serpentait dans le jardin. Malgré le crépuscule, la chaleur n'avait pas vraiment baissé. Elle traversa une cour intérieure, puis franchit une petite porte et s'engagea sur un sentier qu'elle ne connaissait pas, bordé de roses et de grenadiers.

— Où allons-nous ?

Elle leva les yeux et s'arrêta net. Une tente blanche d'environ dix mètres carrés se dressait devant elle. Le pan qui formait l'ouverture était relevé et, bizarrement, deux chameaux l'encadraient. Un garde s'approcha, leur barrant le chemin.

Il ne portait pas l'uniforme des gardes du palais. Torse nu, il arborait contre lui un poignard incurvé. Son pantalon ceinturé d'une large bande de tissu fronçait à la taille et aux chevilles, et il avait les pieds nus.

Heidi le considéra avec stupéfaction. L'homme était vêtu comme un gardien de harem, en grande tenue, jusqu'au long poignard dont la pointe lui arrivait à l'épaule. Mais il ne pouvait pas être un vrai eunuque, pensa-t-elle, en pleine confusion, et il ne tuerait sans doute pas le premier qui s'approcherait d'elle et menacerait sa vertu. Malgré tout, elle ne put réprimer un frisson quand le garde s'inclina et lui fit signe d'entrer.

— Seulement la princesse, dit-il à Rihana.

La servante s'inclina à son tour et partit.

En entrant sous la tente, Heidi fut transportée deux ou trois cents ans en arrière. Le mobilier bas, les coussins, l'odeur d'encens, les tapisseries, tout rappelait des temps anciens.

Jamal était assis en tailleur, vêtu de la djellaba traditionnelle et du turban. Elle le reconnaissait, et pourtant elle eut l'impression d'être devant un étranger particulièrement intimidant. Avec un frisson d'appréhension, elle examina la table pour se détendre. Des piles de papiers, plusieurs coffrets et un trousseau de clés étaient posés dessus. Que se passait-il ?

— Je t'en prie, ma femme, viens t'asseoir près de moi, lui demanda cérémonieusement Jamal.

Elle s'installa face à lui sur un coussin et il alluma deux bâtons d'encens qu'il plaça de chaque côté de la table. Puis il la regarda d'un air grave.

— Ce soir et pour toujours, tu es mon épouse véritable, entonna-t-il. Ce soir, devant Dieu et le désert et devant tous mes biens terrestres, tu es mon épouse véritable, la gardienne de mon cœur et la mère de mes enfants à naître. Demain et le jour suivant, et tous jours qui suivront, après ma mort et dans l'au-delà, tu seras ma seule et unique épouse.

Heidi, le souffle coupé, reconnut cette ancienne litanie, qui lui fit monter les larmes aux yeux. Elle était entrée en usage à une époque reculée, avant l'ère chrétienne, alors que le pays était encore peuplé de nomades, et soumis à la loi du plus fort. Avant même l'invention de l'écriture, on avait répété ces mots, dans les occasions très rares où un homme renonçait au droit d'avoir plusieurs épouses.

Avec ce texte, un mari promettait la fidélité éternelle à sa femme. Jamais il ne pouvait se remarier, même si elle mourait le lendemain. Plus important encore, ce précieux discours était une promesse d'amour.

Elle fixa les objets épars sur la table — les clés des voitures, les relevés bancaires, les actes de propriété : tous ses biens terrestres. Dans les coffrets, il devait y avoir les bijoux de famille.

« Faites que ce soit vrai, pria-t-elle en silence. Qu'il soit sérieux. »

— Pourquoi cette cérémonie ? demanda-t-elle, le cœur déjà léger malgré ses doutes.

— Parce que tu es mon unique épouse, et que je ne savais pas comment te le faire comprendre autrement.

Les larmes qu'elle retenait coulèrent sur ses joues. Jamal se leva et vint s'accroupir à côté d'elle.

— Je ne comprendrai jamais les femmes, dit-il en l'attirant contre lui. Je pensais que tu serais heureuse.

— Mais je le suis, murmura-t-elle en s'accrochant à lui. Je suis si heureuse !

— Alors pourquoi pleurer ? Ne me dis pas, je ne comprendrais pas, ajouta-t-il en effleurant ses lèvres.

Il prit le visage de Heidi entre ses mains.

— Il faut qu'on parle, tous les deux. Je veux que tu comprennes que je suis sérieux. Tout ce que j'ai dit est vrai. Tu es mon épouse, et tout ceci t'appartient, ajouta-t-il avec un geste en direction de la table. Heidi, je t'aime.

Elle se jeta dans ses bras. Il avait dit « Je t'aime » ; il ne parlait pas d'affection ni de tendresse, mais d'amour. Il s'était voué à elle pour toujours, pour cette vie et au-delà.

Il l'aida à s'allonger sur les coussins et s'étendit à côté d'elle, puis glissa un genou entre les siens et lui sourit.

— A voir ta réaction, je suppose que c'est une bonne nouvelle ?

Elle rit à travers ses larmes.

— Bien sûr. Moi aussi, je t'aime, Jamal.

Elle risqua un coup d'œil vers lui et vit ses yeux flamber.

— Vraiment ? Tu es sûre ?

— Cela fait longtemps. J'avais peur, parce que je pensais que tu n'aimerais jamais que Yasmine. C'est pour cette raison que je me suis déguisée en Honey, pour avoir une chance de te plaire. Je pense que je t'aimais déjà alors, même si je ne voulais pas l'admettre.

— Ma douce épouse, si innocente… Comme nous avons été bêtes ! Je tiens à ce que les choses soient claires : je n'aime pas Yasmine. Pendant un temps, au début de notre mariage, j'ai été amoureux d'elle, mais cela n'a pas duré. Ce n'était pas quelqu'un d'aimable.

Heidi n'arrivait pas à croire ce qui lui arrivait : elle était dans les bras de Jamal, et il lui disait qu'il l'aimait. Tous ses rêves devenaient réalité.

— Je veux te parler de Yasmine ; en fait, je n'en ai pas très envie, mais je crois qu'il le faut.

Heidi eut peur, tout à coup. Elle sentit qu'elle n'allait pas aimer ce qu'il avait à dire, mais elle acquiesça.

— Yasmine était très belle, commença Jamal en s'allongeant sur le dos. Quand notre mariage a été arrangé, elle avait l'air très heureuse de m'épouser. Elle était pleine d'attentions et d'affection. Elle était tout ce qu'un jeune homme peut désirer.

Heidi s'enfonça un peu les ongles dans les paumes. Si Jamal l'aimait vraiment, elle, alors rien de son passé ne pouvait plus la troubler. Il se tourna vers elle avec un sourire contrit.

— Contrairement à toi, qui as annoncé d'emblée que cela ne t'intéressait pas de m'épouser.

Heidi rougit.

— Je ne pensais pas à mal.

— Je sais, et je ne m'en plains pas. Tu as toujours été honnête avec tes sentiments, je savais à quoi m'en tenir. Mais Yasmine était différente. Tout ce qu'elle disait n'était que mensonge. Elle ne voulait pas m'épouser, même si elle prétendait le contraire. Elle ne s'intéressait pas à moi. Elle voulait un titre, de l'argent, une position sociale. Après quelques semaines de mariage, elle a révélé sa vraie nature. Par exemple, elle ne voulait pas de moi dans son lit.

Il se tut et son regard se perdit dans le vague. Heidi sentit qu'il touchait là quelque chose de difficile. Elle lui posa une main sur le bras.

— Je comprends.

— Non, tu ne comprends pas. Tu ne peux pas comprendre, tu es trop innocente et généreuse. Elle n'avait pas d'amants ; à sa façon, elle était fidèle, mais seulement parce que toute intimité lui répugnait. Elle ne voulait pas d'enfants, et elle m'a fait comprendre qu'elle serait vraiment contente si je ne la touchais plus. L'ironie de la chose, c'est que pendant les premières semaines de notre mariage, avant la révélation, j'avais commis l'erreur de tomber amoureux d'elle. Lorsque j'ai compris la vérité, j'ai commencé par la haïr ; mais quand elle est morte, je ne me souciais déjà plus du tout d'elle.

Heidi devinait qu'il n'avait pas tout dit. Malgré tout, elle en savait assez pour comprendre que ses réflexions, le soir de leurs noces, avaient dû le ramener à des temps pénibles.

— Je vois pourquoi tu n'étais pas content quand j'ai évoqué une union spirituelle, murmura-t-elle.

Il la regarda en souriant.

— Je n'étais pas fou de joie, admit-il, mais tu m'as prouvé depuis que ta nature animale est aussi bien développée que ton intellect. C'est l'un de tes traits les plus charmants.

Elle se blottit contre lui. Elle ne savait pas ce qu'il avait enduré, mais elle avait conscience que ses confidences prouvaient sa confiance en elle.

— Je t'aime, répéta-t-elle, et je te désire. Pour toujours.

Jamal l'attira sur lui et prit son visage entre ses mains.

— Reste, chuchota-t-il. Reste avec moi, laisse-moi t'aimer et aime-moi en retour, pour toujours. Porte mes enfants, partage ma vie comme je veux partager la tienne. Nous ferons un couple heureux.

— Je resterai toujours. J'étais sûre que tu aimais encore

Yasmine. Quand nous avons parlé d'elle la première fois, j'ai cru que tu la pleurais encore et, toi, tu as pensé…

— Que tu me tolérais pour obtenir ce que tu voulais, comme elle. Voilà pourquoi j'ai tellement aimé que tu deviennes Honey. Tu m'avais déjà épousé et tu avais tout : le titre, la position et l'argent. La seule chose qui restait à conquérir était mon cœur, et j'étais très heureux que tu veuilles aussi mon amour. C'est pour cette raison que j'ai joué le jeu. Pas pour me moquer de toi. Je t'ai toujours trouvée merveilleuse, Heidi. Tu es ma vie, je serais prêt à déplacer le monde pour toi, si je le pouvais.

Heidi avait l'impression que son cœur allait éclater.

— Le monde me va très bien où il est, mais merci quand même.

— Je t'en prie. J'ai pensé que nous pourrions terminer notre discussion en faisant l'amour. Nous n'avons pas eu de nuit de noces dans la tente. J'ai même mis une bouteille de champagne au frais, à tout hasard. Qu'en penses-tu ?

Elle se glissa plus près encore, pour le sentir contre elle. Jamal Khan, prince d'El Bahar, la désirait et l'aimait. Jamais elle n'aurait cru que la vie puisse être si merveilleuse.

— Oui, murmura-t-elle en couvrant sa bouche de baisers. Je veux faire l'amour, maintenant et aussi souvent que possible. Je veux te sentir contre moi, en moi. Si tu as beaucoup de chance, je pourrais même danser pour toi.

Il afficha un sourire viril.

— J'adorerais cela. Je vais chercher le champagne.

Elle le retint.

— Je ne peux pas en boire.

— Pourquoi ? Tu es malade ?

— Pas exactement. La plupart du temps, je me sens très bien, mais je vais beaucoup grossir, avoir les chevilles enflées et peut-être des sautes d'humeur. Tu crois que tu m'aimeras quand même ?

Elle se mit à trembler. Ce n'était pas la meilleure façon d'annoncer sa grossesse, mais elle voulait qu'il le sache, qu'il soit heureux, et...

Il sauta sur ses pieds et la releva, la prit dans ses bras et la fit tourner avec lui jusqu'à ce que le décor se brouille.

— Tu es enceinte ! Tu vas avoir un enfant de moi ! Heidi, merci, c'est merveilleux, et tu seras une mère formidable.

— Tu seras un père parfait, et je sais que nous allons être très heureux.

— Mais nous le sommes déjà, mon amour, nous le sommes déjà.

JENNIFER MIKELS

L'inconnue
de Thunder Lake

*éditions*Harlequin

Titre original : THE BRIDAL QUEST

Traduction française de GABY GRENAT

© 2000, Harlequin Books S.A. © 2007, Harlequin S.A.
83/85 boulevard Vincent-Auriol 75646 PARIS CEDEX 13.
Service Lectrices — Tél. : 01 45 82 47 47

- 1 -

— Mademoiselle, je peux savoir ce que vous faites là ?

Jessica Walker sursauta et se détourna vivement de l'écriteau qu'elle était en train de lire. Debout sous la clarté nébuleuse de la lune, la jeune femme recula et prit appui contre la fenêtre du petit restaurant, s'efforçant de maîtriser la panique qui commençait à la submerger. Là, sur la chaussée en contrebas, un homme venait de quitter sa voiture et s'avançait vers elle. Que lui voulait-il ? Si seulement elle pouvait apercevoir son visage…

Les sourcils froncés, elle le regarda gravir les quelques marches qui séparaient le restaurant de la rue. Grand, large d'épaules, il paraissait jeune, une trentaine d'années tout au plus, mais à cause de l'obscurité, elle ne pouvait en dire davantage. La clarté d'une torche l'éblouit tout à coup, l'obligeant à détourner le regard.

— Qui êtes-vous ? demanda-t-elle d'un ton sec afin de paraître parfaitement sûre d'elle.

Mais elle ne put réprimer un frisson d'angoisse quand elle vit que l'homme n'hésitait pas à s'approcher.

— Je suis Sam Dawson, le shérif.

Cette fois, l'homme était arrivé à sa hauteur. Ou plus exactement, il la dominait de toute sa haute taille, et elle apercevait nettement l'insigne épinglé sur la chemise kaki.

— Si vous me disiez ce que vous faites ici à une heure pareille ? poursuivit-il.

Jessica s'efforça de respirer calmement et prit son temps pour dévisager son interlocuteur à la lueur de l'enseigne du restaurant. Il était beau. Et même, très beau. Les contours de son visage étaient nettement dessinés, les pommettes bien marquées, le nez long et fin, la mâchoire volontaire. Les yeux de la jeune femme s'arrêtèrent un instant sur la bouche aux lèvres pleines avant de revenir vers ses yeux qu'elle ne parvint cependant pas à distinguer.

— J'ai aperçu cet écriteau en descendant du bus et je…, commença-t-elle.

— Vous êtes arrivée ici en bus ?

— Oui.

Effectivement, au moment de quitter Willow Springs pour Thunder Lake, qui lui avait paru un bon endroit pour se cacher, Jessica avait préféré utiliser les transports en commun plutôt que sa voyante Ferrari. Tout à l'heure, à son arrivée dans la petite ville, son regard avait été attiré depuis le bus par l'écriteau accroché à la porte de ce restaurant, et elle y avait aussitôt vu une invitation à venir se renseigner. « Urgent : on demande une serveuse », disaient les caractères soigneusement tracés à la main sur une ardoise d'écolier. Malheureusement, l'établissement était déjà fermé quand elle s'y était présentée. Tout naturellement, elle s'était approchée des fenêtres et avait essayé d'apercevoir l'intérieur afin de se faire une idée des lieux, mais l'obscurité l'avait empêchée de distinguer quoi que ce soit. Pourquoi fallait-il que cet homme vienne la questionner comme si elle était une voleuse ?

— Venez par ici, lui ordonna-t-il en lui faisant signe de s'avancer vers lui.

Elle obéit à contrecœur et le rejoignit devant la porte d'entrée, éclairée par un néon.

— D'où venez-vous ? reprit-il.

De nouveau, la panique s'empara de la jeune femme. Qu'allait-elle répondre si jamais il lui demandait son nom ?

— Euh… du Sud.

— Du Sud ? C'est plutôt vague, ça ! Allons, mademoiselle, vous aimez vous entourer de mystère ?

Il s'était penché vers elle et essayait de capter son regard.

— Non, pas du tout…, balbutia-t-elle.

— Quel est votre nom ?

— Scott ! Jessica Scott.

« Mon Dieu, faites qu'il ne me demande pas mes papiers d'identité ! » Quelle idiote elle était de ne pas avoir pensé que, tôt ou tard, elle aurait à affronter ce genre de situation ! Au moment de partir, elle avait seulement décidé d'utiliser le nom d'une des employées de la maison. Puisqu'elle voulait disparaître de la circulation pendant quelque temps, mieux valait évidemment ne pas mentionner son véritable patronyme. Hélas, ses papiers étaient au nom de Walker…

Vite, elle s'efforça de détourner la conversation.

— Je voulais savoir à quelle heure ouvrait le restaurant pour arriver en avance demain matin, reprit-elle. Je tiens à être la première à me présenter pour le poste.

L'homme se mit à rire, d'un rire un peu rauque et doux en même temps. Comme par magie, ce rire inattendu apaisa Jessica plus sûrement que ne l'auraient fait les paroles les plus amicales.

— Ne vous inquiétez pas, il n'y aura pas foule pour un emploi de serveuse !

Jessica chercha à réagir normalement. Avant tout, il fallait éviter qu'il ne poursuive son interrogatoire…

— Ah ! J'aurai toutes mes chances alors !

— Vous avez déjà été serveuse ?

Sans hésiter, elle hocha la tête avec une énergie qui frisait le mensonge. En toute honnêteté, elle aurait dû répondre qu'elle avait de nombreuses cordes à son arc. Par exemple, que sa brillante conversation avait, à plusieurs reprises, enchanté les invités à la table du gouverneur, ou encore que son charme personnel avait amené un riche entrepreneur à signer un chèque important en faveur des bonnes œuvres dont elle s'occupait, et, pourquoi pas ? qu'elle évoluait avec une parfaite aisance au sein de la meilleure société… mais que, non, jamais, au grand jamais, elle n'avait travaillé un seul jour de sa vie ! Quant à être serveuse…

— Vous êtes venue rendre visite à quelqu'un ici ? voulut-il savoir.

Encore une question ! Allait-il enfin s'arrêter ?

— Non.

Cette fois, elle était sincère. Elle avait jeté son dévolu sur cette ville par pur hasard. Elle se revoyait, les yeux fermés, laissant son doigt planer au-dessus de la carte du Nevada. Il avait finalement atterri sur Thunder Lake, et ce nom lui avait paru plein de poésie. Aussitôt elle avait imaginé des grands pins autour d'un lac aux eaux d'un bleu profond. Quelle erreur de s'être laissé emporter par ces visions idylliques ! Elle s'en repentait amèrement à présent. Elle aurait mieux fait de choisir une grande ville dans un autre Etat plutôt que d'être venue dans ce petit coin perdu.

Un long moment le shérif la dévisagea, comme pour

apprendre par cœur les traits de son visage. Puis il parut se détendre. Sans doute venait-il de conclure qu'elle n'avait pas une tête à entrer par effraction dans l'établissement ?

— Où avez-vous prévu de passer la nuit, mademoiselle ?

Seigneur… Elle n'en avait pas la moindre idée ! Mal à l'aise de nouveau, elle évita son regard. Cela lui permit d'apercevoir, un peu plus bas dans la rue, un motel dont l'enseigne clignotait, exactement comme un phare dans la tempête, qui venait au secours de la voyageuse égarée qu'elle était.

— Juste là ! répondit-elle en désignant l'établissement du menton.

La brise nocturne soudain l'enveloppa, ébouriffant ses cheveux. L'air frais du mois d'avril la fit frissonner.

— Il fait froid, constata le shérif, en la dévisageant attentivement. Regagnez votre chambre. Thunder Lake est une petite ville tranquille, mais ce n'est tout de même pas recommandé pour une jeune femme de traîner seule dans les rues à une heure aussi tardive.

— Mais il n'est pas tard, il est à peine 21 heures !

— Chez nous, c'est déjà l'heure de rester chez soi. A part l'été, quand les touristes viennent en vacances, tout le monde se lève tôt et se couche tôt. Les gens travaillent dur, par ici, précisa-t-il avec une pointe de fierté. J'ai l'impression que vous êtes plutôt accoutumée au rythme de la ville, mademoiselle…

D'instinct, elle se raidit. Pourquoi avait-il dit cela ? Mieux valait se tenir sur ses gardes. Elle avait affaire à quelqu'un qui était sûrement habitué à comprendre à demi-mot. Plus tôt elle s'en éloignerait, mieux ce serait.

— Je… je crois que vous avez raison. Je vais rentrer au motel.

Elle lui adressa un semblant de sourire, avec l'espoir que leur conversation ne lui avait pas permis de deviner qu'elle était en fuite.

— Bonsoir, shérif !

Puis, du pas assuré de celle qui sait où elle va, elle se dirigea vers les quelques marches qui descendaient dans la rue. L'homme ne bougea pas. Que lui voulait-il encore ? Elle était à bout de nerfs maintenant et ne réussirait sûrement pas à donner le change encore longtemps.

— Bienvenue à Thunder Lake, Jessica Scott ! lança-t-il.

Soulagée, elle faillit laisser échapper un petit éclat de rire nerveux.

— Merci !

Sur ce, elle se hâta de contourner son interlocuteur pour gagner le motel avant de lui donner l'occasion de la percer à jour. La partie était gagnée, il ne lui demanderait plus rien pour l'instant, mais mieux valait ne pas s'attarder.

Une fois dans la rue, elle longea sa voiture sur laquelle elle distingua nettement le sigle de la police de la ville.

« Eh bien ! se dit-elle avec un petit frisson. L'aventure commence sur les chapeaux de roue ! Je suis ici depuis à peine une demi-heure et j'ai déjà attiré l'attention du shérif… »

Une fois arrivée à proximité du motel, elle ne put résister à l'envie de se retourner. Sam Dawson se tenait debout près de son véhicule, le visage caché par la pénombre.

Pourtant elle eut la certitude qu'il la suivait des yeux.

- 2 -

Depuis un bon moment déjà, Sam observait un colibri voleter autour de la mangeoire que la voisine avait installée dans le grand chêne de son jardin. En avril, les journées se déroulaient calmement. Tant que la saison touristique n'avait pas commencé, son travail consistait essentiellement à patrouiller à travers la ville et à assister à des réunions au cours desquelles il tentait de négocier de nouveaux crédits pour renouveler le parc automobile et les uniformes de son détachement. Autant dire que sa vie n'était pas régie par le stress.

Le bruit des chaises de la cuisine tirées sur le carrelage ne réussit pas tout à fait à lui faire abandonner sa rêverie. Un moment encore, il préférait penser à la femme qu'il avait aperçue la veille au soir. Etrange… Elle n'avait pas du tout l'air à sa place, debout dans le noir, devant cet écriteau, mais étant donné sa silhouette frêle, elle ne représentait certainement pas une menace pour qui que ce soit à Thunder Lake. Bien sûr, il aurait pu lui poser d'autres questions, mais à quoi bon l'ennuyer ? Si jamais elle obtenait l'emploi qu'elle convoitait, il finirait bien par en apprendre davantage sur elle.

La bonne odeur du café le fit se détourner de la fenêtre. Le grand soleil du matin baignait la cuisine d'une lumière généreuse qui annonçait déjà l'arrivée des beaux jours. Il s'approcha de la machine à café, attendit que les dernières gouttes s'écoulent tout en se disant qu'il ferait bien de faire un effort pour diminuer sa consommation. C'était bien beau d'avoir arrêté de fumer, mais ce serait encore mieux s'il diminuait sa dose de caféine…

— Papa, je veux les céréales au chocolat…

Sam tendit la main vers les bols tout en jetant un coup d'œil vers Casey. Affalée sur sa chaise, la petite fille bâillait à fendre l'âme.

— Il faut manger quelque chose de plus nourrissant au petit déjeuner, pas vrai, papa ? demanda l'aînée.

Sam retint un sourire attendri. A six ans, Annie était profondément imbue de sa compétence maternelle, qu'il s'agisse de commander à ses poupées ou à sa sœur cadette, quand ce n'était pas à son propre père d'ailleurs !

Par moments, elle ressemblait tellement à sa mère que le cœur de Sam se tordait de chagrin. Comme Christina, elle avait des cheveux dorés, soyeux, qu'elle avait voulu couper récemment pour adopter la même coiffure que ses copines. Il l'avait laissée faire. Après tout, il n'aurait plus besoin, le matin, de se bagarrer avec des barrettes au fermoir capricieux, ni avec ces espèces de ronds de serviettes en tissu qu'elle appelait des « chouchous »… Et plus de nattes à tresser en quatrième vitesse pour ne pas être en retard à l'école ! Dans le fond, c'était une bonne idée, ces cheveux courts.

Il laissa échapper un soupir. Comme le temps avait passé vite ! Il revoyait encore le jour où il avait quitté Las Vegas avec Christina, enceinte, pour venir faire une carrière de shérif dans ce coin tranquille du Nevada qui l'avait vu grandir.

— Papa, je veux les céréales au chocolat ! insista Casey qui commençait déjà à faire la moue.

Sam referma le placard. Retour au petit déjeuner des filles !

— De toute façon, il n'en reste plus, intervint Annie. Papa n'a pas fait les courses hier.

Sam rentra les épaules malgré lui. A entendre le ton de sa fille aînée, on aurait vraiment dit qu'il avait commis le crime du siècle !

L'incrédulité perça dans la voix de la cadette.

— Papa ! C'est vrai ?

A quatre ans, Casey préférait jouer à faire des pâtés et monter sur sa petite bicyclette plutôt que de se soucier de sa coiffure. Tant mieux, car avec ses cheveux blonds lâchés sur ses épaules, elle était tout simplement à croquer. Alors que sa sœur maîtrisait déjà le ton pincé sur lequel, dans quelques années, elle ferait les pires remontrances avec des mots bien choisis, Casey n'avait besoin de rien dire. D'un seul regard de ses yeux bleus, elle vous clouait sur place, vous coupant à la fois le geste et la parole. Et à cet instant précis, il suffisait à Sam de la regarder froncer les sourcils pour comprendre qu'elle était prête à utiliser son arme favorite.

— Non, j'en ai racheté un paquet.

Le sourire revint aussitôt sur le petit visage.

— Ah ! Tu vois, Annie !

— Je vais vous en donner un bol à chacune à condition que vous mangiez aussi une tartine, intervint Sam, sentant monter la dispute.

— De toute façon, s'il n'y en avait pas eu pour nous deux, je lui aurais laissé ma part, assura Annie.

Surpris, Sam se tourna vers elle. Quelle soudaine générosité ! Quel était donc ce nouveau genre ? Il avait bien du mal à suivre les métamorphoses surprenantes de son aînée...

Les deux fillettes se mirent à croquer de bon cœur les flocons qui flottaient dans un lait de plus en plus marron tandis que, debout à côté de la table, il savourait sa tasse de café.

— Ah, voilà Mme Mulvane ! annonça Casey comme ils entendaient la porte d'entrée s'ouvrir.

— Bonjour tout le monde ! lança Arlene Mulvane en souriant.

Depuis quelque temps, Arlene était la nourrice de Casey et d'Annie. Elle n'était plus toute jeune puisqu'elle avait déjà quatre petits-enfants, mais quelques semaines plus tôt, quand la quatrième baby-sitter engagée par Sam depuis la mort de Christina était partie rejoindre sa famille à Houston, elle s'était présentée d'elle-même pour dire que ce poste l'intéressait. Sam, qui connaissait bien sa petite ville, s'était demandé si les âmes charitables de Thunder Lake n'avaient pas tiré à la courte paille pour savoir qui se proposerait pour venir en aide à « ce pauvre homme seul avec ses deux gamines »… Toujours est-il qu'Arlene s'était parfaitement adaptée et traitait Casey et Annie comme ses propres petites-filles. Elle ne vivait pas chez eux, mais ne refusait jamais de rester tard le soir quand Sam était retenu en ville par une réunion.

— Nous allons visiter la caserne des pompiers avec l'école, annonça Annie à Arlene.

— Bof… Moi je préférerais aller à la ferme où on élève des lézards, intervint Casey.

— Berk ! rétorqua Annie en fronçant le nez, histoire d'afficher clairement le dégoût qu'elle éprouvait à l'égard de ces bestioles.

Puis, se tournant vers son père, elle ajouta :

— N'oublie pas notre rendez-vous !

Sam lui adressa un sourire affectueux. Il entrevoyait déjà le jour où ce ne serait plus lui mais un autre homme à qui s'adresserait ce regard plein d'impatience... Mais pour l'instant tout au moins, il en avait l'exclusivité.

— Pas de risque, ma chérie !

— Vers 12 h 30 ? demanda Arlene.

— Oui, comme d'habitude, répondit Sam en vidant sa tasse.

Tous les samedis, ils se retrouvaient au petit restaurant de Thunder Lake pour déjeuner ensemble. C'était leur façon de commencer le week-end en famille.

La cloche de la porte d'entrée du restaurant ne cessait de retentir. La salle était bondée et, au-dessus des tables recouvertes de nappes bleues, flottaient l'arôme du café frais et le parfum des brioches à la cannelle. Une serveuse déposait les tasses sur le comptoir devant les habitués du petit déjeuner. Une musique country s'échappait du juke-box situé au fond de la pièce, tandis qu'une autre serveuse, plusieurs assiettes en équilibre miraculeux sur le bras, se frayait avec adresse un chemin vers les tables placées devant les fenêtres du fond.

Jessica s'était présentée au restaurant dès les premières heures du jour, alors que la rosée tremblait encore sur les plantes le long du chemin. Et, depuis, elle vivait la plus épouvantable matinée de sa vie ! Tout ce remue-ménage lui faisait perdre la tête et lui donnait presque la nausée ; elle intervertissait les commandes des clients et redoutait à chaque instant de renverser les assiettes qu'elle transportait. Comment avait-elle osé imaginer, ne serait-ce qu'une seule seconde, qu'elle n'aurait pas de problèmes ? Mentir au patron ce matin pour décrocher le poste n'avait pas été bien difficile, mais depuis… Pourtant, elle avait vraiment cru qu'elle serait capable de se débrouiller sans histoire.

Quelle prétention !

Installés à une table à côté du comptoir, deux maçons d'un chantier voisin attendaient la bouteille de Tabasco pour assaisonner leurs œufs sur le plat, tandis que l'homme assis au fond de la salle commençait à manifester son impatience en la regardant de travers entre deux coups d'œil jetés sur la pendule.

— Scott, ta commande est prête ! cria Jack depuis la cuisine.

Il fallut quelques instants à Jessica pour se rappeler que c'était à elle que l'on s'adressait. Quand elle s'était proposée pour le poste, Jack, le patron, lui avait demandé pourquoi sa carte d'identité mentionnait le nom de « Walker ». Elle avait répondu qu'elle n'avait pas fait modifier ses papiers depuis son changement de situation, ce qui laissait supposer que « Walker » était son nom de femme mariée. Inquiète, elle avait retenu son souffle un moment, mais, pressé de commencer sa journée, Jack lui avait tendu le T-shirt et le jean fournis par l'établissement comme tenue de travail, et n'avait plus mentionné que le nom de Scott.

Aussitôt, Jessica pivota sur elle-même et alla chercher sa commande. Déjà, elle avait renoncé à aligner les assiettes le long de son bras comme le faisaient ses collègues. Mieux valait faire plusieurs trajets que renverser sa cargaison sur le sol… Une assiette dans chaque main, c'était bien assez pour elle ! Ainsi lestée, elle se dirigea avec assurance vers la table du client courroucé.

— Ce n'est pas ce que je vous ai demandé ! grogna-t-il quand elle eut déposé devant lui deux œufs frits accompagnés de tranches de bacon.

Zut ! Elle était pourtant persuadée d'avoir soigneusement noté sa commande.

— Je vais arranger cela tout de suite ! déclara-t-elle cependant avec son sourire le plus aimable.

Elle retourna vers le comptoir et revint servir du café au client mécontent, dans l'espoir de le faire patienter. Une petite femme d'une soixantaine d'années au sourire plutôt sympathique l'arrêta comme elle passait près d'elle. Avec son chemisier aux couleurs vives et ses cheveux d'un roux éclatant, elle ne passait pas inaperçue. Jessica avait remarqué qu'elle la regardait depuis le début, et comme les autres serveuses et Jack lui-même lui avaient tous adressé quelques paroles aimables, elle en avait déduit qu'il s'agissait d'une habituée.

— Je m'appelle Trudy Holtrum, annonça cette dernière. Il paraît que vous êtes la nouvelle serveuse ?

— Oui, je m'appelle Jessica Scott, répondit Jessica, un peu méfiante, en lui versant du café.

— Avez-vous déjà rencontré notre shérif ? enchaîna Trudy.

Surprise, Jessica fronça les sourcils. Pourquoi pareille question ?

— Euh… oui, je l'ai aperçu.

— Vous ne l'avez pas trouvé séduisant ?

— Pardon ?

Cette fois, Jessica ne put cacher sa stupéfaction. En face d'elle, la femme souriait, totalement inconsciente de son manque de discrétion. Tout en parlant, elle agitait son bras chargé de bracelets bariolés qui tintinnabulaient gaiement.

— Je travaille avec lui, et je peux vous affirmer que c'est un homme tout à fait charmant ! poursuivit Trudy qui semblait être du genre à mener ses discussions jusqu'au bout. Croyez-moi, vous devriez faire sa connaissance, c'est un conseil que je vous donne.

La jeune femme sourit poliment. Trudy devait être l'originale de la ville.

La bousculade du petit déjeuner finit tout de même par s'apaiser, et Jessica apprécia de pouvoir souffler un peu. Elle fit de nouveau une tournée avec la cafetière, puis vérifia le contenu des sucriers sur les tables avant de commencer à disposer les couverts pour le repas de midi, au fur et à mesure que les tables se libéraient.

Vers 11 h 30, une nouvelle vague de clients commença à arriver, et la jeune femme sentit de nouveau l'appréhension la gagner.

Très vite, les tables se remplirent, les tabourets disposés devant le comptoir furent également pris d'assaut, mais elle remarqua que personne ne s'installait à la première table du secteur dont elle était responsable. Voilà qui était inquiétant… Sa mauvaise réputation s'était-elle déjà répandue comme une traînée de poudre dans Thunder Lake pour que les clients l'évitent avec tant de soin ?

Sur le coup de midi et demi toutefois, elle comprit qu'elle n'avait rien à voir avec cette étrange désertion.

Comme elle déposait une portion de poulet rôti accompagné de purée maison devant un client, la cloche tinta une fois de plus et elle entendit Jack saluer le nouveau venu d'une voix claironnante.

— Salut, shérif ! Ta table t'attend, comme d'habitude !

Ainsi donc, la table vide qui lui causait tant de souci était réservée à Sam Dawson…

Ce qui se passa ensuite ne fut pas sa faute, mais celle du shérif lui-même. En tout cas, c'est ce qu'elle décida en toute bonne foi. Il avait qu'à ne pas être aussi séduisant ! Au lieu

de l'observer du coin de l'œil comme elle n'avait pu s'empêcher de le faire, elle se serait concentrée sur le plateau qu'elle
portait et… ne l'aurait pas renversé.

Toutes les assiettes qu'elle transportait éclatèrent bruyam-
ment sur le carrelage blanc et noir. Aussitôt, tous les regards
se braquèrent sur elle tandis que Jack lui adressait un rictus
de mécontentement qui valait tous les reproches existants.

Rouge de confusion, elle se baissa et commença à ramasser les
morceaux en pestant contre elle-même et sa maladresse.

— Attends ! Je vais t'aider.

Un balai à la main, Cory Winston, une jeune femme blonde
d'une trentaine d'années employée par Jack depuis qu'elle
avait quitté le lycée, commençait déjà à rassembler les éclats
de vaisselle avant de les ramasser avec une pelle. Jessica la
remercia d'un sourire. Dès son arrivée ce matin, elle avait
sympathisé avec elle. Et Cory faisait tout ce qu'elle pouvait
pour que sa nouvelle collègue se sente à l'aise, ce qui était
loin d'être gagné.

— Ne t'inquiète pas, souffla Cory. Ta réaction est tout
à fait normale ! Il tourne la tête à toutes les femmes qu'il
rencontre.

Penchée à côté de sa collègue, Jessica repoussa machinalement les mèches de cheveux qui lui retombaient devant les
yeux. « Il », bien sûr, c'était le shérif…

— Mais ne te fais pas trop d'illusions, poursuivit Cory.
C'est un veuf qui ne cherche pas l'aventure.

— Oh, mais ce n'est pas ce…

Cory s'était relevée avant que Jessica ait pu lui expliquer
qu'elle non plus ne cherchait pas l'aventure. Mais après tout,
tant mieux si Cory s'imaginait qu'elle réagissait comme toute
femme normalement constituée et qu'elle aussi éprouvait
une attraction irrésistible pour l'adonis de Thunder Lake…

Comment avouer qu'elle était une future mariée en fuite ? Y avait-il des mots pour expliquer pareille chose ? Jessica rechercha un instant la formule la mieux adaptée à son étrange situation. Quelque chose dans le genre de : « Je suis partie de chez moi sans rien dire à personne… Je ne veux pas que ma famille me retrouve… Surtout, ne dis rien au shérif… » Non ! C'était impossible ! Cory avait beau être très sympathique, il était hors de question qu'elle lui confie pareil secret.

— On dirait qu'il a envie de m'ajouter à sa liste de bandits de grand chemin…, annonça Jessica en constatant que le shérif ne l'avait pas quittée des yeux un instant.

— C'est vrai que tu parais l'intéresser ! reconnut sa collègue avec un sourire entendu.

« Un peu trop », pensa Jessica, que la crainte d'être percée à jour reprenait. Contrariée, elle détourna son regard et contempla le petit désastre dont elle était la cause. Assez de nervosité pour aujourd'hui ! A partir de maintenant, il fallait absolument qu'elle se contrôle sous peine d'éveiller les soupçons.

De toute façon, elle n'avait pas vraiment de raison d'être inquiète. Ni sa mère ni son grand-père n'avait avisé Willow Springs ni aucune autre ville du Nevada de sa fugue, elle en était persuadée. Ce n'était pas leur genre de s'adresser à la police. Les habitudes distinguées de sa mère l'orienteraient vers une méthode plus discrète. Sans aucun doute, ce serait à un détective privé qu'elle ferait appel pour retrouver sa fille.

Jessica finit de se débarrasser des plus gros morceaux de la vaisselle. Puis Cory donna un dernier coup de balai avant que l'homme de ménage du restaurant achève le nettoyage. Jessica s'excusa et le remercia chaleureusement avant de regagner le comptoir. Jack paraissait furieux. Combien allait-il déduire de sa paye en contrepartie des dégâts causés ?

Dire qu'elle avait besoin du moindre sou qu'elle avait espéré gagner en prenant ce poste… Elle laissa échapper un petit rire ironique. Pour quelqu'un qui n'avait jamais eu à se soucier de questions matérielles, voilà qu'elle devenait obsédée par les problèmes d'argent !

Courageusement, elle afficha un sourire aimable et inscrivit sur son carnet la commande que lui passait un représentant de commerce. Crêpe à la chantilly… Bon, pas question de se tromper, cette fois, en lui apportant une saucisse grillée, ni de se faire remarquer par quelque spectaculaire acrobatie !

Sam considérait qu'en tant que shérif, il devait s'intéresser à tout ce qui se passait en ville. N'importe quel nouveau venu aurait attiré sa curiosité. Du moins, c'est l'excuse qu'il se donnait pour suivre des yeux la nouvelle serveuse engagée par Jack. Elle se donnait beaucoup de mal et ne cessait de courir du passe-plat jusqu'aux tables, apparemment assez stressée, mais tellement gracieuse…

Pourtant, cette déformation professionnelle n'expliquait pas totalement l'intérêt qu'il portait à la nouvelle venue. En fait, elle ne paraissait pas à sa place dans cet établissement. Oui, elle était trop distinguée pour travailler ici… Et cela, même si elle portait avec aisance le T-shirt bleu et le jean tout neufs que Jack lui avait remis en l'engageant.

Elle était vraiment charmante, avec ses longues jambes et ses cheveux auburn retenus sur la nuque par une grosse barrette dorée. Son visage ovale irradiait de douceur, de même que ses yeux bleu pâle. Par contre, le nez droit et la bouche pulpeuse laissaient deviner une certaine force de caractère sous cet abord affable. Elle était toute simple et rayonnante. Une beauté.

En entendant des voix d'hommes s'élever derrière lui, Sam se retourna. Morly Wells était assis à une table voisine en compagnie de son meilleur ami, Lloyd Guthrie. Comme d'habitude, ils commençaient à se disputer à propos du match de foot auquel ils avaient assisté la veille, mais cela n'avait rien d'inquiétant. Au contraire, ces discussions animées faisaient partie de la routine de Thunder Lake, puisque pas un jour ne passait sans qu'un échange un peu vif ne les oppose sur quelque sujet de conversation que ce soit.

Amusé, Sam les écouta argumenter un moment, puis regarda la pendule accrochée au-dessus du comptoir. Ses filles étaient en retard. Son regard revint vers Jessica Scott, et il la surprit en train de sourire. Oh, pas à lui ! Mais à un client d'un certain âge devant lequel elle venait de déposer une portion de tarte au citron. Une vive émotion le submergea. Que lui arrivait-il ? Certes, il avait toujours adoré les sourires rayonnants de gentillesse comme celui-ci, mais cela faisait belle lurette qu'aucune femme n'avait retenu son attention… Un an et demi exactement. Depuis la mort de Christina.

Un fracas de couverts atterrissant sur le carrelage le fit de nouveau regarder en direction de la nouvelle employée. Décidément, la malheureuse avait du mal à s'adapter. Déjà, elle s'était accroupie pour ramasser les fourchettes et les couteaux qui s'étalaient à ses pieds. Quel personnage étonnant… Elle se déplaçait avec beaucoup grâce, mais paraissait vraiment avoir deux mains gauches !

Tout à l'heure, elle s'était approchée de Morly pour lui servir du café, et d'un geste maladroit, encore un ! avait renversé le verre qui se trouvait à côté de la tasse. C'est tout juste si Morly avait eu le temps de s'écarter pour éviter que l'eau ne coule sur son pantalon. A ce rythme-là, pensa Sam elle ne finirait certainement pas la semaine chez Jack.

Accroupie sur le sol, Jessica ramassait les couverts qu'elle avait laissés tomber et les rassemblait sur un plateau. Comme de bien entendu, le patron la regardait de nouveau de façon fort peu aimable. Mais pourquoi diable était-elle aussi maladroite ?

Lasse de tant d'efforts couronnés de si peu de succès, elle se dirigea vers la cuisine pour faire laver les couverts et revint, crayon à la main, prendre les nouvelles commandes. Au moment où elle passa devant la table de Sam Dawson, ce dernier lui lança :

— Je vois que vous avez obtenu le poste !

Elle sentit son cœur s'emballer. Le shérif de Thunder Lake était beau à tomber raide, avec ses cheveux châtain foncé, éclaircis de quelques mèches décolorées par le soleil, et ses petites rides au coin des yeux les plus bleus qu'elle ait jamais vus…

— Jack m'a dit que vous étiez là à la première heure, ajouta-t-il de sa voix grave.

Ah… Cela signifiait donc qu'il s'était renseigné à son sujet auprès du patron du restaurant. Son estomac se serra.

— Oui, en effet, confirma-t-elle.

— Vous avez décidé de rester ?

— Je ne sais pas encore…

Elle se rendit compte alors que ses doigts étaient crispés sur son crayon. Voilà qui n'allait pas du tout ! Il fallait se détendre, paraître naturelle… Enfin, essayer.

273

— Tous les gens que j'ai rencontrés se sont montrés très aimables avec moi, poursuivit-elle sans savoir pourquoi.

Mais les battements de son cœur n'avaient rien à voir avec le plaisir d'avoir été accueillie aussi gentiment. Cet homme la troublait. Il la perturbait, pour tout dire. Autant de bonnes raisons pour garder ses distances. Alors pourquoi restait-elle sur place ?

— Voulez-vous quelque chose à boire ? proposa-t-elle.

— Je prendrai volontiers un jus de raisin.

— Nous en avons de délicieux ici.

— Oui, je sais…

Evidemment qu'il savait ! Il était un client régulier de l'établissement.

Et en plus, il la rendait idiote !

— Voulez-vous que je prenne votre commande ? enchaîna-t-elle vivement.

— Non, pas tout de suite. J'attends de la compagnie, répondit-il d'une voix traînante en jetant un coup d'œil à sa main gauche.

Que cherchait-il ? Une alliance ?

— Il y a longtemps que vous faites ce métier ? reprit-il.

Prise de court, Jessica se réfugia dans un geste professionnel et attrapa le verre qui se trouvait devant lui afin de débarrasser la table.

— Eh ! vous m'enlevez mon verre ! s'exclama-t-il.

— Pardon ?

— Vous venez d'enlever mon verre, répéta-t-il avec un sourire amusé. Mais je vous le cède volontiers si vous le trouvez joli !

Seigneur… Voilà qu'il se moquait d'elle à présent… Elle baissa les yeux et réalisa qu'elle avait plongé ses doigts dans le verre plein d'eau de son client. Mais où avait-elle donc la tête ? Elle se sentit devenir rouge comme une pivoine. L'heure était venue de battre en retraite.

— Excusez-moi, je vais vous en chercher un autre tout de suite et je vous apporte votre jus de raisin, dit-elle d'un trait en s'esquivant.

Pourquoi se sentait-elle aussi nerveuse face à cet homme ? Il n'y avait aucune raison à cela. S'il savait qui elle était réellement, il lui aurait déjà dit quelque chose ! se persuada-t-elle.

— Je vous avais bien prévenue que je vous prenais à l'essai, grommela Jack comme elle arrivait près du comptoir où il se tenait. Et je ne suis pas certain que vous fassiez l'affaire...

Mon Dieu... Il avait déjà l'intention de la mettre à la porte ? Dans le fond, elle ne pouvait le blâmer. Depuis ce matin, elle n'avait cessé d'accumuler bêtise sur bêtise. Elle avait mélangé les commandes, inondé un client, cassé des assiettes, laissé tomber les couverts à l'heure de pointe...

— Je... je vais m'appliquer à faire mieux, balbutia-t-elle. Je vous le promets !

Comme elle aurait aimé que la journée soit déjà terminée ! Elle saisit la bouteille de Tabasco et, en passant à la hauteur de Sam Dawson, croisa son regard. Elle y lut une sympathie qui lui fit monter les larmes aux yeux. Il avait compris, aussi bien que Jack ou n'importe qui d'autre dans la pièce, qu'elle n'avait aucune expérience dans la profession. Eh bien, oui, c'était vrai, elle ne connaissait rien au métier ! Et si elle se trouvait ici, en train de s'échiner à jouer le rôle de la parfaite serveuse, ce n'était pas par choix, loin de là.

Si sa mère ne lui avait pas annoncé, un beau matin, qu'elle lui avait trouvé le mari idéal en la personne d'un beau téné-breux nommé Ryan Noble, elle ne serait pas à des kilomètres de chez elle en train de casser des assiettes et de renverser des plateaux ! Pour comble de malheur, son grand-père ne jurait que par ce Ryan Noble, qu'il considérait comme le plus prometteur de ses associés. Face à tant d'adversité, Jessica avait paniqué. Comment arriverait-elle à les convaincre que leur choix n'était pas le sien ?

Elle ne réussirait pas, elle le savait ; son histoire personnelle pesait trop lourd sur ses épaules. Depuis toujours, elle s'efforçait de faire plaisir à sa mère et à son grand-père. Jusqu'à ce jour, elle avait été un modèle d'obéissance, acceptant toutes leurs suggestions sans rechigner, se pliant à tous leurs désirs avec bonne grâce. Quand elle leur avait déclaré qu'elle ne souhaitait pas épouser Ryan Noble, aussi plein de qualités fût-il, une dispute épouvantable avait éclaté entre eux. La première.

Sa mère s'était montrée intraitable.

— Ryan Noble a été choisi par ton grand-père, c'est donc lui qui sera ton mari ! Jamais tu ne trouveras meilleur parti. Cesse de te comporter comme une sotte et apprends à mieux connaître ce jeune homme.

Jessica n'avait rien répondu, cela n'aurait servi à rien en un pareil moment, mais elle avait son idée. Claire et nette. Irrévocable. Elle n'aurait pas besoin de dire « non » devant tout le monde le jour de son mariage, dans sa belle robe blanche. Il n'y aurait pas de mariage, tout simplement.

Calme, silencieuse, elle s'était contentée de quitter la pièce et de gagner sa chambre. Là, elle avait rangé quelques affaires dans un sac de voyage et, une fois tout le monde couché, était descendue déposer un mot sur la table de la cuisine pour dire qu'elle donnerait bientôt de ses nouvelles. Ensuite, elle avait disparu sans faire de bruit.

Pour la première fois de sa vie, Jessica Walker, future héritière de la fortune de cette famille richissime, avait décidé de refuser ce qu'on voulait lui imposer. Elle était partie avec quelques dollars en poche et sa carte de crédit pour des vacances imprévues et indéterminées. Dans quelque temps, quand elle appellerait chez elle, sa famille aurait compris à quel point sa décision de refuser d'épouser Ryan était sérieuse, et n'insisterait pas.

Hélas, son plan avait vite tourné court. Dès le premier jour, elle avait eu besoin d'utiliser sa carte de crédit pour payer l'hôtel. Elle avait alors réalisé que si elle continuait ainsi, on retrouverait sa trace avec la plus grande facilité. Elle avait aussitôt décidé d'aller dans une banque retirer une grosse somme d'argent afin de ne plus avoir à se préoccuper de cette question. Quelle n'avait pas été sa déception de découvrir que son compte avait été fermé ! Elle eut tôt fait de comprendre. Sa mère avait dû faire bon usage de la signature dont elle disposait puisque le compte avait été ouvert alors que Jessica était encore mineure. Comme toujours, Deidre Walker ne perdait pas la tête et ne plaisantait pas…

Jessica avait rapidement réagi à ce coup dur. Sa famille s'entêtait à vouloir lui faire épouser Ryan Noble ? Parfait. Elle s'entêterait tout autant à lui prouver qu'elle n'en voulait pas. A aucun prix. Une telle obstination n'était pas dans ses habitudes, mais cette fois, elle allait montrer qu'elle était autre chose que la jolie poupée soumise qu'ils croyaient. Oui, elle refusait d'obéir ! Crise aiguë de romantisme ? Peut-être… Toujours est-il qu'elle voulait se marier avec un homme qu'elle aurait elle-même choisi et dont elle serait réellement amoureuse. Mais en attendant que sa famille ait accepté sa décision, elle devait se débrouiller toute seule…

Et apparemment, ce n'était pas gagné d'avance.

- 3 -

En entendant tinter la cloche de l'entrée, Jessica leva le nez pour découvrir le nouveau client. Cette fois, ce fut une dame assez forte, aux cheveux gris, accompagnée de deux blondinettes, qui pénétra dans l'établissement. Jessica ne put s'empêcher de sourire en voyant la plus petite des deux fillettes arborer avec une fierté non dissimulée une casquette de base-ball du plus beau vert.

— Papa ! s'écria-t-elle.

Les deux petites filles s'élancèrent à l'intérieur du restaurant. La cafetière à la main, Jessica fit des yeux le tour de la pièce à la recherche de l'heureux père de cette adorable progéniture. Mais elle se figea net en les voyant s'arrêter à la table du shérif.

Déjà, elles avaient commencé à le submerger de paroles.

— Amanda dépasse tout le temps quand elle colorie ! annonça la plus petite, sur un ton qui signifiait clairement que l'on ne pouvait commettre faute plus terrible.

Avec un sourire, Sam Dawson fit basculer en arrière la casquette dont la visière cachait les yeux de sa fille, puis il la souleva pour la déposer sur la banquette à côté de lui tandis que l'aînée, plus calme, s'installait sur une chaise, de l'autre côté de la table.

Fascinée, Jessica en oublia de continuer son service. Elles étaient craquantes toutes les deux ! Et orphelines, d'après ce que Cory lui avait dit tout à l'heure.

Jessica sentit son cœur se serrer. Pauvres gamines. « Jessica, tu es trop sensible », se reprocha-t-elle. Combien de fois sa mère ne lui avait-elle pas fait cette réflexion ! Mais était-ce un trait de caractère tellement horrible ? De plus, elle avait toujours adoré les enfants, elle aimait leur compagnie, y avait-il quelque chose à redire à cela ?

D'ailleurs, elle était bien décidée à en avoir plus tard, avec l'homme qu'elle aurait choisi par amour, évidemment. C'était même pour cette raison qu'elle se retrouvait ici en train de servir du café et de casser des assiettes !

Après avoir apporté son jus de raisin au shérif et un jus d'orange pour ses jeunes invitées, elle s'occupa des tables voisines où les clients paraissaient pressés. Au bout d'un moment, elle remarqua que Sam Dawson avait quitté sa table pour aller discuter avec un homme qui se tenait debout devant le comptoir. Les deux fillettes continuaient à bavarder sans montrer le moindre signe de fatigue, mais on ne pouvait pas en dire autant de leur accompagnatrice qui lui parut fort lasse.

Jessica servit un steak-frites et jeta de nouveau un coup d'œil en direction des deux fillettes à qui elle adressa un sourire. Pourtant, ce fut la vieille dame qui retint son attention ; cette dernière était toute pâle et des gouttes de transpiration ruisselaient sur son visage.

Préoccupée, Jessica s'approcha d'elle.

— Madame, vous vous sentez bien ?

— Oui, oui, ne vous inquiétez pas, tout va bien !

C'était faux, de toute évidence. Même la fillette la plus âgée s'en rendit compte.

— Madame Mulvane, je crois que vous êtes malade…, constata-t-elle, un peu effrayée.

— J'ai un peu mal ici, c'est vrai, avoua la vieille dame, en posant la main sur sa poitrine, comme si ce simple geste allait suffire à soulager sa douleur.

— Je vois…, répondit Jessica qui se hâta d'aller retrouver le shérif.

Sans hésiter à interrompre sa conversation, elle posa sa main sur son bras pour attirer son attention.

Surpris de ce geste, il la regarda sans comprendre.

— Monsieur Dawson, murmura-t-elle, il me semble que la dame qui accompagne vos filles est en train d'avoir une crise cardiaque.

— Installez mes filles à une autre table, je vais m'occuper d'elle, répondit-il sans hésiter.

Jessica obéit aussitôt.

— Venez, demoiselles, leur proposa-t-elle avec un sourire en emportant les boissons des fillettes. Votre père pense que vous serez plus tranquilles par ici…

Et elle les entraîna au fond du restaurant.

Là, elle s'interposa entre elles et la salle avant d'entamer avec elles une conversation pour les distraire du remue-ménage qu'elle devinait dans son dos.

— Voyons, comment vous appelez-vous toutes les deux ?

— Moi, je suis Annie, répondit la plus âgée. J'ai six ans, et ma petite sœur, Casey, a quatre ans. Et toi, comment tu t'appelles ?

— Jessica.

— J'aimerais bien t'appeler « Jessie ». Je peux ?

Jessie… Pourquoi pas ? Jessica aimait bien ce diminutif. Après tout, à vie nouvelle, prénom nouveau ! D'ailleurs, Cory avait déjà commencé à l'appeler « Jess ». Alors, pourquoi pas « Jessie » ?

— Oui, je veux bien.

L'essentiel de toute façon était de retenir l'attention des deux fillettes de manière à ce qu'elles ne s'inquiètent pas de ce qui se passait à la table qu'elles venaient de quitter.

— Vous venez souvent ici ? reprit Jessica.

Casey se pencha vers elle, ses cheveux clairs ruisselant sur ses épaules. Elles étaient aussi adorables l'une que l'autre. Annie était d'un blond un peu plus foncé mais, cela mis à part, elles se ressemblaient énormément. Toutes deux avaient un visage en forme de cœur, un petit nez retroussé et des yeux d'un bleu étonnant. Les yeux de leur père…

— Oui, avec notre papa. C'est lui le shérif. C'est un métier important, tu sais !

— Oui, très important, renchérit Jessica.

— Et notre maman est au ciel, ajouta Annie.

L'air solennel, Casey hocha la tête.

Emue par cet aveu, Jessica les considéra toutes les deux avec attention. Ni l'une ni l'autre n'avait l'air triste, cependant elle ne sut absolument pas que leur dire. Heureusement, leur père vint à son secours sans le vouloir.

Casey se leva en le voyant arriver.

— Papa, est-ce que Mme Mulvane est malade ?

— Moi je trouve qu'elle avait vraiment l'air pas bien ! commenta Annie.

Sam Dawson souleva Casey dans ses bras et passa une main rassurante sur la tête d'Annie.

— Elle a un petit malaise, en effet, mais les médecins vont bien s'occuper d'elle, ne vous inquiétez pas.

Puis il se tourna vers Jessica.

— Merci pour votre aide, mademoiselle Scott.

— De rien. Je suis heureuse si j'ai pu vous rendre service, répondit-elle en se sentant rougir.

Elle baissa les yeux. C'était une chose de parler avec les enfants de Sam Dawson. Et une autre, bien différente, de s'adresser à lui ! A en croire l'accélération des battements de son cœur, l'expérience ne manquerait pas d'être aussi bouleversante que la veille, si ce n'est plus. Donc, autant l'éviter. Elle adressa un petit sourire aux deux fillettes et se retira sans attendre.

— Tu viens de faire quelque chose de drôlement gentil, lui souffla Cory quand elle eut rejoint le comptoir. Dans une petite ville, chacun est prêt à aider les autres, et tu t'es comportée exactement comme si tu avais toujours vécu ici. Bravo ! A partir de maintenant, tu n'es plus tout à fait une étrangère.

Ces quelques paroles émurent Jessica plus qu'elle ne l'aurait pensé. Mais ce nouveau statut de « plus tout à fait une étrangère » ne suffirait certainement pas à rentrer dans les bonnes grâces de Jack, même si, aux yeux de ce dernier, elle avait peut-être marqué quelques points.

Et plusieurs points auprès des deux fillettes de Sam Dawson, constata-t-elle lorsque, avant de quitter le restaurant, ces dernières s'approchèrent d'elle pour la remercier avec effusion. Ce geste spontané et plein de gentillesse aida Jessica à supporter plus facilement l'après-midi.

Sur le coup de 15 heures toutefois, la dure réalité la rattrapa. C'était l'heure à laquelle son service prenait fin, et elle se demandait avec inquiétude où elle allait passer la nuit. La totalité de ses pourboires se montait à la modique somme de vingt et un dollars et trente-cinq cents. Que pouvait-elle faire avec ça ? Ce matin, elle avait dépensé pratiquement tout l'argent qui lui restait pour payer le motel… Elle allait devoir dormir à la belle étoile en attendant sa paye de la semaine. Si jamais Jack la gardait jusque-là !

— C'est sympa ce que vous avez fait tout à l'heure, déclara la voix de ce dernier dans son dos. Et vous vous êtes vraiment bien débrouillée avec les gamines du shérif.

Jessica se retourna, tout heureuse de ce compliment.

Jack avait perdu son air revêche.

— Vous voulez faire quelques heures supplémentaires ? lui proposa-t-il.

Jessica avait appris ce matin que le service de la soirée était réservé aux serveuses les plus expérimentées, ce qui signifiait que les pourboires étaient plus généreux. Visiblement, Jack avait envie de lui faire une faveur malgré ses prouesses de la journée. C'était une véritable aubaine ! Elle allait pouvoir gagner un peu plus d'argent et peut-être même pouvoir se payer une nouvelle nuit au motel. Elle n'hésita pas une seconde.

— Avec plaisir !

— Parfait.

Et, sans un mot de plus, il regagna la cuisine.

Cory lui expliqua qu'elles allaient passer la soirée ensemble, car elle faisait des heures supplémentaires en vue de son prochain mariage.

— Chloé n'est pas venue aujourd'hui, poursuivit-elle. Si tu as besoin de renseignements sur le menu, n'hésite pas à me demander.

Vers 19 heures, le restaurant était déjà plein à craquer, mais Jessica avait le sentiment d'être moins débordée qu'à midi. Elle arrivait même à tenir la cadence des commandes. Enfin, à peu près… C'est sans doute ce sentiment d'autosatisfaction qui fut à l'origine de la catastrophe.

Debout dans l'allée, elle présentait son assiette à un client très distingué, vêtu d'un costume prince-de-galles, quand quelqu'un entra, interpellant une de ses connaissances :

— Salut, Marv !

Au moment précis où Jessica s'apprêtait à poser la commande sur la table, le nouvel arrivant se précipita vers son ami, assis au fond de la salle, heurtant son coude au passage. A partir de là, la suite des événements se déroula dans un horrible ralenti. Jessica sentit son bras projeté en avant et vit avec horreur les spaghettis brûlants glisser hors de l'assiette pour venir atterrir sur les genoux de la dame, elle aussi très élégante dans son tailleur en lainage gris clair, assise à côté du monsieur distingué…

Un gémissement s'échappa de la gorge de Jessica.

La dame se mit à hurler en secouant sa jupe tachée de sauce tomate.

Inconscient du désastre qu'il venait de provoquer, l'homme qui avait bousculé Jessica se dirigeait vers la sortie, comme s'il n'était entré que pour ruiner la vie de la jeune fille.

Jack surgit soudain près d'elle, si furieux qu'elle ne fut pas surprise de ce qu'il lui dit, quelques instants plus tard.

— Désolé, ma petite, vous êtes bien gentille, mais je ne peux vraiment pas me permettre de vous garder chez moi. Vous êtes un désastre ambulant ! Vous savez où est passée ma sauce napolitaine ?

Jessica secoua la tête.

— Sur la jupe de l'épouse du maire !

Catastrophée, Jessica se dirigea vers la petite salle où elle avait laissé ses affaires. Au point où elle en était, il était inutile de chercher à convaincre Jack de la garder encore un peu.

Cory s'avança vers elle, vive et efficace, plusieurs assiettes alignées sur le bras.

— Je t'appellerai plus tard…

Jessica fit la grimace. Encore un problème ! Si Cory appelait le motel, on lui répondrait qu'elle n'y était plus. Elle s'efforça donc de ne pas faire trop mauvaise figure.

— Ne te donne pas ce mal, Cory, il est possible que je change de motel. Mais je resterai en contact avec toi, promis.

— Parfait ! Ne t'inquiète pas pour ce qui vient d'arriver. Il y a d'autres emplois en ville ! Je t'aiderai.

Jessica lui sourit pour la remercier, mais cette promesse ne la soulagea guère. Elle était aussi peu qualifiée pour un autre métier, quel qu'il soit, que pour celui-ci.

Franchement, au milieu de l'après-midi, elle n'aurait jamais imaginé que sa situation puisse empirer à ce point ! Eh bien, elle s'était trompée. A l'heure qu'il était, elle n'avait plus ni emploi ni même un toit pour ce soir.

Désespérée, elle sortit par la porte de derrière et se laissa tomber sur le banc de bois qui se trouvait sur la petite place, juste à côté du restaurant. Cette fois, elle avait beau faire des efforts, elle n'arrivait plus à retenir ses larmes. Dire qu'elle avait été persuadée qu'elle réussirait à se débrouiller ! Elle s'était promis qu'elle obligerait sa famille à s'incliner devant sa décision de ne pas épouser Ryan Noble. Elle y croyait ! Et voilà où elle en était réduite…

Rien ne se déroulait comme elle l'avait prévu.

Absolument rien.

Sam ne détestait pas faire la cuisine, mais ce qui l'aga-çait vraiment, c'était de devoir, chaque soir, prévoir ce qu'il allait préparer. Très souvent, il réglait le problème en commandant une pizza. C'était la solution de facilité, mais les filles étaient ravies, et il n'avait pas à faire des prouesses d'imagination. Ce soir, encore moins que d'habitude, il avait la tête à la préparation du dîner, seulement il avait déjà eu recours trois fois au pizzaiolo dans la semaine… Pourquoi pas un hamburger chez Jack ? C'est ce qui ressemblerait le plus à un repas préparé à la maison, et il avait grand besoin de manger quelque chose de consistant.

L'après-midi avait été long et pénible. Il n'avait pas voulu laisser Arlene seule à l'hôpital et avait donc confié ses filles à Trudy, son assistante, qui se trouvait être également la grand-tante des fillettes. Il avait appelé le fils d'Arlene, qui vivait à Reno, et sa fille, qui habitait Fallon, et les avait rassurés. Arlene était en bonnes mains et paraissait se remettre rapidement de son malaise. Elle allait même plutôt bien.

On ne pouvait pas en dire autant de lui…

Une fois de plus, le shérif Sam Dawson n'avait plus personne pour s'occuper de ses filles. Comment allait-il régler cette difficulté ? Trouver une nourrice fiable était à peu près aussi simple que résoudre la quadrature du cercle. Il n'en pouvait plus de devoir régulièrement affronter ce problème qui s'avérait insoluble.

Annie et Casey se tenaient tranquilles dans la voiture, mais, malgré le silence qui régnait, une migraine commençait à le tarauder. A son retour de l'hôpital, il avait trouvé ses filles inquiètes au sujet d'Arlene. Heureusement, il avait pu les rassurer, et elles avaient vite retrouvé leur sourire en montant dans la voiture.

Annie était à présent plongée dans la lecture d'un livre d'images, tandis que Casey chantonnait une berceuse à son chien en peluche.

Elles avaient l'air heureuses toutes les deux, mais dans le fond, qu'en savait-il ? Etre père célibataire n'était pas de tout repos. Jamais il n'aurait imaginé avoir à élever ses filles tout seul. La vie sans Christina lui semblait très difficile, encore plus qu'il ne l'avait pensé. Elle était entrée dans sa vie à un moment crucial et, du jour où il l'avait connue, était devenue tout pour lui.

Quand elle était morte, il lui avait semblé mourir lui aussi. Pendant des semaines, il ne s'était plus intéressé à rien, entièrement submergé par sa douleur. Jour après jour, sans penser à rien, il s'y était noyé. Si ses filles n'avaient pas existé, il aurait plongé dans le désespoir. Mais elles ne lui avaient pas laissé beaucoup de temps pour faire son deuil. En tout cas, pas autant qu'il l'aurait souhaité. Il aurait aimé continuer à pleurer tout son soûl, sans se soucier de rien ni de personne, mais malgré lui, la vie avait repris le dessus. Annie avait eu besoin de chaussures neuves, Casey passait du statut de bébé à celui de petite fille avec une énergie déconcertante. Et puis Noël était arrivé, il avait fallu préparer les cadeaux. Et de fil en aiguille, il avait été emporté par le courant du quotidien.

Ses filles ne lui avaient pas permis de se replier sur lui-même, et il s'était appliqué à faire bonne figure pour elles. Pour elles, il s'était remis à sourire, et même à rire. C'était sa façon de les rassurer, de leur dire que tout allait bien, même si, au fond de lui, rien n'allait.

Au fil des mois pourtant, l'horrible douleur qui s'était nichée dans son cœur avait cessé de le tenailler à chaque instant. Le temps commençait à faire son œuvre. Au début, quand on lui disait que l'apaisement finirait par venir, il avait refusé de le croire, et pourtant, c'était arrivé. Il savait néanmoins qu'aucune femme ne saurait plus émouvoir son cœur comme l'avait fait Christina. Plus jamais il ne serait amoureux.

— Pas vrai qu'elle est jolie, papa ?

Sam jeta un coup d'œil dans le rétroviseur et fronça les sourcils. Annie devait sans doute parler de l'héroïne de son livre.

— Et drôlement gentille ! poursuivit-elle.

— Qui donc, ma chérie ?

— Jessie. La nouvelle serveuse de Jack.

Un sourire très doux revint à l'esprit de Sam. Une paire de longues jambes fines aussi.

— Oui, elle est drôlement gentille, renchérit Casey.

Tiens ! Casey, assez difficile d'ordinaire, n'accordait jamais son attention à quelqu'un aussi vite.

— Et toi, papa, elle te plaît ?

Si elle lui plaisait ? Quelle question ! Il ressentait même du désir en pensant à elle, ce qui était loin de lui faire plaisir. Au contraire, il en avait presque honte ; il avait rencontré cette femme deux fois en tout et pour tout ! Quelle sorte d'homme était-il ?

Il marmonna une vague réponse qui sembla satisfaire ses filles.

Il se gara sur le parking du restaurant de Jack et regarda ses deux filles bondir hors de la voiture avec plus d'enthousiasme encore que d'habitude ; il en éprouva une certaine contrariété. Les commentaires d'Annie sur Jessica Scott le perturbaient étrangement ; ils entraient trop en résonance avec ce qu'Arlene lui avait récemment avoué, d'où il ressortait que les deux petites filles avaient envie d'une maman. D'après elles, leur père n'avait pas encore eu le temps de leur en trouver une. Mais ce n'était pas le temps qui lui manquait, c'était l'envie. Jamais il n'avait cherché à remplacer Christina. Il avait eu l'amour de sa vie et l'avait perdu. Le ciel ne faisait pas deux fois ce cadeau à la même personne.

— Regarde, papa !

Annie pointait un doigt dans la direction du banc placé devant le restaurant.

— C'est Jessie, là !

Sam contourna sa voiture juste à temps pour apercevoir les deux fillettes se précipiter vers la jeune femme.

— Jessie ! Jessie !

C'était elle, en effet, nota Sam. Ses cheveux dénoués retombaient sur ses épaules en ondulations douces et soyeuses, et malgré son air las, elle se tenait bien droite.

Elle adressa un sourire aux fillettes qui l'avaient rejointe et posa sa main sur l'épaule d'Annie pour lui dire quelque chose. Comme il s'approchait, Sam remarqua le sac de voyage posé à côté du banc. « Apparemment, la vie n'était pas un long fleuve tranquille pour la nouvelle venue à Thunder Lake », se dit-il.

— Salut ! lança-t-il.

Jessica leva les yeux vers lui.

Des yeux pleins de larmes, remarqua-t-il aussitôt. A n'en pas douter, la situation de la jeune femme avait empiré depuis qu'il l'avait quittée. Que faire ? Il n'allait tout de même pas lui offrir une épaule pour pleurer tout à son aise ! Il ne la connaissait pas. A défaut, une petite conversation serait sans doute la bienvenue.

— Annie, tu veux bien entrer dans le restaurant avec ta sœur ? demanda-t-il. Choisis la table qui te plaît, je vous y rejoins dans un instant.

Comme Annie paraissait hésiter devant une telle responsabilité, il ajouta :

— Je vous permets *exceptionnellement* de commander un soda ce soir si vous le préférez à un jus de fruits.

D'accord, c'était une façon d'acheter leur complicité, mais la fin justifiait les moyens. Il ne pouvait tout de même pas laisser Jessica Scott pleurer toute seule sur un banc, dans la rue, alors qu'elle ne connaissait personne en ville…

Les deux fillettes lui adressèrent un sourire radieux et se précipitèrent chez Jack.

Sam se pencha vers Jessica.

« Voyons… Par quoi commencer ? » s'interrogea-t-il, soudain moins sûr de lui.

— Euh… Vous avez peut-être envie de savoir ce qui est arrivé à Mme Mulvane ? demanda-t-il en s'asseyant à côté de la jeune femme.

— En effet. J'espère qu'elle va mieux.

— Oui, elle est arrivée à l'hôpital à temps pour recevoir les soins que nécessitait son état.

— Oh, cela me fait vraiment plaisir !

— Le médecin dit qu'elle se rétablira parfaitement, et vous n'êtes pas pour rien dans cette bonne nouvelle. Il n'a pas caché que si les choses avaient traîné, elle aurait subi des dommages irréparables. Arlene a dit que jamais elle n'aurait pensé à une crise cardiaque. Votre intervention a été décisive.

— Oh, je n'en suis pas du tout certaine, mais je suis très heureuse qu'elle s'en tire si bien.

— Moi aussi. C'est une femme très généreuse.

Ne trouvant rien à ajouter, il se tut et donna un petit coup de botte dans le sac posé aux pieds de Jessica. Bien sûr, il allait peut-être un peu au-delà de ce qu'exigeaient ses obligations professionnelles, mais cette jeune femme paraissait si vulnérable, si perdue, toute seule sur ce banc…

— On dirait que vous avez quelques soucis ? reprit-il après un silence.

Elle haussa les épaules d'un air résigné.

— Rien de bien grave.

Il n'en crut pas un mot, bien sûr. Qu'elle le veuille ou non, cette réponse ne pouvait le satisfaire. A force de s'occuper des affaires des autres, ses réflexes professionnels étaient parfaitement rodés. Rares étaient les personnes qui parvenaient à le tromper.

— Vous avez eu une rude journée… C'est la première fois que vous faisiez ce travail, n'est-ce pas ?

Un rire nerveux s'échappa de la gorge de son interlocutrice.

— Cela crevait les yeux, j'imagine ?

Sam considéra un instant la bouche pulpeuse et s'obligea vivement à détourner son regard.

— Vous avez fait tout votre possible, la rassura-t-il.

— Merci, vous êtes gentil.

— Mais, malgré tout, vous n'avez pas réussi…

Elle secoua la tête et grimaça un sourire.

— Non.

Un souffle de vent souleva ses cheveux qu'elle retint d'une main avant de les rejeter en arrière.

— Jack vous a mise à la porte, n'est-ce pas ?

Jessica comprit que toute tentative de lui faire croire que tout allait bien était vouée à l'échec. Aussi préféra-t-elle capituler tout de suite.

— Oui. Je me retrouve sans travail, mais je ne peux pas en vouloir à Jack. La goutte qui a fait déborder le vase, c'est quand j'ai renversé un plat de spaghettis à la tomate sur la jupe de la femme du maire…

Sam imagina aussitôt le spectacle et eut bien du mal à se retenir d'éclater de rire. Bien sûr, la situation dans laquelle se trouvait Jessica n'avait rien de drôle, mais franchement, il aurait payé cher pour avoir assisté à la scène ! Eunice Wilson ne se prenait pas pour n'importe qui ; le succès de son mari aux élections lui avait complètement tourné la tête et elle estimait avoir droit à tous les honneurs, ce que Sam jugeait extrêmement ridicule. Hélas, cet incident qui le réjouissait n'était pas sans conséquences pour Jessica.

— Que comptez-vous faire maintenant ? demanda-t-il.

Un éclair de panique passa dans le regard de la jeune femme. Il était allé trop loin. Mais il était trop tard.

— Je ne sais pas encore, murmura-t-elle, tête baissée, tout en jouant nerveusement avec la lanière de son sac. Ou plutôt, si. Je vais me mettre en quête d'un autre travail dès demain. Cory m'aidera, m'a-t-elle dit.

Voilà qui ne manquait pas de courage, se dit Sam.

— Et si je ne trouve rien ici, poursuivit-elle, je chercherai ailleurs. Ce n'est pas un problème pour moi. J'aime bouger, voir du pays.

Sam nota que les mots se bousculaient sur les lèvres de la jeune femme, et qu'elle les prononçait comme si elle voulait se persuader elle-même de ce qu'elle disait. Cette nervosité révélait sans aucun doute un malaise. Jessica Scott lui cachait sûrement quelque chose.

— Jessie ! Jessie !

Annie venait de sortir du restaurant en courant, l'air contrarié. On aurait dit que tous les soucis du monde s'étaient abattus sur ses épaules.

— Jessie, tu ne travailles plus chez Jack ?

— Non.

Le regard inquiet d'Annie fit le va-et-vient entre son père et Jessica. Cette dernière s'en rendit compte et chercha aussitôt à apaiser la fillette.

— Ce n'est pas grave parce que, de toute façon, j'avais envie de chercher autre chose.

Machinalement, Jessica avait posé sa main sur la poignée

de son sac et Sam ne put s'empêcher de se demander si tout ce qu'elle possédait tenait là-dedans.

— Super ! s'écria Annie qui se mit à sauter sur place et à battre des mains.

Ses yeux pétillaient de joie. Tant et si bien que Sam commença à s'inquiéter. Quelque chose qu'il ne comprenait pas était en train de se dérouler sous ses yeux…

— Papa a un travail pour toi ! Pas vrai, papa ? demanda-t-elle en se tournant vers Sam, toute rose d'excitation.

Il n'y avait plus moyen de l'arrêter maintenant. Sans même reprendre son souffle, elle poursuivit :

— Papa cherche une maman pour nous ! Tu peux prendre le poste puisque tu es libre !

Seigneur ! Il allait devoir régler très vite un sérieux problème.

— Annie ! corrigea-t-il. C'est une *nounou* que je cherche tu entends, pas une maman !

Il était furieux. A quel moment cette petite diablesse d'Annie avait-elle pris le contrôle de la conversation ? Et depuis quand les enfants faisaient-ils des propositions pareilles à la première venue ? Il n'en savait trop rien, mais en tout cas, à voir le sourire épanoui de sa fille, ils avaient vraiment quelques comptes à régler tous les deux !

- 4 -

Un éclair de surprise brilla dans le regard de Jessica Scott. Voilà une proposition qui la prenait au dépourvu au moins autant que lui !

— Euh… c'est impossible, balbutia-t-elle.

Annie fronça les sourcils.

— Mais…

— Annie, tais-toi ! la coupa Sam. Nous allons aider Jessica à trouver du travail, mais arrête de dire des bêtises, s'il te plaît. D'ailleurs, tu vas aller retrouver ta sœur à l'intérieur, je ne veux pas qu'elle reste seule.

— Mais pourquoi Jessie ne peut pas devenir notre nouvelle nounou ? insista Annie.

Sam se leva, prit résolument sa fille par la main et l'entraîna vers le restaurant.

— A tout à l'heure ! lança-t-il à l'adresse de Jessica.

Mais Annie avait de la suite dans les idées. Au cours du repas, elle reposa cette question au moins dix fois.

Casey, qui avait vite compris l'enjeu, soutint fermement son aînée.

— Oui, papa, pourquoi ?

— On l'aime bien…, enchaîna Annie.

— Oh, oui ! renchérit Casey en grignotant ses frites sans quitter son père des yeux. On l'aime bien ! Pas toi, papa ?

— Le problème n'est pas là, répondit Sam, qui refusait absolument de répondre à cette question. Je pense tout simplement qu'elle n'a pas envie de ce travail.

— Comment tu le sais ? répliqua Casey en inclinant la tête sur le côté, d'un air parfaitement innocent. Tu lui as demandé ?

— Ne parle pas la bouche pleine ! ordonna-t-il pour couper court à cette question gênante.

Non. Il ne le lui avait pas demandé.

Il ne voulait pas le lui demander.

— Mais qui va s'occuper de nous maintenant ? attaqua de nouveau Annie.

Oui, effectivement, ça, c'était vraiment *le* problème. Etant donné son état de santé, il n'était plus question qu'Arlene vienne travailler. Alors, en effet, pourquoi pas Jessie ? Jessie… Voilà qu'il se mettait à l'appeler Jessie ! Il se passa la main sur le front et ferma les yeux. Il devait réfléchir. Et vite. Engager cette jeune femme lui attirerait immanquablement des ennuis. Car, à moins d'avoir perdu la tête, pourquoi introduirait-il dans sa maison une femme qui lui mettait les sens à l'envers alors que cela ne lui était pas arrivé depuis presque deux ans ?

Pourtant, elle avait été parfaite avec les filles au restaurant, tout à l'heure… Vraiment. Alors ? Ne pouvait-il pas se comporter comme un homme civilisé ? Avec un peu de volonté, il devait bien être capable d'étouffer dans l'œuf cette attirance déplacée. Ce qui comptait, c'était de trouver quelqu'un pour prendre soin d'Annie et de Casey. Et assez rapidement.

Tout de même, la prudence la plus élémentaire exigeait

qu'il en apprenne un peu plus sur cette jeune personne ; elle avait beau être très sympathique, mis à part son nom, il ne savait strictement rien sur elle.

La première urgence étant de réfréner le feu croisé des questions de ses filles, il commanda leur dessert favori et attendit qu'elles soient attablées devant deux portions de gâteau au chocolat recouvertes de crème Chantilly pour se lever et commencer sa petite enquête.

— Mangez tranquillement, les filles, il faut que je demande quelque chose à Jack. Je reviens tout de suite.

Jack lui assura que, malgré son incompétence terrifiante en matière de service, il avait trouvé Jessica tout à fait charmante. Cory également. Voilà qui était lucide mais positif. Ces préliminaires effectués, il appela le motel. Josie Colten lui apprit que Jessica Scott avait payé sa chambre en liquide. Sam en déduisit qu'elle n'avait pas de carte bancaire, ou bien qu'elle n'avait plus un sou sur son compte. Quoi qu'il en soit, la nouvelle venue semblait avoir traversé des moments difficiles...

Quand il regagna sa table, ses deux filles l'attendaient avec impatience, les yeux brillants. Ces petites sorcières avaient-elles deviné de quoi il retournait ?

— Alors ? lancèrent-elles d'une seule voix.

— Alors... je vais demander à Jessica si elle est intéressée par notre proposition.

— Youpi ! s'exclamèrent-elles en chœur.

— Attention les filles ! Il s'agit d'un essai seulement.

Annie et Casey, sans doute conscientes de l'enjeu, hochèrent la tête en silence.

Sam, qui s'estimait assez bon juge en matière de caractère, avait déjà fait mentalement la liste des qualités qu'il avait remarquées chez Jessica. L'attitude de la jeune femme envers

Arlene avait dénoté un sens aigu de l'observation, assorti d'une grande gentillesse pour maîtriser la situation. Son bon sens lui avait ensuite permis de préserver Annie et Casey d'une scène qui aurait pu être bouleversante pour elles. Enfin, elle avait besoin de travailler et, lui, il avait désespérément besoin de quelqu'un. Et, dernier détail non négligeable, ses deux filles accueillaient la jeune femme avec un enthousiasme pour le moins surprenant. Cet inventaire suffisait largement à justifier sa décision.

— Je vous préviens, cela ne marchera peut-être pas, annonça-t-il cependant, pris d'un doute.

— Mais si, ça marchera, assura Annie, très sûre d'elle.

Une fois Sam Dawson parti, Jessica resta encore un long moment assise sur le banc. Puis la réalité finit par s'imposer à elle dans toute sa cruauté : elle était seule dans une ville inconnue, sans chambre pour la nuit, sans argent et sans travail. Le constat était implacable. A quoi bon s'entêter ? Il ne lui restait qu'à admettre sa défaite. Le cœur lourd, elle se leva, ramassa son sac et prit la direction de la station-service où elle avait repéré une cabine téléphonique. Elle s'avouait vaincue. Elle allait appeler chez elle.

Comme elle plongeait la main dans son sac à la recherche de pièces de monnaie, elle entendit qu'on l'appelait.

— Jessie ! Jessie !

Avant même d'avoir aperçu les frimousses radieuses d'Annie et de Casey, elle avait reconnu leurs petites voix claires. Casey s'engouffra aussitôt dans la cabine, comme si elle avait besoin de se serrer contre elle.

— Jessie, tu veux bien devenir notre nounou ?

— Jessie, dis oui ! la supplia Annie en entrant à son tour dans la cabine.

Sam Dawson apparut bientôt derrière la vitre, et oh ! voilà qu'il lui adressait de nouveau ce sourire qui lui mettait le cœur sens dessus dessous…

— Sortez de là, les filles ! Laissez-moi parler à mademoiselle Scott.

— Papa ! Fais-lui dire « oui » ! souffla Casey en se faufilant à l'extérieur dans le sillage de sa sœur.

— Je vais faire mon possible, lui répondit Sam sur le même ton de conspirateur.

Une fois les fillettes dehors, il enchaîna :

— Notre offre est sérieuse, mademoiselle Scott. Nous voudrions vous proposer le poste de nounou. C'est un travail à plein-temps. Vous serez nourrie et logée chez nous.

Le cœur de Jessica fit un bond dans sa poitrine. Mon Dieu… Voilà que l'on venait lui présenter exactement ce dont elle avait besoin. Un emploi… un logement… Une seconde chance.

— Euh… je préfère vous avertir, je n'ai aucune qualification pour ce travail.

— Vous aimez les enfants ?

— Je les adore, shérif.

— Sam…, corrigea-t-il. Mes filles semblent vous adorer aussi, et j'ai pu apprécier vos initiatives et votre gentillesse envers elles ce matin. Mais je vous préviens, je suis veuf, et j'ai besoin d'une personne qui habite chez moi. Si vous êtes mariée, je…

Il détourna le regard un instant pour jeter un coup d'œil sur ses filles qui jouaient sur le parking.

— Non, le coupa Jessica aussitôt, je ne suis pas mariée.

Mais, maintenant qu'elle avait entrevu cette solution à ses

problèmes, une boule d'angoisse commençait à se former dans sa gorge. Qu'allait-il lui demander encore ?

— J'ai déjà travaillé auprès d'enfants défavorisés, ajouta-t-elle, mais ce n'était pas à proprement parler un emploi, plutôt du bénévolat.

Peut-être que cette information lui permettrait de marquer quelques points auprès du shérif et éviterait à la conversation de se transformer en un interrogatoire plus approfondi.

Effectivement, Sam Dawson la scruta avec attention mais ne la questionna pas davantage.

— Jack m'a dit des choses très gentilles sur vous.

— Je me demande bien comment il a pu ! s'exclama la jeune femme en riant. Après tous les dégâts que j'ai causés chez lui… J'ai bien dû casser la moitié de sa vaisselle !

— Il ne me l'a pas caché, certes, mais il m'a dit aussi que vous étiez travailleuse, honnête, et que vous aviez bon caractère.

Honnête… Le mot plongea aussitôt Jessica dans un profond malaise.

— Il vous a dit autre chose encore ? s'enquit-elle, très inquiète.

« Par exemple, que mon véritable nom était Walker ? » ajouta-t-elle en son for intérieur, sentant tout à coup son cœur battre plus vite.

— Non, simplement que vous avez été maladroite mais que vous êtes pleine de bonne volonté.

Jessica rougit en entendant ce compliment.

— Il a été vraiment très gentil !

— Toujours est-il que cela fait pas mal de bonnes raisons pour que je vous propose cet emploi.

Jessica remonta le col de son manteau, incrédule. Non, cela ne pouvait pas être aussi facile. Comment le shérif pouvait-il considérer ces quelques phrases comme une recommandation suffisante pour l'engager ?

— J'ai eu beaucoup de mal jusqu'à maintenant pour trouver quelqu'un qui nous convienne, poursuivit-il.

— Pourquoi ? Vos filles sont adorables !

— Ravi de vous l'entendre dire, répondit-il en riant. Je préfère employer quelqu'un qui voit leurs qualités plutôt que leurs défauts ! Mais je vais vous expliquer. La première nounou n'a pas pu rester parce qu'Annie était tellement triste, après la mort de sa mère, qu'elle ne supportait personne à la maison ; elle faisait de véritables crises de nerfs dès que la malheureuse s'approchait d'elle. Quant à la seconde nounou, elle n'a pas réussi à apprivoiser Casey.

— Que voulez-vous dire ?

— Casey a un caractère, comment dire… *bien à elle*. Quand elle n'apprécie pas quelqu'un, ce n'est pas la peine d'insister. Appelons cela « incompatibilité d'humeur ». La nounou suivante ne supportait pas mes horaires irréguliers. Elle me reprochait de rentrer trop tard et n'a jamais réussi à admettre qu'un shérif n'était pas maître de son emploi du temps. Elle a préféré abandonner le poste. Celle qui est venue ensuite s'était plus ou moins habituée à nous et à notre genre de vie, mais elle est partie rejoindre sa famille à Houston. Quant à Arlene, vous savez aussi bien que moi ce qui lui est arrivé. J'espère que tout cela ne vous effraie pas, et, pour en revenir à mon emploi du temps, est-ce que vous pensez que vous allez pouvoir vous y adapter ?

S'y adapter ? Mais Jessica le bénissait, cet emploi du temps qui venait à point nommé résoudre ses problèmes !

— Bien sûr ! Mais je dois être honnête. Si vous me confiez cet emploi, ce ne peut être que temporairement. Je ne pourrai pas rester très longtemps chez vous.

Ces mots à peine prononcés, Jessica ne put s'empêcher de sentir de nouveau l'inquiétude s'emparer d'elle. Après pareil aveu, les questions n'allaient pas manquer de fuser, car le shérif pouvait très bien y voir une raison suffisante pour ne pas l'engager.

Elle détourna les yeux avant d'ajouter :

— J'ai envie d'accepter l'emploi que vous me proposez. J'ai besoin de travailler.

Sam lui sourit de nouveau et elle comprit vraiment pourquoi toutes les femmes lui faisaient les yeux doux…

— Et nous, nous avons besoin de vous, compléta-t-il en s'appuyant contre la porte pliante de la cabine. De votre côté, vous auriez peut-être envie d'en savoir un peu plus sur moi ?

Oh, mais Cory et les autres serveuses s'étaient déjà chargées de lui faire l'article à propos du plus beau parti de Thunder Lake… Elle avait ainsi appris que tout le monde aimait Sam et le respectait. Il avait la réputation de faire son travail avec une grande conscience professionnelle, même si cela l'amenait parfois à se montrer sévère. Il était courageux et n'hésitait pas à prendre des risques si son service l'exigeait. Cory lui avait raconté comment il avait, à lui seul, arrêté un condamné en fuite qui s'était caché dans une vieille ferme aux abords de la ville. Côté cœur, il adorait ses deux petites filles qui, pour le plus grand désespoir des jeunes femmes de la région, étaient les seules femmes dans sa vie.

— Oh… je… je sais déjà pas mal de choses sur vous, répondit-elle, toute rougissante et furieuse de n'avoir pas pu se contrôler.

Sam se contenta de sourire et n'insista pas. Il connaissait sa ville sur le bout des doigts ; la discrétion toute relative de ses habitants aussi.

— J'habite tout près d'ici, se contenta-t-il de dire. Laissez-moi juste le temps de passer voir mon assistant à la permanence, et je vous retrouve chez moi pour vous montrer votre chambre et vous aider à vous installer.

Il sortit un carnet de sa poche et, prenant appui sur la tablette du téléphone, en arracha une page sur laquelle il écrivit son adresse.

Du coin de l'œil, Jessica aperçut les deux petites filles qui, sans en avoir l'air, se rapprochaient de la cabine.

Sam s'arrêta d'écrire et leur jeta un coup d'œil amusé.

— Elle a dit « oui ».

— Elle a dit « oui » ! hurla Annie.

— Super ! Génial ! se mit à chanter Casey en sautant sur place comme si elle était soudain montée sur ressorts.

— Comme vous pouvez le constater par vous-même, mes filles sont enchantées de votre réponse, déclara Sam en tendant la feuille à Jessica. Et moi, je vous remercie pour elles d'avoir accepté ma proposition.

Jessica avait le sentiment que c'était elle, au contraire, qui devrait se répandre en remerciements.

Sam prit Casey toujours sautillante par la main et se dirigea vers sa voiture. La petite fille se retourna et adressa à Jessica un signe de la main. Annie fit de même et, attendrie par leur enthousiasme et leur gentillesse, Jessica leur répondit à toutes les deux par un de ses plus radieux sourires.

Oui, elle voulait réellement cet emploi !

Un problème imprévu se présenta toutefois à elle comme elle s'imaginait déjà en train de s'occuper d'Annie et de Casey. Elle allait avoir besoin d'autres vêtements que ceux qu'elle avait emmenés avec elle… Si elle portait ses pantalons de marque et ses T-shirts signés, Sam aurait tôt fait de deviner qu'elle n'était pas la première baby-sitter venue. Par chance, en face de la station-service, une boutique de fripes était encore ouverte. Elle s'y rendit et dépensa l'argent de ses pourboires pour acheter quelques T-shirts et un jean de seconde main.

Ces achats terminés, elle se dirigea vers la maison de Sam sans se presser. Maintenant que son avenir immédiat s'était quelque peu éclairci, les pensées se bousculaient dans sa tête. La perspective de cet emploi l'avait tellement enchantée qu'elle n'avait pas pensé à demander ce que Sam attendait exactement d'elle. Il lui faudrait, bien sûr, s'occuper des fillettes, mais elle serait peut-être aussi chargée de tenir la maison ? Mon Dieu... Elle ne savait même pas faire fonctionner un aspirateur ! Mais cela ne devait pas être bien sorcier. Quant au lave-vaisselle et au lave-linge, il n'y avait qu'une paire de boutons à maîtriser, tout au plus ; elle devrait s'en sortir facilement.

Comme le plan que Sam lui avait remis l'indiquait, elle tourna dans la rue bordée de grands pins et de chênes. De part et d'autre, les maisons étaient construites dans le style des ranchs, mais celle du shérif ressemblait plutôt à une ferme du XIXe siècle, avec ses grandes portes-fenêtres. Elle était peinte d'une couleur brun-rouge avec une bordure de blanc autour des fenêtres, et une porte toute blanche. Une petite allée de gravier conduisait à la porte d'entrée, ombragée par plusieurs grands pins dont les branches se balançaient doucement dans la brise du soir.

Jessica s'arrêta et attendit un instant, appuyée contre la barrière blanche de la propriété. Elle n'eut pas à patienter longtemps. Au bout de quelques minutes, elle entendit des pneus crisser sur le gravier, et la voiture de Sam vint se garer devant la maison.

— Coucou, Jessie ! cria Casey en ouvrant la portière.

Avec sa casquette de base-ball verte, son pantalon kaki, son T-shirt rayé blanc et bleu, et la gibecière rouge qui pendait en travers de sa poitrine, la petite fille affichait déjà un style bien à elle.

— On s'est dépêchés de rentrer, mais papa a dû ramener Humphrey chez lui.

— Humphrey, c'est le chien de Mme Olsen, expliqua sa sœur.

— Si vous les laissez faire, intervint Sam en riant, elles vont vous raconter tout ce qu'elles savent sur les habitants de Thunder Lake. Et peut-être même des environs !

— Papa dit que je suis trop bavarde, confia Annie. Mais il exagère !

— Vous nous attendez depuis longtemps ? s'enquit Sam.

— J'arrive à peine.

— Parfait. Entrons !

Ils pénétrèrent dans un hall d'où partait l'escalier qui conduisait à l'étage. A droite, Jessica aperçut la salle de séjour avec son canapé bleu sombre et les fauteuils assortis.

— Excusez le désordre, dit Sam en ramassant les journaux qui traînaient sur la table basse et en retapant les coussins du canapé. Venez. La cuisine se trouve par ici.

Jessica le suivit. Ils traversèrent la salle à manger où trônait une grande table de bois de cerisier et une desserte assortie sur laquelle était exposée une collection de tasses en porcelaine. La cuisine se trouvait juste à côté. Jessica apprécia la pièce. Elle était grande, lumineuse, et deux portes-fenêtres ouvraient directement sur le jardin. Une table ronde entourée de chaises en rotin était disposée sur un tapis multicolore en lirette.

— Je vais te montrer ta chambre, proposa Annie.

— Non, c'est moi ! déclara Casey.

— Pourquoi ne pas y aller toutes les deux ? proposa Sam en branchant la cafetière.

Jessica gravit donc l'escalier sous cette double escorte, un peu perdue dans cet environnement nouveau pour elle qu'elle allait devoir considérer, pour un temps tout au moins, comme sa maison.

Annie avait avoué être bavarde, mais sa petite sœur n'avait rien à lui envier. Pendant que Jessica regardait autour d'elle, Casey avait entrepris de raconter son dessin animé favori, une histoire de fourmis. En l'écoutant d'une oreille distraite, la jeune femme commençait à se détendre. Comme elle avait remarqué que la fillette serrait toujours son sac contre elle, elle se risqua à lui faire un compliment.

— J'aime bien ta gibecière, elle paraît très pratique avec toutes ces poches.

— Elle la trimballe partout avec elle, déclara Annie, moqueuse.

— Et alors ? Ça te dérange ? rétorqua Casey, vexée.

Sentant venir la dispute, Jessica se hâta de détourner la conversation.

— Et si vous me montriez vos chambres ? proposa-t-elle en les entraînant toutes les deux sur le palier.

Annie se précipita vers la pièce située à gauche.

— Moi, c'est de ce côté !

Elle prit Jessica par la main et la fit entrer dans une pièce toute tapissée de rose et blanc au milieu de laquelle trônait un lit à une place surmonté d'un baldaquin. Sur les étagères, une collection de poupées s'alignait, qui allait de la simple poupée en chiffons à une poupée en porcelaine, beaucoup plus sophistiquée, en passant par les baigneurs joufflus et les Barbie en tenue de soirée. Le petit bureau placé sous la fenêtre était net et prêt à prendre du service, avec son pot plein de crayons de couleur et sa pile de cahiers bien rangée.

La chambre de Casey, par contre, ressemblait à celle d'un garçon manqué. La couleur verte y dominait, agrémentée de jaune sur le placard et le couvre-lit. Un gant de base-ball était jeté dans un coin, et la décoration, assez surprenante, consistait en plusieurs posters représentant des photos agrandies… de fourmis. Sur le lit, un animal en peluche, vert et jaune lui aussi, attendait sa petite maîtresse : une fourmi géante, bien entendu.

— Est-ce que ma chambre te plaît ? demanda la fillette.

— Je les aime toutes les deux, répondit Jessica, prudente. Elles sont très différentes, et bien assorties à chacune d'entre vous. Quelle chance d'avoir votre petit royaume à domicile !

Sur ce, elle posa une main sur les épaules de chaque fillette et les entraîna toutes les deux dans le hall où Sam les attendait pour lui montrer la chambre qui lui était destinée.

— Après la mort de Christina, ma femme, expliqua-t-il, c'est Trudy qui a refait la décoration de cette chambre. Si vous connaissiez Trudy, vous seriez étonnée du résultat !

Jessica, qui se rappelait la chevelure flamboyante et les bracelets voyants de la personne en question, se prépara au pire. Mais elle découvrit une pièce accueillante, de style classique avec sa commode en acajou et son écritoire assorti. Près de la fenêtre se trouvait un fauteuil crapaud tendu de velours beige. Au-dessus du lit recouvert d'une courtepointe verte et beige, une reproduction des *Nymphéas* de Monet contribuait à créer une ambiance apaisante. Tout cela n'avait, en effet, rien à voir avec la tapageuse personne dont Jessica avait fait la connaissance le matin même.

— J'ai déjà rencontré Trudy, déclara-t-elle. Chez Jack. Elle m'a dit qu'elle travaillait avec vous. C'est bien cette dame rousse qui porte plusieurs bracelets ?

— Exactement. Des bracelets qu'elle agite à chacun de ses gestes sans la moindre discrétion, comme vous l'avez sans doute remarqué.

— J'ai eu l'impression qu'elle s'intéressait vraiment à vous, avoua Jessica, sans lui faire part de tout ce que lui avait confié l'indiscrète.

Sam émit un petit grognement avant d'adresser un regard blasé à son interlocutrice.

— J'imagine qu'elle vous a demandé quelles étaient vos intentions à mon égard ?

Apparemment, il la connaissait bien !

— Plus ou moins, oui, répondit Jessica.

— Cela ne m'étonne pas. Elle s'imagine qu'elle a droit de regard sur tout ce que je fais sous prétexte qu'elle est de la famille. C'est la tante de Christina.

Jessica sourit. Voilà qui expliquait bien des choses…

— En tout cas, elle a parfaitement réussi la décoration de cette chambre. Je la trouve très jolie et je m'y sens déjà tout à fait à mon aise.

— Tant mieux, conclut Sam. Installez-vous tranquillement et venez me rejoindre dans la cuisine. Nous prendrons une tasse de café ensemble.

— Je peux descendre tout de suite, suggéra Jessica. Je n'ai pas grand-chose à déballer.

« Pas grand-chose » était bien le mot, pensa-t-elle. Un sac et quelques affaires. Rien à voir avec la vie qu'elle avait connue jusqu'à présent. Mais, curieusement, elle se sentait plutôt heureuse de ses nouvelles conditions de vie. Souriant à Sam, elle redescendit avec lui.

Chaque fois qu'elle passait devant une pièce, elle jetait un petit coup d'œil par la porte ouverte afin de se faire une idée de la famille dont elle allait partager le quotidien. L'ensemble lui parut sympathique et chaleureux avec, un peu partout, des photos des filles, des étagères recouvertes de livres — essentiellement des policiers — , et un piano droit dans un coin du salon.

Une fois dans la cuisine où régnait une bonne odeur de café, Jessica remarqua les papiers à en-tête d'une école fixés sur le réfrigérateur avec une série d'aimants. Elle s'approcha.

— Oh, je vois qu'Annie a obtenu les félicitations au trimestre dernier, fit-elle remarquer.

— Oui, c'est une élève très appliquée. Elle aime avoir de bonnes notes et travaille beaucoup pour les obtenir.

— Je ne suis pas surprise de ce que vous me dites là. Elle a l'air très mûre pour son âge.

— Mais elle est aussi très sensible, poursuivit Sam en versant du café dans deux tasses bleues. Je pense que la valse des nounous l'a davantage affectée que sa sœur. Hélas, comme je vous l'ai expliqué tout à l'heure, c'est vraiment difficile de trouver quelqu'un de fiable.

— Vous avez bien noté que je ne pourrai pas rester chez vous longtemps ? lui rappela Jessica.

— J'ai bien noté, oui, et je vous remercie de votre honnêteté.

De nouveau, ce mot écorcha les oreilles de la jeune femme. Non, elle n'était pas honnête ! Elle mentait sans arrêt, à tout le monde. Elle ne savait pas combien de temps elle pourrait rester chez Sam Dawson, mais il était évident qu'elle n'était pas la personne susceptible d'apporter aux fillettes la stabilité que leur père recherchait pour elles. Dès que sa famille aurait compris sa détermination à ne pas épouser Ryan Noble, elle rentrerait chez elle, et cette parenthèse serait terminée. Curieusement, cette idée la rendit triste.

— Vous prenez du sucre ? Du lait ?

Jessica secoua la tête, préoccupée. Comment se montrer intègre vis-à-vis de Sam et de ses filles ?

— Si je m'engage à rester chez vous jusqu'à la fin du mois de mai, est-ce que cela vous convient ? demanda-t-elle, désireuse de commencer sa nouvelle vie sur de bonnes bases.

Etant donné les circonstances, elle ne pouvait pas envisager de lui consacrer davantage. C'était peu, mais c'était tout ce qu'elle était en mesure de promettre pour l'instant. D'ici là, ses problèmes familiaux seraient réglés et elle aurait réintégré sa place au sein du clan Walker.

— Ce sera toujours ça, approuva Sam. A ce moment-là, certains des jeunes qui font leurs études à l'université rentreront à Thunder Lake pour les vacances. Je pourrai alors trouver des baby-sitters plus facilement qu'en ce moment.

Il avala une gorgée de café.

— Au fait, avez-vous dîné ?

Cette question en déclencha immédiatement une autre chez Jessica.

— Est-ce que préparer les repas fera partie de mes attributions ?

Sa tasse à la main, Sam s'adossa contre le comptoir.

— Euh… je l'avais un peu espéré. Vous savez cuisiner ?

Et comment ! Elle adorait se mettre aux fourneaux. Le problème, c'est que sa mère aurait eu une attaque si elle avait vu sa fille passer plusieurs heures à préparer un sauté de veau aux champignons, ou des quenelles de brochet.

— Oui. Et vous ?

— Pas vraiment…, avoua-t-il avec une amusante petite

grimace. Au fait, si vous n'avez pas dîné, prenez ce qu'il vous faut dans le réfrigérateur.

— Merci, je n'ai pas faim. Quelles autres tâches avez-vous l'intention de me confier ?

— Vous accepteriez de faire le ménage et la lessive ?

Jessica encaissa sans mot dire. Quoi de plus normal ? D'autant plus qu'elle avait décliné à Jack un C.V. imaginaire dans lequel figurait, en bonne place, son rôle de demoiselle de compagnie auprès d'une vieille dame dont elle tenait la maison…

— Si vous ne voulez pas vous en charger, Jessie, je peux le faire moi-même…, ajouta-t-il comme elle ne répondait pas.

Cette façon qu'il avait de prononcer son nom ! Elle adorait. C'était tellement amical, presque… oui, presque affectueux.

— Mais si vous acceptez, poursuivit-il, cela me rendra réellement service. C'est difficile pour moi d'être en même temps un bon père, un bon shérif et une bonne maîtresse de maison !

Seigneur ! se dit Jessica, légèrement paniquée. Le malheureux était loin de se douter qu'il allait confier la marche de sa maison à une jeune femme pleine de bonne volonté, certes, diplômée en anthropologie et en histoire médiévale avec mention « bien », mais qui n'avait jamais, jamais de sa vie, approché un quelconque appareil ménager…

— Je ferai tout mon possible pour vous faciliter l'existence, lui assura-t-elle avec un grand sourire.

Et elle ne mentait pas. C'était vrai, elle essayerait. Quant à savoir si elle y réussirait, c'était une autre histoire !

— Mais il y a quelque chose que je ne déléguerai pas,

ajouta-t-il, c'est le coucher de mes filles. C'est toujours moi qui les mets au lit.

— Très bien. A quelle heure ?

Il fit une grimace.

— Quand je rentre. Comme je vous le disais tout à l'heure, mes horaires sont assez irréguliers, mais tant pis. Ce moment-là est sacré. J'ai besoin d'une nounou pour m'aider, mais je tiens à m'occuper de mes filles moi-même.

Jessica n'avait rien à redire à cela.

— Je trouve que vous vous êtes très bien débrouillé jusqu'à maintenant, se contenta-t-elle de dire.

— Vous croyez ? J'ai sûrement été un peu laxiste après la mort de leur mère. Je ne savais vraiment pas comment m'y prendre pour les consoler. Vous avez dû remarquer que leurs chambres ressemblent à des magasins de jouets. Heureusement, les gens autour de nous ont été merveilleux. Ils nous ont apporté des repas tout cuisinés, les filles ont reçu des cadeaux, tout le monde nous a tellement gâtés qu'un jour, j'ai dû dire « assez ».

Il retroussa sa manche et jeta un coup d'œil sur sa montre.

— Il faut que je vous laisse. J'ai demandé à l'un de mes assistants de me remplacer pour venir vous installer, mais je dois aller le relayer.

Avant de partir, il prit tout de même le temps de lui parler du salaire qu'elle toucherait et des jours de congé dont elle disposerait.

— Tout cela me convient très bien, conclut-elle, heureuse d'être tombée sur un employeur aussi scrupuleusement honnête.

Elle en était intimement persuadée. Une fois seule, elle prit une pomme dans le compotier et la croqua à belles dents.

Quelle chance elle avait ! D'ici un mois, Ryan Noble et Deidre Walker auraient sans doute compris bien des choses...

Pendant tout son service, Sam ne cessa de penser à Jessica. Il n'était pas du tout inquiet pour Annie et Casey, et c'était justement cela qui le tracassait. Serait-il devenu fou tout à coup ? Lui, père poule confirmé, venait de confier ses filles adorées, la prunelle de ses yeux, à une jeune femme qu'il connaissait à peine ! Et il n'était pas inquiet. Il était fou ; il n'y avait pas d'autre explication.

Tout ce qu'il savait au sujet de Jessica, c'est qu'elle avait vingt-six ans et qu'elle était née dans le Nevada. Où ? Il n'en avait pas la moindre idée. Cory ne le savait pas, Jessie ne lui ayant pas dit un mot concernant sa famille. Tout au plus lui avait-elle confié qu'elle aimait faire un jogging le matin et adorait la tarte aux noix. Très romantique, Cory pensait qu'un homme avait brisé le cœur de son éphémère collègue, et que cette dernière refusait d'évoquer cet épisode douloureux de son existence.

C'était peut-être vrai, mais c'était peu. Vraiment peu. Mais il était patient et trouverait les réponses à ses questions. Oui, tôt ou tard, il connaîtrait l'histoire de Jessica Scott.

Jessica aimait réellement s'occuper d'enfants. Elle avait découvert cela grâce aux heures de bénévolat qui l'avaient amenée à fréquenter les quartiers défavorisés de Willow Springs. Etant donné son milieu social, elle avait craint ne jamais réussir à communiquer avec ces enfants difficiles, mais en fait, l'intérêt réel qu'elle leur portait avait aboli les différences, même si cela n'avait pas toujours été facile. Très vite, elle avait compris que le comportement agressif de ces jeunes privés d'affection s'expliquait par leur manque de confiance dans les adultes, ce qui les amenait à rejeter assez fréquemment les attentions qu'elle avait pour eux. Avec l'habitude et le temps, elle avait appris à se protéger de cette apparente insensibilité. Par chance, Annie et Casey Dawson ne souffraient pas de ces carences. Elles étaient aimées, elles le savaient, et cela rendrait sa tâche bien plus facile et agréable.

Une fois leur père parti, Jessica commença par leur demander de leur raconter comment elles passaient leurs journées afin de se familiariser avec leur emploi du temps quotidien. A sa grande surprise, elle découvrit qu'elles n'en avaient pas vraiment. En dehors des heures de classe, leur père les laissait s'organiser comme bon leur semblait.

Comme il le lui avait avoué à demi-mot, il était clair qu'il avait eu beaucoup de mal à leur imposer la moindre discipline après la mort de leur mère. Annie avait reconnu qu'elle ne se souvenait pas très bien de sa maman. Elle se rappelait seulement qu'elle sentait bon et qu'elle lui chantait une chanson qui racontait l'histoire d'un petit agneau. Puis elle avait profité d'un moment où Casey était partie chercher son doudou dans sa chambre pour ajouter que sa sœur était trop petite pour se rappeler quoi que ce soit de leur mère. Jessica déduisit de toutes ces confidences que celui qui avait le plus de mal à faire son deuil était Sam.

Comme il était près de 21 heures, Jessica se hâta d'aider les fillettes à prendre leur bain et à mettre leur pyjama.

— Il faut aussi nous brosser les dents ! claironna Casey. Papa nous demande toujours de le faire.

— Et il a bien raison, approuva la jeune femme.

Tout cela fait, et bien fait, Jessica invita les fillettes à s'asseoir sur le canapé. Elle fit faire sa lecture à Annie, puis les installa devant un dessin animé en attendant le retour de leur père. Moins de dix minutes plus tard, Casey s'était écroulée sur les genoux de Jessica, son chien en peluche serré contre elle, et dormait tranquillement, ses cheveux dorés étalés comme une auréole autour de son petit visage. Annie, elle, s'obstinait à lutter contre le sommeil. De temps à autre, sa tête retombait sur sa poitrine, mais elle la redressait aussitôt. Elle finit cependant par se laisser aller sur les coussins du canapé et s'endormir sur le coup de 23 heures.

— Ces petites auraient besoin de se coucher à des heures régulières, marmonna Jessica.

— Je sais…, répondit la voix de Sam dans son dos.

Surprise, la jeune femme releva vivement la tête.

— Comment faites-vous pour être aussi silencieux ?

— Question d'entraînement ! C'est le métier qui veut ça, répondit-il en retirant sa veste et en jetant un regard attendri sur ses filles.

— Elles n'ont pas réussi à attendre jusqu'à maintenant, déclara Jessica en déplaçant doucement la tête de Casey afin de se libérer.

— C'est souvent comme ça, reconnut-il. Je rentre trop tard. Ce soir, par exemple, j'ai dû intervenir juste avant de rentrer parce que quelqu'un rôdait autour du lac au milieu des bateaux. Fausse alerte, mais vrai retard !

— Annie a fait sa lecture et, ensuite, elles ont regardé *Les 101 Dalmatiens*.

— Parfait, c'est le film préféré d'Annie. Et maintenant, ces jeunes filles doivent regagner leur lit.

— Je vais vous aider, proposa Jessica en prenant Casey dans ses bras.

— Non, surtout pas !

Le regard que lui jeta Sam la cloua sur place. Elle ne connaissait pas suffisamment ce dernier pour être vraiment capable de comprendre ce que cela signifiait, mais elle sentit qu'avec ce geste, elle avait dépassé les frontières des tâches qui lui incombaient.

— Je… je vous laisse faire, si vous préférez, se hâta-t-elle d'ajouter.

— Non, c'est bon, aidez-moi, répondit Sam qui s'était ressaisi.

Elle le regarda coucher ses filles dans leur lit, leur caresser les cheveux avant de déposer un baiser sur leur front. Tant de tendresse circulait entre eux ! Une fois la cérémonie du coucher terminée, elle s'apprêtait à redescendre tout de suite, quand Sam s'arrêta devant la porte de la chambre de Casey. Dans la pénombre, ses yeux, si bleus le jour, paraissaient presque noirs. Il se tenait tout proche d'elle, immobile, et elle sentait presque son souffle sur sa bouche.

— Je suis content que vous soyez ici, Jessie.

S'était-il penché vers elle ?

— Moi aussi, je suis contente d'être ici, répondit-elle, troublée.

Il se redressa.

— Bonne nuit, Jessie.

Elle fit un pas en arrière avant de lui répondre.

Elle n'était pas pourvue d'une imagination débridée, mais elle n'était pas non plus naïve, ni totalement dénuée d'expérience. Pourtant, quand elle se tenait proche de cet homme, des sensations totalement inconnues déferlaient sur elle. En fait, il lui semblait perdre la tête. Elle ne savait plus que dire, ni comment se tenir. Sagement, elle déduisit que ce trouble devait l'inciter à la vigilance. Sa situation ne lui permettait pas de faire quoi que ce soit de maladroit ou de déplacé. La moindre erreur aurait des conséquences trop graves puisque, étant donné les circonstances, elle avait absolument besoin de ce travail.

C'était cela, et uniquement cela, qu'elle devait garder en tête.

- 5 -

La nuit ne fit que renforcer Jessica dans cette opinion.

Tout en prenant une douche, le lendemain matin, elle se répéta que la moindre implication affective avec Sam ne ferait que rendre ingérable une situation déjà bien difficile à affronter. Si elle s'était sentie troublée, c'était uniquement parce qu'il s'était montré gentil avec elle, et elle ferait mieux de s'en persuader très vite.

Elle s'étira, bâilla longuement, puis regarda par la fenêtre. Le temps gris annonçait la pluie, et il semblait faire plus frais que la veille. Elle enfila le jean et le T-shirt vert qu'elle avait achetés chez le fripier et se dirigea vers les chambres des filles pour les réveiller. A son grand étonnement, les deux chambres étaient vides. Elle n'aurait jamais pensé qu'elles soient aussi matinales…

Dès l'escalier, la bonne odeur du café frais vint flatter ses narines. C'était le comble ! Elle était l'employée de maison, et c'était elle qui faisait la grasse matinée… Comme elle s'approchait de la cuisine, elle entendit les rires aigus des fillettes et celui, plus grave, de Sam.

— Bonjour, Jessie ! Avez-vous bien dormi ?
— A merveille !

Elle ne mentait pas. A peine sa tête posée sur l'oreiller, elle avait sombré dans un sommeil délicieux, calme et serein.

— Que prenez-vous le matin ?

— Eh bien, je…

Elle s'arrêta net. Ici, elle n'avait pas de domestiques à son service ! C'était *elle*, l'employée de maison.

— Que disiez-vous ? demanda Sam en beurrant une tartine.

— Je… je me disais qu'il faudrait que je me lève plus tôt.

— Il m'a semblé qu'un peu de repos ce matin ne vous ferait pas de mal.

— C'est vrai. Je vous remercie de votre compréhension, mais à l'avenir il…

— Tenez, vous voulez cette tartine ? la coupa Sam en lui tendant le pain beurré.

— Euh… oui, merci.

Comme un automate, Jessica prit place à table. L'arôme du café, l'odeur du pain grillé, le babillage des deux fillettes, cet homme si séduisant en face d'elle… Elle devait rêver ! Brutalement, un sursaut de mauvaise conscience l'assaillit. Ces trois hôtes lui faisaient confiance, l'accueillaient, et elle, elle leur mentait… Plus ils se montraient gentils, plus elle se sentait coupable de les tromper ainsi.

— Tu veux de la confiture de fraises ? demanda Casey.

— Volontiers, je l'adore.

— Moi aussi, c'est ma préférée, énonça gravement Annie.

Jessica mordit dans sa tartine. Comme ce petit déjeuner était différent de tous les repas qu'elle avait pris chez elle ! Ici, pas de mine compassée, pas de comportement guindé… Les petites bavardaient, elles avaient renversé du lait sur la toile cirée, tout le monde riait ; chacun paraissait heureux de vivre et le manifestait. Une fois que les fillettes eurent quitté la table, Jessica revint sur un sujet de conversation qui lui tenait à cœur.

— Vos filles sont adorables, Sam. Comment se fait-il que vous ayez eu autant de problèmes avec les nounous ?

Sam laissa échapper un petit soupir.

— D'abord, il y a le problème de mes horaires difficiles, et ensuite… ces jeunes femmes n'ont pas toujours apprécié les goûts de mes filles !

— Par exemple ?

— Eh bien, Casey utilise parfois les verres à bordeaux de la salle à manger comme… cloche pour observer les saute-relles. Parfois il n'y a plus de pain parce qu'elle a tout donné aux oiseaux sous prétexte qu'ils avaient faim…

Jessica se mit à rire ; elle trouvait tout cela plutôt mignon.

— Cette nounou n'est restée chez nous que deux jours, ajouta-t-il, se retenant de sourire.

— Casey adore les animaux, c'est tout.

— Vous a-t-elle montré ce qu'elle transporte dans son sac rouge ?

— Non, qu'est-ce que c'est ?

— Vous le découvrirez vous-même…

Et, sur cette phrase pleine de mystère, il se leva et appela ses filles pour les embrasser avant de partir.

— Je rentrerai pour le dîner.

— Y a-t-il quelque chose de spécial à préparer ? demanda Jessica.

— Non, je ferai des grillades. Si jamais vous avez besoin de moi, passez un coup de fil au bureau. Même si je n'y suis pas, mon adjoint sait toujours où me joindre.

Jessica retint un sourire. Besoin de lui ? Quelle question ! Et elle n'était certainement pas la seule en ville dans ce cas…

Une fois son père parti, Casey s'approcha de Jessica.

— J'ai un secret, lui murmura-t-elle à l'oreille. C'est bientôt l'anniversaire de papa.

— Ah. Et vous lui préparez une fête surprise ?

— Tu crois qu'on peut ?

Jessica réfléchit un instant, se demandant si Sam apprécierait l'initiative. Mieux valait prendre ses précautions et demander auparavant leur avis à Annie et Trudy.

— Nous verrons, laisse-moi un peu de temps pour y penser.

Sam referma derrière lui la double porte qui séparait la partie du bâtiment réservée aux cellules de la grande pièce meublée de bureaux en chêne et de chaises à dossier droit où il travaillait avec ses deux adjoints. Il les appréciait autant l'un que l'autre. Le plus jeune des deux, Gary, était maigre comme un fil de fer, et pourvu d'une tignasse rousse toujours en bataille. Tony, lui, petit et rondouillard, arborait une moustache et des cheveux grisonnants. Tous les deux étaient de bonne composition et appréciaient le calme de leurs journées où le plus gros délit, la plupart du temps, n'était qu'un bris de vitrine ou un contrôle de routine.

Une dizaine d'années plus tôt, Sam avait quitté Thunder Lake pour faire une école de police à Las Vegas. Il avait appris tout ce qu'il lui était possible d'apprendre, la balistique, la médecine légale, bref, tout un tas de choses dont il n'aurait jamais l'usage dans une petite ville. Parfois, il regrettait un peu le manque d'animation et ce rythme lent qui étaient son quotidien, mais se réjouissait cependant de disposer d'assez de temps pour profiter de son rôle de père.

— Alors, il paraît que tu as engagé une nouvelle nounou ?

Comme d'ordinaire, Trudy, son bras droit depuis qu'il était revenu à Thunder Lake comme shérif, n'y allait pas par quatre chemins. Elle changeait de couleur de cheveux comme d'autres de T-shirt, n'oubliait jamais d'enfiler sa tintinnabulante collection de bracelets et renseignait chacun sur la vie des uns et des autres sans qu'on lui ait rien demandé.

— Oui, répondit Sam, prudent. Il paraît que tu as fait sa connaissance chez Jack ?

— Exactement. Elle est mignonne comme un cœur, mais je ne lui décernerais pas le premier prix de serveuse !

Sam s'abstint de faire la moindre remarque à ce sujet.

— J'espère que tu vas sortir un peu avec elle, poursuivit Trudy.

— Mais jamais de la vie ! Je ne l'ai pas engagée pour ça !

— Sam, tu as besoin de te changer les idées ! Cela va faire deux ans que tu es seul.

— Dix-huit mois, corrigea Sam, sachant pertinemment que cela n'allait pas arrêter Trudy sur sa lancée.

— Tu as besoin d'une compagne, Sam. Christina n'aimerait pas que tu te replies sur toi-même.

Il y avait du vrai dans ce que disait Trudy. Christina était la personne la plus généreuse qu'il ait jamais connue. Elle aurait voulu qu'il soit heureux et aimé ; elle aurait souhaité que ses filles soient entourées d'une affection maternelle. Au début, il refusait obstinément d'envisager qu'une femme puisse prendre la place de Christina, mais, aujourd'hui, il commençait à se rendre compte que la douceur d'une présence féminine faisait cruellement défaut à leur existence à tous les trois.

— Tes filles aussi ont besoin de quelqu'un qui les aime, insista Trudy. Tu veux que je te donne leur liste de candidates pour le poste ?

— Non, merci ! Je préfère m'en dispenser.

Il avait suffisamment à faire pour chasser de son esprit le souvenir des mèches châtain doré qui retombaient de temps à autre sur un énigmatique regard bleu…

L'image de Casey dans les bras de Jessica le perturbait encore. Quand, la veille au soir, il avait vu sa fille dans des bras qui n'étaient pas ceux de Christina, il avait reçu comme un coup dans la poitrine. Mais à vrai dire, depuis qu'il avait aperçu Jessica, il se sentait si troublé qu'il avait du mal à trouver ses mots en sa présence.

Il avait bien essayé de lui dire combien il appréciait son aide, hier soir, mais il n'avait su comment s'y prendre. Il avait suffi qu'elle lui adresse un de ses sourires étincelants pour qu'il perde pied.

C'était pathétique. A trente-deux ans, le shérif de Thunder Lake se retrouvait muet comme une carpe devant la nounou de ses filles ! Pire encore ! à court de mots, il s'était rapproché d'elle. C'est alors qu'il avait remarqué les longs cils noirs qui ombrageaient son regard bleu. Comment cela avait-il pu lui échapper ? Il avait aussi découvert combien sa bouche paraissait douce…

« Bon. Inutile de s'affoler ! » se dit Jessica. Découvrir comment on s'y prenait pour faire une lessive n'était sûrement pas au-dessus de ses capacités. Elle fourra dans la machine tout le linge qui lui tombait sous la main, puis se mit à fixer les différents boutons, souhaitant secrètement qu'ils se mettent à parler pour lui expliquer leur fonction exacte. Voyons... Cycle doux ? Trempage ? Où fallait-il mettre le produit ? Et pour commencer, *où* était le produit ?

Casey apparut soudain à ses côtés.

— La lessive est ici, déclara-t-elle doctement en ouvrant un des placards du bas.

— Et il faut appuyer sur ce bouton pour mettre en marche, renchérit Annie, tout aussi sérieuse.

Jessica se hâta de profiter des conseils de ses aides improvisées avant qu'elles n'aillent retrouver leurs jouets. Ouf ! Tout paraissait fonctionner normalement ; elle pouvait se détendre un peu et aller jouer avec les fillettes.

Une heure plus tard, elle sortait le linge...

Seigneur ! Elle avait certainement commis une erreur quelque part, car elle aurait parié toute la fortune Walker que le shérif Sam Dawson ne portait pas des chaussettes roses...

— Oh ! la la...

Jessica jeta un coup d'œil par-dessus son épaule. Annie la regardait, la bouche arrondie de surprise. A côté d'elle, Casey considérait la chaussette d'un air ébahi.

— Qu'est-ce que tu as fait ? demandèrent-elles d'une même voix.

— Je... je ne sais pas, bafouilla Jessica en sortant un T-shirt de Sam, du même rose indien que les chaussettes.

C'est alors qu'elle aperçut, dans le tambour, un short rouge appartenant à Casey...

Un peu plus tard, tandis qu'elle pliait les T-shirts roses, les chaussettes roses et les chemises roses de Sam, les larmes lui montèrent aux yeux. Son emploi de baby-sitter avait duré quelques heures de plus que son emploi de serveuse. C'était un progrès, certes, mais Sam allait la mettre à la porte, c'était évident !

Quand l'heure du dîner arriva, Jessica était épuisée d'avoir astiqué la maison de fond en comble dans l'espoir que ce grand ménage inciterait Sam à lui pardonner le désastre de la lessive. En fait, cette catastrophe mise à part, elle avait passé une très bonne journée avec les deux fillettes. Elles avaient eu le temps de faire quelques jeux ensemble, et leurs personnalités si différentes, mais aussi pétillantes l'une que l'autre, avaient achevé de la conquérir.

Annie était occupée à mettre le couvert comme Jessica le lui avait demandé quand, brusquement, elle donna à Casey les dernières nouvelles de sa recherche d'une nouvelle maman. La jeune femme, qui était en train de ranger les tasses dans le placard, suspendit son geste et tendit l'oreille. Avait-elle bien entendu ? Etait-il possible que ces deux angelots au regard innocent soient en train de chercher une épouse pour leur père ?

Pas de doute ! Elles étaient en train de passer en revue une liste de prétendantes.

— Non, pas celle-là ! asséna Casey. Elle est pas sympa du tout.

La porte d'entrée grinça, laissant le passage à Sam.

— Qui n'est pas sympa du tout ? demanda-t-il en lissant ses cheveux mouillés par la pluie fine qui s'était mise à tomber quelques instants plus tôt.

— Cette dame qui a des cheveux très noirs, répondit Casey, pas déstabilisée le moins du monde.

— Michelle Ranchet ? Mais tu ne la connais pas, ma chérie !

— Je sais qu'elle t'aime beaucoup.

Comprenant immédiatement de quoi il retournait, Sam retint un sourire et hocha gravement la tête.

— Ah. Ne te fais pas de souci pour elle, d'accord ? dit-il en caressant les cheveux de sa cadette.

Son regard se tourna vers Jessica.

— Jessie, est-ce que vous pourriez me rendre un service ?

Ces quelques mots déclenchèrent un mouvement de méfiance de la part de la jeune femme. Elle l'avait si souvent entendue, cette phrase ! « Jessica, est-ce que tu pourrais me rendre un service ? Est-ce que tu pourrais demander à ton grand-père si… Est-ce que tu pourrais user de ton influence pour… »

Paralysée, elle resta plantée au milieu de la cuisine sans faire un geste ni répondre.

— Vous ne voulez pas ? insista Sam, étonné par ce mutisme soudain.

— Oh, pardon… Que vouliez-vous me demander ?

— Si vous vouliez bien préparer quelques légumes.

Préparer des légumes ! Bien sûr ! C'était l'heure de dîner. « Allons, Jessica, réveille-toi ! Tu vis désormais dans un autre monde, et cet homme ne sait même pas que tu es une Walker. Il ne risque donc pas de se conduire comme tant d'autres… »

— Bien sûr ! Que diriez-vous de carottes sautées avec des pommes de terre ? En entrée, j'avais prévu une salade de tomates, cela vous convient-il ?

— Parfait, Casey adore ça.

Il ouvrit le réfrigérateur, en sortit le sac qui contenait les légumes et le tendit à Jessica. Un instant, leurs doigts se frôlèrent, et la jeune femme sentit une douce chaleur l'envahir. Cet homme communiquait de la force, de la sérénité… et une indéniable sensation de plaisir. A éviter d'urgence ! Elle fit un pas en arrière, bien décidée à se retrancher dans son rôle de baby-sitter.

— Annie, Casey, montez dans vos chambres ! Vous avez le temps de faire vos cartes à Mme Mulvane avant le dîner, si vous voulez.

— De quoi s'agit-il ? s'enquit Sam.

— Elles vont lui envoyer un petit mot et un dessin pour lui souhaiter un bon rétablissement.

— C'est une bonne idée ! Arlene va être très heureuse de cette attention.

— Je le pense aussi, répondit Jessica, furieuse de se sentir encore émue de ce contact fortuit.

Il lui fallait à tout prix arrêter de se comporter comme une étudiante. A son âge, c'était anormal de réagir aussi violemment parce qu'un homme lui avait effleuré la main ! Le mieux pour se libérer de cette emprise, c'était de parler ; les mots l'aideraient à se détendre.

Mais Sam la devança :

— Avez-vous passé une bonne journée ?

— Excellente. J'ai pu mieux me rendre compte à quel point Annie et Casey sont différentes l'une de l'autre.

— C'est le moins que l'on puisse dire. Elles sont même carrément opposées.

Jessica avait découvert en effet qu'Annie aimait les robes alors que Casey les détestait. Pour Annie, le rose était la seule couleur acceptable, alors que pour Casey, c'était le vert parce que les fourmis se promènent dans l'herbe qui est de cette couleur. Casey adorait faire du vélo et jouer au base-ball, alors que son aînée ne jurait que par ses poupées et sa dînette. Par chance, elles partageaient une même passion pour les gâteaux au chocolat, ce qui permettrait de leur faire plaisir à toutes les deux en même temps au moment des grandes occasions.

Jessica éprouvait une grande tendresse pour les deux fillettes et se sentait proche d'elles, mais pour des raisons différentes. Elle-même avait été une petite fille semblable à Annie qui adorait les jeux calmes et la lecture. Et Casey faisait tout ce dont elle-même avait dû se contenter de rêver quand elle était enfant : grimper aux arbres, jouer dans la boue, s'habiller comme un garçon...

— Dites-moi, reprit Sam, de quoi parlaient-elles toutes les deux quand je suis arrivé ?

— Elles étaient en train de se choisir une maman, tout simplement.

— Je m'en doutais, maugréa Sam.

— Et elles étaient d'accord pour rejeter Angela, la serveuse du restaurant.

— Et puis-je savoir pourquoi ? demanda-t-il, très intéressé soudain.

— Parce qu'elle fait du bruit en mangeant son chewing-gum !

Cette explication amena un large sourire sur le visage de Sam.

— Je suis d'accord ! Quoi d'autre encore ?

— Elles ont également exclu la libraire, parce qu'elle parle trop.

— Très juste. Donc, me voici tranquille du côté d'Angela et de la libraire...

— Une certaine dame très brune n'a pas non plus recueilli leurs suffrages.

Celle-ci, Jessica l'avait entrevue chez Jack. C'était une belle femme, sûre d'elle, qui avait attiré tous les regards.

— Et que lui reprochent-elles, à celle-ci ?

— Casey n'aime pas la couleur de ses cheveux. Ni ses hauts talons. Mais le pire, c'est qu'elle l'appelle « mon petit chou ». Et ça, c'est éliminatoire !

Sam éclata de rire.

— Qui donc a réussi l'examen de passage ?

Jessica secoua la tête.

— Personne, que je sache… La sélection semble draco-nienne. Vous savez, ajouta-t-elle en voyant Sam sortir des steaks du congélateur, je m'occuperai volontiers des menus si vous êtes d'accord. J'adore tout ce qui a trait à la cuisine.

— Alors entendu. Moi, ça me barbe prodigieusement.

Il jeta un coup d'œil par la fenêtre.

— On dirait que la pluie s'arrête… Tant mieux, car je dois retourner au bureau tout à l'heure.

Jessica s'abstint de tout commentaire, mais les remarques qu'elle avait entendues au restaurant lui revinrent à l'esprit. Tout le monde s'accordait pour dire que Sam Dawson était le meilleur shérif que Thunder Lake ait jamais eu. Un homme plus bavard que les autres avait même ajouté qu'il en faisait trop, et que s'il travaillait autant, c'était pour oublier ce qui manquait dans sa vie personnelle. Jessica n'était pas loin de donner raison à ce dernier. Chacun s'efforce souvent de ne pas regarder sa vie en face… N'était-ce pas ce qu'elle avait fait elle-même ?

Du jour où elle avait appris qu'elle avait été adoptée, elle s'était appliquée à plaire à sa mère par tous les moyens, quitte à faire beaucoup de sacrifices. Depuis qu'elle s'était enfuie de chez elle, elle avait beaucoup réfléchi à la vie qu'elle avait menée ; loin de l'emprise de sa famille, elle voyait bien plus clairement tout ce à quoi elle avait refusé de penser jusque-là, et elle réalisait que jamais elle n'avait été persuadée que sa mère l'aimait véritablement.

— Au fait, reprit Sam, la maison est étincelante. Vous avez fait un sacré travail !

Jessica lui sourit mais sentit son estomac se contracter. Le moment était-il venu de mentionner la couleur des vêtements qu'elle avait déposés un peu plus tôt sur sa commode ? Non, décida-t-elle, cela attendrait bien encore un peu…

— C'était votre vocation de devenir shérif ?

— Non, pas vraiment. Je me voyais plutôt policier dans une grande ville.

Tout en parlant, Sam respirait le parfum léger qui émanait de la jeune femme, et, bizarrement, il lui sembla soudain que la cuisine était devenue toute petite.

— Pas possible ! s'exclama-t-elle.

La jeune femme paraissait réellement intéressée par son histoire. Et lui, se demanda-t-il, par quoi était-il intéressé ? Il aurait été bien incapable de le dire… Le temps l'aiderait sûrement à répondre à cette question dérangeante. Pour le moment, il appréciait seulement de se trouver chez lui avec une femme qui ne lui demandait rien d'autre que de lui raconter une partie de son histoire.

— C'est une tradition dans votre famille ? insista-t-elle.

— Non. D'ailleurs, je n'ai pas connu mon père. Vous savez, c'est toujours la même vieille histoire : ma mère s'est retrouvée enceinte et mon père a disparu sans laisser d'adresse. J'imagine que c'est pour cette raison que je me suis juré que si un jour j'avais des enfants, je ferais tout pour être à la hauteur de mon rôle.

Son regard se fit plus lointain soudain. Il se rappelait très bien le jour où Christina lui avait annoncé qu'elle était enceinte.

Ce soir-là, ils avaient fait l'amour longtemps, avec une infinie douceur. Ensuite, il avait regardé le ventre encore plat de sa femme et l'avait embrassé, ému et incapable d'imaginer le trésor qu'il cachait.

— Ce qui fait que vous avez été élevé seulement par votre mère ? demanda Jessica, le ramenant à l'instant présent.

— Oui. Mais elle est morte de pneumonie un peu avant mes dix-sept ans.

— Qu'est-ce que vous avez fait alors ?

— Je suis allé vivre chez son frère. Hélas, Arnie n'était pas la crème de Thunder Lake. Plutôt le poivrot de service ! Heureusement, les professeurs ont insisté pour que je poursuive mes études. J'ai fait la connaissance de Christina à ce moment-là, et c'est ce qui m'a sauvé, car je commençais à faire partie d'une bande de mauvais garçons. Je ne sais pas ce que je serais devenu si elle ne m'avait apporté la gentillesse et la douceur que je n'avais jamais connues jusque-là.

Soudain, il releva la tête et Jessica croisa son regard bleu pétillant de malice.

— Surtout, ne dites jamais à mes filles ce que je viens de vous avouer !

— Vous ne voulez pas briser votre image de père modèle, c'est ça ?

— A peu près… Je me suis bien racheté depuis.

Comme Jessica commençait à gratter des carottes, Sam entreprit de l'aider et se rapprocha d'elle. Tout près. Un instant, elle sentit qu'il regardait sa bouche intensément. Ce fut assez pour que sa nuque se mette à picoter et qu'une vague de chaleur l'envahisse. Allait-il l'embrasser ? Elle en mourait d'envie. Elle se pencha même un peu vers lui, comme pour le tenter davantage. Ce soir, elle était prête.

Hélas, la porte de la cuisine s'ouvrit brusquement et Annie entra dans la pièce.

— On va bientôt dîner ?

— Oui, va sur la terrasse, je viens mettre les grillades en route.

Jessica regarda Sam sortir avec le plat de viande. Elle prit une profonde respiration et s'exhorta au calme. Avait-elle rêvé, ou bien Sam Dawson avait-il été à deux doigts de l'embrasser ?

— C'est papa qui fait les meilleurs steaks du monde ! affirma Casey.

— Je n'en doute pas, approuva Jessica.

En fait, elle attendait avec une certaine inquiétude le commentaire de Sam sur les carottes qu'elle avait un peu trop fait cuire tout à l'heure tant elle s'était laissée absorber par ses pensées. Elle qui n'avait cessé d'affirmer que la cuisine était son point fort !

— Jessie, intervint Annie, tu viendras à la fête de mon école ?

Jessica se demanda si elle serait encore à Thunder Lake à ce moment-là.

— Peut-être, nous verrons.

— Les carottes sont trop cuites, déclara Annie en les repoussant sur le bord de son assiette.

— Je… je suis désolée, commença Jessica. Je les ai laissées trop longtemps sur le feu.

— Mais non, la rassura Sam. Elles sont juste un peu caramélisées, c'est délicieux. Goûte-les, Annie !

Annie et Casey parurent hésiter un instant, puis s'exécutèrent sans plus de difficulté.

— Vendredi, je vais amener mon serpent à l'école ! claironna Casey.

Jessica eut un petit sursaut. *Un serpent ?* Quel serpent ? Elle jeta un regard inquiet en direction de Sam qui continuait à manger sans paraître le moins du monde ému par ce que sa fille venait d'annoncer.

— Tu veux lui faire peur ? demanda Annie.

— Qui c'est « lui » ? s'enquit Jessica.

— Harrison. Je le déteste ! grimaça Casey. Papa, je peux aller dans ma chambre ? ajouta-t-elle en descendant de sa chaise.

— Si tu veux. Annie, tu n'as pas un contrôle de calcul demain ?

— Mais non ! Tu sais bien que c'est le mardi, je te l'ai dit cinquante fois ! Ma prof est une horreur, expliqua la petite fille à l'intention de Jessica. Elle nous donne un contrôle *tous* les mardis, tu te rends compte ?

Et elle quitta la table à son tour en poussant un énorme soupir.

Une fois qu'ils se retrouvèrent en tête à tête, Jessica revint sur le sujet qu'elle voulait éclaircir.

— Qu'est-ce que c'est que cette histoire de serpent ?

— Rassurez-vous, c'est un serpent en caoutchouc. Vous y avez cru ?

— Franchement, maintenant que je connais un peu mieux Casey, je me posais réellement des questions, avoua-t-elle en riant.

Le repas terminé, ils ramassèrent les assiettes et se bousculèrent par mégarde au moment de rentrer dans la cuisine.

Cette fois, Jessica posa une main sur la poitrine de Sam.

Les battements de son cœur s'accélérèrent follement tandis que sous ses doigts, elle sentit celui de Sam taper très fort lui aussi…

— Il faut arrêter ces collisions ! déclara Sam en riant.

Vraiment ? Cette fois encore, Jessica avait éprouvé une vague de plaisir et se rendait compte qu'au lieu de s'émousser, cette sensation ne faisait que croître et embellir, ce qui était un peu inquiétant.

Comme elle entrait dans le salon, elle découvrit Sam, assis dans un fauteuil. Il tenait dans ses mains une photo que Jessica avait déjà regardée au moment où elle faisait le ménage. On y voyait sourire une jeune femme aux cheveux châtain clair et aux yeux bleus.

— Annie lui ressemble beaucoup, murmura-t-il.

Que répondre ?

— Elle était très jolie, laissa-t-elle tomber.

— C'est vrai.

Puis il reposa la photo sur la table ronde, se leva et sortit sans un mot.

Au cas où elle n'aurait pas encore compris, elle connaissait la vérité maintenant.

Sam Dawson pleurait toujours sa femme.

Sam rejoignit la réunion prévue à la mairie. Comme d'habitude, différentes plaintes furent rapportées : des chiens aboyaient, des jeunes faisaient marcher leur radio trop fort, les tondeuses à gazon fonctionnaient trop tôt le matin… Broutilles que tout cela, mais broutilles qu'il fallait régler au mieux. C'était son travail.

Il était presque minuit lorsqu'il rentra chez lui. Cette fois, il avait autorisé Jessica à mettre ses filles au lit, mais il avait hâte d'aller les embrasser. Casey dormait calmement, son énorme fourmi verte serrée contre elle. Sam tira la couverture sur elles et sourit, attendri comme toujours. Il alla ensuite chez Annie qui dormait en chien de fusil. Il lui caressa les cheveux. Un instant, elle entrouvrit les yeux.

— Bonsoir, papa.

— Bonne nuit, ma chérie.

Il s'attarda encore un peu pour la regarder se rendormir. Une fois qu'il avait refermé la porte sur ses filles, il lui semblait qu'il ne lui restait plus rien. Sa vie était vide. Vide et triste. Il détestait se retrouver seul ainsi, sans personne à qui parler.

Il passa dans sa chambre et commença à retirer sa chemise. Puis il décida de redescendre dans la cuisine boire une bière. Mais en fait, ce n'est pas de cela dont il avait envie, non. Il avait envie de quelqu'un à qui parler. Il aurait aimé que Jessica…

Jessica ? Comme elle avait eu vite fait de se glisser dans leurs vies… Il manquait une femme dans cette maison. Les filles le réclamaient, et lui aussi en avait besoin sans doute. Mais qui sait si ce coup de cafard ne provenait pas tout simplement de ce qu'il avait vu les longues jambes de Jessica courir derrière Casey tout à l'heure, avant le dîner ? Ou de cette manière de rejeter en arrière ses cheveux auburn quand elle riait ? Ou alors… de la courbe douce de ses lèvres qu'il évitait si soigneusement de regarder quand il se trouvait près d'elle ?

Quoi qu'il en soit, le résultat était le même. Attirance. Danger. Mais qui sait, le moment était peut-être venu pour lui de recommencer à vivre ?

C'est alors que son regard fut attiré par la pile de linge posé sur sa commode. C'était vraiment gentil de la part de

Jessica d'avoir fait la lessive. Il n'avait pas osé le lui demander, mais appréciait qu'elle en ait pris l'initiative. Il s'approcha et considéra de plus près le T-shirt qui se trouvait sur le dessus de la pile. Puis une paire de chaussettes. Non, il rêvait. Ses chaussettes… toutes ses chaussettes ! Roses !

Pire ! Tout son linge était rose !

Aucune doute : Jessica était passée par là !

Il éclata de rire et se laissa tomber sur le bord de son lit. Déjà, il imaginait le regard que ses adjoints allaient lui jeter. Et puis après ? Il s'en fichait complètement. Alors comme ça, il avait maintenant un tiroir plein de chaussettes roses… C'était trop drôle ! Et franchement, comme c'était bon de rire !

- 6 -

Il se surprit souvent à rire dans le courant de la semaine suivante. Soucieux de ne pas blesser l'amour-propre de la jeune femme, il ne lui parla jamais de ses talents de teinturière et régla le problème en achetant une nouvelle panoplie de chemises, de sous-vêtements et de chaussettes. En revanche, ce qu'il avait davantage de mal à affronter, c'était l'attraction croissante qu'il éprouvait pour elle. Malgré ses efforts pour garder ses distances, il ne réussissait pas à rester insensible au regard bleu dans lequel tout homme normalement constitué aurait eu envie de se noyer. Ce matin en particulier, il était impatient de le retrouver, ce regard bleu...

Après un coup d'œil jeté sur la pendule, il alla se poster devant la fenêtre située au-dessus de l'évier afin de surveiller la rue. Jessica était partie pour son footing matinal une demi-heure plus tôt, elle ne tarderait certainement plus. Il commença à mettre du pain à griller avant de retourner derrière la planche à repasser où sa chemise attendait le dernier coup de fer.

— Est-ce que nous attendons Jessie pour manger ? demanda Annie.

— Non, commencez ! jeta-t-il, sur un ton plus vif qu'il ne l'aurait souhaité.

Agacé par son impatience, il sourit à sa fille dans l'espoir de se racheter, et s'appliqua à écraser le faux pli qu'il venait de faire d'un geste maladroit.

Tout en courant vers la maison des Dawson, Jessica pensait à Casey. En fait, depuis qu'elle était réveillée, elle n'avait cessé de penser à la fillette.

La veille au soir, avant de s'endormir, la tête posée contre son épaule, Casey lui avait fait des confidences.

— Je les trouve pas super, avait-elle avoué en parlant des chaussures de tennis vertes rangées au pied de son lit, mais je les porte quand même parce que c'est papa qui me les a achetées.

Jessica emplit ses poumons de l'air frais du matin sans chercher à retenir le sourire qui lui venait aux lèvres. Oui, elle éprouvait une certaine fierté à avoir été promue dépositaire de cet important secret : quitte à porter des chaussures qu'elle n'aimait pas du tout, Casey ne voulait pas faire de peine à son père.

La jeune femme appréciait la confiance qui lui était ainsi manifestée. Mais cela ne l'empêchait pas de se sentir mal à l'aise. Quand oserait-elle, elle aussi, confier son secret ? Pour l'instant, elle n'avait pas encore suffisamment de complicité avec qui que ce soit pour le faire, mais elle se sentait de plus en plus proche de Sam et de ses filles. Chaque jour qui passait la faisait participer plus étroitement à leur vie. Mais elle savait très bien qu'il s'agissait pour elle d'autre chose que d'un emploi ; un lien véritable était en train de se créer entre eux.

— Bonjour ! lança une voix.

Elle leva la tête et rendit son salut au coureur matinal qui venait de la croiser. Quelqu'un la héla de l'autre côté de la rue. Jamais encore elle n'avait vécu dans une communauté de ce genre. Son enfance s'était déroulée dans des lieux de rêve, qu'il s'agisse de la demeure de son grand-père, à Willow Springs, de sa villa en Espagne, ou de sa propriété en Floride. Partout elle avait eu à sa disposition tout ce qu'elle pouvait souhaiter, et néanmoins, partout elle s'était sentie abominablement seule.

Légèrement essoufflée, elle ralentit en arrivant à proximité de la maison. Cette solitude qu'elle avait connue provenait sans doute en grande partie de sa propre attitude envers les gens, mais elle avait toujours estimé plus prudent de s'interroger sur l'intérêt réel qui lui était porté avant d'accorder sa confiance ; et elle devait hélas reconnaître aujourd'hui qu'elle avait trop souvent été déçue. Elle posa la main sur la poignée de la porte. C'était sans doute cela qui lui plaisait tant ici : vivre sans traîner avec elle la pesante étiquette attachée au nom des Walker. Cela lui permettait de faire d'emblée confiance aux gens sans chercher à savoir si la bienveillance qu'ils lui manifestaient était motivée par des raisons d'intérêt personnel.

— Salut, Jessie ! lança Casey.

— Salut, répondit-elle machinalement, sentant le sol se dérober sous elle.

Pétrifiée sur le pas de la porte, elle ne pouvait détacher son regard de Sam qui, torse nu, se tenait devant la planche à repasser. Fascinée, elle était parfaitement incapable de bouger. Comment aurait-elle pu réagir, du reste, devant le spectacle de ce corps ferme et musclé ? Lorsqu'il se tourna vers elle, ce fut pire encore.

— Le café est prêt, annonça-t-il.

— M… merci ! répondit-elle, tout en faisant mine de ne pas s'intéresser à lui.

Pourtant, quand il baissa de nouveau les yeux pour reprendre sa tâche, elle lui jeta un regard en coin afin de l'observer plus en détail. Les muscles de ses bras paraissaient aussi durs que de la pierre. Et l'on pouvait en dire autant de son torse. Mais très vite, d'un air apparemment parfaitement détaché, elle s'arracha à cette vision et se hâta d'aller mettre deux nouvelles tranches de pain à griller. « Allons, s'efforça-t-elle de raisonner, ce n'est tout de même pas la première fois que je vois un homme torse nu ! »

Ce beau discours toutefois ne changea pas grand-chose à ce qu'elle ressentait.

— Je voulais vous prévenir que vous serez libre demain soir, annonça Sam. Les filles sont invitées à dormir chez une amie.

— On va drôlement bien s'amuser ! assura Casey.

— Je n'en doute pas, affirma Jessica en récupérant les tartines dans le grille-pain.

Sans se retourner, elle savait que Sam était en train de replier la planche à repasser. Bizarrement, chaque fois qu'ils se trouvaient ensemble dans une pièce, elle n'avait pas besoin de le regarder pour savoir ce qu'il faisait…

— Vous vous êtes tous levés aux aurores, déclara-t-elle. Je pensais être de retour avant le petit déjeuner.

— Cela n'a aucune importance, assura Sam. Au fait, voulez-vous aller faire les courses aujourd'hui ?

Encore une première… Allons, cela non plus ne devait pas être au-dessus de ses compétences !

— D'accord.

— J'ai fait une liste de ce qui manque pour la maison.

Vous ajouterez tout ce dont vous avez besoin pour la préparation des repas.

Jessica avait déjà un certain nombre d'idées pour les menus de la semaine suivante. Jusque-là, sa cuisine avait connu un franc succès. Sam avait adoré ses côtes de porc à la crème, son sauté de poulet au curry et ses spaghettis à la bolognaise.

— Est-ce que vous souhaitez quelque chose en particulier ?

— Non, ce que vous ferez me conviendra très bien, répondit-il en sortant son portefeuille de sa poche.

— Est-ce qu'on pourra venir avec toi ? demanda Casey.

— Vous serez en classe, leur fit remarquer Sam.

— Tu ne voudras pas nous attendre ? insista Casey, en tournant un visage suppliant vers Jessica.

Pourquoi pas ? Jessica ne voyait pas de raison pour ne pas accorder ce plaisir à la petite fille.

— D'accord. Nous irons ensemble.

Sam se mit à rire.

— On voit bien que vous n'avez jamais fait les courses avec des enfants ! Sachez que, quelle que soit la demande, l'unique réponse à faire est « non » !

— Oh, papa ! s'exclamèrent ensemble Annie et Casey.

— *Oh, papa* ! parodia Sam sur un ton moqueur, mais le regard plein d'amour.

Cette complicité père-filles émut profondément Jessica. Sam était un homme d'apparence rude, à l'esprit réfléchi, mais quand il contemplait ses filles ou s'adressait à elles, on ne percevait chez lui que de la tendresse.

— Annie, il faut te dépêcher ! ajouta-t-il. La mère de Stéphanie ne va pas tarder à passer te prendre. Et toi aussi, Casey ! Nous partons dans cinq minutes !

— Il faut d'abord que je trouve mon sac ! protesta la fillette.

Ah ! Le fameux sac rouge…

— Mettons-nous vite à sa recherche, proposa Jessica, qui voyait que ce contretemps agaçait Sam.

Elle commença à inspecter le salon en se demandant ce que Casey avait fait la veille avant de se coucher. Sans doute avait-elle regardé la télévision, le sac posé à côté d'elle, bien sûr. Elle se dirigea donc vers le gros fauteuil en velours côtelé et aperçut très vite un bout de lanière rouge qui dépassait du coussin. Il s'agissait bien du précieux sac. Curieuse, elle ne put résister à l'envie d'y jeter un coup d'œil tout en se dirigeant vers la cuisine. Elle s'attendait à y découvrir des trésors en forme de barrettes ou de colliers en plastique, mais aperçut des cailloux et un certain nombre d'insectes morts rangés dans des petites boîtes en plastique transparent.

— Pas possible, marmonna-t-elle.

— Ah, vous avez regardé !

Surprise, elle sursauta et se trouva nez à nez avec Sam.

— Vous savez ce que ce sac contient ? demanda-t-elle, gênée d'avoir été prise en flagrant délit de curiosité.

— Bien sûr… Et sa collection ne cesse de s'agrandir ! Je ne sais pas très bien pourquoi Casey a développé une telle passion pour ce genre de choses, mais sa maîtresse l'aide à identifier tout ce petit monde, c'est pour cela qu'elle était paniquée à l'idée de partir à l'école sans son sac.

Jessica sentit son admiration pour Sam croître encore d'un cran. Voilà un homme qui était capable de refuser de satisfaire tous les caprices de ses filles, mais qui n'hésitait pas à respecter leurs centres d'intérêt, aussi étranges fussent-ils. Au souvenir de l'éducation rigide et autoritaire qu'elle avait reçue, elle ne put s'empêcher d'envier Casey et Annie de vivre avec un père aussi large d'esprit.

— Je crois que son petit cœur ne supporte pas l'idée que ces bestioles soient abandonnées n'importe où, sans éveiller l'attention de personne, ajouta-t-il.

Un klaxon se fit entendre depuis la rue.

— Je crois qu'Annie est attendue…, fit remarquer Jessica.

— Oui, mais je tiens à vous dire que vous avez sauvé la journée de Casey. Et la mienne par la même occasion ! Jamais je n'aurais pu la conduire à l'école sans son sac ! Je…

Mais il perdit le fil de ce qu'il allait dire. « Embrasse-la… Embrasse-la ! », lui ordonnait une petite voix dans sa tête.

Heureusement, Casey débentla dans la pièce.

— Super, tu l'as retrouvée ! s'écria la petite fille en apercevant sa gibecière dans les mains de Jessica.

Elle adressa à la jeune femme un de ses sourires, lèvres fermées, qui manifestaient, chez elle, la plus intense jubilation.

— Merci beaucoup, beaucoup, Jessie !

Puis elle se dirigea, toujours en courant, vers la porte d'entrée.

Sam s'apprêtait à lui emboîter le pas, mais la lutte secrète continuait dans son cœur. « Embrasse-la… »

— Combien de fois encore vais-je ne pas le faire ? murmura-t-il, énigmatique.

— Ne pas faire quoi ? demanda Jessica d'un ton léger.

— Ceci !

Il baissa la tête et approcha ses lèvres de celles de la jeune femme. Est-ce que s'il l'embrassait une fois, rien qu'une, il serait enfin libéré de cette idée fixe ?

— Oui, ceci, répéta-t-il, en frôlant les lèvres de Jessica.

La jeune femme soupira, et Sam n'eut pas besoin d'un autre encouragement pour continuer. Il pressa sa bouche contre la sienne avec un plaisir évident. Il avait prévu un baiser léger, comme pour faire un essai, mais très vite, la situation lui échappa totalement. Jessica était si douce ! Il ne s'attendait pas non plus à un tel consentement de sa part, ni à une telle volupté. Cependant son plan échouait lamentablement. Au lieu de se sentir apaisé comme il l'avait espéré, voilà au contraire qu'il ne souhaitait qu'approfondir ce baiser, s'y fondre, s'y perdre… Tant de douceur aiguisait son désir au lieu de le satisfaire.

— Papa, je t'attends ! claironna Casey.

Il lui fallut un long moment pour sortir du brouillard bienheureux dans lequel il avait plongé. Jamais il n'aurait imaginé que ce serait si difficile d'abandonner les lèvres de Jessica. Lentement il se redressa, incapable encore de lâcher la jeune femme.

— Tu regrettes ce que nous venons de faire ? murmura-t-il, inquiet tout à coup.

— Non, et toi ?

— Ce que je regrette, c'est de ne pas l'avoir fait plus tôt !

Il recula d'un pas hésitant.

— A plus tard, Jessie.

Jessica sentit ses jambes flageoler. Une fois seule, elle se laissa tomber sur le bras du canapé et se mit à réfléchir. Que venait-elle de faire ? Elle savait parfaitement qu'elle ne devait pas s'impliquer sentimentalement, que son séjour à Thunder Lake n'était que temporaire. Pourquoi avait-elle répondu au baiser de Sam ? La bouche encore brûlante de son baiser, elle se leva, ne désirant qu'une chose : revivre cet instant magique ; et plus encore…

Dire qu'elle avait cru qu'il lui serait facile de garder ses distances… Mais tout son bon sens avait disparu quand Sam avait refermé ses bras sur elle, et elle était devenue incapable de penser à autre chose qu'à la chaleur qui envahissait son corps. Le pire de tout, c'est qu'il n'était pas seulement question de désir ; ce qui se passait en elle quand ils étaient ensemble dépassait largement l'attirance physique. Autre chose, de plus complexe, était en jeu, elle en était sûre. Quelque chose qu'elle ne savait pas nommer, mais qui ne pouvait conduire à rien puisque bientôt elle rentrerait chez elle.

A ce propos, elle ferait bien de passer un coup de fil chez elle, cela l'aiderait à se remettre les idées en place. Mais qu'allait-elle dire ?

— Jess ! lança une voix depuis la rue.

Revenant à la réalité, elle jeta un coup d'œil par la fenêtre et aperçut Cory. Flûte ! Elle avait oublié de l'appeler comme elle le lui avait promis en partant de chez Jack. Tellement de choses s'étaient passées depuis…

Mais Cory ne lui en voulait absolument pas. Bien au contraire, elle était heureuse pour elle et accepta volontiers de prendre le café qu'elle lui proposa. Installées à la table de la cuisine, les deux amies se mirent à bavarder.

— Tu aimes ton nouveau travail ? demanda Cory.

— Beaucoup. Et je peux te dire que je me débrouille nettement mieux comme nounou que comme serveuse !

Les deux jeunes femmes passèrent une heure ensemble, à rire des gaffes commises par Jessica, ou à parler du mariage de Cory.

Une fois seule, Jessica estima qu'elle ne pouvait plus retarder davantage le moment de reprendre contact avec sa famille.

Elle rassembla quelques pièces de monnaie et s'apprêta à sortir.

Sam s'approchait du lac. L'humidité de l'air lui parvenait par la vitre ouverte de sa voiture, mais il percevait aussi une douceur qui annonçait le printemps. Il aimait le printemps. Il venait souvent par ici autrefois, avec Christina. Ils s'asseyaient sous les étoiles et pensaient à leur avenir. A maintes reprises, ils avaient évoqué les risques que son métier lui faisait courir. Il appréhendait terriblement ce que la vie réserverait à Christina si, par malheur, elle devait un jour se retrouver seule. Et voilà que c'était lui qui s'était retrouvé seul alors qu'il ne l'avait jamais envisagé…

Il s'éloigna du lac et se remit à penser au baiser de ce matin. Comment allait-il se comporter maintenant envers Jessica ? Il n'en savait absolument rien ! Et elle ? C'était encore plus imprévisible. Et plus angoissant. Allait-elle lui annoncer que, compte tenu de ce qu'il s'était passé, elle préférait partir ?

Calmement, il se dirigea vers le quartier commerçant de la ville afin d'y effectuer sa patrouille habituelle. Au moment où il s'apprêtait à faire demi-tour, sa mission effectuée, il aperçut Jessica dans la cabine téléphonique du parking du petit supermarché.

Jessica venait de glisser ses pièces de monnaie dans l'appareil et, comme elle l'espérait, ce fut Emily, la gouvernante de la maison, qui lui répondit.

— Oh, mademoiselle Jessica, tout le monde se fait tellement de souci pour vous ici ! M. Noble est tout bouleversé par votre disparition.

Jessica ne put retenir un soupir. Elle avait espéré que, devant sa fugue, Ryan se découragerait rapidement.

— Je ne voulais inquiéter personne, Emily.

— Vous allez rentrer maintenant, n'est-ce pas, mademoiselle ?

— Non, Emily, pas tout de suite. Il est encore trop tôt.

En raccrochant, Jessica se dit qu'elle n'avait pas la moindre idée du moment où elle retournerait à Willow Springs. Sa vie là-bas lui paraissait tellement loin... En sortant de la cabine, elle aperçut Sam qui la regardait depuis sa voiture, et sentit un étrange malaise la saisir. Depuis combien de temps se trouvait-il là ? Avait-il entendu la conversation ?

— Jessie, tu sais que tu peux utiliser le téléphone de la maison quand tu veux.

— Oui, je te remercie.

Evidemment, il n'était pas question qu'elle le fasse pour appeler Willow Springs. Si jamais Sam découvrait ce nom sur ses relevés, il lui suffirait de deux ou trois coups de fil pour découvrir son secret. Mais était-il capable d'agir de la sorte ? De nouveau elle fut envahie par son sentiment de culpabilité. Elle devait dire à Sam qui elle était. Ne rien lui dire équivalait à un mensonge ; et elle ne pourrait vivre longtemps dans le mensonge.

— N'hésite pas à me faire part de tes soucis. Je t'aiderai de mon mieux, hasarda-t-il gentiment.

Jessica lui adressa un sourire reconnaissant, tout en sachant que personne au monde ne pouvait l'aider, et lui moins que personne. Si jamais il avait connaissance d'un avis de recherche la concernant, qui sait si, en tant que shérif, il ne se sentirait pas obligé de la dénoncer ? Sam était un homme d'honneur, de conscience professionnelle.

— Non, je te remercie, tout va bien, répondit-elle, toute tendue à l'idée que d'autres questions allaient immanquablement suivre.

— Sam ! appela une voix féminine depuis l'autre côté de la rue.

Jessica soupira de soulagement en voyant la personne traverser pour se diriger vers eux ; cet intermède était le bienvenu.

La jeune femme qui s'était approchée d'eux était brune, petite, élégante dans son jean moulant et sa veste matelassée. Et très jolie, avec son visage ovale et ses grands yeux bruns. En la voyant adresser un sourire chaleureux à Sam, Jessica éprouva une émotion si proche de la jalousie qu'elle en fut presque choquée.

Un sourire plissa le coin des yeux de Sam qui présenta la nouvelle venue à Jessica.

— Jessie, voici ma dynamique voisine, Liz Lewis.

Jessica afficha un sourire de convenance tout en essayant d'évaluer le genre de relation entretenue par Sam et sa *dynamique voisine*.

— Liz, je te présente Jessica, la nouvelle nounou de mes filles depuis que Mme Mulvane a été malade.

— Je n'ai pas le temps de m'attarder maintenant, mais je suis contente de faire ta connaissance, Jessica, dit Liz avec un sourire sincère. Il faudra que je te rende une petite visite un de ces jours.

— Bien volontiers, répondit Jessica, tourmentée une fois de plus par la gentillesse de tous ces gens qui l'acceptaient dans leur vie en lui faisant la plus grande confiance alors qu'elle leur mentait à tous.

— Liz peut vraiment devenir une amie pour toi, ajouta Sam lorsque cette dernière fut partie. C'est une fille super.

— Tu la connais depuis longtemps ?

— Depuis toujours. Nous avons grandi ensemble, lui apprit-il en glissant son bras sous son coude.

— Est-ce que mon imagination me joue des tours, shérif, ou bien est-ce que tu es bel et bien en train de me kidnapper ?

— Moi ? Te kidnapper ? Jamais de la vie ! Je suis tout simplement en train de te conduire dans le salon de thé de Marilou. Elle prépare les meilleures glaces de la région ! Servies avec des croquants aux amandes maison. Un vrai délice. Tu viens ?

— Je ne vois pas très bien comment je pourrais résister à une invitation pareille !

Le salon de thé était plein de charme avec ses meubles en fer forgé blanc et ses coussins rose et vert. Quelques minutes plus tard, Jessica était attablée devant une énorme glace à la vanille posée sur un socle de meringue et nappée de chocolat fondu et d'amandes grillées, tandis que Sam plongeait sa cuillère dans un sorbet à la fraise recouvert de chantilly.

— Ma grand-mère disait toujours que le chocolat est une gourmandise qui fait du bien partout, y compris à l'âme, murmura Jessica.

— Tu aimais beaucoup ta grand-mère ?

— Je l'adorais. Elle était forte, mais aussi tendre et rassurante.

Jessica sourit en se rappelant son aïeule qui ne se gênait pas pour dire ce qu'elle pensait et avait même, à plusieurs reprises, porté des jugements assez durs sur sa mère et son grand-père. Quand Deidre se laissait emporter par sa folie des grandeurs, la vieille dame savait, en quelques mots bien sentis, la ramener à une plus juste vision des choses. Si elle avait été encore de ce monde, elle aurait sans nul doute compris l'épreuve que traversait Jessica en ce moment, et aurait approuvé qu'elle tienne tête à ce mariage arrangé qui ne comblait pas ses vœux de bonheur les plus légitimes. A cet instant la jeune femme ressentit une petite pointe de tristesse ; sa grand-mère lui manquait.

— C'est de ta grand-mère paternelle que tu parles ?

Jessica ne savait plus très bien pour quelle raison elle avait commencé à parler de sa famille. Peut-être était-ce sa façon de remercier Sam de lui faire confiance comme il le faisait en l'accueillant chez lui ? Un peu comme s'il méritait de savoir quelque chose de sa vie…

— Oui, je n'ai pas connu mes grands-parents maternels. En fait, je n'ai même jamais connu ma mère. Enfin, ma vraie mère.

Surprise par les paroles qu'elle venait de prononcer, elle fronça les sourcils. Pourquoi avait-elle fait cet aveu ?

Le regard de Sam étincela.

— Ta mère est morte ?

— Non, c'est… c'est une histoire très compliquée…, répondit-elle, troublée.

Jusqu'où pouvait-elle aller dans les confidences ? De toute façon, si elle changeait de sujet maintenant, Sam aurait aussitôt des doutes.

— Nous avons tout le temps, répliqua-t-il.

Il n'était pas question de rester dans le vague, pensa Jessica, inquiète. Sam attendait, silencieux et patient, qu'elle lui donne davantage d'explications. Il fallait se lancer.

— La femme que je considère comme ma mère m'a adoptée. En fait c'est la femme de… de mon père, commença-t-elle, consciente de l'étrangeté de ses propos.

Ce sujet de conversation n'était jamais abordé chez elle. On lui avait appris la vérité quand elle avait sept ans, et on n'était plus jamais revenu sur la question par la suite.

— A la mort de mon père, sa femme a appris que l'une de ses maîtresses, qui était danseuse à Las Vegas, était enceinte, expliqua Jessica qui voulait rester le plus près possible de la vérité sans pour autant dévoiler son identité. J'étais ce que l'on appelle « une enfant de l'amour ». Bref, sa femme, c'est-à-dire celle que je considère comme ma mère, a décidé de m'adopter.

Sam fronça les sourcils.

— Il me semble qu'il faut être une personne de qualité pour accepter ainsi l'enfant que son mari a eu d'une autre femme.

— Je pense qu'elle avait besoin de garder quelque chose de lui.

En fait, Jessica s'était souvent demandé si cet acte généreux n'avait pas pris sa source dans un projet plus égoïste. La présence d'un enfant permettait à Deidre de rester dans les bonnes grâces de son beau-père et donc bien placée pour continuer à jouir de la fortune des Walker. Sous ses allures d'homme d'affaires apparemment insensible à tout ce qui n'était pas le cours de la Bourse, Stuart Walker cachait un cœur d'or ; il aurait accepté avec bonheur tout enfant de son fils, quelle que fût sa couleur ou son origine.

— Ton père est mort avant ta naissance ?

— Oui. Dans un accident d'avion.

Prudemment, elle omit d'ajouter qu'il s'agissait de son avion privé.

— Tu n'as jamais eu envie de rencontrer ta mère biologique ? lui demanda Sam.

— Non.

En fait, elle avait toujours été malheureuse de penser que sa mère n'avait pas voulu d'elle, et n'avait jamais éprouvé le désir de rechercher la femme qui lui avait donné le jour.

Son regard croisa celui de Sam, encore plein de questions. Mais elle refusait d'aller plus avant sur le terrain des confidences.

— Merci pour cette glace délicieuse… J'imagine que je t'ai fatigué avec toutes mes histoires !

— Non, pas du tout. En fait, j'étais assez curieux d'en savoir un peu plus sur toi. Jusqu'à maintenant, tu ne m'avais rien dit sur ta vie… Dis-moi, est-ce que tu as grandi dans le Nevada ?

— Oui, dans une petite ville.

C'était une demi-vérité. En fait, avec ses belles maisons en pleine nature, Willow Springs n'était ni vraiment la ville ni vraiment la campagne.

— C'est ton goût pour l'enquête qui t'a amené à devenir policier ? enchaîna-t-elle, désireuse de changer le cours de la conversation.

— J'aime résoudre les énigmes ! C'est mon péché mignon.

— Tu me considères donc comme une énigme ? ne put-elle s'empêcher de demander, s'en voulant aussitôt de relancer ainsi la conversation à son sujet.

— Tu veux que je te parle franchement ?

— Bien sûr.

— Eh bien… je me demande ce que tu me caches.

Jessica, qui n'était pas préparée à autant de franchise, eut bien du mal à soutenir le regard que Sam plongea dans le sien.

— Qui es-tu, Jessie ?

Une angoisse soudaine fit battre plus vite le cœur de la jeune femme.

— Qui je suis ?

Elle se mit à rire, dans l'espoir que son attitude désinvolte mettrait fin à l'interrogatoire.

— Mais… une riche héritière !

- 7 -

Sam hocha la tête en souriant, persuadé que Jessica plaisantait. Pourtant, le mystère dont la jeune femme semblait être encore entourée le préoccupait. En tant que policier, il avait repéré certains indices lui prouvant que son interlocutrice se trouvait dans une situation difficile, mais en tant qu'homme, il ne se sentait pas le droit de poursuivre son investigation plus avant.

Comme Jessica changeait de position sur sa chaise, son genou frôla accidentellement le sien par-dessous la table. Aussitôt, il sentit son sang bouillir dans ses veines. Ses yeux se portèrent malgré lui sur la bouche de la jeune femme, pulpeuse comme un fruit tentateur. Il voulait y goûter de nouveau... Décidément, comme il avait déjà eu l'occasion de le constater, il lui suffisait de se trouver près d'elle pour perdre tout sens commun.

— On y va ? demanda-t-il en se levant.

— L'interrogatoire est terminé ? s'enquit Jessica sur le ton de la taquinerie.

Bon sang, qu'elle avait de beaux yeux...

— Oui. De toute façon, je sais bien que tu trouverais un biais pour t'y dérober. Dis-moi franchement : tu veux que je te fasse confiance ?

— Bien sûr. Je te jure que je n'ai rien fait d'illégal, et que je ne suis pas dangereuse. Ni folle ! Mais je ne peux rien te dire de plus. Merci pour ce moment de détente, ajouta-t-elle avec un sourire.

Sam fit un effort pour se ressaisir et ils se dirigèrent ensemble vers la porte qu'il ouvrit pour elle. Avant de sortir, elle répéta :

— Merci, Sam.

— Mais tu m'as déjà remercié ! lança-t-il en riant.

Il profita de ce qu'ils étaient tout proches l'un de l'autre pour arranger quelques mèches qui retombaient sur ses yeux et, immanquablement, eut envie de la serrer dans ses bras, ce qu'il se garda bien de faire.

— Merci pour la compréhension dont tu fais preuve à mon égard, précisa Jessica en plongeant son regard dans le sien.

« Compréhension ou naïveté ? » se demanda Sam en enroulant une mèche châtain autour de son doigt. Tout ce qu'il savait avec certitude, c'est que s'ils avaient été seuls tous les deux, il aurait enfoui son visage dans le cou de la jeune femme. Et qu'il l'aurait embrassée. Mais il n'aurait pas été question d'un simple baiser furtif. Non. Ce qu'il lui aurait donné, c'était un vrai baiser, long, audacieux, fougueux, le genre de baiser dont elle se serait souvenue quand il était loin d'elle.

Oui, c'est cela qu'il voulait, et bien plus encore…

Elle lui avait dit la vérité, et il ne l'avait pas crue. Pourtant, il avait réussi à lui faire évoquer des souvenirs si intimes qu'elle ne les avait encore jamais confiés à personne. Elle soupira. Comment avait-elle pu si facilement lui parler de sa grand-mère, de son adoption, de sa mère biologique ? Jusqu'où serait-elle allée dans les confidences si leur conversation s'était prolongée ?

Heureusement, elle devait récupérer les filles à la sortie des classes et cette obligation avait mis fin à cet échange en passe de devenir périlleux pour elle.

Casey était tout sourire en montant dans la voiture. En revanche, Annie arborait un visage contrarié.

— Quelque chose ne va pas, ma grande ? s'enquit Jessica.

— Oui. Stéphanie et moi, on doit se déguiser en éléphant pour la pièce de l'école, mais papa ne sera pas capable de fabriquer mon costume, soupira-t-elle, des larmes dans la voix.

— Mais moi, je peux t'aider ! proposa aussitôt Jessica, bien consciente pourtant que ses talents de couturière avoisinaient le zéro pointé.

Elle espérait néanmoins que sa bonne volonté jointe à l'aide de la maman de Stéphanie lui permettrait de surmonter ce handicap. Cette offre eut aussitôt pour effet de calmer les angoisses de la fillette qui retrouva sa bonne humeur et son entrain. Pendant tout le temps où elles firent les courses, elles bavardèrent toutes les trois sans discontinuer et décidèrent de faire des cookies au chocolat pour le dessert.

De retour à la maison, les deux fillettes s'affairèrent autour de leurs casseroles pendant que Jessica réfléchissait à l'anniversaire de Sam. Comment organiser au mieux cet événement ? Finalement, elle décida d'appeler Liz pour lui demander conseil. Toutes deux pensèrent qu'une fête surprise était une excellente idée.

Jessica se mit donc en devoir de prévenir Trudy, qui s'enthousiasma pour le projet et proposa de contacter les amis de Sam et de s'occuper des rafraîchissements. Bien entendu, elle ne manqua pas de rappeler à Jessica toutes les qualités de Sam, qu'il s'agisse de son physique séduisant ou de ses valeurs morales d'intégrité et de sérieux. En bref, elle s'étonnait une fois de plus que personne ne l'ait encore demandé en mariage !

Lorsque Jessica raccrocha, Casey paraissait fâchée contre sa sœur.

— Tu dis n'importe quoi !

— Non, c'est complètement idiot !

Jessica estima qu'il était temps de calmer les esprits.

— Qu'est-ce que c'est, qui est idiot ?

— De collectionner les bestioles ! s'écria Annie. En plus, c'est dégoûtant !

— Mais pas du tout, répondit Jessica. Casey deviendra peut-être entomologiste plus tard, qui sait ?

— Ento-quoi ? demanda Annie en ouvrant de grands yeux.

— En-to-mo-lo-giste. C'est une personne qui étudie les insectes.

Casey s'épanouit en un large sourire tandis qu'Annie, impressionnée par ce mot étrange, se mettait à rire.

Sam arriva sur ces entrefaites et Casey se précipita vers lui, tout heureuse.

— Papa, est-ce que plus tard, je peux devenir en... heu... quelqu'un qui s'intéresse aux insectes ?

— Bien sûr, ma chérie. Tu pourras choisir le métier qui te plaît, y compris celui-ci !

La cuisine embaumait les cookies qui venaient de sortir du four. Sam échangea un sourire avec Jessica et eut la certitude, à cet instant précis, que tout son univers était en place. Il se sentait relié à la jeune femme par un lien imperceptible et néanmoins très présent. Ce genre de lien qui existait entre Christina et lui quand ils vivaient un moment de pur bonheur autour de leurs filles, ou quand quelque chose les faisait rire tous les deux sans raison.

— On dirait que les filles t'ont obligée à faire de la pâtisserie ?

— Pas *obligée*. Nous avons eu beaucoup de plaisir à cuisiner toutes les trois. Et toi ? Tu as passé une bonne journée ?

— Oui, calme, sans problème.

Diable, comment faisait cette femme pour être aussi séduisante avec un simple jean et un T-shirt qui n'avait pas l'air de la première jeunesse ?

Jessica lui offrit une tasse de café. Il en but une gorgée et sourit avant de continuer :

— J'ai tout de même eu bien du mal à persuader Clara Swamis que l'on ne pouvait pas interdire aux voitures de circuler dans sa rue.

— De quoi se plaignait-elle exactement ?

— Sa maison se trouve sur le passage qui conduit chez les Thorenson. J'ai dû lui expliquer qu'aucune loi n'interdit aux jeunes gens d'aller et de venir devant la maison de la fille de sa voisine. Au cas où tu ne le saurais pas encore, Mandy Thorenson, seize ans, est la femme fatale de Thunder Lake !

Jessica éclata de rire. Puis, elle parut soudain préoccupée.

— Mon Dieu ! Avec cette histoire de cookies, j'ai complètement oublié de préparer quelque chose pour le dîner.

— Aucune importance. Nous allons commander une grande pizza. Cela convient à tout le monde ? claironna-t-il à la cantonade.

— Super ! répondirent les filles.

— Parfait, approuva Jessica.

Sam tendit le bras pour attraper le téléphone, mais ses doigts s'arrêtèrent un instant sur le bras de la jeune femme. Il sentit aussitôt son pouls s'accélérer et fut heureux de la voir réagir ainsi. Quelques jours plus tôt, il aurait refusé de l'admettre. En tant que shérif, il devait garder la tête sur les épaules et, en tant que père, il était supposé être responsable de ses actes. Mais que diable ! Il était homme aussi. Et en tant qu'homme, il rêvait de presser le corps nu de Jessica contre le sien, de l'entendre soupirer de plaisir... Hélas, au lieu de faire ce dont il avait réellement envie, il se mit à lui parler de pizza...

— Quelle garniture préfères-tu ?

— Au fromage, tout simplement.

— Bon. Alors je commande moitié fromage, moitié poivrons. Comme ça, il y en aura pour tous les goûts.

— Je vais prendre un soda ! cria Casey.

— Moi aussi ! rétorqua Annie sur le même ton en bousculant sa sœur qui se tenait devant le réfrigérateur.

La vraie vie était en train de reprendre le dessus... Sam soupira tandis que la dispute de ses filles faisait s'évanouir son fantasme.

— Arrêtez ça tout de suite, ou personne n'aura rien du tout ! ordonna-t-il d'un air fâché.

Prête à continuer la bagarre, Casey répliqua par une moue furieuse. Sam décida alors d'employer les grands moyens. Il la saisit par la taille, la pencha en arrière et se mit à la chatouiller sous les bras. L'effet fut immédiat et les éclats de rire de la fillette s'avérèrent contagieux. Refusant d'être tenue à l'écart, Annie se jeta sur eux et Sam roula avec elles sur le sol de la cuisine.

Jessica avait commencé à mettre le couvert et assistait à

cette scène du coin de l'œil, résistant à l'envie de se joindre à ce grand combat de chatouilles. Mais, même si, parfois, elle avait l'impression de faire partie de la famille, elle devait garder à l'esprit… qu'elle ne faisait pas partie de la famille. Dans son propre intérêt, elle devait veiller à ne pas trop s'investir affectivement avec Sam Dawson et ses filles.

Au cours du repas qui suivit, elle s'efforça de mettre cette maxime en application et canalisa la conversation sur des sujets anodins tout en évitant de croiser le regard de Sam.

Et tout se déroula comme elle le désirait. Au moment de débarrasser, elle fit un bilan positif de leurs sujets de conversation : il avait été question du prochain vide-greniers de Thunder Lake, de la décision de Trudy d'apprendre le karaté, et ils avaient écouté sans broncher les considérations hautement philosophiques d'Annie à propos de la nouvelle bicyclette de Stéphanie. Elle s'attendait maintenant à ce que Sam et les fillettes quittent la pièce pour aller regarder la télévision, comme ils le faisaient d'ordinaire.

Mais Sam ne paraissait pas pressé de se lever et lui jetait des regards étranges. Qu'avait-elle pu bien faire. Elle lui avait répondu quand il lui parlait, elle avait ri quand il le fallait. Avait-elle laissé échapper une parole malheureuse ?

Une nouvelle dispute éclata dans la pièce voisine.

— Papa, Annie m'interdit de regarder mon dessin animé préféré ! hurla Casey depuis le canapé.

Comme perdu dans ses pensées, Sam mit un certain temps avant de réagir. Finalement, il se leva et lui lança un dernier coup d'œil.

— J'y vais. Je préfère intervenir avant que la situation ne s'envenime.

— Tu veux que je t'aide ?

— Non, merci. Je reviendrai après les avoir mises au lit.

Une fois seule, Jessica sentit une vague de déception l'envahir. Qu'il l'ait voulu ou non, le message de Sam était clair : Annie et Casey étaient ses filles, et lui seul devait s'occuper de leurs problèmes. Il n'avait besoin de personne pour cela.

Plus contrariée qu'elle ne voulait se l'avouer, Jessica jeta la boîte en carton de la pizza dans la poubelle et commença à faire la vaisselle. Elle n'avait pas prévu de nouer des relations pendant son voyage forcé, et encore moins que deux petites filles réussiraient à la faire fondre de tendresse. Quant à rencontrer un homme qui lui mette le cœur à l'envers dès qu'il posait les yeux sur elle, elle ne pensait pas que c'était encore possible…

Peu d'hommes avaient réussi à la troubler. Nathan avait été le premier. Elle avait dix-sept ans à l'époque et bien moins d'expérience qu'aujourd'hui. Follement amoureuse, il lui avait fallu un certain temps avant de comprendre que si Nathan lui aussi était follement amoureux, c'était uniquement de la fortune de sa famille.

Ce qu'elle avait trouvé auprès de Sam, c'était une certaine considération. Sam ne savait pas qu'elle était la petite-fille de Stuart Walker et, pourtant, il s'intéressait à elle, enfin, à Jessica Scott. Voilà pourquoi, sans doute, elle s'accrochait à sa fausse identité : elle y découvrait une liberté impossible qu'elle n'avait jamais connue sous son véritable nom. Hélas, la médaille avait un revers : si elle restait encore quelque temps chez les Dawson, elle allait s'attacher davantage et souffrirait d'autant plus au moment de les quitter.

Une fois la vaisselle essuyée et rangée, Jessica commença à lire le journal. Presque aussitôt, Casey fit irruption dans la cuisine.

— Jessie ! je viens te dire bonsoir.

Sur ce, la petite fille jeta ses bras autour du cou de la jeune femme.

Jessica venait à peine de lui rendre son câlin que, déjà, les bras d'Annie remplaçaient ceux de sa sœur autour de son cou. Elle aussi l'embrassa tendrement avant de disparaître dans l'escalier, aussi vite qu'elles étaient entrées dans la cuisine.

Jessica laissa échapper un gros soupir. Elle respira profondément dans l'espoir que cela dénouerait le nœud qui venait de se former dans sa gorge. Elle qui venait de se sentir seule et abandonnée quelques instants plus tôt éprouvait maintenant le délicieux sentiment d'appartenir à cette famille.

— Je te jure que je ne suis pour rien dans tout cela ! assura Sam depuis l'embrasure de la porte.

— C'était adorable de leur part, déclara Jessica, les larmes aux yeux.

— Elles m'ont *juré* qu'elles ne pourraient pas s'endormir si elles ne venaient pas te dire bonsoir.

« Je suis en train de tomber amoureuse de ces gamines… », aurait pu dire Jessica. Et c'était exactement ce qui se passait. En quelques jours à peine, Annie et Casey avaient réussi à la combler de leurs rires, à la faire s'inquiéter pour leurs soucis, et à attendre leurs câlins avec impatience.

— Moi non plus, d'ailleurs, poursuivit-il. J'aimerais bien que tu m'expliques ce que j'ai fait qui t'a contrarié.

« Rien du tout ! » faillit-elle répondre. Et c'était justement cela qui la contrariait.

— Je suis trop sensible, voilà tout, laissa-t-elle tomber en essayant d'être persuasive. Je me laisse perturber par les nouvelles que je lis dans les journaux.

— Tu es sûre que tu n'as rien à me reprocher ? insista-t-il.

— Absolument sûre.

— Alors viens prendre un café avec moi sur la terrasse.

Un tête-à-tête sans aucun espoir d'être dérangés par les filles était bien la dernière des choses qu'elle recherchait !

— J'ai encore deux ou trois choses à ranger, mentit-elle.

— Peu importe. J'ai envie d'avoir une conversation d'adulte.

Ne voulant pas lui faire de la peine, elle le suivit jusqu'à la balancelle où elle s'installa. Le vent agitait les feuilles qui bruissaient doucement. Au loin, un coyote hurla.

— J'adore cette ambiance…, murmura-t-elle.

La balancelle grinça au moment où Sam s'assit à côté d'elle.

— Moi aussi. Il m'arrive parfois de venir m'asseoir ici même au cœur de l'hiver.

— Voyons, quel est ton passe-temps favori ? demanda Jessica, parfaitement consciente que si elle ne relançait pas la conversation, elle allait se serrer contre lui pour mendier un baiser.

— Pêcher avec mes filles. Enfin, si l'on peut appeler cela « pêcher », parce que je passe le plus clair de mon temps à démêler leurs fils ! Et c'est une pêche particulière : il n'est pas question pour elles de toucher les appâts et encore moins de garder les poissons que j'attrape ! Mais elles adorent ces moments que nous passons ensemble sur le lac dans notre petit bateau. C'est si calme, tout autour. Si beau.

Jessica comprenait parfaitement.

— Pourquoi es-tu revenu t'installer ici ? Pour aller à la pêche et remettre les poissons à l'eau ? ironisa-t-elle.

— Nous sommes revenus ici au moment de la naissance de Casey. Christina a pris peur, un jour, à Las Vegas quand j'ai failli me faire tuer en poursuivant l'auteur d'un vol d'armes. A la suite de cette mésaventure, elle a voulu que nous revenions ici. Tu te rends compte ? Nous sommes venus ici pour que je sois davantage en sécurité, et c'est elle qui est morte dans un accident de bus en allant rendre visite à une amie…, ajouta-t-il avec un sourire triste.

Une expression lointaine flotta un instant sur son visage.

— Je l'ai serrée dans mes bras juste avant son départ et, un quart d'heure plus tard, c'était le drame.

— Je suis désolée, Sam. Je n'avais pas l'intention de te faire évoquer des souvenirs aussi douloureux.

— Je sais… Tu es une femme adorable.

Légèrement, il suivit du doigt la ligne délicate de ses lèvres, avant de refermer ses mains autour de son visage.

Affolée, elle le regarda droit dans les yeux, des yeux qui lui parurent presque noirs dans l'obscurité environnante. Rien ne se passait comme elle l'avait prévu. Trop d'émotions la submergeaient dès qu'elle se retrouvait en tête à tête avec lui. Désormais, elle savait avec certitude que cet homme allait compliquer son existence. Quoi qu'il arrive dorénavant, jamais elle ne pourrait tourner les talons et faire comme si elle ne l'avait jamais connu.

Sam se mit soudain à rire, comme pour se moquer de lui-même.

— Tu sais quoi ? Il y a des moments où je n'arrive même plus à relier deux idées ensemble quand je me trouve à côté de toi.

Jessica s'arrêta de respirer. Jamais un homme ne lui avait fait pareil aveu. Le cœur battant, elle le regarda se pencher sur elle et, incapable de résister à son envie de le toucher, posa la main sur sa poitrine.

Les lèvres de Sam glissèrent sur les siennes. Elle ne savait pas exactement ce qu'elle attendait, mais ce n'était certainement pas cette lenteur délicieuse, cette tendresse affolante qui lui coupait bras et jambes.

Perdue dans un vertige exquis, elle s'agrippa au revers de la veste de Sam avec autant de force que s'il s'agissait d'une question de vie ou de mort. Un gémissement s'échappa de ses lèvres. Et plus la bouche posée sur la sienne se faisait exigeante, plus elle se voyait céder et consentir. Grisée, tremblante, tout contrôle d'elle-même oublié, elle sentit les pointes de ses seins se durcir tandis qu'une vague de désir la submergeait.

Bien sûr, elle avait déjà éprouvé du désir, mais jamais au point d'avoir l'impression de perdre pied. Sam avait le pouvoir de faire bouillir son sang dans ses veines ; il lui suffisait d'un simple baiser pour la séduire. Elle s'aperçut qu'il glissait la main sous son chemisier, trouvait la pointe sensible de son sein… Il aurait pu la prendre ici même, dehors, sur la terrasse, elle aurait accepté. Elle n'avait plus de force pour refuser.

Enivrée de volupté, elle eut pourtant un sursaut de conscience qui la fit hésiter un instant : fallait-il perdre davantage la tête ou, au contraire, arracher sa bouche à ce baiser de feu ? Avant qu'il ne soit trop tard, elle détourna son visage de celui de Sam. Trop d'incertitude planait sur l'avenir de leur relation pour qu'elle continue ainsi à se laisser emporter par le vertige de ses sens.

— Il… il faut que j'aille voir si les filles se sont bien endormies…, chuchota-t-elle, le souffle court.

Sam voulait la rappeler, mais il n'en fit rien. Il se contenta d'écouter le bruit de ses pas résonner sur le sol au fur et à mesure qu'elle s'éloignait de lui. Mais c'est l'écho de ses gémissements de plaisir qui emplissait encore ses oreilles.

Quelle importance après tout, que le policier en lui ait envie de percer le secret dont elle s'entourait ? Il n'était plus qu'un homme affamé de désir qui demeurait les bras vides. Depuis le premier jour, même s'il se le reprochait, il avait été attiré par elle comme par un aimant. Auprès de cette femme, il se sentait vivant. Elle réveillait en lui un feu qu'il croyait éteint.

Avec elle, il revenait à la vie.

- 8 -

Le lendemain matin, sous la douche, Jessica pensait avec appréhension au petit déjeuner qui allait suivre. Sa première pensée en s'éveillant avait été pour Sam. Qu'allaient-ils se dire en se retrouvant autour de la table ? Que ferait-elle s'il était intéressé par une aventure ? Etait-elle prête pour ce genre de chose ? Autant de questions qui demeuraient sans réponse. Il aurait mieux fait de ne pas l'embrasser et de laisser tranquilles ses sens endormis.

Depuis l'escalier, elle reconnut la musique qui accompagnait le programme que les filles regardaient le matin avant de se rendre à l'école. Annie était assise devant le poste, jambes croisées, la tête dans les mains, absorbée par une émission scientifique destinée aux enfants. Elle prit toutefois le temps d'informer la jeune femme que son père venait de partir et qu'elle trouverait un mot de lui sur la table de la cuisine. Casey, elle, était allongée à plat ventre, apparemment tout aussi passionnée que sa sœur par l'émission.

La note écrite à son intention par Sam demandait à Jessica de noter pour l'école la liste des vaccinations que Casey avait déjà reçues. Elle devait trouver les différents certificats nécessaires sur le bureau.

Les documents y étaient effectivement bien en vue.

La photo de Christina aussi.

Jessica ne put s'empêcher de l'étudier longuement et estima qu'elle ne lui ressemblait pas du tout. Sam pensait-il à son épouse au moment où il l'embrassait ? Ce baiser avait-il quelque chose à voir avec les sentiments qu'il avait éprouvés pour sa femme ? Ou n'était-elle qu'un substitut à l'épouse disparue ?

Mais, même si Sam pensait à sa femme en l'embrassant, pouvait-elle sincèrement l'accuser de malhonnêteté envers elle ? Se montrait-elle honnête envers lui, elle, en lui cachant sa véritable identité ?

Elle mit toutes ces réflexions de côté pour passer un coup de fil à la mère de Stéphanie, afin de lui demander quelques conseils pour la réalisation du costume d'éléphant. Puis elle retourna dans la cuisine, prépara les sandwichs que les filles mangeaient au déjeuner et les rangea avec une pomme dans leurs sacoches. A ce moment-là, on entendit le Klaxon de la mère de Stéphanie qui venait chercher son petit monde.

Avant de partir, les deux fillettes la serrèrent dans leurs bras et l'embrassèrent affectueusement. Une fois que la voiture se fut éloignée, Jessica demeura un long moment debout devant la porte, à fixer un point devant elle.

Jusqu'à présent, elle n'avait jamais eu besoin de personne ; elle avait une âme de solitaire. Mais maintenant que la maison était vide, calme, elle se sentait comme… abandonnée. Le bruit que faisaient les deux filles lui manquait. Ainsi que leurs sourires, leurs disputes même. Oui, Annie et Casey lui manquaient.

Elle éprouvait une joie immense à sentir leurs petits bras autour de son cou. Elle avait toujours pensé qu'elle aussi, un jour ou l'autre, aurait des enfants, mais, contrairement à nombre de ses amies, elle ne s'était pas juré de se marier absolument avant vingt-cinq ans. A ses yeux, le plus important était de rencontrer l'homme qui éprouverait pour elle un amour véritable et ne chercherait pas à utiliser son nom et sa fortune pour alimenter son ambition ou arrondir son compte en banque. Dans le fond, n'est-ce pas ce qui lui avait fait refuser d'épouser Ryan ? Elle était persuadée que ce qui le poussait à l'épouser n'avait rien à voir avec l'amour.

Elle haussa les épaules avec un soupir plein de tristesse, puis décida de se ressaisir. Il était temps de se mettre à confectionner le fameux déguisement pour Annie. Longtemps elle tira l'aiguille, embrouilla son fil, se piqua les doigts, mais si ses talents de couturière étaient parfaitement contestables, l'amour avec lequel elle fit chaque point ne l'était absolument pas. Elle termina en collant un morceau de tissu mauve autour d'un cylindre en carton pour faire la trompe, comme le lui avait conseillé la mère de Stéphanie, et constata que l'après-midi était déjà bien avancé. Mais elle avait bien travaillé, et le costume était tout à fait présentable. Voilà qui lui donnait au moins un sujet de satisfaction sans nuages !

Elle prit les clés de la voiture et, comme il était encore trop tôt pour aller chercher Casey, décida de faire un petit tour pour se détendre avant de passer à l'école. Le soleil commençait déjà à décliner mais, malgré la fraîcheur, elle baissa la vitre, heureuse de conduire sur cette route tranquille, bordée de prairies verdoyantes.

Il y avait surtout des ranchs, il s'agissait souvent de très beaux domaines où les propriétaires élevaient des moutons, des vaches ou des chevaux. Des montagnes aux versants couverts de pins encadraient les prairies environnantes, conférant au paysage une beauté majestueuse.

Sans l'avoir vraiment décidé, elle se retrouva près du lac dont elle fit le tour, attentive à l'odeur si particulière de l'eau et de la terre. De temps à autre, un gros lièvre détalait des taillis qui bordaient la route.

Incapable de résister plus longtemps à ces invitations de la nature, elle arrêta la voiture et décida d'aller marcher un moment.

Ce matin-là, Sam s'était réveillé aux aurores, incapable de prévoir ce qu'il dirait à Jessica quand il la verrait. Aussi, afin d'éviter que son malaise ne gagne le reste de la famille, il avait préféré partir de bonne heure sans rencontrer la jeune femme. Cette décision ressemblait un peu à une fuite, mais il avait besoin de temps pour réfléchir à l'attitude qu'il adopterait.

Ce dont il était sûr et que personne ne semblait comprendre, c'est qu'il ne pouvait pas faire de projets ; il n'était pas prêt à se lancer dans une relation avec une femme. Peut-être d'ailleurs ne le serait-il jamais. Dans l'état actuel des choses, il n'était capable de vivre que le moment présent. Et pas toujours sereinement, constata-t-il en chassant le visage de Jessica de son esprit.

Sa voiture descendait la rue principale de Thunder Lake lorsque la voix de Trudy grésilla dans sa radio.

— Sam ? On vient de nous appeler de Reno. Un message a été envoyé à toutes les patrouilles concernant un nommé Wilkins. Cet homme est en fuite après une attaque à main armée. Il se pourrait qu'il se trouve dans notre région parce qu'il a de la famille à Burns, tout près d'ici.

Trudy donna le numéro de la voiture au volant de laquelle se trouvait l'individu. Sam en prit bonne note.

— D'accord, je vais aller me promener un peu par là-bas,

mais auparavant, je fais le tour du lac. De ton côté, demande
à Gary de renforcer la surveillance en ville.

— Au bar Dugan ?

— Oui, et aussi au magasin d'armes de Holden.

— Entendu, Sam, tu peux compter sur moi.

Il venait d'arriver aux abords du lac et en scrutait chaque
recoin comme autant de cachettes possibles.

— Parfait, conclut Trudy. A tout à l'heure.

Mais c'est à peine s'il entendit ces derniers mots.

Baignée dans la lueur dorée du soleil couchant, Jessica se
tenait au bord de l'eau, les cheveux emmêlés par le vent qui
plaquait son chemisier contre sa poitrine.

Ce spectacle suffit à Sam pour avoir envie d'elle.

Jessica observait l'aigle qui planait au-dessus du lac lorsqu'un bruit de moteur lui fit tendre l'oreille. Elle se retourna et
aperçut Sam au moment où il sortait de son véhicule. Aussitôt,
elle sentit son sang battre dans ses veines et, soucieuse de
lui offrir une contenance décente lorsqu'elle s'approcha de
lui, lança un désinvolte :

— Salut !

Mais alors qu'elle s'attendait à voir un sourire naître sur
les lèvres de Sam, elle ne put que noter son air préoccupé.

— Ne reste pas ici, Jessie. Le coin est dangereux en ce
moment. Nous recherchons un malfaiteur capable de tout.

— Ah… Il vaut mieux que je m'éloigne, en effet.

Sam repoussa de la main les mèches de cheveux que le
vent rabattait sur le visage de la jeune femme.

— Tu m'as manqué…

D'un geste tendre, il rapprocha le visage de la jeune femme du sien.

— Les filles sont invitées à dormir chez une amie ce soir, murmura-t-il.

Le cœur de Jessica fit un bond dans sa poitrine. Ils allaient donc se retrouver seuls ?

— Nous pourrions sortir dîner en ville, poursuivit-il.

Mais Jessica avait faim de bien autre chose… Comme mû par une volonté propre, son corps se colla presque à celui de Sam, à la recherche de sa chaleur. Puis elle leva son visage vers lui.

Sam lui sourit.

— C'est oui ? demanda-t-il.

— C'est oui ! Tu m'embrasses ?

Un rire tendre lui répondit, et tout de suite après, Jessica fermait les yeux sous le baiser de Sam, plongée dans le plaisir de l'instant auquel toute la nature environnante participait : l'odeur d'herbes mouillées qui montait du lac, le froissement des feuilles dans les branches, la lumière dorée qu'elle percevait à travers ses paupières closes. En ce moment précis, peu lui importait ce que l'avenir réservait à leur relation.

Grisée de plaisir, elle répondit avec ardeur aux invites de la langue de Sam, accepta avec ferveur le tendre duel qu'il avait provoqué.

A deux doigts de perdre tout contrôle d'elle-même, elle se sentait prête à céder à tout ce que Sam lui demanderait. Sans la moindre honte, elle laissait parler le désir qui lui traversait le corps, lovée contre lui, accrochée à son cou, comme pour le supplier de ne pas s'en tenir là, les mains plaquées contre son dos pour en sentir la chaleur, pour ne pas qu'il s'éloigne encore. Un gémissement de protestation lui échappa quand il se recula et que leurs bouches se séparèrent.

— Jessie…

Lui aussi avait le souffle court. Sa main pressait le bas de dos de Jessica, comme s'il avait voulu qu'elle passe dans son propre corps. Elle sentit sa virilité tout contre elle et respira plus vite encore.

Une voix grésillante leur parvint depuis la radio à travers cette brume voluptueuse qui les isolait du monde.

— Sam ! Sam !

— Au diable Trudy ! marmonna-t-il, mécontent.

Il lui fallut un moment pour tendre le bras vers l'habitacle de sa voiture et répondre au message, sans pour autant lâcher la taille de Jessica, comme s'il refusait de mettre fin au moment délicieux qu'ils venaient de vivre.

— Que se passe-t-il, Trudy ?

— Wilkins a été repéré près du ranch des Elkman.

— Très bien, je m'y rends tout de suite, répondit-il après une courte pause.

Il raccrocha rapidement, mais Jessica ne put s'empêcher d'admirer la maîtrise dont il venait de faire preuve alors qu'elle-même se sentait incapable d'articuler deux mots sensés.

— Le devoir m'appelle, déclara-t-il avec un sourire forcé.

Il prit le visage de la jeune femme entre ses mains et l'embrassa encore une fois.

Mais Jessica n'avait pas la moindre envie de le laisser partir. Les mots de Trudy martelaient son cerveau, tandis que des spasmes d'angoisse lui tordaient l'estomac. Jusqu'à maintenant, elle n'avait jamais imaginé que Sam pouvait affronter plus dangereux qu'un poivrot affalé sur une table de bistrot, ou un chauffard arrêté pour excès de vitesse. Elle découvrait aujourd'hui avec inquiétude un autre aspect de son métier ; et cette découverte la paralysait.

— J'imagine que ce Wilkins est l'homme que vous recherchez ? avança-t-elle.

— Oui, répondit-il en la reconduisant vers sa voiture. Il vaut mieux que tu t'en ailles maintenant.

Il lui ouvrit la portière et elle s'installa au volant, incapable pourtant de le quitter ainsi, sans un mot de mise en garde. Allait-il se mettre en danger ? Pour l'instant, il jouait tranquillement avec une mèche de ses cheveux, et elle mourait d'envie de le prendre dans ses bras.

— Sois prudent, Sam…

Il lâcha la boucle soyeuse qu'il avait enroulée autour de son doigt, se pencha, l'embrassa encore une fois.

— Ne t'inquiète pas. Je n'ai aucune envie de rater notre rendez-vous de ce soir…

Tout au long du trajet qui l'amena à l'école de Casey, le corps lourd de désir, l'esprit plein d'inquiétude, Jessica ne cessa de penser à Sam. Une fois les filles de retour à la maison, elle les aida à faire leurs préparatifs pour aller dormir chez leur amie. Chacune bourra son sac à dos à son idée. Annie emmenait avec elle une poupée et toute sa garde-robe de princesse, tandis que Casey fourrait dans une pochette son plus beau serpent en caoutchouc.

Pendant tout ce temps, le moral de Jessica passait par des hauts et des bas. Tantôt elle se laissait envahir par l'angoisse de savoir Sam peut-être en danger, tantôt l'excitation caractéristique du premier rendez-vous la faisait presque danser de joie.

Après avoir pris une douche, elle enfila l'unique robe qu'elle avait emportée en quittant Willow Springs. Noire, signée, très élégante mais sans fioritures, elle serait parfaite pour cette soirée spéciale entre toutes. Elle brossa ses cheveux, enfila ses chaussures noires à hauts talons et descendit dans le salon où les deux filles regardaient la télévision.

— Waouh ! Qu'est-ce que tu es belle ! s'exclama Annie, les yeux arrondis par la surprise.

— Super belle, renchérit Casey.

Touchée par leur gentillesse, Jessica les embrassa, tout en souhaitant que Sam soit du même avis que ses filles.

— Si je vous conduisais maintenant chez votre copine ?

— Non, nous voulons dire bonsoir à papa avant de partir, répondirent en chœur les deux fillettes.

Connaissant l'importance du rituel, elle les invita à venir s'asseoir sur le canapé. Là, les deux petites lovées contre elle, chacune d'un côté, elle commença à leur lire l'histoire du gentil lapin qui aidait la chouette à construire sa maison, histoire qu'elles adoraient toutes les deux.

Lorsque Sam arriva, il les trouva toutes les trois en train de rire. La chouette n'appréciait pas du tout le terrier creusé par le petit lapin !

— Papa, regarde comme Jessie est belle ce soir ! s'écria Annie tandis que Casey se jetait dans les bras de son père.

— Elle est éblouissante, en effet ! reconnut-il avec un sourire qui fit rougir la jeune femme.

— Maintenant qu'elles t'ont dit bonsoir, je vais les conduire chez leur amie, proposa-t-elle vivement.

— Bonne idée. Pendant ce temps, je vais me changer.

— Tu sais, nous pouvons très bien rester à la maison si tu es fatigué, proposa Jessica.

— Pas question ! rétorqua-t-il vivement en l'aidant à enfiler son manteau.

Brusquement, Jessica se sentit toute jeune, enthousiaste,

impatiente. Elle réussit avec peine à détacher ses yeux de Sam et poussa les fillettes en direction de la porte.

— Je reviens dans un instant…

Sam avait choisi un restaurant qui se trouvait en bordure de la ville, avec vue sur le lac. Il invita Jessica à s'asseoir dans un coin de la salle agrémentée de nombreuses plantes vertes et de tableaux peints par un artiste de la région. Un pianiste jouait en sourdine, parfaitement en harmonie avec la lumière tamisée et l'ambiance romantique des tables recouvertes de nappes blanches et décorées de bougies rose pâle.

Sam rêvait de cette soirée en tête à tête avec Jessica depuis des jours. A force de se sentir chaperonné par ses deux filles, il avait fini par retrouver la mentalité d'un adolescent de seize ans qui ne pense qu'à voler des baisers à sa petite amie pendant que les adultes tournent le dos.

Jessica était vraiment éblouissante ; à la lueur tremblotante des bougies, elle rayonnait d'un éclat presque magique. Savait-elle seulement combien elle était belle ?

Pendant qu'il l'observait ainsi, elle regardait autour d'elle, apparemment satisfaite de son choix.

— Je trouve ce restaurant très agréable. J'imagine que tu y viens de temps à autre ?

— Pas du tout. C'est la première fois que j'y mets les pieds. Tu sais, il y a des siècles que je ne suis pas sorti…

Un serveur s'approcha d'eux pour leur proposer le vin que Sam avait commandé en arrivant. Respectueux des usages, il le fit d'abord goûter à Sam et ne le servit à Jessica qu'après avoir obtenu l'approbation de ce dernier. Ils choisirent ensuite leurs plats et continuèrent à siroter le délicieux bourgogne aligoté en attendant d'être servis.

— Est-ce que tu as entendu mes filles faire des réflexions à propos de notre sortie de ce soir ?

— Non. Pourquoi ? Tu t'attendais à quelque chose ?

— Pas vraiment, mais avec elles, on ne sait jamais…

— Elles t'adorent, tu sais. Pour elles, il était hors de question de quitter la maison sans t'avoir embrassé.

Une ombre de tristesse voila le regard de Sam.

— Elles attachent beaucoup d'importance à cela, en effet. Annie surtout. Elle n'a pas oublié…

Jessica se raidit. A quoi Sam faisait-il allusion ?

— Qu'est-ce qu'elle n'a pas oublié ? risqua-t-elle cependant, devinant l'existence d'un drame.

Sam fronça les sourcils, comme bouleversé par ce souvenir.

— Elles étaient allées se coucher avant le retour de Christina, ce qui fait qu'elles ne lui ont jamais dit bonsoir.

— Tu veux dire le soir où…

— Oui.

Bouleversée, la jeune femme resta quelques secondes sans savoir que dire.

— C'est pour cette raison que tu essaies toujours de rentrer avant qu'elles ne soient endormies ? demanda-t-elle d'une voix douce.

— Oui, c'est pour ça.

A ce moment-là, un couple élégant passa à côté de leur table.

— Dawson ! s'exclama l'homme en apercevant Sam.

— Joe ! Quelle bonne surprise !

Un homme mince, aussi grand que Sam, avec un visage

au charme juvénile, s'avança vers eux pour les saluer tandis que sa compagne leur adressait un sourire chaleureux.

— Jessie, reprit Sam, je te présente Carrie et Joe Drake, qui tiennent la quincaillerie de la ville.

Jessica voyait très bien où se trouvait le magasin devant lequel elle était passée à plusieurs reprises. Quant à Joe et Carrie, elle avait déjà eu l'occasion de leur parler au téléphone à plusieurs reprises pour l'organisation de l'anniversaire de Sam. Bien entendu, tous les trois firent comme s'ils ne se connaissaient pas du tout. Ils bavardèrent ensemble un moment avant que les Drake ne rejoignent leur table.

— Nous sommes amis depuis l'école maternelle, expliqua Sam et, malgré mon séjour à Las Vegas, nous ne nous sommes jamais perdus de vue.

— Ils paraissent très sympathiques, déclara Jessica.

— Et ils le sont. Comme la plupart des gens ici, d'ailleurs.

Avant que le serveur n'arrive près de leur table, Sam leva son verre et porta un toast :

— A ma bonne étoile !

— Qui t'a permis d'attraper ton bandit de grand chemin ?

— Non, qui m'a permis de trouver une si chouette nounou pour mes filles !

Par-dessus le bord de son verre, Jessica aperçut une étincelle de malice qui brillait dans les yeux de Sam.

— Et… que penses-tu des chaussettes roses ?

Un petit rire sortit de la gorge de Sam.

— Des chaussettes roses ? Quelles chaussettes roses ?

- 9 -

La soirée fut merveilleusement romantique de bout en bout. Après le repas, ils avaient dansé, puis s'étaient promenés au bord du lac, tant et si bien que de retour à la maison, Jessica s'efforçait d'afficher un calme qu'elle était loin de ressentir. Qu'allait-il se passer maintenant ?

Sam s'approcha d'elle au moment où elle commençait à monter l'escalier. Il la regardait si intensément que ses yeux clairs paraissaient presque bleu marine.

— Je te sens un peu nerveuse, Jessie, murmura-t-il en lui effleurant la bouche de ses lèvres.

Quelle question ! Le simple fait de se tenir près de lui la rendait toujours nerveuse.

Sans répondre, elle pencha la tête en arrière pour lui permettre de l'embrasser dans le cou.

— Tu n'as pas besoin de t'inquiéter, poursuivit-il. Nous ne ferons rien si tu ne le souhaites pas...

Le sang de Jessica battait à ses tempes. Il lui semblait qu'elle allait mourir s'il ne l'embrassait pas vraiment. Comment pouvait-il imaginer une seule seconde qu'elle ne serait pas d'accord ? Tout au long de la soirée, elle n'avait pensé qu'à cela ! Qu'à ce moment où, enfin, elle se retrouverait seule avec lui.

— Et si je veux ? Si je veux…

— Si tu veux quoi ?

— Toi ! répondit-elle dans un souffle.

— Tu en es sûre ?

Il fit un pas en arrière pour la regarder droit dans les yeux.

— Moi aussi, Jessie, je te désire, mais je ne veux pas te faire de peine. Tu comprends, je ne sais pas où cela va nous mener. Si tu souhaites plus qu'une aventure…

Au lieu de l'éloigner, ces mots donnèrent encore plus envie à Jessica de vivre les moments qui s'offraient à elle. Sam ne voulait pas qu'elle se berce d'illusions ? Leur aventure n'aurait pas de suite ? Tant pis ! Quelle ironie du sort, tout de même… Alors que pour la première fois de sa vie, elle avait précisément envie de bien davantage, il ne lui resterait de cette nuit que d'agréables souvenirs.

— Cela n'a pas besoin de nous mener où que ce soit, déclara-t-elle fermement, voulant le rassurer. Je ne te demande pas de promesses, souffla-t-elle, en s'appuyant contre lui.

Et avant qu'il ait pu lui répondre quoi que ce soit, elle écrasa sa bouche contre celle de Sam.

Ce fut elle qui prit l'initiative du baiser, mais ce fut lui qui l'approfondit, pressa les lèvres pulpeuses sous les siennes, pénétra la bouche tiède avec une ardeur passionnée. Les bras noués autour du cou de Sam, Jessica se sentit vaciller, puis elle s'abandonna complètement, emportée par le plaisir de l'instant. Elle ne voulait plus, elle ne pouvait plus penser à quoi que ce soit qui n'était pas ce moment magique. S'inquiéter pour le lendemain n'avait plus de sens, seul le présent comptait.

A travers le brouillard voluptueux dans lequel elle était plongée, elle se rendit compte que Sam l'entraînait vers sa chambre, qu'il refermait la porte derrière lui. Peu importe où il l'emmenait ! La seule chose qui importait, c'était de rester dans ses bras. Elle n'était rien d'autre que désir de lui, de ses mains sur sa peau, de sa bouche sur la sienne.

Pendant qu'il faisait glisser la fermeture Eclair de sa robe, elle répéta son prénom comme une voluptueuse litanie. Elle sentit ses doigts tièdes lui frôler le dos, puis la robe tomba sur le sol. Surprise par la fraîcheur de la pièce, elle glissa ses mains sous la chemise de Sam, caressa sa peau, sentit la chaleur et la fermeté de sa chair. C'était merveilleux.

Il suffit d'un nouveau baiser et de quelques caresses patientes, sensuelles, pour que Jessica s'embrase tout à fait. A la clarté de la lune qui éclairait la pièce, elle contempla Sam, se perdit dans son regard qui reflétait exactement l'émotion qu'elle ressentait.

Pendant tout ce temps, il ne cessait de la caresser, d'enrouler ses doigts dans ses cheveux, de lui effleurer le corps de manière de plus en plus audacieuse. Il fit glisser une bretelle de son soutien-gorge, puis l'autre. Ses lèvres se perdirent dans la dentelle noire qui crissa un peu quand il l'écarta pour souffler sa chaleur sur les seins tendus vers lui. Jessica était nue sous ses lèvres, la poitrine livrée à ses baisers. Il prit le bout d'un sein dans sa bouche et commença à le taquiner du bout de sa langue. La jeune femme sentit sa peau rayonner d'un long frisson. Elle retint sa respiration, avide de plus de plaisir encore.

Elle tira sur la chemise de Sam et défit la ceinture de son pantalon d'un geste à présent impatient. Ensuite… elle aurait été incapable de dire à quel moment il l'avait entraînée vers le lit, quand il l'y avait allongée. Elle ne se souvenait que du goût de sa bouche, de la douceur de sa peau, de ses muscles fermes et soyeux sous ses doigts, de la chaleur délicieuse qui émanait de son corps tout entier.

Lui seul existait désormais. Avec chacun de ses baisers, chacune de ses caresses que sa langue déposait sur sa peau, chacun des effleurements de ses doigts sur sa chair la plus intime, elle ressentait à quel point cet instant était précisément ce qu'elle devait vivre avec cet homme-là.

Leurs souffles se confondaient, leurs lèvres se pressaient, se taquinaient, leurs langues se mêlaient. La passion tissait sa toile autour d'eux, le rendant hardi et elle, docile à ses audaces. La caresse de Sam se fit plus rapide, plus précise, et Jessica sentit la fleur de la volupté s'épanouir en elle. Elle aurait voulu se reposer un instant, mais en même temps, elle ne voulait pas qu'il s'arrête… Autrefois, elle avait connu le plaisir, mais jamais avec cette intensité, cette acuité parfaite.

Incapable de parler, elle se contentait de répéter le prénom de Sam. Comme prisonnière d'un enchantement, elle ne souhaitait plus qu'obéir aux ordres des mains de Sam, gémir chaque fois que sa bouche croisait son souffle. Il n'y aurait peut-être pas de lendemain, mais tout au moins garderait-elle à jamais le souvenir de cette nuit d'amour parfait.

Lorsque Sam se pencha de nouveau sur elle, elle était prête à l'accueillir, brûlante, humide de désir. Aussitôt, elle enroula ses jambes autour des hanches de son amant pour mieux le plaquer contre elle. Lentement, il se glissa en elle tandis qu'elle l'incitait à la pénétrer jusqu'à ce qu'ils ne fassent plus qu'un. Quand elle sentit leurs mouvements se faire plus rapides, plus intenses, elle s'arqua pour s'unir à lui encore plus intensément. Rien de ce qu'elle avait imaginé jusque-là n'était comparable à ce qu'elle était en train de vivre. Les yeux clos, elle se donna à lui totalement. Dans la chambre close ne résonnèrent bientôt plus que leurs cris mêlés.

Sam était tellement essoufflé qu'il lui semblait ne jamais pouvoir retrouver une respiration normale. Malgré les draps entortillés autour de ses jambes, il réussit tout de même à rouler sur le dos sans lâcher Jessica qu'il serrait toujours dans ses bras. Avec un soupir de bien-être, la jeune femme se lova encore plus contre lui et nicha sa tête contre sa poitrine. Il réalisa alors qu'il était en train de caresser un corps dont il venait de découvrir chaque centimètre carré et dont, pourtant, il avait encore envie.

Jessica s'étira paresseusement, puis l'emprisonna avec une de ses jambes. Dressée au-dessus de lui, elle lui caressa la hanche.

— Tu me fais perdre la tête…, murmura-t-elle d'une voix enrouée.

— C'est exactement ce que je souhaite ! rétorqua-t-il en sentant son corps s'enflammer de nouveau pour la peau laiteuse de sa compagne éclairée par la lune.

Ses cheveux paraissaient plus sombres que le jour, ses yeux plus brillants, son sourire plus malicieux.

— C'est vrai ?

— Parfaitement vrai. Tu veux que je recommence ?

Il l'embrassa sur le bout du nez, puis sur la joue, puis, sur la bouche. Jessica posa ses lèvres sur sa poitrine, son ventre. Et puis elle continua, plus bas, tandis que, le souffle court, Sam sentait de nouveau le sang cogner à ses tempes.

Il y avait sûrement d'excellentes raisons pour qu'ils ne restent pas ensemble, mais dans le feu de la passion qui le dévorait à cet instant, il était incapable d'en citer une seule.

Quand il s'éveilla le lendemain matin, le soleil brillait dans la chambre. Avant même d'avoir étendu le bras à travers le lit, il savait déjà qu'il était seul. Cela faisait près de deux ans qu'il s'éveillait seul et il ne s'y était jamais habitué. Ce matin, il se sentait aussi abandonné que dans les premiers mois qui avaient suivi la mort de Christina. Il aurait aimé que Jessica soit encore à ses côtés. Il aurait voulu passer la journée à lui faire l'amour.

Ce qui aurait été tout à fait déraisonnable, ajouta-t-il rapidement, en s'efforçant de revenir à de plus sages pensées. Jusqu'à présent, ils avaient été d'une honnêteté parfaite l'un envers l'autre. Si elle était restée, cela aurait donné une autre dimension à leur relation. Une dimension dangereuse pour elle autant que pour lui.

D'un geste paresseux, il se passa la main sur les joues dont il sentit la barbe râpeuse. Il se leva lentement, aperçut ses vêtements dispersés sur le sol et réalisa que ses filles allaient bientôt rentrer de chez leur amie.

Il se hâta de se préparer et quitta sa chambre. Qu'allait-il faire maintenant ? Il ne savait toujours pas pour quelle raison Jessica était arrivée à Thunder Lake. Il était presque sûr qu'elle fuyait quelque chose ou quelqu'un, mais il n'avait pas cherché à apprendre la vérité. Quand elle lui avait juré qu'elle n'était pas mariée, il l'avait crue sur parole. Mais il restait persuadé qu'elle avait un secret.

Dès le début, il avait pris pour argent comptant tout ce qu'elle lui disait. Il l'avait introduite chez lui, lui avait confié ses enfants, avait fait l'amour avec elle dans la plus totale confiance. Mais Jessica ne lui avait rien livré d'elle-même.

Pourquoi s'entourait-elle d'autant de mystère ? Comment devait-il s'y prendre pour qu'elle se confie à lui ?

C'était peut-être idiot, mais Jessica ne se faisait jamais autant de souci que lorsque tout allait bien.

Debout devant le comptoir de la cuisine, elle tourna une fois de plus la cuillère de bois dans sa pâte à crêpes et se dit qu'il fallait sans doute être un peu débile pour réagir de cette manière.

Quelques instants auparavant, elle n'était pas du tout dans cette torpeur mélancolique. Bien au contraire, en s'éveillant à côté de Sam, son humeur était au diapason de la superbe journée ensoleillée qui s'annonçait. Sous les doigts magiques et les baisers de Sam, elle s'était sentie féminine, épanouie, irrésistible. Mais maintenant ? Comment Sam allait-il se comporter ? Allait-il faire comme si rien ne s'était passé ?

— Je te cherchais…, murmura une voix derrière elle.

Miraculeusement, dès qu'elle sentit les bras de Sam s'enrouler autour de sa taille, son malaise s'envola comme par enchantement.

— Le café est…

— … sans importance ! C'est de *ça* dont j'ai besoin, ajouta-t-il en l'attirant contre lui.

— Ah, tu fais partie de ces gens capables de vivre d'amour et d'eau fraîche ?

Elle regretta ces mots aussitôt prononcés. N'était-il pas convenu qu'il n'était pas question d'amour entre eux, qu'il n'y aurait entre eux aucune promesse ?

— Il y a bien un proverbe qui dit quelque chose comme

ça, non ? se dépêcha-t-elle de compléter, afin d'adoucir son propos.

— Plus ou moins, répondit-il avec un sourire.

Jessica sourit, soulagée. Sa maladresse n'avait pas tout gâché. Mais elle avait prononcé le mot fatidique et savait qu'il lui était venu à l'esprit d'une manière tout à fait naturelle et sincère. Elle savait aussi pertinemment que sa relation avec Sam n'était pas une simple question de désir. C'était un sentiment beaucoup plus profond. Beaucoup plus dangereux. Mais elle devait faire en sorte de ne rien montrer de son trouble.

— Tu es bien silencieuse, s'inquiéta Sam.

— Je pensais à quelque chose de spécial…, répondit-elle avec un petit clin d'œil. C'est bien un jour spécial aujourd'hui, non ? Bon anniversaire, Sam !

— Oh, c'est vrai… Comment allons-nous fêter ça ?

On entendit soudain les voix aiguës d'Annie et de Casey dans l'entrée.

— Coucou, papa ! Bon anniversaire !

Elles l'embrassèrent joyeusement et ne cessèrent de rire sous cape chaque fois qu'elles se regardaient.

Une fois qu'elles furent parties dans leurs chambres, Sam regarda Jessica d'un air intrigué.

— J'ai l'impression qu'elles ont un secret toutes les deux. Tu sais ce que c'est ?

— Tu n'as pas le droit de poser ce genre de questions le jour de ton anniversaire.

— Soit ! Nous sortirons manger des hamburgers ce soir tous ensemble. Je pense que cela leur fera plaisir.

— Tout ce que tu voudras ! acquiesça Jessica, peu contrariante.

Depuis une semaine entière, elle était occupée par les préparatifs de la fête qu'elle organisait en cachette pour Sam.

Dès qu'elle se retrouva seule, elle passa la vitesse supérieure. Joe Drake vint lui apporter des tables et des chaises pliantes. Plusieurs invités passèrent lui apporter les salades et les desserts dont ils s'étaient chargés, tandis qu'elle cuisinait les boulettes de viande à la coriandre dont elle s'était fait une spécialité. Liz lui apporta un plat de lasagnes, Trudy des boissons, et lorsque Cory les eut rejointes, elles décorèrent la pièce avec des banderoles bleu marine et blanches.

— Je trouve que Sam va beaucoup mieux depuis que vous êtes là, lui glissa Trudy en l'aidant à accrocher un ballon gonflable en forme de cœur que Casey et Annie avaient absolument tenu à acheter.

Jessica rougit et, ne sachant que répondre, se contenta de sourire.

Les invités arrivèrent les uns après les autres. Carrie Drake qui montait la garde près de la fenêtre lança soudain :

— Je n'arrive pas à croire que nous avons organisé tout cela sans que Sam se doute de quoi que ce soit !

— Ce sera bien la première fois que l'on réussit à lui faire une surprise ! s'écria quelqu'un d'autre en riant.

A la porte, Trudy accueillait Mme Mulvane et sa fille.

— Comme je suis heureuse de vous revoir en bonne santé ! s'exclama Jessica.

— Merci encore d'être venue à mon aide. Et merci aussi d'avoir aidé Annie et Casey à m'envoyer leurs jolies cartes. C'était adorable de penser ainsi à moi.

— Elles tenaient beaucoup à vous manifester leur affection.

— Dites-moi, ma petite, vous vous appelez bien Jessica Scott ?

A cette question, l'estomac de Jessica se noua.

— Oui, pourquoi ?

Arlene tapota l'épaule de la jeune femme qui la tenait par le bras.

— Voyons, qui est-ce que cet homme demandait l'autre jour quand nous étions en visite chez ta tante ?

— Ce n'était pas Jessica Scott, maman.

— C'était pourtant bien Jessica… je ne sais plus comment.

— Walker ! répondit sa fille. Oui, c'était Jessica Walker. Ma tante, Eleanor Bridgeway, tient un motel à l'entrée de la ville, expliqua-t-elle. Cet homme voulait savoir si elle avait eu cette jeune femme parmi ses clientes.

Jessica respira avec difficulté. Qui était cet homme ? Un détective privé engagé par sa mère ou son grand-père, sans aucun doute. Heureusement qu'elle n'était pas descendue dans ce motel…

— Le voilà ! cria quelqu'un.

— Tout le monde se cache ! ordonna Trudy en agitant ses bracelets dans tous les sens.

Jessica décida de ne pas laisser les soucis lui gâcher ce moment qu'elle avait préparé avec tant de soin. Elle agrippa Casey, éteignit les lumières et plongea derrière le canapé en entraînant Annie d'un côté et Casey de l'autre.

— Hum… Ça sent bon là-dedans ! lança la voix de Sam depuis l'entrée. Tu as cuisiné, Jessie ?

Dans l'obscurité, Jessica aperçut le sourire ravi de Casey.

— Chut ! murmura-t-elle à la petite qui éclatait de rire.

— Et alors ? Où êtes-vous ? demandait Sam à la canto-nade.

Au moment où il pénétrait dans la pièce, tout le monde se redressa d'un coup pour entourer le héros de la fête.

— Bon anniversaire, Sam !

Des rires éclatèrent, celui de Sam et ceux de tous les invités, confortant Jessica dans l'idée qu'elle avait eu raison d'organiser cette soirée pour lui.

Pendant qu'il serrait ses filles dans ses bras et embrassait ses amis venus l'entourer, Jessica se rendit dans la cuisine pour vérifier que les boulettes restaient bien chaudes sans pour autant brûler. Au moment où elle faisait demi-tour pour revenir dans le salon, elle se trouva nez à nez avec Sam.

— C'est toi qui as manigancé tout ça ?

— Cela ne te contrarie pas ?

— J'ai peur que tu te sois donné beaucoup de mal !

— Mais non…

— Je te remercie, Jessie, souffla-t-il en l'attirant contre lui.

Il posa ses lèvres tout près de l'oreille de la jeune femme qui en sentit la chaleur tentatrice.

— J'espère que je ne vous dérange pas ? lança Trudy en pénétrant dans la cuisine sans paraître le moins du monde gênée.

— Si ! Et je te revaudrai ça dès demain en te confiant cette pile de dossiers qui attendent d'être remplis ! rétorqua Sam en glissant un bras affectueux autour des épaules de sa tante.

Trudy émit un grognement de protestation tandis que Casey dansait autour d'eux en chantant :

— Pa-pa-a-é-té-surpris ! Pas vrai, papa ?

— Oh ! oui, admit Sam en soulevant sa fille dans ses bras pour l'embrasser.

— Il faut aussi que tu embrasses Jessica, suggéra inno-cemment Trudy.

La jeune femme se sentit rougir et croisa le regard de Sam qui la fixait avec l'air de quelqu'un qui n'avait pas besoin de ce conseil pour y penser.

— Sam ! appela Gary, tout le monde attend que tu viennes ouvrir tes cadeaux !

— Tu es bien pressé !

— Il paraît qu'on n'aura le droit de s'approcher du buffet qu'une fois cette cérémonie effectuée… Je meurs de faim !

— J'ai pitié de toi, mon vieux ! J'arrive tout de suite.

— Viens, Jessie, dit-il en entrelaçant ses doigts avec ceux de la jeune femme. Tu fais partie de la fête.

Elle serra très fort la main de Sam. Oui, elle faisait partie de la fête. Aujourd'hui, et pour un peu de temps encore.

Heureuse de voir que les conversations allaient bon train et que les rires fusaient, Jessica se dirigea vers le buffet, se servit, puis alla s'asseoir à côté d'Annie, occupée à déguster un cornichon.

— Tu vas manger autre chose que ça, j'espère ! s'inquiéta-t-elle, en se souvenant qu'Annie se serait nourrie de cornichons si Sam lui en avait laissé la possibilité.

— Mais oui….

Jessica goûta la salade de pommes de terre de Trudy, la salade de pâtes de Carrie, les lasagnes de Liz et trouva tout délicieux. Bien sûr, elle avait été habituée à des nourritures plus sophistiquées, mais rien ne lui parut meilleur que ce qu'elle mangeait à cet instant.

— Regarde tante Trudy ! s'esclaffa Annie. Elle danse le rock avec M. Franklin.

Effectivement, l'épicier de Thunder Lake, se prenant tout à coup pour John Travolta, faisait virevolter Trudy sans lui laisser le temps de souffler.

Amusé lui aussi par cette prestation, Sam les regarda un

moment, puis, le morceau achevé, vint s'asseoir à côté de Jessica.

— Tu es une sacrée cachottière sous tes airs innocents ! J'ai décidé de te punir en t'invitant à danser ce slow avec moi.

Comment refuser ? Sam l'avait déjà tirée par la main pour l'aider à se relever. A sa grande surprise, il la serra contre lui et appuya ses lèvres contre son cou. Elle ne s'attendait pas à ce qu'il affiche ainsi leur intimité dans une pièce pleine d'amis et de voisins.

Elle frémit de plaisir. Une onde de chaleur l'envahit, et elle passa son bras autour du cou de Sam avant de coller sa joue contre la sienne. Ils eurent à peine le temps de terminer cette danse que tout le monde appela le héros du jour pour qu'il vienne découper le gâteau. Bon prince, Sam abandonna sa cavalière pour aller souffler ses bougies.

Tard dans la soirée, les invités se retirèrent, à part Trudy, Liz et Carrie qui restèrent un peu plus longtemps pour aider Jessica à ranger pendant que Sam mettait ses filles au lit.

Cette soirée avait été un succès. Les invités avaient été ravis, et Jessica les avait tous trouvés sympathiques et gentils avec elle. A cet instant, elle regrettait encore plus de ne pas être venue à Thunder Lake dans d'autres circonstances. Elle aurait préféré être honnête avec tous ces gens, et particulièrement avec Sam. Comment avait-elle pu s'autoriser à tomber amoureuse de lui alors qu'elle lui mentait sur sa véritable identité ? Oui, mais… comment aurait-elle pu *ne pas* tomber amoureuse ?

Elle prépara la table pour le petit déjeuner du lendemain et monta se coucher. Sans le savoir, Sam lui avait fait un cadeau d'une valeur inestimable. Pour la première fois de sa vie, elle avait rencontré quelqu'un qui s'intéressait à elle non à cause de son nom ou de son argent, mais tout simplement parce qu'elle était elle-même.

Et, quoi qu'il advienne d'eux par la suite, ce cadeau était un véritable don du ciel.

Sam remonta la couverture jusque sous le menton d'Annie et l'embrassa sur le front. La petite fille avait protesté qu'elle n'avait pas sommeil et n'arriverait jamais à s'endormir, mais à peine était-il arrivé à la porte de la chambre que son souffle s'était déjà fait régulier et qu'elle dormait à poings fermés.

Sam, par contre, ne se sentait pas du tout fatigué, bien qu'il soit minuit passé. La soirée avait été une surprise totale, et alors qu'il prétendait détester ce genre d'événement, il s'était beaucoup amusé. Annie lui avait offert une photo d'elle et de sa sœur dans un cadre confectionné par ses soins avec des bâtonnets de chocolats glacés. Casey lui avait donné un dessin, et lorsqu'il l'avait félicitée pour sa jolie sauterelle en apercevant la tache verte qui s'étalait sur la feuille, elle avait rougi de plaisir et de fierté.

Quant à Jessie… Tout ce qui s'était passé ce soir, il le lui devait. Elle avait eu l'idée de la fête, avait invité les gens, cuisiné, décoré la pièce… Tout le monde l'avait félicité d'avoir trouvé une personne aussi charmante et efficace pour le seconder. Mais en fait, personne ne savait tout ce qu'elle avait apporté dans sa vie. Il lui suffisait de la regarder pour sentir le désir monter en lui, c'était vrai, mais il y avait plus que cela. Bien plus. Sans le chercher, elle avait réussi à réchauffer quelque chose qui s'était glacé dans son cœur. Elle avait suscité en lui l'envie, plus, le besoin d'entendre sa voix, de voir son visage dès qu'il s'éveillait, de savoir qu'elle était tout près.

— Je peux entrer ?

Sam s'arrêta net de déboutonner sa chemise. Jessica se tenait à sa porte, souriante, presque taquine, dans une robe de chambre rose fermée par un ruban de soie, le visage nu de tout maquillage.

— Euh… Oui, bien sûr !

Sam sentait déjà le parfum fleuri qu'il aimait tant et qui éveillait en lui des fantasmes secrets. Il avait déjà reçu beaucoup de cadeaux, mais il en voulait encore un. Oui, il voulait encore caresser cette peau qu'il avait appris à connaître et qu'il savait si douce sous ses doigts.

— Merci pour la fête, merci pour tout ce que tu as fait pour moi.

— Je me suis bien amusée ! Mais, excuse-moi, je ne t'ai pas fait de cadeau.

— Oh, mais il n'est pas trop tard ! Tu peux encore te rattraper…

Il se mit à rire, émerveillé de constater que c'était cette femme-là qui l'avait séduit, qui le laissait sans voix, et qui le rendait si heureux.

— Tu peux même me faire le plus beau cadeau que j'aie jamais eu…

- 10 -

La vie était merveilleuse et Jessica s'enchantait de tout, qu'il s'agisse d'une matinée à cheval ou d'un après-midi passé à faire l'amour avant le retour des filles à la maison. Un jour dans un ranch, un soir au cinéma. La veille, Sam lui avait fait la surprise de l'inviter à faire un pique-nique, le soir, ils étaient passés dire bonjour à Joe et Carrie.

Elle avait décidé de profiter au maximum de chaque instant, sans se questionner sur la profondeur des sentiments qu'elle éprouvait envers Sam, ni sur la supercherie qu'elle entretenait depuis son arrivée à Thunder Lake. Rien ne devait gâcher les journées qu'ils passaient ensemble.

Ce matin, comme d'habitude après son jogging matinal, elle préparait le petit déjeuner dans la cuisine inondée de soleil. La journée serait chaude, ce qui tombait à merveille puisque Sam avait entouré cette date au crayon rouge sur le calendrier de la cuisine et inscrit au-dessous : « vide-greniers ». Ce serait la première fois de sa vie qu'elle participerait à ce genre de manifestation, et elle était impatiente de découvrir comment cela se déroulait.

Un pas traînant annonça l'arrivée de Sam. Il avait l'air particulièrement endormi et bâillait à fendre l'âme. Jessica s'attendait à ce qu'il mette le café sur la table, mais au lieu de cela, il la prit par la taille et posa sa tête contre elle.

— On dirait que tu as oublié qu'aujourd'hui n'est pas un jour ordinaire ! lui rappela-t-elle, en passant sa main dans ses cheveux d'un geste tendre.

C'était sûrement le cas, car la tenue qu'il arborait ne laissait présager rien d'autre qu'une matinée de paresse à la maison avant son départ pour le travail dans l'après-midi.

Il se pencha et commença à mordiller l'oreille de la jeune femme.

— Quel que soit le programme prévu, je préfère de beaucoup celui-ci…, déclara-t-il.

— Peut-être, mais ce sera un programme court…, l'avertit Jessica. J'entends arriver nos deux chaperons !

Effectivement, les pas de Casey et Annie résonnaient dans l'escalier. Jessica eut à peine le temps de s'écarter de Sam qu'Annie apparaissait dans la cuisine, habillée de pied en cap.

— Je suis prête ! annonça-t-elle.

— Prête pour quoi, ma chérie ? demanda Sam en essayant vainement de se souvenir de ce qui avait été prévu.

— Oh ! Papa ! se récria Annie sur un ton de reproche. Ne me dis pas que tu as oublié…

— Oublié quoi ? Tu peux m'expliquer ?

— Mais papa, c'est le vide-greniers, aujourd'hui !

Bon sang… Voilà des mois qu'il travaillait en collaboration avec le conseil municipal à la préparation de cet événement ! Où avait-il donc la tête ?

— Eh bien, si, tu vois, j'avais complètement oublié… Installe-toi pour déjeuner, en attendant.

— Pas question de perdre du temps à manger ! s'exclama

la fillette en refusant de s'asseoir. Tout le monde a déjà installé ses affaires sur le trottoir.

Jessica jeta un coup d'œil par la fenêtre d'où elle avait un bon aperçu de la rue. Annie exagérait, c'était le moins que l'on puisse dire. A part Liz, une seule de leurs voisines avait déjà sorti ses cartons dans la rue.

— Tu as beaucoup de choses à prendre dans le garage ? s'enquit la jeune femme en se tournant vers Sam.

— Non, pas tant que cela. Je savais que je ne serais pas disponible et je ne voulais pas qu'Arlene se retrouve avec trop de bazar sur les bras.

— Bon, va chercher tes cartons pendant que je surveille les tartines.

Quelques minutes plus tard, Casey apparaissait à son tour et se précipita dans les bras de Jessica. La jeune femme serra très fort la petite fille sur son cœur. Peut-être un peu trop fort, peut-être un peu trop longtemps… Mais Casey se laissa faire, sans doute consciente de toute la tendresse que Jessica faisait passer dans cette étreinte.

— Où est papa ?

— Avec Annie, dans le garage. Tu veux bien aller les appeler ? Le petit déjeuner est prêt.

La fillette ne se le fit pas dire deux fois. Elle fila vers la porte et, quelques instants plus tard, ils revenaient tous les trois, la mine réjouie. Jessica les regarda prendre place autour de la table. D'ores et déjà, elle ne se demandait plus si elle aurait de la peine en les quittant. La question était réglée. Elle aurait le cœur brisé, tout simplement.

— Vous avez eu vite fait, remarqua-t-elle.

— Oui, mais il y a suffisamment d'affaires pour que nous devenions riches ! Pas vrai, papa ?

— Mais non, idiote, c'est impossible de devenir riche avec un vide-greniers ! corrigea Annie d'un air méprisant.

— On peut en tout cas gagner suffisamment d'argent pour s'acheter plusieurs glaces chez Jack, trancha Sam avant que la dispute ne s'envenime trop.

Une fois de plus, Jessica admira son calme et sa facilité à résoudre les conflits de ses filles. Etait-il ainsi par disposition naturelle ou bien était-ce le fait de les éduquer seul ? Toujours est-il qu'il se débrouillait remarquablement bien.

Un peu plus tard, ils se retrouvèrent tous les quatre sur le trottoir, au milieu des cartons sortis du garage. Sous les yeux interloqués de Jessica, Sam disposa comme autant de trésors toute une série d'outils plus rouillés les uns que les autres.

— Tu crois vraiment que tu vas vendre *ça* ? s'exclama-t-elle.

— Bien sûr ! Tu n'as jamais participé à un vide-greniers ?

— Eh bien, non, si tu veux que je te dise la vérité.

— Pauvre petite fille surprotégée…, se moqua-t-il gentiment. Tu ne sais donc pas que le rebut des uns fait le bonheur des autres ?

Jessica lui sourit et ne répondit pas, songeuse. Il y avait dans ses paroles plus de vrai qu'il ne le pensait. Et ce dont il se doutait encore moins, c'est que cette vie ordinaire, toute simple, avait été pendant longtemps le rêve de la femme qui se tenait à côté de lui !

Jessica se cassa les ongles pour récurer un vieux gril, éternua en dépoussiérant un ventilateur datant du déluge, et ne réussit pas à se rappeler si elle s'était jamais sentie aussi heureuse, un jour.

Ils retournèrent ensemble dans le garage récupérer un carton qu'ils avaient oublié sur une étagère. Jessica le désigna du doigt mais, au lieu de l'attraper, Sam lui prit la main et la serra dans les siennes. La jeune femme retint des larmes de bonheur. Cet homme avait réussi quelque chose d'extraordinaire : l'empêcher de douter des sentiments qu'elle ressentait pour lui, et croire à ceux qu'il éprouvait pour elle. Et, aux yeux de Jessica Walker, cela relevait du miracle.

— Nous ferions mieux de retourner dehors…, commença-t-elle.

Et comme Sam se serra plus étroitement contre elle, elle ajouta, menaçante :

— … sinon Annie va vendre ta grande scie pour trois francs six sous !

— Elle en est bien capable ! approuva-t-il en l'embrassant rapidement.

Quand ils s'écartèrent l'un de l'autre, ils aperçurent quelque chose bouger dans l'embrasure de la porte.

Casey les regardait de tous ses yeux.

En fin d'après-midi, presque tout avait été vendu. Avant le départ de Sam, ils avaient discuté avec les gens venus regarder les objets qu'ils proposaient, plaisanté, marchandé dur et consenti un magistral rabais en riant ; bref, ils s'étaient comportés comme une vraie famille. Bizarrement, les vieux outils de Sam étaient partis en premier, et maintenant, avec l'aide de Casey et Annie, Jessica essayait de se débarrasser de tout ce qui restait avant que cela soit emporté par les éboueurs, le lendemain matin.

Sam avait appelé dans l'après-midi pour proposer de les emmener dîner dans un restaurant italien. Fatiguée de sa journée passée debout, Jessica avait accepté avec joie de laisser le soin du repas à quelqu'un du métier. Elle prit une longue douche, se changea, puis rejoignit dans le salon les filles qui, après une douche beaucoup plus rapide, regardaient *Batman* à la télévision.

Assise en tailleur à côté d'elles, Jessica se mit à réfléchir aux changements qui s'étaient opérés en elle ces derniers temps. Elle n'avait plus besoin de domestiques à son service, de vêtements de grands couturiers, ni de voiture de sport. Honnêtement, la promenade à cheval qu'elle effectuait chez elle chaque matin lui manquait, mais c'était bien la seule chose qu'elle regrettait. Si seulement elle réussissait à faire comprendre à son grand-père et à sa mère qu'elle n'était pas faite pour le genre de vie qu'ils souhaitaient pour elle…

Depuis quelques semaines, elle était loin de son quotidien habituel et elle s'en trouvait parfaitement heureuse. Elle adorait faire de la pâtisserie avec Casey et Annie, leur raconter une histoire ou jouer avec elles dans le jardin. Et encore plus se promener avec Sam, passer la soirée à côté de lui à regarder un film. Elle adorait faire l'amour avec lui. Elle avait découvert une nouvelle existence et n'avait aucune envie d'y renoncer.

— Alors, toi aussi, tu te pâmes devant Batman ? lança la voix moqueuse de Sam.

Les filles ne laissèrent pas à Jessica le temps de répondre et bondirent du canapé pour se jeter au cou de leur père.

— Papa, on va manger ?

Sam chatouilla l'estomac de Casey.

— Est-ce que ce petit ventre serait vide par hasard ?

Annie se serra contre lui à son tour.

— Et celui-ci aussi ?

Toutes deux se mirent aux éclats, reculant pour échapper à cette délicieuse torture.

— Et toi, Jessie, qu'est-ce que tu as fait après mon départ ?

« Je t'ai attendu… »

— J'ai vendu tous tes vieux outils.

— Tu vois, je t'avais bien dit qu'ils auraient du succès !

— Papa, j'ai vraiment faim maintenant, reprit Casey en le suppliant du regard.

— Moi aussi ! renchérit Sam, se tournant vers Jessie.

« De toi… », disaient ses yeux

Jessica se sentit rougir. Comme elle aurait été heureuse de se jeter dans ses bras avant de finir au lit avec lui ! Mais avec les deux paires d'yeux bleus pleins d'innocence qui les dévisageaient, il était hors de question de céder à cette envie.

— Papa, je pourrai avoir des gressins ? demanda Casey.

— Bien sûr, ma chérie. Tu auras tout ce que tu voudras.

« Et ce que je veux, moi, pensa Jessica en lui souriant, c'est toi et tes filles, tout simplement. »

Le petit restaurant de Nino était déjà plein de monde. Avec ses nappes à carreaux rouge et blanc et son décor napolitain, c'était l'un des endroits favoris pour les repas conviviaux. Le juke-box placé dans un coin laissait échapper un grésillant *O Sole Mio*, tandis que plusieurs clients jouaient au billard installé dans le fond de la salle. La main de Sam posée dans son dos, Jessica ouvrit la voie jusqu'à une table à côté de

laquelle deux jeunes gens paraissaient beaucoup plus inté-
ressés par les baisers qu'ils échangeaient que par les raviolis
qui refroidissaient dans leurs assiettes.

— Ils sont en train de se bécoter, pas vrai, papa ? demanda
Casey le plus sérieusement du monde. Comme toi et Jessie
ce matin.

— Qu'est-ce que tu dis ?

— Dans le garage… Je vous ai vus tous les deux, laissa
négligemment tomber la fillette.

Et, sans plus attacher d'importance à ce qu'elle venait de
dire, elle entraîna sa sœur vers les joueurs de billard.

— Bon. Je crois que notre secret est éventé, déclara Sam,
apparemment fort peu contrarié.

Ils s'installèrent et venaient de commander deux bières
lorsqu'une jeune femme brune passa à côté d'eux.

— Bonsoir, Sam.

Moulée dans son jean et un sweater une taille trop juste
afin de mettre en valeur sa poitrine, elle était sûrement une
des beautés de Thunder Lake.

— C'est une de tes *connaissances* ? ne put s'empêcher de
demander Jessica avec un sourire forcé.

— Je suis en effet sorti quelque temps avec elle, il y a
longtemps.

— C'était sérieux ?

— Non. Nous étions à peine adolescents.

— Il y en a eu beaucoup d'autres ?

— Deux seulement. Christina était l'autre. Après avoir fait
la connaissance de Christina, je n'ai plus jamais été intéressé
par qui que ce soit d'autre.

Comme il détournait les yeux, Jessica se demanda si c'était
pour surveiller ses filles ou pour dissimuler de la tristesse.
Après tout, peut-être était-elle en train de se faire des illusions ?

A ses yeux, ce qu'elle vivait avec Sam était merveilleux, mais lui, qu'en pensait-il ? Est-ce qu'il lui laisserait un jour une place dans son cœur ?

— Si je comprends bien, entre Christina et toi, ça a été le coup de foudre ?

Sam se carra dans son fauteuil et ne répondit pas tout de suite.

— Sans doute…, murmura-t-il, le regard perdu au loin. Je voulais me marier tout de suite, mais elle voulait faire des études. Alors j'ai fait comme elle. Je me suis inscrit à ce cours pour devenir policier, et tu connais la suite. Et toi ? Tu as fait des études ?

— Je voulais enseigner.

— Bonne idée. Tu réussis très bien avec les enfants. Pourquoi ne l'as-tu pas fait ?

Difficile de lui expliquer qu'aux yeux de sa mère, cette profession n'était pas envisageable. Mais elle n'y avait pas renoncé. C'était un secret qu'elle gardait tout au fond d'elle-même en espérant qu'un jour elle réussirait à réaliser ce rêve. En attendant, comment avouer à Sam qu'elle n'avait jamais rien fait d'autre que du bénévolat ?

— Eh, Sam, viens une minute par ici, s'il te plaît ! cria un des joueurs de billard, ce qui évita à la jeune femme de se lancer dans des explications embarrassantes.

— Je reviens tout de suite, lui promit Sam en lui adressant un petit clin d'œil.

A voir le nombre de mains qu'il serra sur son passage, Jessica comprit à quel point le shérif était apprécié de tous. Elle aussi avait des amis à Willow Springs, certains même qu'elle connaissait depuis l'enfance, mais, curieusement, ils ne lui manquaient pas du tout. Cette constatation lui fit éprouver un pincement de culpabilité. Voilà qu'elle avait tout quitté, famille et amis, et que, jamais depuis qu'elle était arrivée à Thunder Lake, elle ne s'était sentie triste ou seule tant elle y avait été accueillie avec gentillesse. En revanche, elle avait menti à tout le monde, et ça…

— J'ai aperçu le clin d'œil de Sam ! souffla une voix dans son dos.

Avec un sourire, Liz s'assit en face d'elle.

— Tu sais, Jessie, ils sont tous amoureux de toi dans cette famille ! poursuivit la jeune femme.

— Je suis folle des filles !

— J'ai dit *amoureux*, répéta Liz à voix basse en voyant Sam revenir vers elles.

— Dis-moi, Liz, est-ce que tu as trouvé quelqu'un pour t'aider à déménager ta machine à laver ?

— Oui. Cooper Raines a une camionnette. Il m'a dit qu'il s'en chargerait.

— Cooper Raines ? répéta Sam, un sourire amusé au coin des lèvres.

— Oui, nous sortons ensemble depuis quelque temps…, laissa tomber Liz en les quittant pour se rapprocher d'un grand cow-boy à l'allure un peu dégingandée.

— Tu parais tout étonné de cette nouvelle, remarqua Jessica.

— Et comment ! Liz a toujours proclamé haut et fort qu'elle ne s'intéresserait qu'à un homme qui l'emmènerait loin de Thunder Lake. Et, connaissant Cooper Raines, ce voyage risque de commencer et de se terminer dans un ranch, à trois kilomètres de Thunder Lake !

— L'amour réserve bien des surprises…, déclara Jessica en se demandant avec une certaine inquiétude quelle serait la réaction de Sam quand il apprendrait sa véritable identité.

— Papa ! Il y a une fête foraine juste à côté ! s'écria Casey en venant vers eux en courant. On va y faire un tour ? Tu vas aimer, Jessie !

Casey avait le don de la persuasion, c'était évident. A voir le regard amusé que Sam portait sur sa fille, il en était bien conscient.

— D'accord !

Casey adressa un sourire lumineux à son père et retourna vers sa sœur en criant :

— Super, Annie ! Papa a dit oui ! On y va !

La nuit étincelait des guirlandes bariolées de la fête foraine qui s'étendait sur le parking du centre commercial. Ils se frayèrent un chemin vers les jeux, au milieu des stands de nourriture variés au-dessus desquels flottait la délicieuse odeur du pop-corn chaud.

Les filles débordaient d'enthousiasme et ne cessaient de parler. Casey ne lâchait pas la main de son père, ce qui ne l'empêchait pas de savoir ce qu'elle avait envie de faire.

— Je veux monter sur le grand cheval noir ! décida-t-elle en arrivant auprès du manège qui les avait attirés par sa musique entraînante et ses lumières féeriques.

Sam souleva sa fille pour l'aider à s'installer sur sa monture, tandis qu'Annie choisissait de s'asseoir sur le dos d'un éléphant richement harnaché. Ensuite, Sam se tourna vers Jessica.

— Et toi, qu'est-ce que tu choisis ?

— Il y a des années que je ne suis pas montée sur un manège ! se récria-t-elle, les yeux étincelant de plaisir.

— Alors il est grand temps de redécouvrir ce petit bonheur ! ordonna-t-il en la prenant dans ses bras pour l'aider à monter sur la plate-forme.

Il la maintint contre elle un instant, un court instant, mais ce fut suffisant pour que Jessica sente son cœur battre violemment contre sa poitrine, faisant écho au sien.

— Viens, insista-t-il, moi aussi, j'ai pris du retard dans ce domaine. Amusons-nous !

Ils s'installèrent côte à côte dans une calèche de bois, puis le manège se remit à tourner, comme entraîné par une valse de Strauss. Un bonheur paisible comme jamais encore elle n'en avait connu envahit Jessica qui ferma les yeux, éblouie par les lumières qui clignotaient au-dessus de sa tête. Si, en fermant ainsi les yeux, ce moment pouvait rester gravé en elle, elle serait la plus heureuse des femmes…

Toute la soirée s'écoula dans ce même état d'euphorie tranquille, au milieu de la musique et des illuminations. Ils montèrent sur la grande roue d'où, émerveillés, ils aperçurent l'ensemble de la fête. Au cours de la descente, Casey se mit à hurler de peur, mais aussi de plaisir, alors qu'Annie garda les lèvres serrées et les mains crispées sur la barre d'appui. Juste avant d'arriver, elle se mit à crier elle aussi et à rire comme une petite folle.

Sam tenta sa chance au jeu de massacre. Il renversa suffisamment de bouteilles en jetant des balles de caoutchouc pour remporter un ours en peluche pour Annie et une fourmi verte pour Casey. Comme celle-ci ressemblait comme deux gouttes d'eau à celle qu'elle avait déjà, Sam lui demanda si elle ne préférait pas choisir autre chose.

— Non, comme ça, maintenant j'ai des jumelles, rétorqua-t-elle sur un ton extrêmement sérieux.

Ils reprirent leur promenade et, au bout d'un moment, s'arrêtèrent devant le jeu des anneaux. Là, Sam posa sa main sur le bras de Jessica, ce qui, comme toujours, la fit délicieusement frissonner.

— A toi de jouer maintenant ! proposa-t-il.

Jessica fit de son mieux. Mais malgré tous ses efforts, elle ne réussit pas à gagner un des poissons rouges qui tournaient dans leur bocal. Elle remporta néanmoins, sous les applaudissements de Casey et d'Annie, un plat en poterie bleue. Rien à voir avec la collection de vases en cristal qui faisait la fierté de sa mère… Mais cet objet banal avait, à ses yeux, des allures de véritable trésor.

Les fillettes se dirigèrent ensuite vers le trampoline où elles se mirent à sauter et rebondir comme des balles de caoutchouc. Pendant que Sam les surveillait, Jessica s'avança vers le stand de la diseuse de bonne aventure.

La femme, lourdement maquillée, les cheveux retenus par un foulard de couleur vive, lui prit la main et la considéra avec attention.

— Vous allez bientôt être mère, annonça-t-elle d'un air sérieux.

— Mais je ne suis pas enceinte ! se récria Jessica.

— Je dis ce que je vois, répliqua la gitane tout en continuant son étude. Votre ligne de vie montre que vous vivrez très longtemps.

Jessica décida sagement d'arrêter la consultation sur ces bonnes nouvelles. Elle régla la femme et sortit rejoindre Sam.

— Où étais-tu passée ? lui demanda-t-il. Sans toi, la fête n'avait plus aucun charme.

Jessica se serra contre lui. Les paroles de Sam ne relevaient peut-être que d'une banale plaisanterie, mais elle avait envie de s'y accrocher comme à quelque chose d'essentiel.

— On vient de me dire que je pouvais avoir des enfants ! lui expliqua-t-elle en souriant.

Sam éclata de rire.

— Là-dessous ? s'enquit-il, en désignant la tente du doigt.

— Oui. Tu trouves que cela manque de sérieux ?

— A vrai dire… A ta place, je n'aurais pas eu l'idée d'aller consulter là !

— Cette femme sait beaucoup de choses, tu sais, se défendit-elle.

— Tu crois qu'elle sait que tu es en train de rendre un homme complètement fou ?

Il l'embrassa dans le cou et lui mordilla l'oreille.

— C'est vrai ? murmura-t-elle d'un air malicieux, sentant néanmoins son cœur s'emballer.

— On ne peut plus vrai ! Tu es satisfaite ?

— Absolument ravie !

- 11 -

— Papa, est-ce que je peux avoir de ce truc rose ? demanda Casey, toute rose elle aussi, en tendant la main vers un des stands de confiserie.

— Arrête un peu de sauter et laisse-moi rattacher ton lacet, ordonna Sam. Ensuite, nous verrons. Qu'est-ce que c'est que ce *truc rose* qui te fait envie ?

— Ça, là !

— Ah, je vois, tu veux parler de la barbe à papa. Jessie, est-ce que tu veux de ce *truc rose*, toi aussi ?

— Je préférerais une glace.

— Moi aussi ! exigea Annie.

Allons bon, voilà qu'Annie se mettait à copier tout ce que faisait Jessie. Il avait déjà remarqué cette tendance chez sa fille aînée et n'y avait pas vraiment prêté attention. Ce soir encore, il préférait ne pas regarder en face les conséquences que pouvait avoir sur ses filles le fait qu'il fréquente Jessica. A vrai dire il avait de plus en plus de mal, quand il pensait à la jeune femme, à envisager autre chose que le désir brûlant qu'il avait d'elle. Le moindre de ses gestes lui paraissait une invitation érotique. Par exemple, comme en ce moment où elle goûtait sa glace…

— Sam, tu as l'air tout drôle, remarqua Jessica.

Il n'en doutait pas ! Il avait certainement l'air d'un imbécile, tout simplement !

— J'étais en train de penser à ce que tu as mangé ce soir. Des hot dogs, des pralines, de la glace… rien que des aliments pas très recommandables. Je t'aurais crue plus vigilante quant à la qualité de ton alimentation.

— Mais tu ne vaux pas mieux que moi ! répliqua Jessica, faussement vexée. Tu as laissé dans ton assiette le chou que l'on nous a servi au dîner.

— Normal ! Personne n'aime le chou.

— Ta mère ne t'a donc pas appris qu'il faut manger beaucoup de légumes ?

— Si, bien sûr. Mais pas du chou.

Avant qu'elle ait pu répliquer de nouveau, Sam l'avait prise par la main.

— Attendez-nous là, ordonna-t-il aux filles. Nous revenons dans cinq minutes.

— Eh ! Où m'entraînes-tu ?

— Juste ici ! répondit Sam en la faisant grimper sur un podium où évoluaient déjà de nombreux danseurs.

Aussitôt ils se joignirent à eux et se mirent à danser au son d'un petit orchestre régional. Annie et Casey les regardaient en riant.

Jessica eut soudain envie de crier : « Sam, je suis amoureuse de toi ! », mais elle se contenta de plaisanter.

— Bravo, shérif ! Tu sais profiter de toutes les occasions pour me prendre dans tes bras.

— Si tu savais comme j'aimerais que nous soyons seuls ! murmura-t-il à son oreille.

— Et moi donc ! soupira-t-elle en se serrant davantage contre lui.

Elle leva son regard vers lui et comprit brusquement qu'il

fallait qu'elle accepte de lui faire confiance. Elle ne pouvait continuer à lui dissimuler son identité. Mais elle risquait de perdre beaucoup en la lui révélant. Elle risquait même de *tout* perdre.

— Attention, Sam ! lança une voix d'homme derrière eux. Ne te couche pas trop tard ! Nous avons réunion demain matin de bonne heure.

En reconnaissant le couple qui dansait à côté d'eux, le supplice que Jessica éprouvait à propos de son mensonge passa au second plan, faisant place au malaise d'avoir à affronter le maire et sa femme après la scène qui s'était déroulée dans le restaurant de Jack. Elle réussit pourtant à afficher un sourire gêné qu'elle dédia à la femme de la plus haute autorité de la ville. Elle eut le plaisir de voir que cette dernière le lui retournait. Apparemment, on ne lui tenait pas rigueur du malheureux épisode des spaghettis à la tomate.

— Au fait, je vous ai saluée aujourd'hui quand nous nous sommes croisées sur la route, lui dit Eunice Wilson, mais vous n'avez pas dû me voir car vous ne m'avez pas répondu.

— Vraiment ?

— Oui, je vous ai bien reconnue. Vous étiez au volant d'une superbe voiture.

Jessica la regarda sans comprendre.

— Ce n'était pas moi, madame Wilson.

— Dans ce cas, vous avez un sosie.

Jessica en doutait fort. Mais ce qu'elle savait par contre avec certitude, c'est qu'elle menait une double vie et que cela commençait à devenir réellement inconfortable.

— Salut, Sam ! lança une autre voix d'homme. Je peux te voir un instant ?

— Décidément, impossible d'avoir une minute tranquille tous les deux ! grogna Sam.

— Que veux-tu, c'est la rançon de la gloire, répliqua Jessica, taquine.

— J'arrive, Jack !

A contrecœur, il lâcha Jessica.

— Et Jack, de quoi veut-il t'entretenir qui soit si important ?

— De pêche à la mouche, sans aucun doute. Tu vois un peu l'importance !

— C'est sûrement très important pour lui, fit remarquer Jessica. Je vous laisse tranquillement échanger vos impressions sur vos appâts, vos prises et vos bas de ligne !

Comme elle apercevait Cory non loin des filles, elle ajouta :

— Je vais m'asseoir un moment avec Cory, il y a longtemps que nous ne nous sommes pas vues et nous avons des tas de choses à nous raconter.

— Parfait.

Mais Sam était assez contrarié de toutes ces interruptions. Après la mort de Christina, il avait été très touché par les nombreuses personnes qui prenaient un peu de temps pour le distraire de son chagrin. Ce soir, pourtant, il aurait préféré qu'on le laisse tranquille avec Jessica.

— Excuse-moi de te déranger, Sam…

Jack paraissait pressé de parler, ce qui n'était pas dans ses habitudes.

— Que se passe-t-il, Jack ? Tu as un problème ?

— Moi, non, répondit Jack d'un air sombre. Mais toi, peut-être…

Visiblement, il n'était pas heureux d'être le messager des nouvelles qu'il allait annoncer.

Sam l'encouragea d'un geste à poursuivre.

— Figure-toi qu'un étranger, quelqu'un que je n'avais jamais encore vu ici, est venu me poser des questions au restaurant, commença Jack. Il s'est présenté comme détective privé, et il est venu me trouver deux matins de suite. J'ai vu sa carte.

— Qu'est-ce qu'il t'a demandé ?

— Il m'a montré une photo et m'a demandé si j'avais déjà vu la femme qui était dessus. Il a même précisé qu'elle s'appelait Jessica.

— Jessica ?

Aucune femme ne portait ce prénom à Thunder Lake.

— Dis-moi Jack, est-ce que tu aurais reconnu Jessie, par hasard ?

— Oui.

— Est-ce que cet homme t'a expliqué pourquoi il la recherchait ?

— Non, mais je lui ai dit qu'elle avait travaillé chez moi. C'est tout ce que j'ai dit.

— C'est parfait.

Mais non, c'était loin d'être parfait ! Sam aurait voulu poser davantage de questions, mais il était tout à coup submergé par une émotion violente qui l'empêchait de réfléchir.

Un voile noir venait brusquement de retomber sur sa vie.

— Alors, ça y est ? Tu as fixé la date de ton mariage ? demanda Jessica à Cory, tout excitée à cette perspective.

— Ce sera le 10 juin, et je compte sur toi pour être demoiselle d'honneur.

Jessica ne répondit pas et détourna la tête. La pensée de tout ce qu'elle allait perdre en quittant Thunder Lake la plongeait immanquablement dans un accès de tristesse. Elle laisserait derrière elle des amis, des paysages auxquels elle s'était attachée ; Annie, Casey, et Sam... Elle fit un gros effort pour ne pas se laisser submerger par la détresse.

— Cory, j'adorerais ! Malheureusement, je ne sais pas si je serai encore ici.

— Oh ! Tu penses partir ?

Une fois de plus, elle regretta de ne pouvoir révéler la vérité, expliquer qu'elle avait une autre vie, mais que c'était celle qu'elle menait ici qui lui plaisait vraiment et qu'elle rêvait d'être demoiselle d'honneur.

— Il faudra bien que je parte un jour ou l'autre, tu sais.

— Mais pourquoi ? Qu'est-ce qui t'y oblige si tu n'en as pas envie ?

— Je... je ne suis pas la seule à être concernée, avoua-t-elle.

Tout à coup, elle sentit la présence de Sam derrière elle. Il était silencieux, et pourtant, il lui semblait entendre la question qu'il retenait derrière ses lèvres closes. « Qui d'autre, Jessie, est concerné par ta vie ? »

Cory se leva et embrassa Jessica.

— Si jamais tu changes d'avis, préviens-moi, j'en serai très heureuse.

— Je te le promets, Cory. Et merci encore pour ton offre.

— Changer d'avis à quel sujet ? s'enquit Sam.

— Cory vient de me demander d'être sa demoiselle d'honneur.

— Et tu as refusé ?

— Le mariage aura lieu en juin et... je ne suis pas sûre d'être encore ici à cette époque. Jack avait un souci ? enchaîna-t-elle rapidement.

Pendant que les deux hommes discutaient, elle avait remarqué qu'il paraissait préoccupé.

— Non, pas lui. C'est plutôt nous...

Jessica sentit un grand vide en elle.

Le silence s'installa entre eux. Lourd. Pénible.

— A quel sujet ? finit-elle par demander d'une voix blanche.

— Il paraît qu'il y a en ville quelqu'un qui enquête sur toi.

La panique noua la gorge de Jessica. Une envie soudaine de prendre ses jambes à son cou et de partir se cacher s'était emparée d'elle. Elle aurait donné tout l'or du monde pour pouvoir remonter le temps, revenir au jour de son arrivée, et prononcer les mots que tous attendaient maintenant.

— Ce type montre ta photo à tout le monde. Il se présente comme étant détective privé.

Jessica sentit son cou se raidir, comme si ses muscles venaient subitement de perdre toute souplesse. Un détective privé ? Impossible de reculer davantage. Son passé et son présent venaient de se télescoper, et elle était bel et bien prise au piège. Elle avait toujours su que sa famille la ferait rechercher, cependant elle avait espéré qu'elle n'aurait pas à partir avant d'être prête à affronter la séparation qui l'attendait. Mais quand serait-elle prête à quitter Sam et les filles ?

— Je t'avais demandé si tu avais dans ta vie un mari ou un ami qui te rechercherait, reprit-il, le visage fermé.

Jessica chercha un moment comment répondre au mieux.

— Il y a quelqu'un... enfin, un homme, qui veut avoir avec moi une relation dont je ne veux pas.

— Enfin, Jessie, qu'est-ce que cela veut dire ? Tu es traquée ? Il t'a menacée ?

Sam imaginait sans doute que c'était la peur qui l'avait amenée à s'enfuir de chez elle, à mentir, qu'elle fuyait un homme violent. Elle se pencha vers lui et, tendrement, lui caressa la joue.

— Non, Sam. Personne ne m'a fait de mal.

— Mais alors, que se passe-t-il ? Explique-moi !

La jeune femme jeta un regard autour d'elle. Elle aurait aimé un peu plus de tranquillité pour aborder ce sujet délicat.

— Sam, est-ce que nous pourrions parler de tout cela à la maison ?

A la maison ! Pour la première fois, ce mot lui fit mal. Bientôt elle serait loin de cette maison qu'elle considérait un peu comme la sienne… Et elle aurait perdu l'amour du seul homme qui lui offrait des sentiments vrais.

— Si tu veux. Mais j'ai besoin de savoir qui tu es. Il faudra que tu acceptes de me dire toute la vérité, Jessie.

— Oui, je te le promets. Tu es la seule personne au monde en qui j'ai totalement confiance.

— C'est faux ! En tout cas, tu ne me l'as pas encore prouvé et je ne sais toujours pas pourquoi.

Casey revenait vers eux, barbouillée de barbe à papa, les cheveux en bataille, toute rose d'avoir couru. Sam posa la main sur la tête de sa fille, comme pour se calmer lui-même.

— Va chercher ta sœur. Il est l'heure de rentrer maintenant.

En revenant à la voiture, Jessica avait l'impression d'avoir des jambes de plomb. Jamais elle ne réussirait à quitter Sam et ses filles ! D'ailleurs, c'était impossible : ils avaient besoin d'elle.

Une fois installée, elle se laissa aller contre le dossier de son siège et s'efforça de réfléchir calmement. Est-ce qu'ils avaient vraiment besoin d'elle ? Elle se mit à regarder par la fenêtre, mais le paysage lui apparut tout brouillé. Après tout, ils s'étaient tous les trois remis d'un deuil cruel. Ils avaient passé des mois sans une femme à la maison et ils avaient survécu. Des larmes roulèrent sur ses joues. « Ils se débrouilleront sans toi, Jessica… Tu n'es pas indispensable ! »

Trop absorbée par ses pensées, elle ne remarqua pas qu'ils étaient arrivés. Ce fut la voix de Sam qui la ramena à la réalité.

— Tu veux bien porter Casey dans sa chambre ?

Il coupa le contact et se chargea d'Annie tandis qu'elle-même prenait Casey dans ses bras. La petite fille remua légèrement mais n'ouvrit pas les yeux. Jessica la serra contre elle. C'était si naturel pour elle maintenant de s'occuper des fillettes qu'elle ne pouvait envisager…

Elle refoula ses larmes et s'efforça de penser à autre chose.

Une fois arrivée dans la chambre verte et jaune, elle allongea Casey sur son lit et la débarrassa de sa salopette. Comme elles s'étaient bien amusées toutes les trois à la fête ! Elle allait garder tous ces souvenirs comme autant de trésors, même celui de la diseuse de bonne aventure.

— Elle ne s'est pas réveillée ? murmura Sam en passant la porte.

— Non, elle est épuisée.

Sam se pencha sur sa fille qu'il embrassa tendrement sur le front.

— Où veux-tu que nous parlions ? lui demanda Jessica lorsqu'ils quittèrent la chambre.

— Dans mon bureau.

Elle le suivit sans discuter, mais avec autant d'enthousiasme que si on la conduisait à l'échafaud.

Il alluma une petite lampe d'un geste impatient qui ne lui était pas coutumier.

— Parle, Jessie. Je t'écoute.

C'était difficile. Pourtant, le regard de la jeune femme ne vacilla pas en croisant celui de l'homme qu'elle aimait et qui allait peut-être la mépriser dans quelques instants.

— Je ne sais pas trop par quoi commencer, Sam.

— Est-ce que tu t'appelles vraiment Jessica Scott ?

— Non. Mon nom est Walker. Jessica Walker.

Elle vit Sam froncer les sourcils et attendit un peu avant d'avoir le courage de poursuivre.

— Mon grand-père est Stuart Walker.

— Walker ? Le fameux Stuart Walker ?

Elle hocha la tête en silence afin de laisser à Sam le temps de digérer l'information.

Le nom de « Walker » n'était pas rare, mais dans le Nevada, tout le monde avait entendu parler de Stuart Walker, cet homme qui, tout jeune, avait amassé une fortune considérable grâce à d'astucieuses transactions immobilières. Sam ne s'intéressait peut-être pas au cours de la Bourse, mais n'était pas sans savoir que l'homme était immensément riche, et que la jeune femme qui se tenait devant lui était une riche héritière.

Tout à coup, il ne savait plus que dire, ni que penser. Pourquoi Jessica avait-elle gardé ce secret si longtemps ? Peut-être s'amusait-elle à ses dépens ? Qui sait si, à son insu, il ne s'était pas prêté au caprice d'une belle jeune femme riche et trop gâtée…

— Pourquoi ne m'as-tu pas dit la vérité ? laissa-t-il tomber d'un ton sec.

— Je n'ai pas vraiment d'excuse, reconnut-elle d'une voix étouffée par l'émotion. Il me fallait passer quelque temps loin de ma famille. J'avais besoin de réfléchir. Ce qui se déroulait chez moi m'avait donné envie de partir.

— Et qu'est-ce qui se passait chez toi ? Raconte-moi. Qu'est-ce qui a bien pu te pousser à fuir de chez toi ?

Jessica hocha la tête, découragée. Elle ne voyait pas comment quelqu'un qui n'avait jamais senti peser sur lui les attentes des autres pourrait la comprendre.

— Sam, j'ai toujours fait exactement ce que l'on attendait de moi. J'ai toujours obéi, j'ai toujours été une fille et une petite-fille docile.

— Je ne vois pas le rapport avec ta fugue. Tu t'es rebellée ? C'est ça que tu es en train de m'expliquer ?

— Oui. J'en avais assez de vivre sans oser être moi-même.

— Qui donc exerçait sur toi pareille pression ? Ta famille ?

— Je… Non. En fait, c'était peut-être moi-même, admit-elle à contrecœur.

Cette fois, Sam la regarda sans comprendre.

— Ecoute, j'ai du mal à te suivre.

— Je veux dire que ma famille était finalement moins exigeante à mon égard que je ne l'étais moi-même.

Devant la mine perplexe de Sam, Jessica se rendit compte que toutes ses explications n'avaient rien éclairci du tout, et qu'elle devait aller à la racine même de son histoire.

— Je suis une enfant adoptée, Sam. J'ai toujours vécu avec l'idée que je devais faire mon possible pour me faire accepter. C'est pour cette raison que j'ai toujours cédé, toujours consenti à ce qui avait été décidé pour moi. Pour que l'on m'aime. Pour que l'on ne m'abandonne pas une seconde fois. Mais là, c'était absolument impossible. Et comme j'étais sûre que personne n'attacherait d'importance à ce que je dirais, j'ai décidé de faire quelque chose de spectaculaire. Je me suis enfuie.

Sam, qui, au début de leur conversation, était prêt à refuser toutes les excuses que Jessica pourrait inventer pour se faire pardonner son mensonge, sentit que sa colère s'était un peu apaisée. Après tout, la vie n'était jamais ni complètement blanche, ni complètement noire ; c'était au moins quelque chose que son métier lui avait enseigné.

— Qu'est-ce que l'on attendait de toi cette fois ? demanda-t-il d'une voix radoucie.

Il vint s'asseoir à côté d'elle sur le canapé, et ce petit geste encouragea la jeune femme à poursuivre.

— Mon grand-père vieillit. Il veut un héritier. Il s'est donc mis d'accord avec ma mère pour me choisir un époux, Ryan Noble.

— Cet homme te plaît ?

— Je le connais à peine !

— Je croyais que les mariages arrangés étaient passés de mode.

— Apparemment, ma famille n'est pas au courant, soupira-t-elle amèrement.

— Qui est cet homme ?

— Oh, c'est quelqu'un de très bien. En fait, c'est l'associé le plus prometteur de toute l'équipe de mon grand-père. C'est lui d'ailleurs que mon grand-père a choisi pour lui succéder.

— Tu as essayé de leur expliquer que tu ne voulais pas de ce mariage ?

— Bien sûr, mais je me suis enfuie parce que personne ne me comprenait et que je n'en pouvais plus de subir toutes ces pressions. Tu comprends, Sam, il n'est pas question que je fasse preuve d'obéissance sur une question pareille. Tu es en colère contre moi ? J'aurais dû te dire la vérité plus tôt, je sais, mais je ne savais pas comment m'y prendre.

— Tu craignais que je raconte ton histoire à tout le monde, c'est ça ?

— Un peu… Je suis vraiment désolée, Sam.

Sa gorge se serra. Les sentiments les plus confus l'agitaient. Comment expliquer tout ce qu'elle ressentait ? Si elle avait révélé son identité plus tôt, cela aurait signifié qu'elle perdait du même coup tout ce qu'elle avait trouvé ici. Comment aurait réagi Sam en apprenant qu'elle était la petite-fille de Stuart Walker ?

Comme s'il comprenait son désarroi, Sam reprit la parole :

— Jessie, c'est toi-même qui décideras du moment où tu rentreras chez toi, je ne ferai rien pour précipiter les choses.

— Avec un détective privé sur mes traces, cela risque d'être plus tôt que je ne le souhaiterais…

Sam lui souleva le menton pour l'obliger à le regarder dans les yeux.

— Et alors ? Tu n'es pas forcée de rentrer si tu ne le souhaites pas.

— Si. Ou je rentre pour les affronter, ou je continue à me cacher.

— Qu'est-ce que je peux faire pour t'aider ? Qu'est-ce que tu veux exactement ?

— Toi…, souffla-t-elle sans réfléchir.

— Ce n'est pas une réponse, corrigea Sam.

— Sam, je t'en prie. Je ne veux plus parler de tout cela. Je ne veux plus réfléchir. Je veux seulement te sentir près de moi, rester avec toi…

Ses derniers mots furent aussitôt étouffés par un baiser.

Lentement, Sam caressa ses lèvres des siennes, amoureusement, et elle qui pensait que la faim qu'elle avait de lui s'était un peu apaisée, se sentit dévorée d'un désir violent. Elle lui rendit son baiser avec passion, et pourtant, ce qui se passait entre eux n'était pas seulement une question de désir physique. Elle avait besoin de cet homme dans sa vie. Son cœur ne battait que pour lui. Elle voulait que ses enfants deviennent les siens. Pour toujours.

Sam prononça son nom dans un souffle. Il lui caressa la poitrine, la taille, la courbe de la hanche. Dans la pièce éclairée par la lueur pâle de la lune, ils se laissèrent glisser du canapé et il lui arracha ses vêtements, la laissant le débarrasser des siens. Avant même qu'elle ait terminé, Sam promenait amoureusement ses mains sur son corps. Elle l'aimait si fort qu'elle avait envie de pleurer. Jamais elle ne se lasserait de lui, de son corps dur et chaud.

— Je te désire, murmura-t-elle, alors qu'elle avait envie de lui dire « je t'aime ».

Mais elle ne prononça pas les mots qui lui brûlaient les lèvres, parce qu'elle savait qu'il ne voulait pas les entendre. Heureusement, quelques instants plus tard, les mots n'eurent plus aucune importance. Un flot d'émotions s'était emparé d'elle, sa tête bourdonnait, le monde tournait autour d'elle. Chaque caresse, chaque baiser l'amenait un peu plus près du gouffre de la volupté. Elle n'était plus que feu, brûlure, passion ardente. Seules les sensations comptaient.

— Maintenant, Sam, je t'en prie !

Elle le suppliait, le corps tremblant. Allongé sous elle, Sam posa ses mains sur les hanches rondes qui n'attendaient que ce geste pour se pousser vers lui et satisfaire son désir.

Au moment où elle s'arqua pour le laisser pénétrer en elle, leurs regards se rencontrèrent. Il murmura son nom une fois de plus et elle se mit à trembler de plaisir. Un instant plus tard, il faisait basculer son univers, la privant de toute conscience autre que celle de leurs deux corps unis qui ondulaient à l'unisson.

Longtemps après l'amour, elle resta allongée sur lui, le souffle court, épuisée.

Peu à peu, elle revenait à elle ; à elle et à sa terrible certitude. Dans peu de temps, elle allait devoir quitter Sam et les filles. On ne pouvait indéfiniment échapper à la logique qui faisait que la future héritière de la fortune des Walker ne pouvait pas continuer à rester à Thunder Lake pour jouer les nounous dans la famille Dawson.

— Reste…, souffla Sam presque endormi. Je t'en prie, ne pars pas…

- 12 -

Debout sous l'arche qui séparait la salle à manger de l'entrée, Sam écoutait les accords de la *Sonate au clair de lune* résonner mélodieusement dans la pièce. Jessica lui tournait le dos, mais il pouvait voir ses doigts fins courir sur les touches tandis que la musique déferlait sur lui en vagues mélodieuses. Jessica jouait remarquablement bien, avec finesse et sensibilité. Hélas, plus il appréciait son talent, plus il prenait conscience qu'ils provenaient tous les deux de milieux sociaux très différents.

Depuis qu'elle lui avait dit la vérité et qu'il avait compris qu'elle ne pourrait plus rester avec eux très longtemps, il avait délibérément fait l'autruche, s'efforçant, par tous les moyens, d'oublier que son départ était imminent.

Le morceau achevé, elle pivota sur le tabouret et découvrit sa présence derrière elle.

— Il y a longtemps que tu es là ?

— Assez pour avoir envie de t'applaudir. Comment trouves-tu le piano ? Il a peut-être besoin d'être accordé.

— Cela ne lui ferait pas de mal, en effet, mais il n'est pas faux. Est-ce que Christina jouait ?

— Non, sa mère. Nous avons gardé cet instrument pour des raisons sentimentales.

— Tu as fini tes rangements dans le garage ?

— Non, mais Annie est tellement excitée par le programme de ce soir qu'elle me rend fou !

— C'est vrai, la perspective de sa répétition en costume d'éléphant la *dynamise* un peu trop…

— Le mot est faible ! Mais dis-moi, tu as dû passer un temps fou pour lui faire ce déguisement.

— C'était un peu un défi, c'est vrai, mais je ne m'en suis pas trop mal tirée, non ?

Annie apparut soudain dans la cuisine, l'air soucieux.

— Papa, si jamais j'ai oublié la chanson que je dois chanter, qu'est-ce que je vais faire ?

— Tu ne l'oublieras pas, ma chérie.

Mais devant l'air peu convaincu de sa fille, Sam comprit qu'il fallait trouver une diversion à l'anxiété de l'artiste en herbe.

— Appelle Casey, nous allons piller le frigo ! Tu veux une glace à la fraise ?

— Super ! Avec un cornet, comme à la fête !

Attendrie par la manœuvre de Sam, Jessica les regarda en souriant, le cœur gonflé par la tristesse. Depuis trois jours, elle ne cessait de se trouver des excuses pour retarder son départ. D'abord, elle avait estimé impossible de quitter Sam tant que son assistant était absent. Qui donc se serait occupé des filles pendant qu'il faisait ses gardes supplémentaires ? Hier, elle s'était convaincue qu'il était nécessaire de préparer Annie et Casey à son absence, mais elle avait laissé passer un jour de plus sans rien leur dire. Et aujourd'hui, il était absolument impossible qu'elle s'en aille puisque Annie allait donner sa fameuse représentation.

Tant que le jour fatidique qui lui enlèverait tout cela n'était pas arrivé, Jessica était bien décidée à vivre aussi normalement que possible. Aussi, une fois les glaces terminées, elle conduisit Annie à sa répétition en costume et rentra à la maison préparer des tartelettes au citron. Comme Sam se proposa pour aller récupérer la fillette en compagnie de Casey, elle s'accorda le temps de faire un glaçage du meilleur effet, ce qui réjouit les deux filles à leur retour. Elles décidèrent même de prendre un thé avec les poupées d'Annie, au cours duquel Casey écouta avec intérêt tout ce qui s'était passé pendant la répétition, en particulier, les erreurs commises par les unes ou les autres.

Sam sifflotait une chanson d'amour pendant qu'elle préparait le dîner. Voilà ce qui lui manquerait le plus… Plus encore que les clairs de lune romantiques ou les moments de passion physique, ce serait ce quotidien vécu à la lumière du jour, ces instants de bonheur ordinaire qu'elle souhaitait emporter dans son cœur.

Le soir venu, Annie commença à revêtir son déguisement sous les yeux admiratifs de sa petite sœur. Sam comprit très vite qu'il valait mieux qu'il s'éclipse. Trois femmes et un éléphant, c'était trop pour un seul homme ! Il se rabattit sur les mots croisés du journal en remerciant le ciel que Jessica soit là pour aider et calmer les esprits.

Que fera-t-il quand elle sera partie ?

Agacé par cette question, il se carra sur sa chaise et vida sa tasse de café. A quoi bon se torturer avec ce qu'il ne pouvait changer ?

Au bout d'un moment, il monta l'escalier et aperçut Jessica qui se dirigeait vers la salle de bains. Elle lui fit un petit signe de la main et resserra son peignoir autour d'elle.

— Et alors, réclama-t-il, je n'ai pas droit à un petit coup d'œil ?

— Non, plus tard. Maintenant, ce n'est pas le moment.

Effectivement, car à cet instant, Annie jaillit hors de sa chambre.

— Papa, comment tu me trouves ?

— Bravo ! Je trouve que tu es un très joli petit éléphant.

La fillette haussa les épaules d'un air dédaigneux, mais ses yeux bleus étincelèrent de plaisir.

— Menteur ! Les éléphants ne sont pas jolis.

— Je peux t'assurer que celui qui habite chez moi est très très très joli. Est-ce que tu penses qu'il est prêt à rejoindre ses camarades ?

— Oui, mais il faut attendre Jessie. C'est impossible de partir sans elle.

Sam fronça les sourcils. Que faire ? Un jour ou l'autre, il faudrait bien en arriver aux explications. Mais comme c'était difficile de parler... Il ne voulait pas attrister sa fille, mais peut-être était-il temps de la préparer à l'inéluctable.

— Annie, la maîtresse a bien précisé que ceux qui participaient à la représentation devaient arriver en avance. Je reviendrai chercher Jessie un peu plus tard. De toute façon, tu te rappelles qu'elle ne pourra pas toujours rester chez nous ?

Annie prit un air buté.

— Si, elle restera chez nous. Parce qu'elle nous aime.

— Bien sûr qu'elle nous aime, mais elle a une famille qui l'attend.

— Une famille avec des petites filles comme nous ? demanda Annie, les larmes aux yeux.

— Non, Jessie n'a pas de petites filles, mais elle a tout de même une famille qu'elle veut revoir.

— Non, elle va rester avec nous, répéta Annie, de plus en plus obstinée.

— Annie, tu …

— Jessie restera avec nous !

— Mais, ma chérie, comment peux-tu affirmer cela ?

— Parce que Casey et moi, nous avons fait un vœu, voilà pourquoi !

Sam ne sut que répondre. De grosses larmes coulaient maintenant sur les joues de la fillette qui s'enfuit dans sa chambre.

Péniblement, il se redressa.

Bon sang, comment avait-il pu laisser les choses en arriver là ?

Des chaises avaient été disposées dans le gymnase de l'école où se massait la foule des parents et amis venus applaudir les jeunes artistes. Suivie de Casey, Jessica se fraya un chemin vers une rangée de chaises à l'avant, tandis que Sam préférait rester en arrière, sur le côté, au cas où on l'appellerait pour une urgence.

Il n'avait rien dit à Jessica de la conversation qu'il avait eue avec Annie, mais la jeune femme avait tout entendu depuis la salle de bains, et son cœur s'était serré en entendant les paroles de la fillette. Voilà où ils en étaient arrivés… Elle s'était appuyée contre la porte un moment et avait décidé qu'il était temps de partir. Le plus vite possible, car la situation ne pouvait qu'empirer. Elle devait arrêter de fuir et affronter son grand-père et sa mère. Leur dire qu'elle refusait d'épouser Ryan ou qui que ce soit d'autre à moins d'en être amoureuse. Tant qu'elle n'aurait pas eu le courage de faire cette mise au point, clairement et fermement, ce n'est pas elle qui tiendrait le gouvernail de son existence.

Comme Casey s'était mise à applaudir, elle en fit autant, machinalement, mais en réalité, elle n'avait rien vu de la prestation qui venait de se dérouler. Elle fit donc un effort pour se concentrer sur les morceaux suivants et accueillit Annie et ses cinq partenaires en applaudissant très fort. Lorsqu'ils commencèrent à chanter une chanson à propos d'un drôle d'éléphant dont les oreilles traînaient par terre, un incroyable sentiment de fierté l'envahit. Elle n'était pas la mère biologique d'Annie ? Cela n'avait absolument aucune importance ! Elle savourait cet instant aussi intensément que si Annie était sa propre fille.

Lorsque les applaudissements de la salle retentirent, à la fin de la représentation, Jessica sentit une étrange émotion lui serrer la gorge, et elle eut beaucoup de peine à retenir ses larmes. Elle avait assisté à un nombre incalculable de concerts au Metropolitan et à autant de pièces de théâtre à Broadway, mais jamais, absolument jamais, elle n'avait éprouvé pareille émotion.

— C'était magnifique, tu n'as pas trouvé ? demanda-t-elle à Sam en le rejoignant à la sortie.

— Je crains de ne pas être très objectif ! plaisanta-t-il en glissant sa main sous le bras de la jeune femme.

Dehors soufflait une brise légère qui faisait frissonner les aiguilles de pin et agitait les feuilles des arbres. Les deux filles marchaient devant eux, tout occupées à commenter la représentation. Jessica leva son visage vers le ciel clouté d'étoiles pour mieux sentir la caresse du vent à travers ses cheveux.

— J'ai entendu ce que t'a dit Annie tout à l'heure…, avoua-t-elle. Nous avons pris beaucoup de précautions l'un envers l'autre pour nous éviter de souffrir, mais nous n'avons pas pensé aux filles. Je ne dois plus retarder mon…

Départ… Mais le mot ne put sortir de sa bouche.

— Je comprends. Je pense moi aussi qu'il ne faut plus attendre, déclara-t-il sur un ton aussi neutre que possible.

— Tu sais que je les aime et que je n'ai jamais voulu les faire souffrir.

— Oui, je sais. Mais il faut que tu partes. Trudy m'a parlé d'une cousine qui cherche du travail. Je lui demanderai demain si elle est intéressée par le poste que tu vas libérer.

— Demain ? Déjà ?

Elle tourna vers lui un visage bouleversé. Mais que faire ? Il n'était plus question d'eux désormais. Il s'agissait d'Annie et de Casey.

Sans rien ajouter elle baissa la tête, et Sam ne chercha pas à relancer la conversation. Sans doute tout avait-il déjà été dit.

Une fois de retour à la maison, Sam prétexta une information urgente à aller vérifier au bureau, espérant ainsi que les filles seraient déjà dans leur lit quand il rentrerait, et qu'il pourrait remettre au lendemain l'annonce de la mauvaise nouvelle. Ce serait bien assez tôt pour les plonger dans le second grand bouleversement de leur vie. Cette fois, contrairement à ce qui s'était passé avec la mort de Christina, tout était sa faute. Il aurait dû les protéger, mais il n'avait pas su.

Comme il l'avait espéré, ses filles attendaient sagement dans leur lit qu'il vienne les embrasser. Il ne souffla pas un mot à propos de Jessica et redescendit aussi vite que possible afin d'éviter toute question de la part d'Annie.

En fait, Jessica n'était pas une simple nounou, mais bel et bien la femme qui avait réussi à remplacer la mère qu'elles avaient perdue. Voilà ce qu'il évitait de se dire depuis pas mal de temps déjà. Tout naturellement, elle avait su s'installer dans leur vie et trouver le chemin de leur cœur.

« Jessie restera avec nous »... Jamais il n'oublierait les mots prononcés par sa fille. Ni les larmes qui avaient brillé dans ses yeux parce que Sam refusait de la croire. « Casey et moi nous avons fait un vœu. »

Il n'avait pas été à la hauteur de son rôle de père. S'il avait su être à la hauteur de ses responsabilités, jamais ils ne se trouveraient aujourd'hui dans pareille situation.

Le cœur lourd, il arriva en bas au moment même où la sonnette de l'entrée retentissait.

Dans la cuisine, Jessica mit une tasse de café à réchauffer dans le micro-ondes. Demain... Ce simple mot résonnait en elle comme un cri de douleur. Puis une souffrance nouvelle lui tordit le cœur. C'est Sam lui-même qui avait plus ou moins suggéré qu'elle parte le lendemain. Etait-il donc si pressé de la voir disparaître de sa vie ? Avait-il déjà des projets ? A cette pensée, elle vacilla.

Elle entendit Sam entrer dans la pièce et avala péniblement sa salive avant de se tourner vers lui. Etait-il allé ouvrir la porte ?

— Qui est là ?

— Je crois que tu n'as plus le choix.

Elle s'appuya contre le comptoir de la cuisine. Qu'est-ce que cela signifiait ?

— Pardon ? Je ne comprends pas.

— Ils sont venus te voir.

— Qui « ils » ?

Les personnes qu'elle connaissait à Thunder Lake n'étaient

pas du genre à venir sonner chez les gens à une heure aussi tardive.

— Il a dit qu'il s'appelait Ryan Noble.

Seigneur ! Ryan ? Comment était-ce possible ? Qui lui avait appris qu'elle se trouvait ici ? Une nausée lui souleva l'estomac. Ce ne pouvait être que Sam. C'est pour cela qu'il avait déjà prévu quelqu'un pour la remplacer. Il savait exactement quand elle les quitterait.

— C'est toi qui as averti ma famille ? lança-t-elle durement.

Il se retourna vers elle, piqué au vif.

— Qu'est-ce que tu dis ? Jamais de la vie !

Jessica ne savait que penser. Si souvent on l'avait bernée ! Si souvent on s'était joué de sa naïveté ! Quand Sam l'avait rencontrée, il ne savait pas qui elle était, certes. Mais ensuite, quand il avait appris qu'elle était l'héritière Walker, il n'avait pas hésité à contacter sa famille, c'était évident.

— C'est parce que tu veux que je parte que tu les as avertis que j'étais chez toi ? Mon grand-père t'a même peut-être promis une récompense ?

Le regard que lui lança Sam lui fit froid dans le dos.

— Jessie… Tu ne sais vraiment pas ce que c'est que de faire confiance à quelqu'un, n'est-ce pas ? Je ne te connais pas beaucoup, mais toi, si tu penses vraiment ce que tu dis, tu ne me connais pas du tout !

— En effet, je viens de le découvrir ! rétorqua-t-elle vivement.

Puis, sans attendre, elle se précipita dans l'entrée.

Ryan l'y attendait, souriant.

Quelqu'un remua derrière lui et une femme sortit de l'ombre. Le cœur de Jessica s'arrêta de battre. En moins d'une seconde, son univers tout entier venait de basculer. Face à elle, son parfait sosie la dévisageait en souriant. La femme qui la regardait était exactement de la même taille qu'elle, avait les mêmes cheveux auburn et les mêmes yeux bleus. Pétrifiée, Jessica n'arrivait pas à détourner son regard de ce visage si parfaitement identique au sien.

— Qui… qui êtes-vous ? réussit-elle enfin à articuler.

L'inconnue afficha un sourire qui était l'exacte réplique du sien.

— Sarah Daniels. Je sais que ce que je vais dire va vous surprendre beaucoup, mais je viens d'apprendre que nous sommes sœurs jumelles.

— Jumelles ?

— Oui.

Jessica recula d'un pas. Une sœur jumelle ? C'était impossible. Elle n'avait aucune famille. Elle le saurait. Du coin de l'œil, elle aperçut Sam qui ne fit aucun geste vers elle, et son cœur se serra. Elle avait besoin de quelqu'un pour la soutenir dans un moment pareil. Mais évidemment, après ce qu'elle venait de lui dire, il n'avait sûrement pas envie de se mêler de ses affaires.

Les jambes flageolantes, elle se rendit dans le salon et s'assit sur le bras du canapé. Comment pouvait-elle avoir une sœur jumelle et ne jamais en avoir été avertie ?

— Je… je ne comprends pas, déclara-t-elle, incapable de détacher les yeux de son sosie. Comment avez-vous appris mon existence ?

— Ryan était à votre recherche. Nous nous sommes rencontrés et c'est ainsi que j'ai su que j'avais une sœur jumelle.

Tout en parlant, la jeune femme avait pris Ryan par la main.

— Vous n'aviez jamais entendu parler de moi auparavant ? s'enquit Jessica.

— Non, jamais. Après avoir fait la connaissance de Ryan, nous sommes allés à Willow Springs où j'ai rencontré Stuart, votre… *notre* grand-père. Nous avons aussi parlé avec Deidre qui nous a dit à quel point elle était inquiète à votre sujet. Elle nous a demandé de nous mettre à votre recherche.

— Et c'est un coup de fil du shérif de Thunder Lake qui vous a amenés ici…, compléta Jessica.

Sarah fronça les sourcils.

— Un coup de fil ? Non, nous n'avons jamais reçu de coup de fil. C'est le détective privé engagé par votre mère qui nous a signalé votre piste.

Jessica se sentit pâlir. Dans son affolement, elle avait complètement oublié l'existence de ce dernier.

— Ryan m'a dit que vous vous étiez enfuie à cause de lui, poursuivit Sarah.

Ryan se pencha vers Jessica.

— Personne n'aurait dû te forcer à accepter ce mariage, dit-il. Je te demande de me pardonner. Sarah m'a fait comprendre à quel point j'ai eu tort de me comporter comme je l'ai fait. Mais… il faut aussi que je te remercie… parce que grâce à toi, j'ai fait la connaissance de Sarah.

Le regard de Ryan étincelait de tendresse lorsqu'il se posa sur la jeune femme. En quelques mots, Ryan expliqua comment il était brusquement entré dans la vie de Sarah au moment où elle s'apprêtait à épouser un autre homme, persuadé qu'il avait affaire à Jessica.

— Je ne suis pas venu pour te forcer à te marier, mais pour t'annoncer que tu peux tranquillement rentrer dans ta famille, poursuivit-il. Il n'est plus question de mariage entre nous. Je suis fiancé à Sarah, ajouta-t-il, rayonnant, en passant un bras autour des épaules de la jeune femme.

Jessica les regardait tour à tour, se demandant si elle avait bien tout compris.

— Vous êtes fiancés ? Et... le coup de fil... c'est le détective ?

— Il n'y a pas eu de coup de fil. En fait, Deidre nous a dit qu'elle avait lancé un détective privé à ta recherche et que ce dernier avait trouvé la trace d'une Jessica qui aurait travaillé comme serveuse dans un restaurant, quelques semaines auparavant. Il ne nous a guère paru probable qu'il s'agisse de toi, mais nous avons tout de même voulu vérifier cette piste.

Mon Dieu, Sam... Il avait dit qu'elle ne lui faisait pas confiance, et il avait raison. Elle l'avait accusé alors qu'il ne l'avait pas trahie, elle en avait la preuve maintenant. Pourquoi avait-elle parlé de manière aussi impulsive ? Comment avait-elle pu se montrer aussi méfiante envers un homme qui ne lui avait jamais dispensé que gentillesse et attentions ?

Parce que trop souvent autrefois on l'avait utilisée, voilà pourquoi. La vie n'avait cessé de lui apporter des preuves que ce n'était pas à elle que l'on s'intéressait mais au nom qu'elle portait. Déjà, à huit ans, elle l'avait compris quand on l'avait choisie pour faire partie de l'équipe de natation du club de la ville alors que plusieurs autres fillettes nageaient bien mieux qu'elle. Mais ce n'était pas parce qu'elle était bonne nageuse qu'on l'intégrait dans l'équipe, bien sûr que non. C'était parce qu'elle pouvait permettre à son équipe de venir s'entraîner dans la piscine olympique de son grand-père.

Mais cela, et tant d'autres histoires du même genre, ce n'était rien par rapport à la blessure que lui avait causée Nathan. Elle était amoureuse de lui, elle avait confiance en lui, et un beau jour, Deidre lui avait fourni la preuve qu'il ne s'intéressait qu'à son argent. La leçon avait été douloureuse. Très douloureuse. A vrai dire, elle avait failli ne pas s'en remettre.

— Deidre se fait réellement du souci pour toi, reprit Ryan.

Jessica fit un effort pour revenir à la conversation.

Maintenant que Deidre savait que Ryan et Sarah étaient fiancés, elle n'aurait plus de raison de la harceler.

Elle se rendit compte soudain que Sarah ne cessait de la dévisager avec curiosité.

— Comme c'est étonnant de découvrir quelqu'un qui est votre exact reflet !

— C'est exactement ce que je pense…, répondit Jessica. Voyons, Sarah, tutoyons-nous puisque nous sommes plus que sœurs et dis-moi ce que tu sais à mon sujet.

— Peu de choses encore, si ce n'est que Deidre nous a dit avoir toujours ignoré que tu avais une sœur jumelle.

Jessica ne put s'empêcher d'avoir un léger doute. Ce ne serait pas la première fois que sa mère arrangerait la réalité pour qu'elle serve au mieux ses intérêts…

— Où as-tu passé ton enfance ?

— A Bellville, dans le Nevada.

— Mais c'est tout près d'ici, murmura Jessica.

— Oui, notre histoire est vraiment étrange. On m'a dit que j'étais malade à la naissance et que j'ai été placée dans une famille d'accueil pendant cinq ans. Ces gens, Edward et Alice Daniels, que je considère comme mes parents, m'ont ensuite adoptée. Ils sont morts maintenant, mais je n'oublierai jamais leur bonté pour moi.

Un vague sentiment de culpabilité s'était brusquement emparé de Jessica en entendant l'histoire de sa sœur. Apparemment, bien qu'elle ne s'en plaigne pas du tout, Sarah avait connu une enfance difficile, alors qu'elle-même menait depuis toujours une vie privilégiée.

— Je veux trouver des réponses à mes questions, reprit Sarah.

— A propos de notre mère biologique ?

— Oui.

— Je suis tout à fait d'accord, approuva Jessica.

— Jusqu'à présent, je n'avais pas l'argent nécessaire pour le faire, mais toi qui en avais, pourquoi ne l'as-tu pas fait ?

— Je n'ai rien entrepris parce que j'avais peur de faire de la peine à ma mère. La seule fois où j'ai abordé le sujet, Deidre a été bouleversée. Elle s'est mise à pleurer et je n'ai pas pu le supporter. Je n'ai plus jamais osé y revenir.

— Qu'est-ce que tu sais exactement ?

— Je sais que notre mère était danseuse à Las Vegas. Notre père était marié à Deidre mais avait une liaison avec elle. Après la mort de notre père, Deidre a appris l'existence de cette femme et de sa grossesse et elle a décidé d'adopter son enfant.

— Tu ne connais pas son nom ?

— Non. L'infidélité de mon père bouleversait Deidre à un point tel que le sujet était trop sensible.

— Je ferai preuve de moins de délicatesse ! s'exclama Sarah. Je veux connaître le nom de notre mère et je veux savoir pourquoi elle a laissé croire à Deidre qu'il n'y avait qu'un seul bébé.

— Tu as raison, approuva Jessica. Il nous faut des réponses.

La perspective de la confrontation avec sa mère adoptive était loin de la réjouir, mais cet affrontement n'était rien par rapport à la douleur qu'elle éprouvait à l'idée de quitter Sam et ses filles. Maintenant que sa vie l'avait rattrapée, son existence auprès de Sam s'écroulait. Et avec l'accusation qu'elle avait portée contre lui, elle ne savait même pas s'il accepterait encore de lui parler. La mort dans l'âme, elle annonça à Sarah qu'elle allait préparer ses affaires.

Elle ne s'était pas attendue à trouver Annie et Casey dans sa chambre.

— Pourquoi tu t'en vas ? C'est parce que papa t'a fait de la peine ? Ou nous ? Je te promets que nous allons être très gentilles, expliqua Annie en s'accrochant au bras de Jessica au moment où elle s'approchait du placard où étaient rangés ses vêtements.

Casey était assise en tailleur sur le lit de la jeune femme et ne la quittait pas des yeux.

— Je te promets moi aussi que nous serons très sages, lui assura-t-elle, le visage sérieux. Croix de bois croix de fer, si je mens je vais en enfer.

Jessica s'assit sur le lit à côté d'elle et la prit dans ses bras. Annie se précipita aussitôt de l'autre côté et enlaça la jeune femme.

— On était sûres que toi, tu ne partirais pas…, murmura Annie.

Le message était clair : que tu ne ferais pas comme notre mère…

— Je t'en prie, insista Annie, les larmes aux yeux, ne t'en va pas.

Incapable de parler, Jessica les serrait toutes les deux dans ses bras, embrassant la joue inondée de larmes de Casey, caressant les cheveux d'Annie. En levant les yeux, elle aperçut Sam, debout dans l'embrasure de la porte. « Dis-moi que tu m'aimes ! » eut-elle envie de hurler. Mais elle ne dit rien. Lui non plus.

— Je penserai très souvent à vous, promit-elle.

— C'est pas pareil, hoqueta Casey. Nous, on veut que tu restes là !

La petite fille avait raison : ce n'était pas du tout la même chose. Il lui manquerait la douceur de leurs petits bras autour de son cou, leurs baisers et leurs rires.

Casey pleurait à chaudes larmes à présent, et Annie se mordait nerveusement la lèvre.

La voix de Sarah se fit entendre.

— Tu es bientôt prête ?

« Jamais je ne serai prête ! » pensa Jessica.

— Je vous téléphonerai très souvent, promit-elle en se levant.

Plus elle s'attardait, plus la séparation deviendrait pénible.

Casey s'agrippa à elle.

— Jessie, ne pars pas !

Sam s'avança vers elles.

— Laisse Jessie, Casey. Viens ici.

Il lui tendit les bras et la petite fille s'y précipita, enfouissant son visage dans l'épaule de son père où elle se mit à sangloter. Annie pleurait elle aussi et se jeta contre Sam dont elle entoura les jambes de ses bras.

Refusant de céder aux larmes à son tour, Jessica s'obligea à rester un moment de plus dans la pièce. Elle devait des excuses à Sam.

— Je… je suis désolée, Sam, j'ai été très injuste envers toi. Je me suis trompée et…

— Jessica ! l'appela Ryan.

— Je t'en prie, Sam, ne m'en veux pas si…

— Je ne t'en veux pas.

Que ressentait-il en ce moment ? A cause de la présence de ses filles, il réussissait à contrôler ses émotions, à maîtriser sa colère, mais peut-être ne lui pardonnerait-il jamais de l'avoir aussi cruellement blessé.

— Aujourd'hui tu as été très secouée émotionnellement, commença-t-il avec toute la compréhension qu'il avait manifestée envers elle dès le premier jour.

— C'est vrai. Découvrir l'existence de Sarah m'a beaucoup déstabilisée, mais cela n'excuse pas ce que je t'ai dit auparavant. Ryan et Sarah m'ont assuré que ce n'était pas toi qui les avais prévenus, mais j'aurais dû le savoir. J'aurais dû être sûre que tu étais incapable de faire une chose pareille. Je pourrais te donner des excuses, mais…

— Ce n'est pas la peine.

Ces mots blessèrent profondément la jeune femme. Comment pouvait-il être si dur, si indifférent à sa détresse ? La seule réponse possible était qu'elle ne comptait pas vraiment à ses yeux.

— J'enverrai quelqu'un prendre mes affaires, déclara-t-elle brusquement en s'apprêtant à sortir.

Sur le pas de la porte, elle s'arrêta un instant. Elle avait envie de se retourner mais n'osa pas le faire. Alors, elle commença à descendre l'escalier tandis que les sanglots d'Annie et de Casey résonnaient à ses oreilles.

Bouleversé par les visages baignés de larmes de ses filles, Sam n'avait guère laissé à Jessica l'occasion de s'expliquer. Il n'avait pensé qu'à serrer Casey et Annie contre lui pour tenter de les consoler. La tristesse qui les submergeait tous les trois, hélas, ne lui était pas inconnue. Une fois de plus, ils étaient abandonnés. Malgré toutes les précautions qu'il avait prises, il n'avait pas su éviter ce dénouement, ni épargner cette souffrance à ses filles.

— Qu'est-ce que tu as fait à Jessie ? s'écria Casey en posant sur lui un regard accusateur.

— Elle ne pouvait pas rester avec nous, ma chérie.

Annie s'écarta de lui, le fixa de ses grands yeux bleus.

— Comme maman…

— Non, c'est différent. Votre maman voulait rester.

— Alors Jessie ne veut pas ?

— Je… je ne sais pas.

Il se sentait petit, faible, incapable de les consoler, incapable de répondre à leurs questions.

Annie le provoqua du regard.

— Tu aurais pu la faire rester !

Non, c'était impossible. Malgré tout l'amour qu'il portait à ses filles, il n'avait pas ce pouvoir. Déjà, une fois, Annie lui avait une demande identique, et il avait échoué aussi lamentablement. Il lui semblait que c'était hier que la petite fille était assise sur ses genoux, à côté du lit d'hôpital de Christina.

— Maman va guérir, pas vrai ?

Mais Christina n'avait pas survécu, et ensuite, plus rien n'avait été pareil.

— Papa, tu peux faire revenir Jessie !

Cette phrase était pleine d'espoir. Comment Annie pouvait-elle être si sûre de lui ? Avait-elle oublié qu'il n'était pas tout-puissant ? Hélas, cette fois non plus, il n'avait pas les moyens d'exaucer le vœu de sa petite fille.

- 13 -

C'était une étrange impression…

Parce qu'elle-même avait changé, Jessica s'attendait à ce que tout ce qu'elle avait laissé derrière elle soit devenu différent. Mais il n'en était rien.

La demeure de son grand-père, une imposante bâtisse de briques rouges, était tout aussi belle, tout aussi bien entretenue avec ses pelouses impeccables et son jardin plein de fleurs. Absolument superbe. Mais ce n'était pas là que Jessica avait envie de se trouver. Elle ne cessait de penser à une maison beaucoup plus petite, beaucoup plus simple.

Maintenant, debout dans l'entrée élégamment meublée de la grande demeure, elle se préparait à affronter sa mère.

Petite, blonde, extrêmement soignée et encore très séduisante pour son âge, Deidre venait vers elle d'un pas décidé, accompagnée du martèlement de ses talons sur le carrelage de marbre blanc.

Aussitôt les reproches s'abattirent sur Jessica.

— Où avais-tu la tête pour partir comme cela au milieu de la nuit, sans rien dire à personne, en nous laissant seulement un mot pour nous prévenir que tu téléphonerais ? C'est ainsi que l'on traite sa mère ?

Jessica ne reconnaissait que trop cette voix aiguë, autoritaire, qui l'avait si longtemps fait plier. Deidre ne paraissait pas avoir compris le message muet que sa fille lui avait adressé en agissante de la sorte.

— Enfin ! poursuivit cette dernière, puisque tu es de retour maintenant, il nous faut parler de l'avenir. Tu es sans doute au courant des fiançailles de Ryan et de *Sarah* ? ajouta-t-elle en jetant sur le couple un regard sans aménité.

Jessica eut tôt fait d'en déduire que sa mère n'était pas heureuse du choix effectué par Ryan.

— Pendant qu'ils étaient à ta recherche, continua Deidre, j'ai engagé un détective privé pour qu'il retrouve votre mère biologique.

— Quoi ? s'écria Sarah. Pourquoi ne pas nous avoir fait part de votre intention avant notre départ ?

Deidre afficha un air offusqué et ne répondit pas. Pour qui donc se prenait cette Sarah qui osait poser pareille question ?

Deidre toisa la jeune femme sans un mot. Elle était passée maître dans l'art de remettre les gens à leur place d'un simple coup d'œil. A moins d'être stupide, cette fille allait comprendre que la maîtresse de maison la tenait pour quantité négligeable. Le menton haut, Deidre s'approcha de Jessica ignorant délibérément Sarah.

— Je suis désolée de ne pas avoir de bonnes nouvelles à vous annoncer. Le détective a découvert que votre mère, Larissa Summers, était décédée dans un accident de voiture.

— Qu'est-ce que le détective t'a appris d'autre ? questionna Jessica.

— Rien.

Deidre s'approcha de la fenêtre et regarda avec sa satisfaction coutumière la pelouse parfaitement entretenue. Derrière elle,

Jessica et Sarah bavardaient à voix basse. Cette connivence l'agaça au plus haut point. Les deux jeunes femmes avaient mis peu de temps à se sentir proches l'une de l'autre. Etait-ce parce qu'elles avaient été toutes les deux retirées à Larissa qu'elles se sentaient si complices ?

En fait, elles n'auraient jamais dû se rencontrer, mais le sort jouait parfois des tours étranges…

Au moment de leur naissance, Deidre avait pensé que Stuart serait heureux de recueillir les filles jumelles de son fils. De plus, cette *opération*, comme elle l'appelait, lui permettait de rester dans les bonnes grâces de son beau-père après la mort de Lawrence. Un lien était nécessaire entre elle et les Walker, ou plutôt, entre elle et la fortune des Walker. Et si cela impliquait qu'elle recueille les deux petites bâtardes de son mari, elle y était prête.

Mais l'un des bébés était malade. Que ferait-elle d'une gamine en mauvaise santé ? Au lieu de ramener chez elle cette enfant chétive et fiévreuse, elle l'avait abandonnée dans le premier hôpital venu. Et elle avait, quand Sarah subitement était entrée dans leur vie, affirmé ne pas avoir été au courant de son existence. Stuart l'avait crue.

— Jessica ! s'exclama Stuart en entrant dans la pièce.

Tout heureuse de revoir son grand-père, Jessica se jeta dans ses bras.

— J'étais fou d'inquiétude, Jessica… Ne nous fais plus jamais ça !

— Pardonne-moi, grand-père, murmura Jessica en le serrant dans ses bras. Je… je ne savais pas que je te causerais autant de souci.

— Viens ici, toi aussi, ordonna Stuart en s'adressant à Sarah. Je n'arrive pas à croire à ma chance. Voici que j'ai deux superbes petites-filles ! Car elles sont superbes, n'est-ce pas, Deidre ?

— Oui, c'est vrai, répondit sèchement cette dernière.

Mais Jessica ne fut pas dupe du sourire affiché par sa mère, elle la connaissait trop bien pour cela.

— Et en plus, nous allons bientôt avoir un mariage ! poursuivit Stuart, tout heureux. En définitive, Ryan fera tout de même partie de la famille.

Pour la première fois depuis des mois, Jessica se sentit délivrée de la pression qui avait pesé sur elle à propos de ce mariage. Elle aurait dû être heureuse et détendue. Mais il n'en était rien ; elle avait le cœur lourd, et son esprit était ailleurs.

Autour d'elle, tout le monde souriait, sauf sa mère. En fait, c'était cette dernière, beaucoup plus que son grand-père, qui lui avait imposé cette union avec Ryan. Elle se rapprocha de la photo de son père posée sur une table Régence. Est-ce que sa mère avait vraiment aimé Lawrence Walker ? Ou était-ce la fortune de ce dernier qui l'avait attirée ? Elle ne pouvait répondre à cette question. Mais elle restait persuadée que le but de Deidre, après la mort de Lawrence, avait été de conserver sa place au sein de la famille Walker. Par n'importe quel moyen.

— Tu as sans doute envie de te reposer, suggéra Sarah à sa sœur.

— Oui. Je suis fatiguée, en effet.

Elle était épuisée. Epuisée et triste. Elle n'en pouvait plus de sourire alors qu'elle n'aspirait qu'à se retrouver seule pour pleurer à son aise en pensant à Sam, à Annie et à Casey.

Accompagnées de Ryan, elles montèrent toutes les deux vers les chambres, et Sarah n'hésita pas à inciter sa sœur à téléphoner à Thunder Lake.

— Tu sais, je serais aussi triste que toi si j'étais séparée de Ryan.

— Qu'est-ce que tu comptes faire, Jessica ? demanda ce dernier.

— Rien. Il n'y a rien à faire. Excusez-moi d'être un peu rabat-joie à un moment qui doit être si heureux pour vous…

— Téléphone…, souffla Sarah au moment où ils se séparaient.

Jessica se retrouva seule dans la grande pièce aux meubles de bois de rose et au lit à baldaquin qui avait été son refuge pendant de si longues années. Ce soir, ce n'était rien de plus qu'une pièce comme les autres dans cette grande maison. Elle pensait à une autre chambre, dans une autre maison… Une maison où Annie et Casey attendaient sans doute le coup de fil qu'elle avait promis. Il fallait le donner, ce coup de fil, même s'il risquait de se révéler extrêmement douloureux pour toutes les trois. Elle tapa lentement le numéro tout en se préparant à surmonter l'émotion que déclencherait immanquablement en elle la voix de Sam.

Mais ce fut une voix féminine qui lui répondit.

— C'est vous, Trudy ?

— Oui. C'est Jessie ?

— Oui, répondit Jessica, extrêmement gênée. Trudy, je… je suis tellement confuse de vous avoir menti à vous aussi…

— Ce n'est pas grave. Sam m'a expliqué.

— Expliqué quoi ?

— Que vous aviez vos raisons pour cela. D'excellentes raisons.

Est-ce que cela signifiait qu'il lui avait pardonné ? se demanda Jessica. L'idée de passer pour une menteuse lui faisait tellement horreur !

— Sam est absent en ce moment, reprit Trudy, mais je

peux vous passer les petites. Jessie, permettez-moi de vous dire quelque chose. Ils ont besoin de vous ici. Sam a besoin de vous. Annie et Casey aussi. Vous paraissiez si heureux tous ensemble que j'espérais... Enfin, il me semblait que...

— Merci, Trudy, murmura Jessica, fort émue. Mais...

— J'appelle les filles ! la coupa Trudy.

Jessica parla avec Annie et Casey pendant un long quart d'heure, mais ce fut une conversation difficile. Les deux fillettes pleuraient en la suppliant de revenir, tant et si bien, qu'au moment de raccrocher, elle se demanda si ce serait une bonne idée de renouveler cet appel. A quoi bon rester en relation avec elles si cela devait les bouleverser à ce point ?

Son moral ne fut guère meilleur pendant les deux jours qui suivirent. Elle n'avait pas envie de se lever, ni de parler à qui que ce soit. Plus le temps passait, plus Sam et ses filles lui manquaient, et plus elle souhaitait les revoir. Mais à quoi bon sombrer dans la mélancolie ? Cela ne résoudrait rien et ne comblerait pas le vide qu'elle ressentait.

Courageusement, elle décida de réagir. Elle se leva, se prépara et quitta sa chambre.

Dans l'escalier, la voix irritée de Deidre lui parvint.

— Non, cela ne va pas du tout, Rawlings ! Je vous ai demandé des fraises *fraîches* !

— Que se passe-t-il, Deidre ? demanda Ryan qui arrivait lui aussi pour le petit déjeuner.

— Oh, cela ne vous concerne pas ! rétorqua-t-elle vivement.

— Qu'est-ce que qui ne regarde pas mon futur petit-fils ?

demanda Stuart en apparaissant à son tour dans l'embrasure de la porte.

— Tout va bien, trancha Deidre, pour mettre fin à toutes ces questions.

Jessica s'assit à côté de sa mère qui souleva le couvercle du compotier en argent placé devant elle.

— Regarde un peu ! Je demande des fruits frais et on me sert des fraises qui datent au moins d'une semaine ! Ce maître d'hôtel est un incapable !

Jessica se retint pour ne pas hausser les épaules. Les fraises pouvaient bien être pourries ou la Bourse s'effondrer, c'était du pareil au même. Ce qui comptait vraiment pour elle, c'était de savoir si Annie avait réussi sa composition de math, si Casey avait trouvé un joli scarabée ou si Sam arriverait à se libérer pour déjeuner avec ses filles. Son cœur était à Thunder Lake. En ce moment, elle devrait être en train de faire griller les tartines du petit déjeuner et sentir les bras de Sam autour de sa taille.

— Jessica, tu ne manges rien ! constata Stuart.

Jessica lui adressa un pâle sourire.

Elle adorait son grand-père qui, à soixante-dix ans, arborait une chevelure argentée et avait conservé son beau visage aristocratique, mais elle était à mille lieues de lui et encore plus de Deidre. Quand elle l'entendit se lancer dans une grande conversation avec Ryan au sujet de placements boursiers, son maigre appétit disparut complètement. Elle n'avait plus rien à faire ici, pensa-t-elle tristement. Elle n'avait plus rien en commun avec les gens assis autour de cette table.

Une irrépressible envie d'air frais s'empara d'elle. Elle sortit sur la terrasse où elle se mit à marcher de long en large. Oui, elle avait changé. Irrémédiablement changé. Et elle ne serait plus jamais la même, elle le savait. Chez Sam, elle était devenue une personne à part entière, capable de décider pour elle sans que rien ni personne n'interfère.

Elle leva le nez vers le ciel qui s'était fait brusquement menaçant. Est-ce qu'il pleuvait en ce moment à Thunder Lake ? La météo avait annoncé une vague de froid pour les jours à venir, assortie de violents orages. Est-ce que Annie avait sorti son joli parapluie rouge ?

— Jessica, dis-moi ce qui ne va pas…

Jessica sursauta, surprise par la voix de son grand-père. Au moment où il posa la main sur son épaule, la jeune femme sentit toute sa résistance l'abandonner et elle s'écroula dans les bras du vieux monsieur tandis que les noms de Sam, Annie et Casey s'échappaient enfin de ses lèvres.

Stuart l'écouta sans rien dire, et elle lui en fut reconnaissante. De toute façon, il ne pouvait rien changer à ce qu'elle vivait. Seul Sam avait le pouvoir de faire quelque chose.

Finalement, elle céda à l'invitation de son grand-père et regagna la salle à manger où elle se força à manger une brioche. Mais son appétit n'était pas revenu. Sa joie de vivre non plus.

Sam regardait tomber la pluie qui tambourinait sur la fenêtre de la cuisine. On aurait dit que le temps avait voulu se mettre au diapason de son humeur : gris, triste, lourd d'orages retenus. D'ailleurs, au loin, on commençait à entendre le tonnerre gronder. Il se versa une grande tasse de café et se massa les tempes dans l'espoir que la migraine lancinante avec laquelle il s'était réveillé ce matin allait enfin disparaître.

Les pas de ses filles résonnèrent dans l'escalier. Aussitôt, il se redressa et se prépara à accueillir leurs sourires et leurs baisers. La veille, elles avaient affiché un visage fermé et des mines d'enterrement, mais la tristesse passait vite chez les enfants, et il s'attendait ce matin à les retrouver aussi gaies que d'habitude.

Il se trompait.

Casey avait les yeux rouges. Derrière elle, Annie arrivait avec une mine aussi affligée que si elle avait perdu sa poupée préférée.

— Est-ce que je peux téléphoner à Jessie ? demanda Annie en guise de bonjour.

Casey vint s'asseoir à côté de sa sœur.

— Tu as son numéro, papa ?

— Non, je n'ai pas le numéro de téléphone de Jessie.

Ce qui était la stricte vérité. Mais il pouvait le découvrir s'il s'en donnait la peine. En voyant Casey donner un coup de coude à Annie, il eut le sentiment que ses filles étaient en train de préparer une conspiration.

— Papa, on veut appeler Jessie, déclara Annie. Elle a peut-être des ennuis puisqu'elle ne nous appelle pas.

— Non, c'est faux. Elle vous a appelées il y a deux jours, Trudy me l'a dit.

— Oui, mais c'était il y a très longtemps…, soupira Annie.

Une éternité, effectivement, se dit Sam. Il lui semblait par moments que c'était même dans une autre existence que Jessica avait séjourné chez eux.

— Tu crois qu'elle a arrêté de nous aimer ? demanda Casey, au bord des larmes.

Aïe aïe aïe… Si Casey se mettait à pleurer, il ne répondait plus de lui.

— Bien sûr que non, mes chéries ! Elle vous aime encore

toutes les deux. Je comprends qu'elle vous manque beaucoup, mais...

— Papa, on l'aime, nous !

Bon sang ! Comment faire pour arrêter tout cela ? Ses filles s'étaient attachées à Jessica, sans craindre de souffrir une fois de plus. Elles avaient pris le risque d'aimer une nouvelle fois, elles.

Lui, par contre, avait manqué de courage, ne voulant pas se mettre en danger. La douleur qui vous harcèle chaque fois que vous pensez à celle qui vous a quitté, il n'en voulait plus. C'est pour cela qu'il avait laissé Jessie s'en aller. Parce qu'il ne voulait plus souffrir.

Et voilà le résultat : il était là, le cœur serré, la gorge nouée, malheureux comme les pierres.

— Papa ?

Deux paires d'yeux clairs le dévisageaient, pleins d'espoir.

« Seigneur ! Elles lisent en moi à livre ouvert... Elles savent que j'irais décrocher la lune si elles me le demandaient. »

Et cette fois, le seul obstacle à ce qu'elles voulaient, c'était son manque de courage.

Deidre ne quittait pas des yeux le dos de sa fille qui regardait au loin par la porte-fenêtre de la terrasse. Jessica paraissait vissée sur place. Que se passait-il ? Plus personne ne lui demandait d'épouser Ryan, mais depuis son retour, elle n'avait cessé de se comporter d'une manière inquiétante. Deidre frissonna, soucieuse. Le rapport que lui avait remis le détective privé qu'elle avait lancé sur les traces de sa fille était pour le moins étrange. Quelle mouche avait donc piqué

Jessica pour qu'elle aille se louer comme femme de ménage ? Une femme de ménage qui servait d'ailleurs aussi de nourrice à deux gamines remuantes et certainement mal élevées.

— A quoi penses-tu, Jessica ?

La jeune femme se retourna, l'œil vague, la mine triste, et la regarda sans la voir.

Deidre s'en irrita. Comme d'habitude, sa fille faisait preuve de sensiblerie ridicule.

— Ce shérif était intéressé, Jessica.

— Non, tu te trompes, maman.

Deidre la regarda se détourner. Que sa fille était donc naïve ! Et ingrate, par-dessus le marché. Pourtant, elle ne lui avait jamais rien demandé d'autre que de se comporter comme l'héritière que souhaitait Stuart. A ce sujet, comment allait donc se conduire Sarah ? Elle paraissait avoir un caractère bien différent de celui de sa sœur, un caractère plus affirmé avec lequel il lui faudrait désormais compter.

Dorénavant, présenter son meilleur visage à Sarah était devenu la condition indispensable du maintien de sa position. Car, que cela lui plaise ou non, Sarah faisait désormais partie de la famille, et aussi désagréable que cela puisse lui sembler, Deidre devait faire bonne figure à la seconde bâtarde de son défunt mari. Qu'à cela ne tienne, elle allait continuer à faire tout ce qu'il faudrait pour rester la première aux yeux de Stuart.

— Vous pouvez nous servir le café, Rawlings, ordonna-t-elle au maître d'hôtel.

Lentement, elle tourna le sucre dans sa tasse de café, préoccupée.

Si seulement Jessica avait fait tout ce qu'elle lui demandait ! Si elle était restée soumise comme elle l'avait toujours été, rien de ce désastre ne serait arrivé.

457

Et Ryan Noble, le bras droit de Stuart, serait maintenant son gendre. Il avait été le chaînon manquant dont elle avait eu besoin pour demeurer en grâce auprès de Stuart. Car si tout s'était déroulé comme elle l'avait prévu, Ryan et Jessica auraient eu un enfant. Et cet enfant, son petit-enfant, l'arrière-petit-enfant de Stuart, aurait garanti leur avenir à tous.

Maintenant, elle était obligée de revoir toute sa stratégie.

- 14 -

Dans cette maison qui avait pourtant été la sienne de nombreuses années, Jessica avait l'impression d'étouffer. Elle bredouilla quelques excuses pour expliquer qu'elle avait besoin de sortir pour faire son jogging matinal. Heureusement, personne, pas même sa mère, ne lui demanda davantage de détails.

Il était presque midi, mais Jessica enfila tout de même son survêtement et ses chaussures de tennis. Puis elle traversa en petites foulées la grande pelouse qui s'étendait à l'arrière de la maison et continua sa course sur le petit sentier qui s'enfonçait dans les bois. Elle força l'allure, désireuse de sentir le vent dans ses cheveux, à l'affût de tout ce qui pourrait détourner son esprit de Sam et de ses filles.

Elle avait essayé de se convaincre que le vide qu'elle ressentait aurait tôt fait de s'estomper. Hélas, il ne faisait que se creuser un peu plus chaque jour.

Aujourd'hui, c'était vendredi. Le jour où Casey amenait un objet de la maison à l'école. Qu'avait-elle choisi ce matin ? Et Annie… Avait-elle appris une nouvelle poésie ? Est-ce qu'elle leur manquait ?

Sam…

Elle allongea encore sa foulée. Jamais elle n'avait autant

eu envie de voir quelqu'un. Sam était courageux et intègre, il avait surmonté des moments difficiles. Mais pourquoi avait-il refusé de croire à l'amour une nouvelle fois ?

Elle courut longtemps, sans réussir à se délivrer de son chagrin. Des nuages commençaient à cacher le soleil par moments. A son retour, elle aperçut Sarah qui sortait de la maison. C'est alors seulement qu'elle se souvint avoir promis à sa sœur d'aller faire avec elle une promenade à cheval. Perdue dans sa tristesse, elle avait complètement oublié.

Découvrir où se trouvait la maison des Walker n'avait été qu'un jeu d'enfant. Une fois que ses filles étaient retournées jouer dans leur chambre, Sam avait appelé Trudy pour qu'elle demande à Gary de prendre en charge sa permanence car il avait l'intention de s'absenter une journée, peut-être un peu plus.

Ensuite, il avait fait monter les filles dans sa voiture et attendu d'avoir fait la moitié du chemin pour leur annoncer le but de ce voyage improvisé. L'effet escompté ne se fit pas attendre. Les fillettes hurlèrent de joie et leur excitation ne fit que croître au fil des kilomètres pour atteindre son sommet au moment où ils franchissaient le portail de la propriété des Walker.

— Tu crois vraiment que Jessie habite ici ? demanda Annie, stupéfaite de découvrir le gardien à l'entrée et l'imposante demeure qui se dressait au bout de l'allée.

Au fur et à mesure qu'ils avançaient, les filles manifestaient de plus en plus de surprise. Sam fut lui-même assez impressionné. Il savait que Jessica était riche, certes, mais il n'avait jamais imaginé pareille propriété, ni la piscine, le terrain de tennis, les écuries… Il ralentit de manière à avoir le temps d'admirer cet ensemble magnifique, et aperçut Ryan Noble, debout à côté de sa voiture de sport.

— Papa, Jessie a des chevaux ! s'écria Annie.

— Je pense que ce sont les chevaux de son grand-père, ma chérie, corrigea Sam qui vint se garer près de Ryan. Restez dans la voiture un instant, ordonna-t-il aux fillettes en coupant le contact.

Il sortit de son véhicule et salua Ryan.

— Mes filles se faisaient du souci parce qu'elles sont sans nouvelles de Jessie depuis plusieurs jours, expliqua-t-il.

Ryan fit un signe de tête en direction des deux fillettes.

— Et il a fallu que ce soit elles qui vous fassent prendre la route ? J'espérais que vous viendriez de votre propre chef.

Le ton était moqueur mais amical. Sam aurait aimé lui répondre qu'il n'était pas si simple de regarder avec honnêteté ses propres sentiments, mais il se contenta de poser la seule question qui comptait à ses yeux :

— Est-ce qu'elle est là ?

Au lieu de lui répondre, Ryan commença par une explication qui paraissait lui tenir à cœur.

— Vous savez, Sam, pendant le trajet du retour, Jessica nous a expliqué les raisons pour lesquelles elle a souhaité disparaître pendant quelque temps de chez elle. Les gens n'ont jamais vu en elle que l'héritière de la fortune Walker. A Thunder Lake, elle a été heureuse qu'on l'apprécie enfin pour ce qu'elle était *elle-même* et non pour ce que sa famille possédait. Croyez-le ou non, c'est la première fois que cela lui arrivait.

Sam n'avait pas eu besoin de l'intervention de Ryan pour le comprendre. Ce n'est pas le mensonge de Jessica qui les avait séparés, c'était sa propre sottise. Mais il ne jugea pas utile de le préciser.

— C'est surtout ce Nathan, poursuivit Ryan, qui lui a fait du mal. Elle était toute jeune alors, dix-sept ans à peine, amoureuse comme on peut l'être à cet âge, mais sa mère pensait que ce jeune homme ne convenait pas du tout à sa fille. Pour prouver à cette dernière qu'elle avait raison, elle a proposé un chèque confortable au Nathan en question pour qu'il oublie Jessica. Celui-ci, toute honte bue, l'a accepté et a aussitôt disparu de la circulation. Sans même laisser un mot à cette pauvre Jessica. C'est Deidre elle-même qui a rapporté l'histoire à sa fille.

Sam ne connaissait pas encore la mère de Jessica, et, prudemment, préféra réserver son jugement.

— Jessica a longuement raconté à Sarah qu'il y avait toujours quelqu'un dans son entourage pour lui demander quelque chose, reprit Ryan.

Sur ce, il haussa les épaules d'un air gêné avant d'ajouter :

— Vous savez, je n'ai pas été très différent des autres… Je connaissais à peine Jessica quand j'ai accepté de l'épouser. En fait, ce qui m'intéressait, c'était de continuer à travailler avec Stuart. Heureusement, j'ai fini par rencontrer Sarah. Avec elle, j'ai vraiment découvert ce qu'est l'amour.

Sam regarda par-dessus l'épaule de Ryan et aperçut Sarah et Jessica qui ramenaient leurs chevaux à l'écurie. Il se passa la main sur le visage avant de murmurer :

— J'espère que c'est aussi le cas de Jessie…

*
**

Jessica tapait ses bottes d'équitation l'une contre l'autre pour en faire tomber la terre. Pendant leur promenade, Sarah et elle n'avaient cessé de parler de leur mère biologique. Ni l'une ni l'autre n'arrivait à comprendre pourquoi elle avait été amenée à abandonner ses bébés.

— Nous devrions aller à Promise, puisque c'est là qu'elle a vécu, suggéra Sarah. Tu ne penses pas que c'est une bonne idée ? Tu serais libre pour m'accompagner ?

« Libre… », répéta Jessica en son for intérieur. Hélas oui, elle était libre. Aucun engagement ne la liait, personne ne l'attendait.

— Je suis disponible quand cela te conviendra. Et toi, tu as l'intention de rester ici, ou tu penses retourner à Bellville ?

— J'ai démissionné de mon poste à la banque. Etant donné que Ryan travaille ici, je pense que nous nous installerons à Willow Springs.

Sarah flatta l'encolure de son cheval, un jeune étalon palomino.

— Nous devrions bien rencontrer à Promise quelqu'un qui a connu Larissa, reprit-elle.

Jessica essayait d'analyser ce qu'elle éprouvait pour sa mère biologique. Elle trouvait étrange de ne rien ressentir à son égard et en éprouvait une certaine culpabilité. Cette femme lui avait tout de même donné la vie… Mais quand Deidre leur avait annoncé sa mort, la seule émotion qui l'avait traversée était plus une certaine déception que du chagrin véritable. Elle aurait aimé rencontrer cette femme, la questionner sur ce qu'était sa vie au moment où elle avait mis au monde ses jumelles. Maintenant qu'elle avait tissé des liens de tendresse presque maternels avec Annie et Casey, elle n'arrivait pas à comprendre comment une femme pouvait volontairement abandonner son enfant.

— La seule chose que je te demande, Sarah, c'est de ne pas parler de notre projet devant ma mère. Je ne veux pas la blesser.

— Comme tu la ménages ! Franchement, j'en suis un peu étonnée. Vous ne m'avez pas paru être très proches l'une de l'autre.

— C'est vrai. Je suis persuadée que ma mère a toujours eu peur de tomber en disgrâce aux yeux de mon grand-père. Quand mon père est mort, ils n'avaient pas d'enfant, et donc, rien ne la rattachait plus à mon grand-père, ni à la fortune des Walker. De là à penser que c'est pour cette raison qu'elle m'a adoptée, il n'y avait qu'un pas, et... je l'ai franchi. Ce fut sa façon de donner un héritier à la famille Walker et de continuer à en faire partie.

Cet aveu du froid calcul qui aurait présidé à son adoption, pour la première fois énoncé à haute voix, lui serra la gorge. Pourtant, c'était exactement ce qu'elle pensait depuis longtemps.

Elle perçut le regard étonné de sa sœur se poser sur elle un instant.

— C'est vraiment ce que tu crois ? murmura cette dernière.

— Oui. Désolée si je te choque, Sarah. J'irai jusqu'à ajouter que c'est pour la même raison que ma mère a voulu que j'épouse Ryan qui est depuis longtemps le bras droit de mon grand-père. Tu vois, c'est compliqué. J'aime ma mère, mais sa façon de se conduire ne me plaît pas toujours.

Sarah posa la main sur le bras de sa sœur, et elles restèrent silencieuses un long moment. C'est alors que des voix d'enfants éclatèrent de l'autre côté de la pelouse.

Surprise, Jessica se tourna dans leur direction et son cœur

fit un bond dans sa poitrine quand elle reconnut Annie et Casey qui couraient vers elle.

— Mon Dieu ! s'écria-t-elle.

Folle de joie, elle tomba à genoux pour leur ouvrir les bras. Les fillettes s'y jetèrent avec tant d'enthousiasme qu'elles faillirent la renverser.

— Tu nous as manqué ! se plaignit Annie.

— Vous aussi, vous m'avez manqué. Beaucoup !

A cet instant, elle leva les yeux et aperçut Sam qui marchait vers elles. Son cœur, de nouveau, s'emballa.

— Annie ! Casey ! appela Sarah. Venez avec moi, je vais vous montrer un joli nid dans le gros arbre que vous apercevez là-bas !

— Oui, bonne idée ! approuva Jessica qui perçut la réticence des fillettes à la quitter. Vous verrez même les œufs dedans.

— Allez-y, les filles, intervint Sam. Je vous attends ici avec Jessie.

Les mains de Jessica tremblaient d'émotion. Elle avala une grande goulée d'air pour se calmer un peu.

— Pourquoi es-tu venu ici, Sam ?

— Les filles te réclamaient…

La jeune femme se rembrunit. Franchement, elle avait espéré une autre réponse. C'était cela, la raison de leur venue ? Il en avait eu assez des réclamations de ses filles et avait cédé pour avoir la paix ?

— Elles m'ont manqué aussi…, murmura-t-elle.

— Euh… Il m'a semblé que…

Sam maudissait intérieurement son pauvre talent d'orateur. Il était ridicule ! Il voulait expliquer à Jessica qu'il s'était comporté comme un fou, qu'il n'en pouvait plus de son absence… « Dis-lui que nous l'aimons et que nous voulons qu'elle revienne à la maison ! » avait demandé Casey. Et si jamais elle refusait ? Si…

Il fit un pas en avant.

— Jessie… Ce n'est pas du tout cela que je voulais te dire. Je… j'ai réfléchi. Sans arrêt, depuis que tu es partie, et… tu m'as beaucoup manqué.

— Vraiment ?

— Oui, vraiment. Quand Ryan a fait son apparition, j'ai choisi la facilité, et je t'ai laissée partir. Je pensais ainsi protéger mes filles et… me protéger moi aussi. Il me semblait qu'en refusant d'aimer, je me mettais à l'abri de la souffrance.

Les traits de Jessica se détendirent.

— Sam…

Sam regardait le visage si doux tourné vers lui. Il ne pouvait plus se mentir. Même s'il n'avait encore jamais osé se l'avouer, il était amoureux.

— Je t'aime, Jessie. Je crois que je t'aime depuis le jour où tu as trempé tes doigts dans mon verre chez Jack ! Mais je n'ai jamais voulu le reconnaître. Je n'ai rien dit. Il me semblait que j'avais déjà connu l'amour et que ce genre de choses n'arrivait pas deux fois dans une vie. Et puis j'avais trop peur de prendre de nouveau le risque de perdre la femme que j'aimais. Annie et Casey, elles, ne s'y sont pas trompées. Elles étaient persuadées que tu allais rester. Mais moi, j'étais trop bête pour y voir clair.

Jessica se rapprocha de Sam. Maintenant, ils n'étaient plus séparés que par quelques centimètres. Sam dut se retenir pour ne pas la prendre dans ses bras et la serrer contre lui. C'était encore trop tôt.

— Je serais restée si tu me l'avais demandé, expliqua Jessica, mais… j'ai cru que tu ne pouvais pas me pardonner.

— Te pardonner quoi ?

— De vous avoir fait souffrir, toi et tes filles.

Sam se pencha et appuya son front contre celui de la jeune femme.

— C'est moi qui vous ai fait du mal à toutes les trois. Il aurait suffi que je te dise que je t'aimais pour vous épargner tout cela.

Jessica posa ses doigts sur les lèvres de Sam.

— Sam, moi aussi, je t'aime.

— C'est toi, Jessie, qui m'as réappris à sourire, qui m'as rendu le goût de la vie. Si je te dis que je ne peux pas vivre sans toi, et si… si je te demande de m'épouser, tu vas accepter ?

— Voilà exactement ce que je rêvais d'entendre, shérif !

Des larmes lui brouillèrent bientôt la vue, et elle eut l'impression que le sol s'ouvrait sous ses pieds. Elle non plus ne connaissait pas le goût de la vie avant de rencontrer Sam et ses filles.

— Mais tu sais, je ne suis pas tout seul, ajouta-t-il avec un sourire en coin. Si tu m'acceptes, il te faut aussi accepter tout le lot.

Jessica entendit des rires derrière elle et se retourna.

Annie et Casey revenaient vers eux, suivies, un peu plus loin par Stuart Walker, étonné de cette soudaine animation dans son parc.

— Tu vas te marier avec nous ? demanda Casey sitôt qu'elle fut près d'eux.

— Oui, je vais me marier avec vous trois ! confirma Jessica en riant.

— Jessica, ma chérie, tu veux bien me présenter ce jeune homme ? demanda Stuart qui fixait intensément Sam de ses yeux gris.

— Je suis Sam Dawson, se présenta de lui-même Sam, en s'inclinant légèrement devant le vieux monsieur.

— Bien ! Et ces petites filles sont donc celles dont tu m'as parlé, n'est-ce pas, Jessica ? voulut savoir Stuart en considérant Annie et Casey. Ma foi, elles sont encore plus jolies que ce que tu m'avais dit.

Annie rougit et Casey planta son regard bleu dans le sien.

Jessica soupira de soulagement. Quelques mots avaient suffi à son grand-père pour souhaiter la bienvenue à Sam et à ses filles, et pour les accueillir.

— Qu'est-ce que c'est que ce rassemblement ? lança soudain la voix aiguë de Deidre.

Brusquement, ce fut comme si un nuage assombrissait cet instant magique. L'atmosphère détendue qui régnait quelques instants auparavant disparut d'un seul coup. Jessica n'eut même pas le temps de faire les présentations que, déjà, Deidre poursuivait :

— J'imagine que je suis en présence du shérif et de ses filles ?

— Oui, c'est bien cela madame, admit Sam sans se laisser démonter par cet accueil peu chaleureux.

— Qu'êtes-vous venu faire ici ? jeta Deidre, toujours aussi glaciale.

— Nous sommes ici parce que nous aimons votre fille, répondit calmement Sam.

Comme ces mots résonnèrent agréablement aux oreilles de Jessica !

Toute souriante, Sarah s'approcha de Ryan.

— Je trouve que nous devrions nous marier le même jour, suggéra-t-elle. Un double mariage serait magnifique, vous ne trouvez pas ?

Jessica jeta un regard autour d'elle. Les yeux de son grand-père s'arrondirent, sa mère fit la moue, tandis que Sam se mettait à sourire. Quant à Sarah, ses yeux étincelaient de malice. A n'en pas douter, elle avait délibérément cherché à surprendre tout le monde.

— Tu n'y verrais pas d'inconvénient, n'est-ce pas, sœurette ? insista-t-elle.

— Bien au contraire ! J'adorerais !

— Super ! s'écrièrent Annie et Casey en sautant de joie. Est-ce qu'on sera invitées ?

— Voyons ! gronda Jessica. Nous ne pouvons pas nous marier sans vous. Sam, qu'est-ce que tu penses de tout cela ?

Sam n'eut pas le temps de répondre.

Déjà Deidre s'interposait.

— Pouvez-vous m'expliquer de quoi il est question exactement ?

Jessica sentait la scène approcher à grands pas, mais prit son courage à deux mains.

— Je vais me marier, maman, voilà de quoi nous sommes en train de parler.

Sarah aussi avait dû sentir la crise couver car elle proposa aussitôt :

— Venez, les filles ! Nous allons voir les chevaux dans l'écurie.

Les deux fillettes hésitèrent à s'éloigner, comme si elles craignaient qu'en leur absence ce beau projet soit annulé.

— Si tu les accompagnais ? suggéra Sam à Jessica en posant un baiser sur son front.

— Non, attends un peu ! ordonna Deidre. Qu'est-ce que c'est que ce mariage que tu as organisé sans m'en parler ?

— Je n'ai rien organisé sans t'en parler, maman, soupira Jessica. Nous disions seulement que ce serait sympathique de faire un double mariage.

— Ah… Pourquoi pas, en effet ? commenta Deidre d'une voix plus douce.

Trop douce, pensa Jessica qui y décela une pointe de menace. L'expérience lui avait enseigné que chaque fois que sa mère acceptait une proposition sans discuter, elle pouvait s'attendre à des ennuis un peu plus tard.

— Oui, pourquoi pas… Nous enverrons des invitations à toutes les personnalités de la région, poursuivit Deidre, déjà lancée dans les préparatifs. Ce sera l'événement de la saison.

Jessica leva les yeux au ciel. Sa mère, elle, n'avait vraiment pas changé et voyait toujours où étaient ses intérêts ; si elle avait la haute main sur l'organisation, elle allait faire de cette journée le spectacle du siècle…

La jeune femme jeta un regard en coin vers sa sœur qui l'observait en roulant les yeux de façon comique. Apparemment, la perspective d'un grand branle-bas mondain ne l'enchantait guère, mais prudemment, elle ne se lança pas dans une discussion avec Deidre.

Une main sur l'épaule de chacune des fillettes, Sarah proposa de nouveau :

— Allons voir les chevaux maintenant.

— Je pense que nous devrions choisir un thème pour la décoration, poursuivit Deidre, imperturbable.

Stuart Walker eut un sourire indulgent.

— Si tu les laissais décider elles-mêmes ? Après tout, c'est de leur mariage dont il s'agit.

Jessica remercia le vieil homme d'un sourire. Comme toujours, son grand-père serait là pour contenir les débordements excentriques de sa mère. D'ailleurs, sans plus attendre, il prit Deidre par le coude et l'entraîna vers la maison.

— Enfin seuls ! s'exclama Sam quand ils se retrouvèrent en tête à tête. Tu crois que ton grand-père m'a accepté ?

— Il sait que je t'aime…

— Si tu savais comme je suis heureux que nous nous soyons rencontrés ! murmura Sam en serrant Jessica contre lui. Mais…

Des yeux, il parcourut la superbe propriété qui les environnait.

— Il faut quand même que tu saches que je ne pourrai jamais t'offrir tout ce que tu as ici.

— Détrompe-toi. Tu m'as déjà donné beaucoup plus que ce que j'espérais jamais recevoir de la vie.

Elle passa un bras autour de la taille de Sam, se blottissant amoureusement contre lui, et tous deux regardèrent Annie et Casey revenir vers eux en courant.

Le cœur gonflé de joie, Jessica serra Casey contre elle tandis que Sam prenait Annie dans ses bras.

— Papa, il faut que tu embrasses Jessie ! lui ordonna Annie.

— Mais avec plaisir, ma chérie ! répliqua Sam en riant, posant aussitôt ses lèvres sur celles de la jeune femme.

Puis son baiser se fit plus exigeant, et, les yeux clos, Jessica se mit à sourire.

Tout l'or du monde n'égalerait jamais le trésor qu'elle venait de recevoir aujourd'hui.

Passions

— Le 1ᵉʳ août —

Passions n° 36

Le souvenir d'une nuit - Linda Conrad

Partie à la recherche de l'homme qui a mis son cœur à feu et à sang avant de disparaître sans un mot, Carley finit par retrouver Witt dans un ranch à la frontière mexicaine. Soulagée et troublée à la fois, elle espère qu'elle va pouvoir enfin lui dire qu'elle a eu un enfant de lui, mais elle découvre qu'il a perdu la mémoire...

Désir trompeur - Julie Cohen

Alors que Marianne croyait vivre le grand frisson auprès d'un *bad boy*, elle apprend, stupéfaite, que le rebelle si sexy dont les caresses la transportent à chaque fois au paradis, lui a menti, et qu'il vient exactement du même milieu qu'elle. Dès lors, comment pourrait-elle croire aux mots d'amour d'un homme qui vient de lui jouer la comédie ?

Passions n° 37

Sur la route de Wolf River - Barbara McCauley

Kiera sait bien qu'elle plaît à Sam Prescott, son futur patron, qui ne cesse de la couvrir de regards brûlants. Pourtant, même si cet homme séduisant est loin de la laisser indifférente, elle doit se tenir loin de lui, afin de ne pas risquer qu'il perce à jour les vraies raisons qui l'ont conduite à Wolf River...

Brûlante proposition - Kristi Gold

Depuis qu'elle a demandé à Whit d'être le père de son enfant, Mallory sent bien qu'il est troublé à l'idée de faire l'amour avec elle. Pourtant, tente-t-elle de se convaincre, Whit n'éprouve rien pour elle, pas plus qu'elle ne ressent quoi que ce soit pour lui. Si elle s'offre à lui, c'est uniquement dans l'espoir de tomber enceinte...

Sur le point de désigner son successeur, le magnat de la presse Patrick Elliott lance un défi à ses héritiers. Entre amour et ambition, chacun d'eux va devoir faire un choix...

Au cœur du désir - Kara Lennox

De tous les Elliott, Bryan est le seul à avoir refusé de travailler pour le groupe familial. Indépendant, il ne doit qu'à lui-même le succès du restaurant qu'il a ouvert, et place sa liberté par-dessus tout. Jusqu'à ce qu'il rencontre Lucy Miller, qui lui donne envie de tout sacrifier pour elle...

L'épouse insoumise - Barbara Dunlop

Excédée, Amanda voudrait faire comprendre à son ex-mari que le fait d'être un Elliott ne lui donne aucun droit sur elle : son arrogance lui rappelle trop les raisons pour lesquelles elle l'a quitté, malgré l'amour qu'elle lui portait. Et malgré l'attirance insensée qu'elle éprouve toujours pour lui...

Un si troublant mensonge - Victoria Pade

Lorsqu'on lui demande d'escorter, le temps d'un week-end, Joshua Cantrell, frère d'une de ses étudiantes, Cassie décide de garder ses distances vis-à-vis du richissime homme d'affaires. Mais dès leur première rencontre, elle comprend qu'il va faire des ravages dans son cœur...

Les amants de Magnolia Falls - Teresa Hill

Secrètement amoureuse du fiancé de sa sœur, Kathie, dans un moment d'égarement, l'a embrassé publiquement. Avant de quitter Magnolia Falls, honteuse et désespérée... Aujourd'hui, six mois plus tard, Joe revient la chercher. Il a rompu ses fiançailles ; elle doit rentrer chez elle. Mais il se comporte avec elle de façon glaciale...

Un secret pour deux - Karen Rose Smith

Alertée en pleine nuit par des pleurs, Gwen Langworthy découvre un bébé sur sa véranda. Persuadée qu'elle n'a pas été choisie au hasard pour recueillir ce nouveau-né, Gwen prend une décision : elle va retrouver elle-même sa mère...

Sur les ailes de la passion - Judy Duarte

Jamais Bo Conway n'avait osé poser les yeux sur la richissime Carly Banning. Mais en apprenant qu'elle venait de divorcer, il avait senti un espoir fou l'envahir : le moment était-il venu pour lui d'avouer son amour à Carly ? Carly dont le regard, depuis quelque temps, brillait étrangement lorsqu'elle rencontrait Bo...

Le 1er juillet

La nuit du cauchemar - Gayle Wilson • N°292

Depuis qu'elle a emménagé dans la petite ville de Crenshaw, Blythe vit dans l'angoisse : Maddie, sa fille, est en proie à de violents cauchemars et se réveille terrifiée. La nuit, des coups sont frappés à la vitre, que rien ne peut expliquer... Et lorsque Maddie croit voir Sarah, une petite fille sauvagement tuée il y a vint-cinq ans, et qu'elle se met à lui parler, Blythe doit tout faire pour comprendre quelle menace rôde autour de son enfant.

Mortel Eden - Heather Graham • N°293

Lorsque Beth découvre un crâne humain sur l'île paradisiaque de Calliope Key, elle comprend immédiatement qu'elle est en danger. Car deux plaisanciers ont déjà disparus, alors qu'ils naviguaient dans les eaux calmes de l'île... Et Keith, un séduisant plongeur, semble très intéressé par sa macabre découverte. Mais peut-elle faire lui confiance et se laisser entraîner dans une aventure à haut risque ?

Visions mortelles - Metsy Hingle • N°294

Lorsque Kelly Santos, grâce à ses dons de médium, a soudain eu la vision d'un meurtre, elle n'a pas hésité à prévenir la police. Personne ne l'a crue... jusqu'à ce que l'on découvre le cadavre, exactement comme elle l'avait prédit. Et qu'un cheveu blond retrouvé sur les lieux du crime, porteur du même ADN que celui de Kelly, ne fasse d'elle le suspect n°1 aux yeux de la police...

Dans les pas du tueur - Sharon Sala • N°295

Cat Dupree n'a jamais oublié le meurtre de son père, égorgé lorsqu'elle était enfant par un homme au visage tatoué. Depuis, elle a reconstruit sa vie – mais tout s'écroule quand Marsha, sa meilleure amie, disparaît sans laisser de trace. Seul indice : un message téléphonique, qui ne laisse entendre que le bruit d'un hélicoptère... Un appel au secours ? Cette fois-ci, Cat ne laissera pas le mal détruire la vie de celle qu'elle aime comme une sœur.

Le sang du silence - Christiane Heggan • N°296

13 juin 1986. New Hope, Pennsylvanie. Deux hommes violent, tuent puis enterrent une jeune fille du nom de Felicia. La police incarcère un simple d'esprit. Les rumeurs prennent fin dans la petite ville.

9 octobre 2006. Grace McKenzie, conservateur de musée à Washington, apprend que son ancien petit ami, Steven, vient d'être assassiné à New Hope, où il tenait une galerie d'art. Elle va découvrir, avec l'aide de Matt, un agent du FBI originaire de la petite ville, qu'un silence suspect recouvre les deux crimes... et qu'un terrible lien les unit, enfoui dans le passé de New Hope.

Le donjon des aigles - Margaret Moore • N°297

La petite Constance de Marmont a tout juste cinq ans lorsque, devenue orpheline, elle est fiancée par son oncle au jeune Merrick, fils d'un puissant seigneur des environs. La fillette est aussitôt emmenée chez ce dernier, au château de Tregellas, où sa vie prend figure de cauchemar. Maltraitée par son hôte, William le Mauvais, Constance l'est également par Merrick, qui fait d'elle son souffre-douleur jusqu'à ce que, à l'adolescence, il quitte le château pour commencer son apprentissage de chevalier.

Des années plus tard, Merrick, devenu le nouveau maître de Tregellas, revient prendre possession de son fief — et de sa promise...

Passions et Trahisons - Debbie Macomber • N°150 *(réédition)*

Venue au mariage de sa meilleure amie Lindsay à Buffalo Valley, Maddy Washburn décide, comme cette dernière, de s'installer dans la petite ville. Une fois de plus, les habitants voient avec surprise une jeune femme ravissante et dynamique rejoindre leur paisible communauté. Ils ignorent que Maddy est à bout de forces, le cœur déchiré par ses expériences du passé... Seul Jeb McKenna, un homme farouche qui vit replié sur ses terres, peut la pousser à se battre et à croire à nouveau en l'existence.

Titres non disponibles au Québec.

Oui, je désire profiter de votre offre exceptionnelle. J'ai bien noté que je recevrai d'abord gratuitement un colis de 2 romans* ainsi que 2 cadeaux. Ensuite, je recevrai un colis payant de romans inédits régulièrement.

Je choisis la collection que je souhaite recevoir :

(cochez la case de votre choix)

- ❏ **AZUR** : Z7ZF56
- ❏ **BLANCHE** : B7ZF53
- ❏ **LES HISTORIQUES** : H7ZF53
- ❏ **AUDACE** : U7ZF52
- ❏ **HORIZON** : O7ZF54
- ❏ **BEST-SELLERS** : E7ZF53
- ❏ **MIRA** : M7ZF52
- ❏ **JADE** : J7ZF52
- ❏ **PRELUD'** : A7ZF54
- ❏ **PASSIONS** : R7ZF53
- ❏ **BLACK ROSE** : I7ZF53

*sauf pour les collections Jade et Mira = 1 livre gratuit.

Renvoyez ce bon à : Service Lectrices HARLEQUIN
BP 20008 - 59718 LILLE CEDEX 9.

N° d'abonnée Harlequin (si vous en avez un) ❘❙❘❙❘❙❘❙❘❙❘❙❘❙❘❙❘❙❘❙❘

Mme ❏   Mlle ❏   NOM _____

Prénom _____

Adresse _____

Code Postal ❘❙❘❙❘❙❘❙❘   Ville _____

Le Service Lectrices est à votre écoute au 01.45.82.44.26
du lundi au jeudi de 9h à 17h et le vendredi de 9h à 15h.

Conformément à la loi Informatique et Libertés du 6 janvier 1978, vous disposez d'un droit d'accès et de rectification aux données personnelles vous concernant. Vos réponses sont indispensables pour mieux vous servir. Par notre intermédiaire, vous pouvez être amené à recevoir des propositions d'autres entreprises. Si vous ne le souhaitez pas, il vous suffit de nous écrire en nous indiquant vos nom, prénom, adresse et si possible votre référence client. Vous recevrez votre commande environ 20 jours après réception de ce bon. Date limite : 31 décembre 2007.

Offre réservée à la France métropolitaine, soumise à acceptation et limitée à 2 collections par foyer.

Composé et édité par les
éditions **Harlequin**
Achevé d'imprimer en juin 2007

par

LIBERDÚPLEX

Dépôt légal : juillet 2007
N° d'éditeur : 12886

Imprimé en Espagne

Découvrez GRATUITEMENT la collection

NOUVELLE COLLECTION

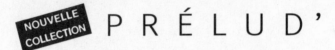

P R É L U D '

J'ai bien noté que je recevrai d'abord GRATUITEMENT un colis de 2 romans PRÉLUD', ainsi qu'un bijou et un cadeau surprise. Ensuite, je recevrai, tous les mois, 4 romans PRÉLUD' de 352 pages au prix exceptionnel de 4,70€ (au lieu de 4,95€) le volume, auxquels s'ajoutent 2,50€ de participation aux frais de port par colis. Je suis libre d'interrompre les envois à tout moment. Dans tous les cas, je conserverai mes cadeaux.

Renvoyez ce bon à :
Service Lectrices HARLEQUIN
BP 20008
59718 LILLE CEDEX 9

A7GF01

N° abonnée (si vous en avez un) ⊔ ⊔⊔⊔⊔⊔⊔⊔

Mme ☐   Mlle ☐   NOM _____

Prénom _____

Adresse _____

Code Postal ⊔⊔⊔⊔⊔ Ville _____

Tél. : ⊔⊔⊔⊔⊔⊔⊔⊔⊔⊔

Date d'anniversaire ⊔⊔⊔⊔⊔⊔⊔⊔

Le Service Lectrices est à votre écoute au 01.45.82.44.26
du lundi au jeudi de 9h à 17h et le vendredi de 9h à 15h.